JETTE JACOBSON ist ein neues Pseudonym von Isabella Archan, deren Krimireihen erfolgreich bei Emons, Conte und Benevento erscheinen. Sie ist in Graz geboren und aufgewachsen, lebt zurzeit in Köln und urlaubt gerne an der Nordsee. Eine perfekte Mischung. Auch ihre zwei Berufe, die Schauspielerei und das Schreiben verbindet sie gekonnt, zum Beispiel in ihren Theater-Lesungen.

JETTE JACOBSON

Das Glück ist nur eine Insel entfernt

EIN NORDSEE-ROMAN

Ullstein

Besuchen Sie uns im Internet:

www.ullstein.de

Wir verpflichten uns zu Nachhaltigkeit

- Klimaneutrales Produkt
- Papiere aus nachhaltiger Waldwirtschaft und anderen kontrollierten Quellen
- ullstein.de/nachhaltigkeit

FSC www.fsc.org

MIX

Papier | Fördert gute Waldnutzung

FSC® C021394

Originalausgabe im Ullstein Taschenbuch

1. Auflage Mai 2023

2. Auflage 2023

Umschlaggestaltung: Sabine Kwauka

Titelabbildung: Shutterstock / © jumpingsack (Wolken); Shutterstock / © Danussa (Strand, Sonne, Muscheln); Shutterstock / © Polina Erofeeva (Robbe); Shutterstock / © AVA Bitter (Nähzeug)

Gesetzt aus der Albertina powered by *pepyrus*

Druck und Bindearbeiten: ScandBook, Litauen

ISBN 978-3-548-06608-0

Sandbank

Auf der Sandbank in der Nordsee
Liegt die Robbe still und träumt,
Von dem Sandstrand tief im Süden
Den das Meer türkis umsäumt.

Auf der Sandbank in der Nordsee
Ist der Platz der Robbe leer.
Und die Träume ziehen weiter,
wie die Wolken übers Meer.

*Hans Munch (*1958), deutscher Lyriker*

»Darf's ein bißchen Meer sein?«, fragte die Insel.

*Walter Ludin (*1945), Schweizer Journalist, Redakteur, Aphoristiker und Buchautor, Mitglied des franziskanischen Ordens der Kapuziner*

Prolog

Der Kniepstrand war so weiß, als hätte er sich für eine Hochzeit ein klassisches Brautkleid angezogen.

Am liebsten hätte sie den Steg verlassen, sich die Sneaker ausgezogen und ihre Zehen tief im Sand vergraben. Es fühlte sich stets an wie Tausende kleine Seidenkügelchen, die über ihre Haut rieben. Jetzt stellte sie sich das Gefühl vor und atmete tief durch.

»Bereit?«, fragte ihr Begleiter und hob den Kopf.

Sie widerstand dem Impuls loszurennen und blieb an seiner Seite. »Klar doch!«

Ihre Hand legte sich auf seinen Oberarm, und sie musste lächeln. Zugleich merkte sie, dass sie leicht nervös wurde. Es war das fünfte Mal, dass sie die folgende kleine Zauberei erleben würde, und wieder erwartete sie, dass Theo sich irrte.

Statt eine Zahl zu nennen, wandte er sich ihr zu. »Wie wäre es, wenn du es heute einmal selbst ausprobierst, Rosalie?«

Für diese Antwort brauchte sie keine Sekunde zu überlegen. »Ich kann das nicht. Niemals.«

»Du musst nur die Augen zumachen und dich darauf einlassen.« Das Lächeln sprang auf Theos Lippen über. »Noch dazu hast du den Vorteil, dass du schon die ganze Zeit den Strandabschnitt und das Wasser im Blick hattest. Los, sei mutig.«

Eine kräftige Windböe fuhr durch Theos Haare, und sie hielt

mit der freien Hand ihre Kappe fest. Es wäre nicht das erste Mal, dass sie sich verselbstständigte und über die Dünen segelte. Sie schloss ihre Augen. Die Helligkeit hinter ihren Lidern war von roten Punkten durchsetzt, die langsam dunkler wurden.

Ohne ihren Sehsinn roch sie intensiver. Die Luft war würzig, hinterließ einen salzigen Geschmack auf ihrer Zunge. Das Geschrei der Möwen wirkte lauter und näher. Wie Marktfrauen, die ihre Ware feilboten.

Sie lenkte ihre Konzentration auf das Wasser und stellte sich die Segelboote darauf vor. Das Bild, das sie bei ihrer beider Ankunft vorhin vom Bohlensteg aus gesehen hatte. Dann begann sie in Gedanken zu zählen.

Zehn. Nein, es waren mehr. Fünfzehn. Zu viele. Vielleicht doch zwölf.

»Dreizehn«, sagte sie und hoffte, dass ihr die Zahl Glück bringen würde. Sie öffnete die Augen wieder, blinzelte.

»Zu ungenau, liebe Rosalie.« Theo lachte, laut jetzt. »Heute Morgen sind es sechzehn. Dazu ein Fischkutter, weiter draußen.«

Sie hielt die Luft an, während sie seine Angaben nachprüfte. Es konnte nicht sein. Diesmal musste er sich geirrt haben.

»Und?« Die Heiterkeit in Theos Stimme passte zum Strand, zu Himmel und Meer.

Fast wollte sie Nein sagen, aber das wäre unfair gewesen. Denn es waren sechzehn Segelboote und ein Kutter.

»Stimmt.«

Sie zog sich die Kappe vom Kopf und fühlte sich wie ein Kind, das seine erste Zaubershow besucht hatte. Oder eben seine fünfte. Fünfmal schon hatte Theo recht gehabt. Und das, obwohl er blind war.

I

KNIEPSANDLÄCHELN

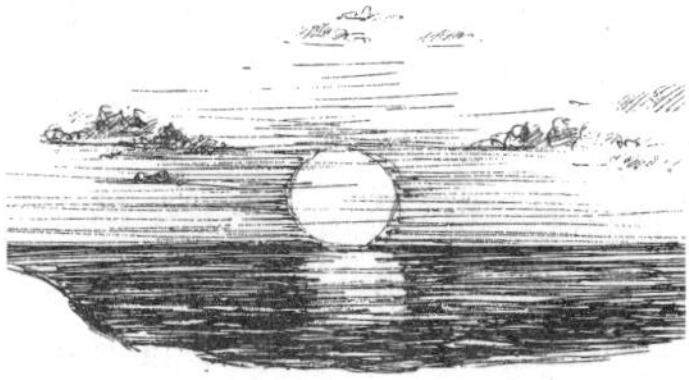

I

Das Inselabenteuer begann mit einem Zittern.

Nicht, weil Rosalie aufgeregt war oder Angst hatte. Zugegeben, ein wenig Anspannung war dabei, als sie an der Reling stand und sich umsah. Weit reichte der Blick bei dem Nebel zwar nicht, nur ein paar Möwen zeigten ihre Flugkünste über dem Wasser. Aber das erste Mal nach Jahren wieder das Meer zu sehen war großartig.

Die Wellen allein, die sich mit einem Rauschen an der Anlegestelle brachen, waren eine Offenbarung.

Der Wind pfiff ihr um die Ohren, die Temperaturen waren an diesem Tag alles anders als sommerlich heiß. Trotzdem blieb Rosalie auf dem Oberdeck stehen und zitterte sich auf den Weg in eine neue Erfahrung.

Ein Studentenjob – und das in ihrem Alter.

Aber war nicht fünfzig das neue dreißig? Wobei ihr Einundfünfzigster bereits hinter ihr lag und der Zweiundfünfzigste sich mit zunehmender Geschwindigkeit näherte. Mit sechzehn hatte sie sich danach gesehnt, erwachsen zu werden – jetzt rasten die Wochen und Monate an ihr vorbei, als gebe es einen Grand Prix zu gewinnen.

Sie strich sich über den blonden Bubikopf. Der neue Haarschnitt war noch ungewohnt. Letztes Jahr, nach der Trennung und Scheidung von ihrem Mann, hatte sie darauf verzichtet, sich einen neuen Look zuzulegen, doch fünf Tage vor ihrer ersten längeren Reise allein hatte sie sich einen Termin im Salon Patrick geben lassen.

»So ein schöner und dicker Zopf«, hatte der Haarkünstler bemerkt und doch mit Lust und Freude den ersten Schnitt getan.

Als er hinterher Rosalies skeptische Miene im Spiegel gesehen hatte, hatte er sie mit dem Satz »Jetzt kommen Ihre blauen Augen aber toll zur Geltung!« aufzubauen versucht. Was ihm nur teilweise gelungen war.

Ihr Nacken fühlte sich eisig an. Gegen die Kühle und Feuchtigkeit hätte ihre lange Mähne sie besser geschützt. Bei einem Blick in den Himmel fragte sich Rosalie, ob der Friseurbesuch vielleicht nicht ihr einziger Fehler gewesen war. Für ihre Tochter Pauline derart rasch und ohne großes Nachdenken einzuspringen, erschien ihr mit einem Mal ein zweifelhafter Entschluss. Wenn sie die Fähre doch lieber wieder verlassen wollte, würde sie sich beeilen müssen. Gleich begann die Überfahrt nach Amrum.

Auf keinen Fall wirst du das tun, dachte sie und presste die Lippen zusammen. Du hast es deiner Tochter versprochen. Jetzt bleibst du dabei. Es ist ja auch irgendwie Urlaub, eine Art Tapetenwechsel, den du dringend brauchst.

Die Ermahnung hörte sich nach ihrer Mutter Ulla an, was Rosalie ungern zugab.

»Klar ziehe ich es durch«, entgegnete sie der inneren Stimme laut.

Rosalie zupfte am Kragen ihres zitronengelben Sweaters und zog die Schultern hoch. Sie verschränkte die Arme eng am Oberkörper. Der Sweater allein war definitiv zu kühl, Rosalie hätte dazu noch eine Jacke gebraucht.

Beim Umsteigen von Zug auf Fähre hatte sie ein Wetterschock erwartet.

Hatten in Köln bereits am frühen Morgen sommerliche Temperaturen von über zwanzig Grad geherrscht, kam ihr das hier vor wie der Nordpol. Immerhin regnete es nicht, aber das kompakte Wolkenband und der Nebel ließen keinen einzigen Sonnenstrahl durch. Dazu der frische Wind, der Rosalie Gänsehautwellen über den Rücken trieb.

Wenigstens hatte sie noch rechtzeitig das zitronengelbe Oberteil aus dem alten Rollkoffer gefischt. Der Wetterfrosch hatte genau diese Bedingungen vorausgesagt, doch Rosalie hatte die Angaben erst kurz vor Ankunft in Dagebüll Mole gecheckt, als es draußen bereits sehr unfreundlich geworden war. Zu spät, um noch etwas an ihrer Kleiderauswahl für die Reise zu ändern. Nun schleppte sie statt warmer Wäsche zu viel Sonnencreme mit sich, eine Tube statt dreien hätte wohl gereicht.

»Ach, Röschen, du Schusseline«, setzte Rosalie hinterher.

Dem Wetter und ihrem Eigentadel zum Trotz stahl sich sogar ein Lächeln auf ihre Lippen. Schusseline war ein liebevoller Spitzname aus ihrer Kindheit und ebenfalls dem Sprachschatz ihrer Mutter. Wie oft hatte das kleine Röschen etwas vergessen, weil sie mit ihren Gedanken woanders war, sich in Beobachtungen verlor oder dem Zwitschern eines Vogels lauschte.

Die inzwischen erwachsene Rosalie atmete tief durch, spürte, wie der salzige Duft des Meeres erst ihre Nase, dann ihre Lunge erreichte. Ihre Stimmung verbesserte sich trotz ihrer schlechten Kleidungswahl. Der Geruch erinnerte sie an vergangene Urlaube im Süden, auch wenn es dort im Sommer nie so fröstelig gewesen war.

Natürlich hätte Rosalie nach dem Besteigen der Fähre direkt in den Innenraum gehen können, dorthin, wo sich die meisten anderen Mitreisenden aufhielten. Ein paar Stufen weiter unten war es trocken und warm. Dieser Standortwechsel kam für sie aber noch nicht infrage, sie wollte zumindest das Ablegen im Freien erleben.

Die aufkommende Vorfreude entschädigte sie für das Frieren und ihre Schusseligkeit.

Wie lange war es her, dass sie das Meer gesehen hatte? Sie begann zu überlegen, hielt aber im nächsten Moment wieder inne. Keine Zahlen, kein Rückwärtszählen. Auch kein Zurückdenken und Sinnieren, sondern diesen Augenblick genießen. Hier und jetzt sollte die Entspannung bereits einsetzen.

In den nächsten vier Wochen gehört die Zeit nur dir, Röschen, denk dran. Wieder die innere Mutterstimme, diesmal allerdings behutsam und das Herz erwärmend.

Mit Rosalie hatten eine ganze Menge anderer Reisender die Fähre bestiegen. MS Uthlande war der Name des Schiffes, das seine Gäste regelmäßig vom Festland zu den Inseln Amrum und Föhr übersetzte. *Nordfriesland* stand in großer Schrift auf der Seite, dazwischen ein gemalter roter und blauer Streifen.

Seit Rosalie das Schiff betreten hatte, spürte sie die leichte Schaukelbewegung. Sie musste unwillkürlich an Egbert denken. Ihr Ex-Mann litt neben seiner Flugangst auch unter Seekrankheit und hätte die neunzig Minuten Fahrt wahrscheinlich damit verbracht, sich elend zu fühlen. Doch über Egbert zu sinnieren passte zwar irgendwie zu dem klammen Nebel, aber nicht zur Ausfahrt aufs weite Meer.

In rascher Folge wechselten sich in Rosalies Kopf die Gesichter von Mutter Ulla, Tochter Pauline und Sohn Oskar ab. Am Ende tauchte noch ihre beste Freundin Marion auf mit ihren roten Haaren, den langen Ohrringen und den stets perfekt gestylten Nägeln, mit denen Rosalie kein einziges Hemd je hätte bügeln können. Hinter der Gruppe an Lieblingsmenschen ließ sie Egbert verschwinden und hob ein imaginäres Stoppschild hoch. Bereits während der Zugfahrt hatte sich Rosalie vorgenommen, das Sich-Gedanken-Machen über die Familie samt Vergangenheitsbewältigung und Zukunftsplanung wenigstens für die ersten Tage außen vor zu lassen und sich stattdessen auf das Inselneuland zu fokussieren.

Für den Moment galt es, das Rauschen des Wassers zu genießen, das Schaukeln unter den Füßen, die würzige Luft, ja, selbst das Zittern. Nach ihrer Ankunft würde sie weitere Eindrücke sammeln und sich orientieren. Ihr Gastgeber, der auch zugleich ihr Arbeitgeber war, erwartete sie sicher schon.

Es war so weit. Die Fähre setzte sich in Bewegung.

Beim Ablegen erfolgte ein tiefer Ton, den Rosalies Magen mit einem Knurren erwiderte. Die leichte Anspannung machte sie erneut hungrig. Rosalie fischte sich ihr drittes und letztes Käsebrot aus dem Reiserucksack und stellte ihn hinter sich auf dem Rollkoffer ab.

Eine Möwe landete direkt neben ihr auf dem Geländer.

»Hallo, du.« Rosalie zwinkerte ihr zu.

Der Vogel öffnete und schloss den Schnabel, als wollte er Antwort geben.

Auf der Stelle war sie entzückt. Die gefiederten Freunde hatte sie immer schon gemocht. »Na du, willst du der oder die Erste sein, die mich willkommen heißt?«

Rosalie sah sich um. Wegen des bescheidenen Wetters hatten sich hier oben nur wenige Passagiere eingefunden. Ein Pärchen stand eng umschlungen weiter vorne und ein Mann ein paar Meter von Rosalie entfernt. Alle drei trugen Regenjacken, und der Mann hatte eine dunkelblaue Wollmütze auf dem Kopf.

Wenn der Sweater doch eine Kapuze hätte, aber den Hoodie hatte sie im Laden wieder weggelegt, weil ihr der zu warm erschienen war. Gut, an dem Tag hatte in Köln schon Hochsommer geherrscht. Der Gedanke, dass es auf Amrum im Juli anders sein könnte, war ihr nicht in den Sinn gekommen. Rosalies Zähne begannen zu klappern, aber noch würde sie nicht aufgeben und unter Deck Schutz suchen.

Eine zweite Möwe gesellte sich zu ihr. Rosalie wurde rasch klar, dass die Tiere ein Auge auf ihren Imbiss geworfen hatten.

»Okay, ich teile den Rand mit euch.«

Sie riss ein Stück trockenes Brot ab, denn der Käse, die Gurken und Radieschen würden den Möwen wahrscheinlich nicht bekommen. Der erste Vogel rückte näher heran und schüttelte sein Gefieder. Seine roten Beine und der rote Schnabel ließen Rosalie an Gummistiefel und geschminkte Lippen in der gleichen Farbe denken. Das Gefieder am Kopf war braun, als hätte er seinen Kopf tief in eine Schokoladenglasur gesteckt.

Möwe Nummer zwei stieß einen keckernden Laut aus, erhob sich in die Luft, jedoch nur, um vor Nummer eins zu landen. Der Abstand zu Rosalie betrug höchstens einen halben Meter.

»Gut, dann für beide etwas. Zwei Randstücke für zwei hungrige Schnäbel.«

In der nächsten Sekunde ging alles ganz schnell.

Während Rosalie Vogel eins und zwei fütterte, spürte sie einen kräftigen Zug an der Hand, die das ganze Brötchen festhielt. Sie drehte den Kopf und sah noch eine Möwe, die sich klammheimlich von der anderen Seite genähert hatte und nun frech an der Gurke zog.

Rosalie stieß einen leisen Schrei der Überraschung aus und ließ das Brot mitsamt Inhalt zu Boden fallen. Wie auf Kommando stürzten sich die drei darauf.

»Ach herrje!« Rosalie versuchte, die Vögel zu verscheuchen, doch es war längst zu spät. Sie machte einen Schritt zurück und stolperte über ihren Rollkoffer samt Rucksack.

Jemand fing sie auf, bevor sie am Boden landete.

»Vorsicht.« Der Mann mit der Mütze hatte sie mit einer Hand

am Ellbogen gepackt und drückte sie mit der anderen an der Schulter hoch.

Rosalie fand wieder festen Stand und hielt sich am Geländer fest. »Danke.«

»Ich habe selten frechere Räuber erlebt als diese Vögel.« Er lächelte. An seiner rechten Wange bildete sich ein Grübchen.

Rosalie fasste sich und erwiderte das Lächeln. »Bisher kannte ich nur diebische Elstern.«

»Lachmöwen klauen ebenso gern.«

»Lachmöwen?«

»So heißen diese gefiederten Langfinger.« Er hob den Zeigefinger und deutete auf die Stelle, an der zuvor Rosalies Verpflegung zu Boden gefallen war. Der Platz war leer, als hätte es das belegte Brot nie gegeben. »Auf den Inseln finden Sie auch jede Menge anderer Vögel. Das Wattenmeer ist ein Vogelparadies.«

Rosalie nickte. »Das hab ich in einer Doku gesehen.«

»Na, dann wissen Sie ja Bescheid.« Er zog sich seine Wollmütze tiefer über die Ohren. Der Wind war noch frischer geworden. »Im Fernsehen spürt man hingegen die steife Brise nicht, die hier schon mal wehen kann.«

»O ja, den Unterschied erlebe ich gerade.«

»Wenn ich Sie so sehe in Ihrem leichten Überzug, dann wird mir direkt eisig ums Herz.«

»Ich komme aus Köln«, erwiderte Rosalie, nur um sich im nächsten Augenblick peinlich berührt vorzukommen. Schusseline trifft auf Fettnäpfchen, könnte die Überschrift lauten.

Der Mann lachte laut, aber freundlich. Auf seiner rechten Wange wurde das Grübchen tiefer, es passte zu ihm. »Das erklärt alles.«

»Ob Sie es mir glauben oder nicht, in Köln hatten wir seit Juni schon eine ununterbrochene Hitzewelle, die nahtlos in den Juli übergegangen ist.« Rosalie versuchte sich an Schadensbegrenzung.

»Glaube ich Ihnen. Köln soll die sonnigste Stadt Deutschlands sein.«

»Ehrlich?«

»Habe ich in einer Doku gehört.« Er sah zum Himmel. »Morgen wird es auch hier wieder schöner und wärmer sein. Der Sommer kommt auf die Inseln, um zu bleiben. Garantiert.«

Rosalie folgte seinem Blick und konnte sich nicht vorstellen, dass sich diese Wolkenberge verziehen würden. Morgen würde sie als Erstes einen Bekleidungsladen aufsuchen und sich ebenfalls eine Regen- oder Windjacke zulegen. Plus eine warme Mütze, wie der Mann sie trug. Vielleicht sogar noch einen Schal dazu.

Sie rieb sich die Hände. »Ich wärme mich gleich unten auf, doch zuerst wollte ich einfach diese Weite spüren. Das Meer ist so wunderbar.«

»Absolut. Ich genieße es jedes Mal zurückzukommen.«

»Waren Sie lange fort?«

Er schüttelte den Kopf. »Nein, gar nicht. Nur zwei Tage in Kiel. Aber meine Inseln machen mich stets sentimental.«

»Kann ich verstehen. Wenn ich vom Bahnhof aus den Kölner Dom sehe, freue ich mich, selbst wenn ich nur in einer der Vororte unterwegs war.«

»Ich kenne Köln leider nicht.«

»Und ich bin zum ersten Mal im Norden. Das heißt, mein Sohn lebt in Berlin, aber Nordfriesland und die Nordsee sind echtes Neuland für mich.«

»Urlaub?«

Rosalie zögerte. »Ja und Nein.«

Sie überlegte, wie viel sie dem Fremden erklären sollte, er fragte allerdings nicht nach. Stattdessen sah er sie prüfend an.

»Ich könnte Ihnen meinen Friesennerz anbieten wie ein Gentleman. Wobei ich keinen Männerschnupfen riskieren will, wenn ich ehrlich bin. Sie wissen, wie sehr so eine Erkältung uns Kerlen zusetzen kann. Deshalb rate auch ich Ihnen, bald unter Deck zu gehen und einen heißen Friesentee zu trinken. Oder soll ich vielleicht doch?« Er begann, die Jacke aufzuknöpfen.

Jetzt musste Rosalie loslachen, während sie abwehrend eine Hand hob. »Nein, auf keinen Fall. Behalten Sie sie an. Ich will nicht schuld sein, dass Sie sich erkälten. Ich befolge Ihren Rat in wenigen Minuten.«

»Machen Sie das.« Er nickte ihr zu. »Das klingt hervorragend. Und haben Sie eine gute Zeit. Kopf aus, Meer an, wie es so schön heißt.«

»Wunderbar.« Das wird mein Spruch der nächsten vier Wochen, dachte Rosalie.

Und eine gute Zeit würde sie haben. Hoffentlich. Sobald sie auf Amrum gelandet war.

2

Erstens kommt es anders, zweitens, als man denkt.

Dieser Lieblingsspruch ihres Ziehvaters Peter geisterte durch Rosalies Gedanken, als sie zwei Stunden später in Wittdün an der Anlegestelle der Fähre auf und ab lief. Ihr war immer noch kalt, obwohl sie das Gefühl hatte, dass die Temperatur an Land höher war als auf dem Wasser. Der Friesentee auf der Fähre hatte sie immerhin ein wenig aufgewärmt, auch aufgemuntert, frei nach dem Motto: Herbes liebt Herzliches. Das stammte ebenfalls aus der Schatzkiste der tausend Redensarten von Papa Peter, wie Rosalie den Ziehvater von klein auf stets genannt hatte.

Nur der Nebel hatte sich nicht verzogen. Er hing wie ein Schleier in der Luft und ließ die Stimmung herbstlich statt hochsommerlich wirken. Rosalie spürte die Feuchtigkeit auf ihrem Kopf, ihre Haare fühlten sich wie frisch gewaschen an. Die Landschaft und das Meer zeigten sich weiterhin grau in grau. Außerdem dämmerte es bereits.

Die MS Uthlande hatte vor einer halben Stunde angelegt, und Rosalie war mit Rucksack und Rollkoffer an Land gegangen. Um sie herum hatte anfangs noch reger Betrieb geherrscht, die Mitreisenden hatten sich jedoch schnell verstreut. Einige hatten das Schiff mit ihren Autos verlassen, andere ihr Gepäck auf Bollerwagen geladen und waren losmarschiert, wieder andere hatten sich die paar Taxis geteilt, die am Hafen auf Gäste warteten. Viele wurden privat abgeholt.

Aber nicht Rosalie. Sosehr sie den Blick schweifen ließ, niemand hielt ein Schild mit ihrem Namen in den Händen. Niemand hatte sie angesprochen, keiner der Abholenden war zurückgeblieben, weil er Rosalie nicht erkannt hatte oder sie aneinander vorbeigelaufen waren.

Rosalie wählte die Nummer, die ihr ihre Tochter als Kontakt auf der Insel gegeben hatte. Kojo Mensah hieß der Mann, mit dem Pauline ihre Vereinbarung getroffen hatte. Er wusste natürlich über den Wechsel Bescheid, dass statt der Studentin die Mutter derselben erscheinen würde. Alles war geklärt worden. Zumindest hatte Pauline das gesagt. Nach mehreren Klingeltönen kam eine kurze Ansage. »Hallo und danke für den Anruf. Nachrichten können nach dem Ton hinterlassen werden.«

Es piepte. Rosalie holte Luft. »Ebenfalls hallo, hier spricht Rosalie Burg. Ich bin angekommen. Also eigentlich schon vor mehr als einer halben Stunde. Vielleicht hat es ein Missverständnis wegen der Zeiten gegeben, aber ich bin jetzt da. Alles ist über Herrn Mensah gelaufen, von ihm habe ich auch diese Nummer. Soll ich noch warten oder mir ein Taxi nehmen?«

Nebel hieß der Ort, zu dem sie musste. Im Nebel nach Nebel, dachte Rosalie nicht ohne Ironie.

Sie beendete den Anruf und versuchte, ihre Tochter zu erreichen. Auch hier sprang die Mailbox an, allerdings mit einer wesentlich freundlicheren Ansage. »Huhu, Anruferinnen und Anrufer, traut euch und sagt was.« Piep.

»Pauline, Mama hier, auf der Insel scheint etwas schiefgegangen zu sein. Ich stehe am Kai, sonst ist keiner da. Ruf mich bitte zurück, ja?!«

Im Anschluss checkte sie ihre E-Mails, aber auch hier keine

Nachricht über eine mögliche Planänderung. Sie behielt das Handy in den Händen, um keine Rückmeldung zu verpassen.

Doch weitere zehn Minuten später reichte es Rosalie. Sie fror inzwischen bis auf die Knochen, und sie war hungrig. Ihre letzte Mahlzeit hatten ihr drei Lachmöwen geklaut. Keines der Taxis war wiedergekommen, kein privater Wagen aufgetaucht. Niemand hatte sich auf ihre Anrufe gemeldet.

Sie lief ein Stück am Fähranleger entlang, bis sie zu einer Bushaltestelle kam. Dort entdeckte sie eine Tafel, die sie aber in der Dämmerung nicht entziffern konnte. Abgesehen davon waren ihre Augen nicht mehr die von früher, bisher hatte sie sich jedoch standhaft geweigert, sich eine Lesebrille zuzulegen. Sie aktivierte die Taschenlampe an ihrem Smartphone, damit musste es gehen.

»Halo, jong wüf«, wurde sie angesprochen. »Alles okay?«

Hoffnungsfroh drehte sie sich um und erwartete fast wieder, den Fremden mit der dunkelblauen Wollmütze zu sehen. Nun würde sie seine Regenjacke doch gern annehmen. Aber es war ein wesentlich jüngerer Mann mit einer Kapuze über dem Kopf und einer orangen Schutzweste. Sein Kinn zierte ein rötlicher Spitzbart, der sich nach oben kringelte.

»Ja, alles so weit gut, danke der Nachfrage. Ich sollte allerdings abgeholt werden.« Rosalie sah sich noch einmal um. »Anscheinend hat man mich vergessen. Deshalb würde ich den Bus nehmen, wenn noch einer fährt. Ich muss nach Nebel. Katterhugh heißt die Adresse. Zu Theo Meisner und Kojo Mensah. Vielleicht sagen Ihnen die Namen zufälligerweise etwas?«

»Nee.« Er sah sie prüfend an. »Beest dü gud tu fut?«

»Wie bitte?« Rosalie stieß ungewollt einen Seufzer aus. Zum Frieren und Warten noch eine Ansprache, die sie nicht verstand. Diese Reise wurde mehr und mehr zu einem totalen Flop.

»Ich meinte eben, bist du fit, und willst du zu Fuß gehen?« Er hob einen Zeigefinger. »Vom Seefohrerhus aus bis Nebel sind es höchstens vierzig Minuten.«

In der TV-Dokumentation über die Insel hatte die Reporterin erzählt, dass sich die Menschen auf Amrum meist unkompliziert duzten. Zugleich wurde Rosalie bewusst, dass der junge Mann sehr freundlich und nun hochdeutsch weiterredete. Trotzdem war sie überhaupt nicht in der Stimmung für eine solche Wegstrecke. Dazu war der Rucksack zu schleppen, und sie würde ihren Koffer hinter sich herziehen müssen. »Danke. Aber lieber nicht.«

Der junge Mann setzte sich in Bewegung, überholte Rosalie und ging weiter die Straße hinunter. Sie überlegte noch, ob für ihn damit das Gespräch beendet war, als er sich ihr erneut zuwandte und winkte. »Komm, komm!«

Rosalie schloss zu ihm auf. Er hatte die Kapuze vom Kopf gezogen, darunter kamen eine Menge rötlicher halblanger Haare zum Vorschein. »Du nimmst am besten ein Taxi. Piet bringt dich sicher ans Ziel.«

Tatsächlich tauchte hinter ihm ein Fahrzeug auf und kam neben ihnen zum Stehen.

»Das ist toll.« Rosalies Erleichterung über die nette Hilfe war nun riesig.

Er packte Rosalies Koffer, umrundete den Wagen und öffnete den Kofferraum. Rosalie machte die hintere Wagentür auf und stieg ein. Im Inneren war es warm und trocken.

Zum Abschluss beugte der junge Mann mit dem sich ringelnden Bärtchen den Kopf zum offenen Fahrerfenster herein. »Welkimen üüb't eilun, jong wüf! Willkommen auf der Insel, junge Frau.«

Junge Frau! Mit leichter Verspätung registrierte Rosalie das nette Kompliment. »Vielen herzlichen Dank. Für alles.«

»Oober hal dach – gerne doch. War mir ein Vergnügen.« Er winkte noch einmal, und das Taxi fuhr los.

Siehst du, Röschen, alles regelt sich. Die Mutterstimme in ihrem Kopf klang gelassener, als Rosalie sich nach diesem Start fühlte.

3

Bis zu ihrem Ziel dauerte es mit dem Taxi keine zehn Minuten.

»Wir sind da«, war erst der zweite Satz, den der Taxifahrer Piet an Rosalie richtete. Der erste war die Frage nach der Adresse gewesen.

Rosalie zahlte und stand schließlich mit ihrem Gepäck und immer noch feuchten Haaren vor der Eingangstür eines reetgedeckten Hauses, das in der fortschreitenden Dämmerung düster wirkte.

Über dem Eingang brannte eine Lampe, deren Schirm die Form eines dicken Fisches hatte. Es war ein Kugelfisch mit weißem Körper und gelbem Kopfteil, die gesamte Oberfläche war mit Stacheln versehen, und seine schwarzen Knopfaugen schienen Rosalie anzustarren. Sie hob den Zeigefinger und tippte auf das Fischmaul. Es war aus Kunststofffolie und das Tier nicht echt. Zum Glück.

Als Nächstes drückte sie auf den Klingelknopf und hörte im Inneren eine Glocke.

Eine Weile geschah nichts. Sie checkte noch einmal erfolglos ihr Handy. Dass sich ihre Tochter nicht sofort aus Queensland zurückmeldete, war mit der Zeitverschiebung leicht erklärbar. Doch dass von der anderen Nummer weder ein Rückruf noch eine Textnachricht eingegangen war, erschien Rosalie wie ein schlechtes Omen.

Plötzlich sackte ihr das Herz in die Hose.

Was, wenn Pauline von Anfang an einem Betrug aufgesessen war? Die Anzeige für den vierwöchigen Studentenjob auf der Insel für 520 Euro, Unterbringung und Reisekosten inklusive, hatte am Ende vielleicht auch zu schön geklungen, um seriös zu sein. Pauline hatte Rosalie erzählt, dass sie aus einer unfassbar großen Anzahl von Bewerberinnen und Bewerbern ausgewählt worden war. Wäre ihr nicht die späte Zusage für ein Auslandssemester in Australien dazwischengekommen, würde gerade Rosalies Tochter vor diesem Haus mit der Kugelfischlampe stehen. Pauline war ein gutes Beispiel dafür, dass zu viel Glück auch zu Terminschwierigkeiten führen konnte.

Aber Mama hatte sich ja bereit erklärt, kurzfristig einzuspringen.

»Das ist genau das Richtige für dich«, hatte Pauline sie ermuntert. »Tapetenwechsel, Mams, das brauchst du. Komm, sei mutig.«

Tapetenwechsel hatte tatsächlich ganz oben auf Rosalies Liste gestanden. Und mutig wollte Rosalie immer noch sein, auch wenn das letzte Jahr mit der Trennung von ihrem Mann, der anschließenden Scheidung plus dem Auszug aus dem gemeinsamen Zuhause sie jede Menge Kraft und Energie gekostet hatte.

Mutter Ulla und ihre beste Freundin Marion standen ihr bei, wenn Rosalie ihre Stunden des Zweifels hatte und sich fragte, ob die Entscheidung richtig gewesen war. Fast dreißig Ehejahre legte man nicht so schnell beiseite.

Schluss mit dem Gedankenkarussell, Röschen. Nur der Augenblick zählt.

Die Mutter-Stimme hatte recht. Doch das Stehen vor einer verschlossenen Tür machte es Rosalie nicht leichter.

Die Vereinbarung mit Kojo Mensah, selbst die E-Mails, die Rosalies Tochter und er ausgetauscht hatten, konnten getürkt sein. Heutzutage war es ein Leichtes, Schreiben und Anrufe zu faken.

Was in weiterer Folge hieß, dass Rosalie die Reise womöglich völlig umsonst auf sich genommen hatte.

Blödsinn, verwarf sie den Gedanken wieder. Aus welchem Grund sollte jemand solch eine Geschichte inszenieren. Sie war nicht aufgefordert worden, eine Zahlung zu leisten oder ihre Kontonummer anzugeben.

Leider doch, schoss ihr durch den Kopf. Im umgeschriebenen Arbeitsvertrag hatte sie alle Angaben über sich preisgegeben. Am Ende tätigte gerade jemand eine Abbuchung bei ihrer Bank und dezimierte ihr ohnehin zu knappes Geld. Jemand, der irgendwo im Ausland saß und Rosalie quer durch Deutschland geschickt hatte. Zu einer Adresse, an der sie niemand erwartete.

In ihrer Not wählte sie die Nummer von Marion.

»Hey, Rosalie, bist du gut gelandet?«

»Ja, das schon.«

»Was gibt es? Ich bin super gespannt. Erzähl.«

In dem Moment waren Geräusche von drinnen zu hören: Bellen und Schritte. Ein Schlüssel wurde umgedreht.

»Ich melde mich später«, hauchte Rosalie ins Telefon und unterbrach die Verbindung. Ihr Herz schlug schneller.

Die Tür schwang auf, und als Erstes sah Rosalie einen riesigen Hund. Allein sein Kopf hatte die Größe einer Melone. Er reichte ihr über die Hüfte und hatte die Ohren aufgestellt. Als Rosalie ihn anstarrte, gab er ein Bellen von sich. Laut und tief. Ein wenig wie ein Kettenraucher.

»Marwin. Aus.«

Ein Mann, ebenso jung wie der Spitzbartträger am Anleger in Wittdün, trat in den Türrahmen. Auch er war groß und überragte Rosalie um einen Kopf. Seine Haarfarbe glich der ihren. Sein Körperbau war schmal, zu einer roten engen Jeans trug er ein buntes Hemd.

Der Riesenhund wedelte mit dem Schwanz, was ihn allerdings nicht harmloser wirken ließ. Marwin? Also doch, dachte Rosalie. Ich bin reingelegt worden. Hier wohnt leider nur der Hund von Baskerville und kein blinder alter Mann, der für vier Wochen Gesellschaft brauchte.

Rosalie fiel die Anzeige ein, die Pauline unter Minijobs auf einer Plattform im Internet entdeckt hatte: *Studentenjob in den Semesterferien. Stundenweise Betreuung für eine Einzelperson. Die Gesamtdauer des Minijobs ist auf vier Wochen begrenzt. Wir erwarten eine aufgeschlossene Einstellung, Ehrlichkeit und freundlichen Umgang. Anreise am 16. Juli. Zehn Stunden die Woche. Wochenarbeitszeit flexibel nach Vereinbarung. Wohnmöglichkeit in Einliegerwohnung. Reisekosten werden übernommen. 25 946 Nebel (Amrum). Nordfriesland.*

»Etwas strange, aber perfekt«, hatte Pauline gesagt.

Und war unter der Flut an Bewerbern und Bewerberinnen ausgewählt worden.

Sie und der Arbeitgeber waren sich danach rasch einig gewesen. Die sogenannte Betreuung sollte Spaziergänge, Gespräche, auch Vorlesen beinhalten. Eben eine Art Gesellschafterin, wenn man es altmodisch ausdrücken wollte. Theo Meisner hieß der Mann, um den es ging. Ein blinder ehemaliger Finanzberater, dessen Lebenspartner Kojo Mensah für vier Wochen in Ghana sein würde. In der Zeit war für das leibliche Wohl des Zurückbleibenden gesorgt, für ein wenig Abwechslung sollte eine studentische Hilfe hinzukommen.

»Das wird wie ein Urlaub am Meer«, hatte Pauline hinzugefügt und alles für die Zeit im Sommer geregelt.

Rosalie hatte noch Bedenken geäußert, dass man zu wenig über den Mann wisse, aber Pauline hatte diese mit einem Satz weggewischt. »Er ist alt und blind, Mams, und er wird sich über eine junge Gesprächspartnerin freuen.«

So weit die Pläne von Rosalies Tochter. Bis zu dem Mittwochmorgen, an dem eine Studentin krank geworden war und sich die Koordinatorin des Study-Abroad-Programms an der Griffith University in Queensland gemeldet hatte. Pauline war auf der Liste für zugelassene Auslandssemester für das Studium der Soziologie nachgerückt.

»Australien gegen Amrum. Das ist wie gebratene Nudeln gegen Gugelhupf«, war ihre Reaktion gewesen. »Beides kriegst du nicht zur selben Zeit im selben Lokal.« Direkt gefolgt von einem: »Mams! Der Inseljob wäre doch was für dich. Kojo Mensah und Theo Meisner werden ganz happy sein, wenn ich ihnen direkt Ersatz präsentiere. Ich quatsch dich da rein.«

Das war die Kurzversion dessen, weshalb Rosalie jetzt den Blick zwischen Kugelfisch und Riesenhund hin- und herschweifen ließ.

»Ja, bitte?« Der Ton des Hausherrn klang streng. Im nächsten Moment setzte er sich eine Brille mit geschwärzten Gläsern auf die Nase.

Rosalie fielen sprichwörtlich die Schuppen von den Augen. Sie verstand – und musste schlucken. »Hallo, ich bin Rosalie Burg. Sie müssen Theo Meisner sein.« Auch wenn ich Sie mir völlig anders vorgestellt habe, setzte sie in Gedanken hinzu.

Keine Vorinformationen über das Wetter eingeholt, nicht explizit noch einmal nach Theo Meisners Alter gefragt – in Wahrheit hatte Rosalie sich in ihrem Wunsch, etwas Neues zu wagen, wohl selbst überholt.

Aufgepasst: Hier kommt Mams, die Schusseline!

»Oh!« Sagte Theo Meisner. Mehr nicht.

Marwin Riesenhund machte daraufhin Sitz.

Rosalie streckte dem Blinden ihre Hand entgegen, nur um sie sofort wieder zurückzuziehen. »Ich bin vorhin angekommen. Mit der Fähre. Herr Mensah hatte meiner Tochter geschrieben, dass mich jemand in Wittdün abholen würde. Aber das hat anscheinend nicht geklappt. Ich habe auf Ihre Mailbox gesprochen und mir dann ein Taxi genommen.« Sie merkte, dass sie plapperte. »Wie auch immer. Hier bin ich, und ich freue mich auf die nächsten Wochen, Herr Meisner.« Wobei sie sich beim Anblick des Mannes und seines Hundes nicht ganz so sicher war, doch dafür war es längst zu spät.

Theo Meisner war sein Erstaunen anzusehen. »Hat Ihnen Kojo nicht abgesagt?«

Das Wechselbad der Gefühle war offenbar noch nicht zu Ende.

»Abgesagt?«

»Ich brauche niemanden an meiner Seite, solange mein Freund in Ghana tätig ist. Schon die Idee mit einer Studentin fand ich unnötig. Nachdem Ihre Tochter nicht mehr zur Verfügung stand, war die Gelegenheit da, diesen Minijob ganz zu streichen. Wir hatten es final so besprochen, Kojo und ich.«

Das zweite Mal sackte Rosalie das Herz nach unten, nun nicht nur bis zu den Knien, sondern durch ihre Fußsohlen in den Boden hinein. »O nein. Ich bin fassungslos.«

»Das bin ich ehrlich gesagt auch, Frau Berg.« Bei Theo Meisner gab es kein freundliches Du wie vorhin an der Anlegestelle. Nicht einmal ihren einfachen Nachnamen nannte er richtig.

»Was wird jetzt?« Rosalie merkte, wie ihr die Stimme versagte. In ihrem Kopf startete eine Vielzahl an unterschiedlich möglichen Plänen gleichzeitig.

Ihre Inselauszeit schien sich auf eine Nacht und einen Morgen zu verkürzen. Sie musste irgendwo unterkommen, und morgen würde sie sich auf den Rückweg machen. Also doch ein Flop. Nicht der erste in ihrem Leben, aber wahrscheinlich der mit der weitesten Anreise. Wobei sie die Reisekosten Theo Meisner in Rechnung stellen würde. Auch die Übernachtung. Sie musste sich schleunigst um ein Hotelzimmer kümmern. Ein winziger Trost war, dass sie die Nordsee gesehen und die Seeluft eingeatmet hatte. Bevor es morgen zurück auf die Fähre ging, würde sie sich neben einem ausgedehnten Frühstück noch einen Erkundungsspaziergang gönnen. Sie wollte nicht abreisen, ohne den weißen Strand, der in der Doku über die Insel mehrfach hervorgehoben worden war, mit nackten Zehen berührt zu haben. Auch nicht, ohne einmal ins Wasser getaucht zu sein. Was allerdings von den morgigen Temperaturen abhing und der Möglichkeit, ihren Badeanzug zu trocknen. Kojo Mensah würde sie eine E-Mail schreiben. Vielleicht nicht völlig verärgert, aber doch schwer enttäuscht. Ach, und ihr Ex-Egbert würde der Einzige sein, der über ihre rasche Heimkehr froh sein würde. Diese Schadenfreude war ihm nicht zu gönnen, aber das lag nicht in Rosalies Hand.

Sei doch kurz mal still, Röschen. Mutters Stimme hatte einen beruhigenden Unterton. Vor allem: Atme, Röschen, sonst fällst du hier noch in Ohnmacht.

»Würde es Ihnen etwas ausmachen, kurz zu warten?« Theo Meisner riss Rosalie aus ihrem chaotischen Wirrwarr der Überlegungen.

»Hier draußen?«

»Ja, bitte. Ich bin in wenigen Minuten wieder bei Ihnen.«

Die Tür schloss sich vor Rosalie. Im Licht der Kugelfischlampe blieb sie einfach stehen, immer noch um Fassung ringend.

Bevor ihre Gedanken neuerlich Fahrt aufnahmen, wurde sie von einem Geruch abgelenkt, der sich in ihre Nase schlich. Es duftete. Nach Vanille, oder nein, nach Rosen. Sie sah sich um, konnte aber nichts erkennen. Das Haus gegenüber lag im Dunkeln, denn die nächste Straßenlaterne erleuchtete erst einige Meter weiter den

Weg. Sie war im alten Stil gehalten und gefiel Rosalie. Der Lichthof umfasste die Zweige eines Baums, die sich im Wind bewegten.

Nun, da es in Rosalies Kopf tatsächlich still geworden war, konnte sie auch entfernt wieder das Rauschen der Wellen hören. Ein beruhigender Rhythmus. Ihre Atemzüge passten sich ihm an.

Die Tür öffnete sich erneut. Theo Meisner hielt einen Blindenstock in der einen, einen Schlüssel in der anderen Hand. Marwin Riesenhund saß immer noch an Ort und Stelle. »Danke für Ihre Geduld, Frau Berg.«

Wieder Berg statt Burg. Rosalie verzichtete darauf, ihn zu korrigieren. »Was nun, Herr Meisner? Muss ich mir einen Strandkorb für die Nacht suchen?«

Er lächelte zum ersten Mal, was ihn sympathischer wirken ließ. »Selbstverständlich nicht. Ich begleite Sie in den Gästebereich, der Eingang ist um die Ecke. Wir haben dort immer Bettwäsche und Handtücher, also sind Sie versorgt. Allerdings wurde nicht geheizt.«

Das Frieren würde demnach eine Nacht weitergehen, doch wenigstens musste Rosalie nicht auch noch mit einer Hotelzimmersuche beginnen. »Danke, dass ich bleiben kann.«

»Gern. Bis morgen. Ich konnte Kojo nicht erreichen und werde es später noch mal versuchen. Sein Abflug von Hamburg wurde vorverlegt, und sein gesamter Aufbruch war überstürzt. Nur so kann ich mir das Missverständnis erklären.«

»Tut mir leid.«

»Nicht zu ändern. Kojo hat nach dem Wechsel zwischen Tochter und Mutter zwar gemeint, dass Sie die Richtige wären, um mir Gesellschaft zu leisten. Aber, wie gesagt, ich möchte das nicht. Definitiv nicht. Sie sind aus Köln angereist, oder?«

»Stimmt.« Rosalie dachte an den Schokoladendom in ihrem

Rucksack, den sie als Willkommenspräsent mitgenommen hatte. Besser wären Rollkragenpullover und Jacke gewesen.

»Mir nach, Frau Berg.« Er trat unter die Fischlampe. »Und du, Marwin, du bleibst.«

Theo Meisner ging mit einer Sicherheit an Rosalie vorbei, die sie staunen ließ. Der riesige Hund schlabberte sich mit seiner langen rosa Zunge einmal über die Nase. Folgsam blieb er auf der Schwelle sitzen. Rosalie war er immer noch nicht geheuer. Sie griff sich ihren Koffer und beeilte sich, Theo Meisner zu folgen.

4

Die ungewohnte Helligkeit weckte Rosalie. Hatte sie vergessen, die Jalousien herunterzulassen?

Überhaupt musste es in Köln einen Temperatursturz von mindestens 20 Grad gegeben haben. Noch dazu schien ein Papageienschwarm aus dem Zoo ausgebrochen zu sein, denn von draußen war ein mehrstimmiges Krakeelen zu hören. Rosalie rieb sich die Augen und streckte sich. Selbst der Kopfkissenüberzug fühlte sich anders an als sonst.

Nach einem Blinzeln fiel ihr alles wieder ein: die Fahrt mit der Fähre. Die Möwen, das Taxi. Am Ende ihre unglückliche Ankunft in Nebel bei Theo Meisner. Sie zog sich die Decke über den Kopf. Darunter war es angenehm warm. Sie beschloss, noch einen Moment liegen zu bleiben, die Geschehnisse einzuordnen.

Rosalie kam sich vor wie ein naives Stadtkind, das keine Sekunde lang daran gedacht hatte, dass außerhalb seiner bekannten Umgebung anderes Wetter herrschen könnte. Hätte sie auch auf eine Kreuzfahrt nach Island hauptsächlich Shorts, Shirts und ein Sommerkleid mitgenommen? Natürlich nicht. Sie war kurz versucht, ihrem Ex-Mann eine Teilschuld zuzuschieben, doch sich mit ihm zu beschäftigen, würde sie keinen Schritt weiterführen.

Der Gedanke an Egbert brachte sie direkt zu Pauline, die gestern überhaupt nicht mehr zurückgerufen hatte. Es konnte durchaus sein, dass das Mädchen in ihrer Queensland-Euphorie eine mögliche Absage des Amrumjobs übersehen hatte.

Von Rosalies Tochter war es nur ein gedanklicher Katzensprung zurück zu Theo Meisner. Einen gebrechlichen Greis mit weißem Stock hatte sie im Kopf gehabt. Angetroffen hatte sie einen arroganten jüngeren Mann, der überhaupt kein Interesse an ihrer Gesellschaft hatte und dem anscheinend ein vierbeiniges Schlabbermonster genügte. Marwin. Was war das für ein Name für einen Hund.

»Sprich es aus, wenn es für dich stimmt«, hatte Marion gestern Nacht am Handy noch zu Rosalie gesagt, nachdem sie schließlich von der bösen Überraschung erfahren hatte.

»Alles Scheiße«, hatte Rosalie daraufhin laut gerufen.

Laut rufen und dazu noch das Wort Scheiße, so was entfuhr Rosalie höchst selten. Marion hatte daraufhin einen Lachanfall bekommen, in den Rosalie eingestimmt hatte. Wenigstens ein netter Abschluss des missglückten Tages.

Schließlich schlug sie die Decke zurück und setzte sich auf.

Das Licht kam durch die hellblauen Vorhänge am Fenster rechts von ihr. Immerhin war die Wetterlage heute um einiges besser, genauso, wie es der Wollmützenmann auf der Fähre prophezeit hatte. Sein lustiges Grübchen fiel ihr wieder ein. In weiterer Folge kam ihr der jüngere Spitzbart-Locken-Mensch ins Gedächtnis, der ihr das Taxi besorgt hatte. Beide hatten in ihrer Freundlichkeit Rosalies Fast-Gast und Arbeitgeber weit übertroffen.

Sie streckte den Arm aus und zog mit den Fingerspitzen den Vorhang ein Stück zur Seite. Draußen war die Witterung nicht bloß besser, es herrschte sogar strahlender Sonnenschein.

Seitlich an der Einliegerwohnung, am Rand der Straße und vor dem Nachbarhaus, stand ein Baum, um den eine Bank gebaut war. Der Ausblick gefiel Rosalie auf Anhieb. Die Uhr auf dem Handy zeigte ihr, dass es kurz vor neun war, Rosalie hatte länger geschlafen als gedacht. Sie schwang sich aus dem Bett und gähnte.

Richtig kalt war es jedenfalls nicht mehr. Gestern hatte sie sich mit dem Kölner Schokodom getröstet, sich gewaschen, die Zähne geputzt und das Bett überzogen. In ihrem dünnen Sweater war sie erschöpft schlafen gegangen. Richtig in Augenschein genommen hatte sie die Unterkunft nicht.

Dafür eignete sich der brandneue Tag, der die Dinge durch den Wetterwechsel viel freundlicher erscheinen ließ.

Das Zimmer war klein, wirkte aber gemütlich. Die Möbel waren in hellgrauer Kiefer gehalten. An den Wänden hingen Bilder von Fischen und Booten auf dem Wasser.

Rosalie ging in die Küche. Sie goss sich ein Glas Wasser aus der Leitung ein und stellte sich ans Küchenfenster. Der Vorgarten begeisterte sie sofort. Üppig bepflanzt strahlte er in allen möglichen Blütenfarben. Auf der anderen Straßenseite stand ein weißes Reetdachhaus mit sechsteiligen Fenstern, und an der Mauer neben dem Eingang rankte sich eine Rosenhecke voller roter Blüten empor, die nur so zum Schnuppern einluden. Nichts davon hatte Rosalie bei ihrer Ankunft in Nebel und im Nebel gestern Abend wahrgenommen.

Der Hunger meldete sich zurück. Kein Wunder, schließlich war ihre letzte Mahlzeit quasi für die Möwen gewesen, und der Schokodom hatte sie nicht gesättigt. Höchste Zeit, sich auf die Suche nach einer Frühstücksmöglichkeit zu machen.

In Erinnerung an die niedrigen Temperaturen zog sie zwei ihrer Shirts unter den Sweater. So ganz wollte sie der Sonne noch nicht trauen. Sich heute noch eine Jacke zu kaufen, wäre hingegen sinnlos. Schließlich stand nach ihrer Ankunft bereits ihre Abreise fest. Zu Hause in Köln hingen genug warme Sachen im Schrank.

Sie schnappte sich Handy, Börse und Schlüssel und verstaute

alles in ihrer gelben Strandtasche, die sie sich extra für die Reise geleistet hatte. Dann schlüpfte sie in Jeans, Socken und Sneaker und verließ die Einliegerwohnung.

Die Luft draußen war tatsächlich frisch, es wehte ein recht kräftiges Lüftchen. Aber die Stimmung war eine völlig andere als bei ihrer Ankunft. Das Haus von Theo Meisner wirkte richtig sympathisch mit seinen dunkelroten Ziegeln und der blauen Eingangstür. Die Kugelfischlampe bewegte sich im Wind hin und her. Weder der Hausherr noch der Riesenhund waren zu sehen.

Rosalie lief weiter die Straße entlang. Weiße und rote Fassaden wechselten sich mit Ziegelbauten ab. Die Reetdächer waren meist grau oder braun und wirkten wie Mäntelchen, die sich über die Gebäude schmiegten. Dazu schienen alle Anwohner Hobbygärtner zu sein. Rosalie hätte nicht sagen können, welcher Vorgarten ihr am besten gefiel. Sie mochte auf Anhieb auch die erstaunlich vielen Bäume, die fast in jedem Garten wuchsen und die Straße säumten.

Mit ihr waren eine Menge andere Leute unterwegs, von denen die meisten wie auf der Fähre Jacken trugen. Etwas kalt war ihr, aber im hellen Tageslicht konnte sie über die Missgeschicke von gestern bereits schmunzeln. Immerhin würde sie allen etwas zu erzählen haben, noch lange, nachdem das kurze Zwischenspiel schon wieder vorbei war. Mit einem Blick in den Himmel wurde ihr zudem klar, warum sie beim Aufwachen an eine Papageienschar hatte denken müssen, denn über ihr zogen Schwärme von Vögeln dahin. Ihre Laute erinnerten Rosalie an ein voll besetztes Theater und das Gemurmel im Zuschauerraum, bevor es dunkel wurde.

Was Rosalie jetzt noch brauchte, war Orientierung. Anstatt das Handy zu benutzen, entschied sie sich für das altmodische Nach-dem-Weg-Fragen. Sie sprach einen der Passanten an, der ebenfalls mit einer Strandtasche über der Schulter an ihr vorbeispazierte.

»Hallo! Ich bin auf der Suche nach einer Frühstücksmöglichkeit und dem Strand.«

»Moin, Moin.« Zur Windjacke trug er ein Käppi mit einem Anker darauf, seine Leggings war ebenfalls mit Ankern übersät.

»Tschuldigung.« Rosalie kam sich direkt unhöflich vor. »Natürlich auch einen guten Morgen.«

Der Mann zeigte zuerst auf einen Wegweiser, der neben einer Laterne stand. Darauf waren jede Menge Tafeln mit unterschiedlichsten Namen und Bezeichnungen angebracht. Rosalie legte den Kopf in den Nacken und begann zu lesen, bis ihr der Mann auf die Schulter tippte. »Sie müssen beides nicht lang suchen. Einfach mir nach.«

»Danke schön!«

Nach ein paar Metern bog er links ab. Rosalie beschleunigte ihre Schritte und überholte ihn, kam doch eines ihrer Ziele schneller in Sichtweite als gedacht. Der Strand – und dazu das Meer.

Ihr wurde bewusst, dass sie das Wasser schon die ganze Zeit hatte sehen können. Zwischen den Häusern und Gärten, hinter jedem Baum hatte das Blau hervorgelugt. Meeresblau.

Aber das Wasser war eben nicht das Einzige, das sich in der Sonne vor ihr ausbreitete. Der Strand, auf den sie zulief, war weiß. Puderzuckerweiß. Und er dehnte sich in einer unendlich scheinenden Weite aus. Völlig überwältigt zückte sie im Gehen ihr Handy. Davon musste sie Fotos machen und sie an ihre Mutter, Marion und Pauline schicken. Nicht zu vergessen ihren Sohn Oskar.

Doch statt zu fotografieren, ließ sie den Arm wieder sinken. Der Anblick war zu schön, um nicht zuerst einfach nur bestaunt zu werden. Auf dem Wasser waren Segelboote zu sehen, und am Strand führte ein Bohlensteg zu den klassischen Strandkörben. Rosalie malte sich aus, wie sie in einem sitzen und einfach die Zeit an ihrer Nase vorbeistreichen lassen würde.

Ihr stach etwas Beeindruckendes ins Auge, das ihr gestern bei den schlechten Wetterbedingungen entgangen war: der Leuchtturm in der Ferne. Mit seinen rot-weiß-roten Streifen und dem Laternengehäuse an der Spitze erinnerte er Rosalie an einen bunten Bleistift. Oder auch an einen stylish lackierten Fingernagel, der in das Blau des Himmels zeigte.

Nur ein paar Meter weiter meinte sie schließlich am zweiten Ziel ihrer Vormittagsträume zu sein: ein Stand, an dem Kaffee ausgeschenkt wurde. Ein Büdchen, wie sie es auch in Köln gern für einen kurzen Zwischenstopp besuchte. Rosalie stellte sich an, und nach wenigen Minuten erhielt sie von einer sehr jungen Frau mit langen dunkelblonden Zöpfen einen Coffee to go in einem wiederverwendbaren Becher.

»Moin, Moin« Das Mädchen grinste fröhlich. »Ein Kaffee in einem Pott, der für immer der deine bleiben kann. Bring ihn wieder mit, das macht Laune.«

»Ich werde es mir merken, danke.«

»Noch was dazu? Ein Krabbenbrötchen vielleicht?«

Rosalie stutzte kurz. »Doch, ja. Warum nicht.« Eine für sie absolut ungewöhnliche Frühstückskombination.

Nach dem Zahlen setzte sie sich auf einen der Steine neben dem Bohlensteg und war in diesem Moment vollkommen mit sich im Reinen. Der Wind pfiff ihr um die Ohren und wehte ihr um den Nacken, aber es machte ihr nichts aus.

Eigentlich würde ich mir doch gern eine Jacke und eine Mütze kaufen, überlegte Rosalie.

Von hier sollte sie sich nicht so einfach wieder vertreiben lassen.

5

Nach der ungewohnt herrlichen Frühstücksmischung aus Kaffee und Krabbenbrötchen blieb Rosalie noch eine Weile auf dem Stein sitzen. Es war erstaunlich, wie ein Meerblick es schaffte, die laufenden Gedanken zur Ruhe zu bringen.

Gleich würde sie sich einen zweiten Kaffee gönnen und dann den Steg bis zum Ende laufen. Dort erwartete sie der nächste Genuss: Sneaker ausziehen, Socken abstreifen und mit nackten Füßen diesen unsagbar weißen Sand betreten.

Danach wäre sie bereit, sich mit der Pleite, zu der sich ihr Abenteuer entwickelt hatte, auseinanderzusetzen. Nach einem tiefen Durchatmen stand sie auf und kehrte zum Büdchen und in die Schlange der Kunden zurück, die bereits länger geworden war. Während des Wartens machte sie endlich die ersten Fotos vom Panorama und sendete sie an ihre Kinder, an Mutter Ulla und Marion.

Ulla und Marion antworteten in Sekundenschnelle. »Wow, ich beneide dich« und »Wann geht das nächste Schiff«, waren die Reaktionen. »Kauf dir ein Zelt, und bleib am Campingplatz«, textete Marion noch hinzu.

»Vielleicht keine schlechte Idee«, schrieb Rosalie zurück.

Selbst Pauline schickte ein paar Minuten später zumindest einen Daumen hoch und ein müdes Smiley-Gesicht, was Rosalie erleichterte, weil sie nun wusste, dass es ihrer Tochter gut ging. Ein Gespräch über die missglückte Kommunikation mit Theo Meisner stand noch aus.

»Ahoi, schöne Frau.«

Die Ansprache riss Rosalie von ihrem Display los.

Im Inneren des Imbisses hatte das Personal gewechselt. Statt des Mädchens mit den Zöpfen bediente sie nun ein Mann, geschätzt ein paar Jahre älter als Rosalie. Sein Gesicht war braun gebrannt, nur unter den Augen zeigte sich ein heller Rand. Dazu tiefe Lachfalten um Mund und Nase. Auf dem Kopf trug er einen Stoffhut, auf dem vorne zwei Hummer abgebildet waren, die sich umarmten. ›Vieni da Raul‹ war darunter aufgedruckt.

»Welchen Wunsch kann ich Ihnen von den Augen ablesen, Signorina?«

Damit brachte er Rosalie zum Lächeln. Fräulein hatte sie schon lange keiner mehr genannt. »Noch ein Kaffee wäre großartig.« Sie hielt ihm den Becher hin.

Während er sich routiniert an der Kaffeemaschine zu schaffen machte, musterte er Rosalie von der Seite. »Gerade erst angekommen?«

»So ist es.«

»Zum ersten Mal hier, oder?«

»Sieht man es mir an?«

Mit Schwung lupfte er kurz den Stoffhut, darunter kam eine Mischung aus schwarzen und grauen Haaren zum Vorschein. »Willkommen! Ihre Wangen glänzen, und Ihre Augen strahlen. Das bewirkt der erste Anblick von Sand und Wellen, Sonne und Himmel immer. Insellicht lässt Frauen noch schöner werden, wenn ich das sagen darf.«

»Sie dürfen.«

Der nächste Satz ging im Fauchen des Milchschäumers unter. » … abends in der Inseldisco.«

»Okay«, antwortete Rosalie, um nicht nachfragen zu müssen.

»Ich bin übrigens Raul.« Am Ende streute er eine Prise Kakaopulver auf den Schaum. »Raul aus Firenze. Schon ewig auf Amrum. Von einem Meer zum anderen. Ha!«

»Freut mich. Ich heiße Rosalie.«

»Rosalita, wie wunderbar.« Er schnippte mit den Fingern. »Vielleicht ein Krabbenbrötchen dazu? Schmeckt magnifico.«

»Hatte ich schon, danke.«

»Dann viel Freude und einen herrlichen Tag. Man sieht sich also.« Erneut wirbelte er seinen Hut in die Höhe, die Hummer vollführten eine Drehung. »Ciao, Signorina!«

Mit einem Lachen kehrte Rosalie auf den Bohlensteg zurück.

Höchste Zeit, barfuß zu laufen. Sie begann, die Sneaker im Stehen auszuziehen. Erst den rechten, mit einer Hand, in der anderen den Becher balancierend. Dann die Socke Nummer eins, die sie unter die Achsel klemmte. Nun war der linke Fuß dran. Dass dieses Kunststück nicht gut ausgehen konnte, wurde Rosalie in dem Moment klar, als sie das Gleichgewicht verlor und zur Seite kippte. Mit ihr der Milchkaffee, der sich mit einem Überschwappen auf ihren zitronengelben Sweater ergoss. »Das ist doch …« Weiter kam sie nicht.

Jemand fing sie auf, bevor sie zu Boden ging, und nahm ihr zugleich den Becher ab. »Vorsicht. Auf einem Bein zu stehen ist mehr was für Flamingos.«

Rosalie sah hoch und blickte in ein bekanntes Gesicht. Auch wenn sie im ersten Moment keine Ahnung hatte, wo sie den Mann einordnen sollte.

Er wartete, bis sie aufrecht stand, dann ließ er sie wieder los. »Geht es?«

»Ja, alles klar. Danke.« Rosalie nickte, zugleich ging sie im Kopf die Möglichkeiten durch, wo er ihr schon einmal begegnet sein mochte.

Er schien ebenfalls nachzudenken. Dann zeigte er auf die Kaffeespur, die sich auf Rosalies Kleidungsstück ausbreitete wie ein Bachlauf, der über die Ufer getreten war. »Sie kriegen nun doch meinen Friesennerz, denn Ihr Oberteil muss in die Reinigung. Wenn ich mich richtig erinnere, haben Sie sonst nichts Warmes dabei.«

Seine Mundwinkel gingen nach oben zu einem unverschämt freundlichen Grinsen. Dazu entstand ein Grübchen auf seiner rechten Wange, und da fiel es Rosalie wieder ein. Der Mann von der Fähre, der sie vom Sturz über ihr Gepäck gerettet hatte. Ohne die Mütze hatte sie ihn nicht mit der Begegnung an Deck in Verbindung gebracht, und durch die Kopfbedeckung hatte sie weder seine braunen Haare gesehen noch die Koteletten. Aber an sein Lachen erinnerte sie sich nur zu gut. »Herrje, das ist mir jetzt aber unangenehm.« Ihre Wangen wurden heiß, was diesmal nicht an der Sonne lag.

Sie wischte mit der Socke über die nasse Stelle, was zur Folge hatte, dass der helle Sockenstoff ebenfalls dunkler wurde. Hörten denn die Peinlichkeiten auch am zweiten Tag auf Amrum nicht auf? »Ich komme zurecht!« Am liebsten wäre sie weiter Richtung Strand gelaufen, doch ihr rechter Schuh war noch an ihrem Fuß, während der linke Sneaker neben dem Steg in einen sandigen, schmalen Graben gepurzelt war. Hinkend Reißaus zu nehmen, hätte dem Missgeschick die Krone aufgesetzt.

»Natürlich.« Er grinste immer noch. »Dass wir uns so schnell wiedersehen, damit hätte ich nicht gerechnet. Moin, Moin.«

Rosalie stopfte die eine Socke in die Tasche ihrer Jeans. »Normalerweise bin ich überaus patent. Ich meine fleißig. Was ich sagen will, ist, dass ich ein geschickter Mensch bin.« Sie rang nach den richtigen Formulierungen und einem Beispiel. »Ein zerrissenes Hemd meines Ex-Mannes nähe ich so, dass es wie neu aussieht.« In Gedanken schüttelte Rosalie über sich den Kopf. Was redete sie da bloß schon wieder? Schweigen wäre wirklich Gold gewesen.

»Sie kommen aus Köln und können nähen und haben einen Ex-Mann – drei Informationen, die mir gefallen. Das meine ich ehrlich.« Weiter lachend zog er am ersten Knopf seiner Jacke. Eine Wiederholung des Ablaufs auf dem Schiff bahnte sich an.

Mit einer unbeholfenen Geste stoppte Rosalie ihn. »Nein, nein. Nicht ausziehen. Ich will Ihre Jacke nicht.«

»Oh«, er stutzte. »Ich wollte sie bloß öffnen, weil es immer wärmer wird.«

Rosalie sah ihn verdutzt an, dann begann sie, über sich selbst und die Fettnäpfchenserie zu kichern. Das Aufeinandertreffen ähnelte immer mehr einer Szene in einer Komödie. »Wissen Sie was? Alles auf Anfang, würde ich vorschlagen.«

Sie zog sich den linken Sneaker samt Socke endlich aus und stützte sich dabei an der Schulter des Mannes ab. Dann fischte sie den rechten Schuh vom Boden und holte sich von ihrem Gegenüber den Kaffeebecher zurück. Außer etwas Milchschaum gab es keine Flüssigkeit mehr darin. »Danke fürs Auffangen und Verzeihung, dass ich etwas verwirrt wirke.«

»Das tun Sie nicht.« Sein Schmunzeln kehrte zurück. »Aber Ihr Kaffee ist alle.«

»Ich kann mir einen neuen holen.«

Da sich die Menschenschlange am Büdchen allerdings inzwischen verdreifacht hatte, beschloss Rosalie, lieber den Rückweg am Strand entlang anzutreten. Über diesen Umweg müsste sie ebenso zum Haus zurückfinden. Es galt, sich mit Theo Meisner auseinanderzusetzen. Sie würde ihn bitten, zumindest noch eine weitere

Nacht bleiben zu dürfen, auch gegen ein Entgelt, wenn es nicht anders ging. Somit würde aus dem vierwöchigen Inselabenteuer mit Bezahlung eben ein Kurztrip werden. Besser als nichts. Allein der Morgen hatte Rosalie schon aufgemuntert. Ein ganzer Tag am Strand und ein Bad im Meer würden sie mit der Pleite versöhnen.

Der Mann von der Fähre zupfte an einer seiner Koteletten. »Heute muss ich mit Antje rüber nach Föhr. Aber wenn Sie noch länger hier sind, könnten wir uns Donnerstag auf eine Tote Tante treffen. Und nicht auf den nächsten Zufall warten.«

»Wie bitte? Tote Tante, was soll das denn sein?«

»Ein heißes Kakaogetränk mit Zartbitterschokolade, Sahne und einem Schuss Rum.«

»Am Morgen?«

»Nein, am Nachmittag. So um drei. Sie können auch beim Kaffee bleiben. Mit einem Stück Friesentorte vielleicht. Im Friesen-Café schmeckt alles gut. Eines der besten auf Amrum. Dort kriegen Sie nur mit absolutem Glück einen Tisch.«

»Und Sie haben dieses Glück?«

»Könnte man sagen«, er nickte. »In Wahrheit kennen Antje und auch ich die Chefin gut. Heißt, bei Voranmeldung wird ein Platz für uns frei gehalten. Wenn Sie also Lust haben, kommen Sie vorbei. Als Entschädigung für Ihr Missgeschick.«

»Für das Sie überhaupt nichts können.«

»Stimmt. Aber ich möchte, dass Ihr Beginn auf der Insel besser ausfällt als mit einem Becher verschütteten Kaffee. Was übrigens ebenfalls Glück bringen soll.«

»Ja?«

»Zumindest glaube ich, etwas in der Art gehört zu haben.« Er streckte ihr seine Hand entgegen. »Justus. Justus Merten.«

Rosalie erwiderte den Händedruck. »Rosalie Burg.«

»Also, Donnerstag, drei Uhr, Uasterstigh 7. Ich muss jetzt weiter. Würden uns freuen. Soll ich Ihnen den Weg beschreiben?«

»Ich werde es schon finden.«

Er hob die Hand zum Gruß und ging in die Richtung, in der der Leuchtturm aufragte. Sie wollte ihn noch fragen, wer Antje war und was er auf Föhr machte, doch sie würde die Einladung ohnehin nicht annehmen können. Ihre angedachten zwei Tage auf der Insel würde sie allein verbringen und genießen.

Apropos Genuss: Es war endlich so weit. Rosalie drehte sich um und war in wenigen Schritten am Ende des Stegs. Als ihre nackten Zehen den noch kühlen Kniepsand berührten, vergaß sie alles andere und gab sich beim Laufen nur noch dem körnig-sandigen Gefühl an ihren Fußsohlen hin.

Immer weiter bis ans Wasser.

Ihre Füße wurden von einer ersten Welle überrollt, zugleich lief auch eine Gänsehaut von den Zehen aufwärts bis in die Haarspitzen. Das Prickeln war himmlisch, aber das Wasser eiskalt. Mit dem Schwimmen würde sie auf jeden Fall warten. Bevor die nächste Welle auch noch ihre Jeans nass machen konnte, wich sie zurück und marschierte auf dem Trockenen weiter.

Nach einigen Minuten kam sie ins Schwitzen. Sie zog den Sweater aus, legte ihn auf den Boden und setzte sich darauf. Der Kaffeefleck war noch nicht ganz trocken, was aber im Moment keine Rolle spielte. Rosalie atmete den Duft des Meeres ein, lauschte dem Rauschen, grub mit den Fingern kleine Löcher in den Sand und bewegte die Zehen.

Bei dem Gedanken an die Begegnung von eben musste sie automatisch lächeln. Tote Tante, das klang etwas schräg. Friesen-Café dagegen umso netter. Rosalie schloss die Augen.

Doch statt des Mützenmannes, der sie bereits zweimal im Fallen aufgefangen hatte, tauchte Egbert vor ihrem geistigen Auge auf, obwohl sie ihm in ihren Gedanken nicht mehr viel Raum schenken wollte. Wobei die Bezeichnung Ex-Mann nur auf den Scheidungspapieren stimmte. Rosalie war zwar offiziell getrennt, hatte sich aber nicht so richtig aus dieser Verbindung gelöst. Diese vierwöchige Auszeit auf Amrum, weit weg von Köln, hätte ein Schritt weiter auf ihrem neuen Weg werden sollen.

Ein altbekanntes Seufzen löste sich aus ihrer Brust und die gute Stimmung in ihrem Herzen ab.

Eine Rückschau war nun unvermeidlich …

6

Die Hitze presste sich durch die Kölner Straßen. Erst Anfang Juni und bereits Temperaturen wie in der Karibik, nur leider ohne Strand und Meer. Nicht mal ein Hotelpool zum Abkühlen in der Nähe.

Rosalie machte die Tür hinter sich zu und lehnte sich dagegen. Die Tüte mit den Einkäufen ließ sie zu Boden gleiten, das Papier knisterte. Die Milch- und Limonadenflaschen stießen gegeneinander.

»Prost!«, sagte Rosalie laut, obwohl ihr nicht nach Feiern zumute war. Ihr war auch ohne Alkohol schwindlig. Das Treppensteigen bis in den vierten Stock, das ihr sonst das Gefühl gab, immer noch topfit zu sein, war schon seit einigen Tagen mühselig. Ihr Herz pochte zu schnell. Ihr blonder Zopf war dabei, sich aufzulösen, Schweißtropfen klebten auf ihrer Stirn. Sie lauschte in sich hinein und vernahm ein Sausen in den Ohren, das nach einem aufkommenden Wind klang. Der Stadt und Rosalie würde eine kühlende Brise guttun, aber draußen regte sich kein Lüftchen. Nur in Rosalies Kopf machte sich das Rauschen breit.

Das Holz an der Tür erwärmte sich durch die Berührung mit ihrem Rücken. Schweißtropfen sammelten sich unter ihrer Bluse. Nach einer weiteren Minute Anlehnen und Innehalten gab sie sich einen Ruck und setzte sich in Bewegung. Mit einem tiefen Seufzen griff sie nach der Tüte und brachte die Lebensmittel in die quadratisch-praktische Küche.

Das Seufzen begleitete Rosalie schon den ganzen Morgen über, es breitete sich aus wie Unkraut. Wenn sie ehrlich war, hatte sie auch gestern viel geseufzt und vorgestern ebenso, in Wahrheit ging das schon ein paar Wochen so. Oder sogar Monate? Ganze Seufzerwellen schienen sich aus ihrer Brust ans Tageslicht zu rollen. Sie legte sich eine Hand aufs Herz. Langsam regulierten sich die Schläge.

Eigentlich ging es ihr gut, oder zumindest nicht schlecht.

Vor drei Monaten hatte sie endlich diese süße Bude, wie Rosalies Tochter Pauline die Dachwohnung nannte, gefunden und war aus einer riesigen Schar Bewerbern als Mieterin ausgewählt worden. Es war wirklich wie Weihnachten und Geburtstag zusammen gewesen. Der Vermieter hatte Rosalie als seriöse Dame bezeichnet, was ihr nicht gefallen hatte, doch für ein erschwingliches Single-Appartement in der Großstadt in einem netten Viertel war eine solche Bezeichnung hinzunehmen. Nicht einmal eine Verdienstbescheinigung hatte Rosalie herzeigen müssen, was ihre größte Sorge gewesen war, weil sie keine hatte.

Also Glück im Unglück ihrer zerbrochenen Ehe. Offiziell geschieden waren Egbert und sie schon über ein halbes Jahr. Diesen letzten Akt im Stück ihrer Trennung hatten sie lange hinausgeschoben, und doch war er unvermeidlich gewesen. Ihre Beziehung hatte sich längst von einem echten Miteinander verabschiedet. Das daraus folgende Ehe-Aus war nur der letzte richtige Schritt gewesen.

Der Entschluss, sich zu lösen und endlich zu gehen, hatte lange, in Wahrheit zu lange in Rosalies Herzen auf seine Durchführung gewartet. Schließlich hatte sie all ihren Mut zusammengenommen, wie es so schön hieß. Leicht war es ihr wirklich nicht gefallen.

Nun war es für sie ungewohnt und aufregend zugleich, nach Jahrzehnten in der Vorstadt in Stommeln wieder mitten in der City zu wohnen. Allein. Auf eigenen Füßen zu stehen. Unabhängig zu sein, zu arbeiten, um eigenes Geld zu verdienen. Sich frei zu fühlen und es zu sein. Zumindest in der Theorie. Die Praxis gestaltete sich anders. Wenn nämlich der Ex-Mann oder die Kinder nach Rosalie riefen, war sie da. Immer noch.

Aber Mama war keine Familienmanagerin mehr, wie es in der Werbung so wunderbar hieß. Mann und Kinder und trautes Heim sollten nicht mehr Rosalies Alltag bestimmen. Auch hier war die Schnittmenge zwischen theoretischer und praktischer Durchführung marginal.

Pauline und Oskar waren eigentlich erwachsen. Pauline studierte in Aachen Soziologie. Oskar lebte mit seiner festen Freundin Dilara, einer Medizinstudentin, in Berlin und war dabei, mit seinen Kumpels ein Geschäft aufzuziehen: originelle Etiketten- und Schildergestaltung für Firmen. Es lief seiner Aussage nach hervorragend an.

Die Kinder, die man nicht mehr so bezeichnen konnte, waren selbstständig. Größtenteils.

Außer, dass Pauline immer noch ihrer Mutter die Wäsche brachte, weil es in der WG keine Waschmaschine gab, und Oskar sich nicht mit der Trennung der Eltern abfinden wollte und seiner Mutter bei jeder Gelegenheit zu einer Rückkehr ins Elternhaus riet. Nicht zu vergessen, dass sie alle das letzte Weihnachtsfest genauso gefeiert hatten wie die Jahre davor. Gemeinsam. Rosalie hatte gekocht und den Baum geschmückt, sie hatten gesungen und sich gegenseitig beschenkt. Ein Außenstehender hätte keinen Unterschied zwischen vor und nach dem Auseinanderdividieren der Eltern bemerkt. Und im April, Auszug und Scheidung lagen bereits hinter ihr, hatte Rosalie alles für Egberts sechsundfünfzigsten Geburtstag arrangiert. Die Liste ihrer Familienmanagerin-Tätigkeiten war in Wahrheit noch um einiges länger geworden. Gutes Wort übrigens für Scrabble.

Doch damit war jetzt Schluss. Rosalie war auf dem Weg in ein neues Leben. Noch nicht angekommen, dazu würde es mehr als diese zwölf Wochen in der eigenen Bude brauchen, aber sie war in dem ihr möglichen Tempo unterwegs.

Nur nicht, wenn eine Hitzewelle über Köln lag und sie sich mit klopfendem Herzen an die Tür lehnen musste, um neuen Schwung zu bekommen. Letztes Jahr war sie einundfünfzig geworden. Tolles Alter, um noch einmal von vorne zu beginnen. Oder?

Weder das Eigentlich noch das Oder wollte Rosalie näher betrachten. Nicht jetzt. »Verschieben wir es auf später«, hatte schon Scarlett O'Hara in *Vom Winde verweht* am Ende dieses Monumentalschinkens sich und den Kinobesuchern erklärt. So würde es auch Rosalie halten. Zumindest heute. Sie seufzte wieder und gleich ein weiteres Mal als Zugabe.

Auf geht es mit Schwung, dachte sie, fühlte sich aber erschöpft und leer.

Nachdem sie die Einkäufe verstaut hatte, blieb Rosalie noch eine Weile am offenen Kühlschrank stehen und fächelte sich Luft zu. Dann holte sie sich ein Cornetto-Eis aus dem Tiefkühlfach und biss die obere Kruste ab. Ein leichtes Ziehen in den Zähnen machte sich bemerkbar, aber der eisige Genuss überwog.

Rosalie durchquerte das Wohnzimmer, öffnete die Balkontür und stellte sich auf den Austritt. Neben dem gelben Stuhl und dem eingeklappten halben Tischchen gab es noch Platz für eine Ranke und Rosalie selbst. Hätte sie den Tisch aufgeklappt, hätte sie sich setzen müssen. Trotzdem war ein kleiner Balkon besser als nichts.

Die Luft im Freien war wärmer als in der Wohnung, doch sie wollte nach dem anstrengenden Vormittag die Aussicht genießen.

Sie hatte freien Blick über die Dächer der anderen Häuser, konnte mehrere üppig bepflanzte Terrassen sehen, die diesen Namen auch verdienten. In weiterer Ferne ragten sogar die Turmspitzen des Kölner Doms vor einem blauen Himmel mit weißen Wattebauschwolken auf. Ein Ausblick, der sie für den enttäuschenden Morgen entschädigte.

Rosalie knabberte weiter an ihrem Eis und rekapitulierte den Termin bei der Zeitarbeitsfirma. Ihr aktueller Minijob lief demnächst aus. Dreimal pro Woche hatte sie in einem Bekleidungsgeschäft in der Kölner Innenstadt gearbeitet. Ein kleiner Laden mit einer schwierigen Inhaberin. Rosalie war dazu da gewesen, Neuware einzusortieren und sauber zu machen. Modeberatung hatte ausschließlich die Chefin übernommen, obwohl Rosalie sich gern auf die Kundinnen eingelassen hätte. Aber sie hatte es gemocht, endlich eigenes Geld zu verdienen, und hatte sich angepasst. Nun wurde der Laden bald geschlossen, die Chefin zog es nach München. Dort erhoffte sie sich ein exklusiveres Publikum. Rosalie hätte sogar mit übernommen werden können, aber ein nächster Umzug in eine noch teurere Ecke des Landes kam für sie nicht infrage. Rosalie hatte auf einen nächsten Minijob gehofft, aber nicht einmal im Gastgewerbe war etwas für sie dabei gewesen.

»Mit über fünfzig wird's schwer«, hatte die Beraterin gemeint, die höchstens dreißig war, und mit den Schultern gezuckt. »Sorry.«

»Ich möchte mich nicht beim Amt melden müssen.«

»Frau Burg, das tun doch viele in Ihrer Lage.«

»Meine Lage ist gut. Ich bin topfit. Motiviert. Bereit, neu durchzustarten.«

»Schön, schön. Dann würde ich Ihnen zu einer neuen Ausbildung im Herbst raten. In einem Pflegeberuf.«

»Und was mache ich bis dahin?«

»Wir melden uns, sobald etwas Passendes für Sie hereinkommt. Tschaui.«

Vor allem das Tschaui hatte sich danach als winziger Ein-Wort-Ohrwurm in Rosalies Hirn eingenistet.

Das Eis verflüssigte sich rasch und tropfte auf den Boden.

»Ach, Mist.«

Rosalie kehrte ins Wohnzimmer zurück und ließ die Jalousie herunter, um nicht die aufkommende Mittagshitze zu sich einzuladen. Ohnehin staute sich in der Dachwohnung seit Tagen die Wärme. Ihr fiel der Ventilator ein, den sie bei ihrem letzten Besuch aus dem Haus in Stommeln hatte mitnehmen wollen.

Als wäre sein Stichwort gefallen, legte Rosalies Handy mit der Melodie zu *Für Elise* los, die einen Anruf von Egbert verkündete. Dieses Klavierstück hatte sie für ihren Ex als Klingelton ausgesucht. Die klassische Komposition passte zu ihm. Zu oft gehört und deshalb ein wenig nervig, könnte man sagen.

Eine Klangfolge lang überlegte Rosalie, ihren Ex-Mann auf die Mailbox sprechen zu lassen. Seine Nachrichten hörten sich darauf stets an, als würde er in einem Wahnsinnstempo ein Telegramm vorlesen, was Rosalie regelmäßig zum Lachen brachte, aber sie drückte dann doch auf den grünen Button.

»Hallo, Rosie, ich bin's.« Er klang erkältet, und ihr fiel seine Allergie ein. Hoffentlich nahm er regelmäßig die hausärztlich verschriebenen Tropfen.

»Alles okay, Bert?«

»Ja klar. Was machst du gerade?«

Seufzen. Darüber nachdenken, warum es mit neunundvierzig leichter sein soll, eine Arbeit zu finden, als mit einundfünfzig. Hauptsächlich aber mir das Licht ansehen, das durch die Jalousien auf den Teppichboden fällt. Es erinnert mich an ein Zebra. Scheint mein Herz und Gemüt zu beruhigen. »Ich habe eben überlegt, dass ich hier einen Ventilator brauche, Bert. Es ist noch nicht Hochsommer, und ich schwitze schon die Nächte durch. Wir haben einen in der Garage, auf dem Regal neben den leeren Blumentöpfen. Vielleicht kannst du mal nachgucken. Bitte.«

»Bei uns hier ist es nachts relativ kühl. Könnten es bei dir nicht vielleicht Hitzewallungen sein, Rosie?«

Rosalie öffnete den Mund, aber es kam nichts heraus außer einem nächsten Seufzer. Sie überlegte, mit einer Strichliste zu beginnen. Auf ihr würden wohl eine Unmenge Striche zu finden sein.

»Bist du noch dran, Rosie? Da war eben ein so komisches Ächzen.«

Das war nur ich. Ich und mein Ausgelaugtsein, lieber Ex. Dazu eine Hitzewallung, in meinem Alter durchaus möglich, genau, wie du eben festgestellt hast. »Was wolltest du denn, Bert?«

»So gut wie nichts.« Er zögerte und räusperte sich.

»Also etwas.«

»Es ist nicht wichtig, Rosie, aber ich hab gestern im Garten gearbeitet und mir mein Hemd zerrissen.«

»Welches?«

»Das Rotkarierte. Das ich so mag. Das um diese Jahreszeit einfach perfekt passt für die Freizeit. Du weißt, welches ich meine!«

Egbert hatte einige karierte Hemden im Schrank, aber bevorzugte meist ein bestimmtes.

»Wie schlimm ist es?«

»Ein glatter Riss an der Schulter, leicht zu flicken. Du wärst im Nullkommanichts fertig. Wir könnten danach abends auf der Terrasse einen Happen essen.«

»Kochst du?«

Er räusperte sich erneut und setzte ein Husten hinterher. »Die Allergie. Schon seit Tagen.«

»Was ist mit den Tropfen von Frau Dr. Matschulla?«

»Werde ich nehmen. Gute Idee.«

»Hol sie dir, sofort.«

»Aber ja doch.«

Sie hatten kein schlechtes Verhältnis seit ihrer Trennung. Jahrelang waren sie als Ehepaar ein eingespieltes Team gewesen, im Alltag und beim Aufziehen der Kinder. Egbert arbeitete beim Forstamt Pulheim in der Verwaltung, er hatte ein gutes Einkommen, und es war nie nötig gewesen, dass seine Frau arbeiten ging.

Für Rosalie war es nach der Heirat eine Mischung aus Fürsorge und Bequemlichkeit gewesen, zu Hause zu bleiben. Nein, stopp: Die Zeiten mit Mann, zwei Kindern und einem Haus mit Garten zu organisieren, war kein bequemes Leben, in dem man jede Menge Müßiggang hatte. Doch Rosalie hatte sich dieses Leben ausgesucht, freiwillig und am Beginn mit Freude und Leidenschaft. Keine Sekunde mit ihren Kindern würde sie missen wollen. Aus der großen Liebe zu Egbert war mehr und mehr Kameradschaft geworden, später jedoch leerer Raum mit einigen wenigen Fundstücken ihrer Verbundenheit. Manche Beziehungen hielten der Erosion der Zeit stand, die Ehe der Burgs war versandet.

Rosalie war während des Telefonats durch die Wohnung gelaufen, das Handy am Ohr. Zurück an der Eingangstür, drückte sie diesmal fester ihren Rücken gegen das Holz. Statt der Einkaufstüte rutschte sie selbst nach unten.

Egbert nieste. Einmal und noch einmal. Dann zog er die Nase hoch. »Die Züge fahren alle halbe Stunde, Rosie. Von dir aus bist du in zwanzig Minuten in Stommeln. Wenn du nachmittags auftauchst, würde ich die Nähmaschine nach draußen stellen, und du könntest mein Lieblingshemd wieder tragbar machen. Ich wollte dazwischen ohnehin noch in den Verein.«

Du könntest mich auch abholen, Egbert. Einkaufen, Essen zubereiten, den Tisch decken. Wenigstens staubsaugen und die Hemden bügeln, bis ich erscheine. Sonst übernehme ich es wieder, egal, wie fest ich mir vornehme, es nicht zu tun.

»Kommst du, Rosie?«

Rosalies Herz klopfte erneut schneller. Ihr war so heiß. Zu heiß sogar für einen nächsten Seufzer. Der Ventilator tauchte vor ihrem geistigen Auge auf, gefolgt von der schattigen Veranda. Das Haus, in dem sich so viele Erinnerungen angesammelt hatten.

Sie sah auf den Boden. Das Zebralicht wogte hin und her. So konnte es nicht weitergehen.

Dass sich Rosalies Wunsch nach Veränderung rascher erfüllte als gedacht, verwunderte sie in der Rückschau immer noch. Denn einen Tag nach dem Gespräch erhielt Pauline die überraschende Zusage für Queensland. Und Rosalie willigte ein, für ihre Tochter auf der Insel Amrum einzuspringen.

7

Langsam tauchte Rosalie aus ihren Erinnerungen auf. Eine Weile noch ließ sie den Blick in diese unglaubliche Ferne schweifen, dann war sie bereit für die Gegenwart. Sie wanderte durch den Kniepsand bis zu der Höhe, auf der sie die Einliegerwohnung vermutete. Wieder musste sie nach dem Weg fragen.

Im Haus unterzog sie als Erstes den Sweater mit ein paar Tropfen Spülmittel einer Fleckenreinigung. Ein Fleckenmittel war in der ansonsten gut bestückten Küche nicht zu finden. Inzwischen war die Temperatur zu ihrer Freude derart gestiegen, dass der Zwiebellook nicht mehr vonnöten war und ein einziges T-Shirt ausreichte. Von den Jeans wechselte sie zu Shorts, die Sneaker ersetzte sie durch Sandalen. Auch ihren Badeanzug holte sie heraus und legte ihn bereit. Ein Sprung ins Wasser musste einfach noch stattfinden, bevor sie zurückfuhr. »Wenigstens kommen meine Urlaubsklamotten zumindest einmal zum Einsatz«, erklärte sie Richtung Rollkoffer.

Sie hängte den nassen Sweater im Badezimmer auf, der Fleck war verblasst, im Gelb aber immer noch sichtbar. Er erinnerte an die Umrisse von Italien. Rosalie blieb am Waschbecken stehen und sah in den Spiegel.

Obwohl ihre Ankunft alles andere als stressfrei verlaufen war, sah sie unverhofft bereits ein wenig erholt aus. Eine überraschend gute Nachtruhe und zwei Stunden am Strand hatten dafür genügt. Ihre Wangen hatten sogar etwas Farbe bekommen, was sie an die Sonnencreme erinnerte, die sie in dreifacher Ausführung immer noch im Koffer hatte. Langsam gewöhnte sie sich an die kurzen Haare. Die Lachfalten um die blauen Augen mochte Rosalie, die um Mund und Nase gefielen ihr weniger. »Was soll's?«, munterte sie sich auf. »Für Ü50 ganz okay.«

Auch mit ihrem Körper war sie relativ zufrieden. Das Familienmanagerin-Leben hatte den Vorteil, dass man viel hin und her lief und dabei Kalorien verbrannte. Sportlich war Rosalie nicht, aber gut in Form. Früher hatte sie mit Egbert Tennis gespielt, doch nach seiner Hüftoperation war er aufs Angeln umgestiegen. Fische zu fangen war nie ihres geworden, der Verein, in den er eingetreten war, ebenso wenig.

Sie begegnete ihrem Blick im Spiegel und setzte eine ernste Miene auf. »Bei allem Verständnis, das ich für Ihre Ablehnung meines Aufenthalts habe, Herr Meisner, aber eine Nacht möchte ich zumindest noch bleiben. Das steht mir zu, finde ich.« Diesen oder einen ähnlichen Satz würde Rosalie gleich bei Theo Meisner vorbringen. Zu ihrem Spiegelbild gesprochen, hörte sich die Formulierung ganz ordentlich an.

Sie war noch nie der Typ Mensch gewesen, der gern diskutierte, doch in dem Fall war es ihr wichtig, sich durchzusetzen. Zwar hatte sie nach den Fährzeiten gegoogelt und hätte die Möglichkeit gehabt, heute mehrmals zurück nach Dagebüll Mole zu schiffen, um von dort einen Zug zurück zu nehmen, aber das hätte ihren Stresspegel sofort wieder nach oben getrieben. Die Enttäuschung war ohnehin groß, wenigstens vierundzwanzig Stunden Miniurlaub wollte sie sich gönnen.

»Besser keinen Konjunktiv.« Rosalie korrigierte sich. »Lieber

Herr Meisner, ich respektiere Ihre Entscheidung, aber vor morgen werden Sie mich nicht los.«

Diese Version gefiel ihr besser.

Rosalie verließ die Einliegerwohnung und umrundete das Haus. Unter dem Kugelfisch drehte sie sich noch mal um. Sie nahm den Anblick der runden Bank um den Baum, des Hauses gegenüber mit der duftenden Rosenhecke und des entfernten Meeres mit seinem herrlichen Blau in sich auf. Ihr Plan war, erst das Missverständnis zur Sprache zu bringen und die Übernachtung zu regeln, dann ihr Ticket umzubuchen. Für den Rest des Tages standen ein Sprung in die Wellen, ein Rundgang durch den Ort, vielleicht noch ein Besuch in einem der Inselcafés auf dem Programm.

Seit ihrer Ankunft gestern Abend hatte sie den Hausherrn nicht mehr zu Gesicht bekommen. Noch bevor sie auf die Klingel drücken konnte, sah sie, dass die Eingangstür diesmal nur angelehnt war. Rosalie klopfte, niemand reagierte. Die Tür schwang auf und gab den Blick auf einen geräumigen Flur frei. Rechter Hand gab es eine Garderobe im selben hellgrauen Holz wie auch die Einrichtung in ihrer Unterkunft. Daran hingen Regenjacken und Hüte, darunter standen zwei Paar Regenstiefel in Grün und Gelb. Weiter vorne kam ein Mauerbogen, der weiter in den Wohnbereich führte.

»Hallo, ist jemand da?«

Keine Antwort.

Rosalie machte einen Schritt in den Innenraum. »Hier ist Rosalie Burg, ich wollte mit Ihnen sprechen, Herr Meisner.«

Nach zwei weiteren Schritten blieb sie unschlüssig stehen. Sollte sie später zurückkommen oder Theo Meisner vielleicht anrufen, um alles am Telefon zu bereden? Wobei sie ein persönliches Zusammentreffen auf jeden Fall besser fand. Wenn sich ihr Fast-

Arbeitgeber allerdings über Stunden nicht blicken ließ, würde ihr die Zeit für ihre Erkundung verloren gehen.

Sie entschloss sich, aufzubrechen und von unterwegs eine Textnachricht zu senden mit der Bitte, ihr einen Zeitpunkt zu nennen, an dem er wieder zu Hause sein würde.

Hinter ihr bewegte sich etwas.

»Ah, Herr Meisner.« Rosalie drehte sich um.

Doch nicht der Blinde stand in der geöffneten Haustür, sondern der Riesenhund.

Für einen Moment war Rosalie wie erstarrt. Sie fürchtete sich nicht vor Hunden, hatte aber vor der Größe dieses Tiers durchaus Respekt. Sein Fell war halblang und leicht verwuschelt, hellgrau in der Farbe. Der Hund passte zum Holz der Möbel. Seine Ohren hingen seitlich nach unten, was ihn sogar ein wenig niedlich wirken ließ, trotz seiner Statur. Er bellte oder knurrte nicht, hielt aber den Blick auf Rosalie gerichtet.

»Hallo, Marwin.« Sie hob die Hand zum Gruß, weil ihr nichts Besseres einfiel.

Marwin öffnete sein Maul und ließ die rosa Zunge heraushängen. Selbst seine Zähne waren beeindruckend groß.

»Ich wollte nach deinem Herrchen gucken«, erläuterte Rosalie weiter. »Aber keiner da. Außer dir. Ich würde direkt wieder gehen. Okay?«

Sie machte einen halben Schritt zurück Richtung Ausgang, was Marwin veranlasste, sich zu setzen. Mitten in den Türrahmen. An ihm vorbeizukommen, ohne ihn zur Seite zu schieben, war schlicht unmöglich. Doch den fremden Hund zu berühren kam für Rosalie nicht infrage.

»Das auch noch«, redete sie einfach laut weiter. »Raus mit dir. Oder rein.«

Marwin tat weder das eine noch das andere. Stattdessen begann er zu hecheln.

»Ja, dir ist warm, schon verstanden.« Rosalie verschränkte die Arme. »Trotzdem würde ich gern in die Sonne hinaus. Durch den Ort Nebel spazieren. Noch mal an den Strand. Ins Wasser springen. Einen Kaffee trinken. In den Himmel schauen. Keine Ahnung, ob ich das alles zeitlich schaffe, denn eigentlich sollte ich ja vier Wochen hierbleiben. Was für eine Pleite.«

Ein wenig komisch kam sie sich vor, sich mit einem Hund zu unterhalten. Doch warum nicht ihr Herz Marwin ausschütten? Sonst war ja weit und breit niemand da.

»Weißt du, Hund, ich bin hierhergereist, um Abstand zu gewinnen. Vom Aus meiner Ehe, das sich nicht so anfühlt. Vom sogenannten Neubeginn, der mich mehr stresst, als ich es überhaupt jemanden erzählen kann. Ich bin unkonzentriert und schusselig, was sonst selten vorkommt. Als Kind war ich es öfter, aber das tut nichts zur Sache. Doch seit längerer Zeit wird mir alles zu viel, ich benehme mich merkwürdig, rede mit mir selbst oder jetzt mit dir, Marwin. Und ich hab so oft das Gefühl, nicht mehr in diese Welt zu passen. Mein Leben ist in einer Sackgasse. Ich schlage mich mit Minijobs durch, begleiche die Miete größtenteils vom Ersparten, das irgendwann zu Ende gehen wird. Mein Ex soll aber nichts für mich bezahlen, das will ich nicht. Nur bei den Kindern soll er großzügig sein. Was er auch ist. Egbert ist kein schlechter Mensch. Deshalb hab ich ihn nicht verlassen. Sondern weil …« Rosalie fehlten die Argumente. »Ach, ich weiß auch nicht, Marwin.«

Marwin wechselte vom Sitzen ins Liegen. Rosalie hätte zur Not über ihn springen können, um zurück in den Vorgarten zu gelangen. Stattdessen monologisierte sie einfach weiter. »Also, Marwin: Ich bin getrennt, aber nicht glücklich. Ich bin auf der Suche, hab aber keine Ahnung, wohin ich eigentlich will. Meine Kinder sind erwachsen, Pauline studiert, Oskar hat ein Geschäft aufgezogen. Mein Ex hat seinen Angelverein und seine Kumpels. Wenn ich die Risse in seinem Lieblingshemd nähe, ist er zufrieden. Aber ich bin es nicht. Ich mag es eigentlich nicht, gebraucht zu werden, fühle mich trotzdem schlecht, wenn ich entbehrlich bin. Dazu kommen neuerdings Hitzewallungen und manchmal Herzrasen. Und ich seufze tagein, tagaus. Verstehst du, Marwin, was ich damit sagen will?«

Marwin legte den Kopf schief und gähnte.

Unvermutet begann Rosalie zu kichern. Ihre Gefühle vor einem Riesenhund offen auszusprechen, auf einer Insel, die sie morgen bereits wieder verlassen würde, erschien ihr mit einem Mal wie ein Witz mit einer Pointe, die sie nicht verstand, aber ungeheuer komisch fand. Rosalies Kichern ging in ein Gelächter über.

Das veranlasste Marwin aufzuspringen. Er trottete in den Flur und kam vor Rosalie zum Stehen.

Sie hörte schlagartig auf zu lachen und atmete scharf ein. »Entschuldige, Hund. Bleib brav. Ich tu dir …« Wieder stoppte sie mitten im Satz, diesmal hingegen aus einem völlig anderen Grund.

Über das Tier hinweg konnte sie nach draußen sehen.

Theo Meisner war zurück. Endlich. Er hatte das Gartentor erreicht und tastete sich mit einem Blindenstock voran. Doch selbst aus der Entfernung erkannte Rosalie sofort, dass irgendwas nicht stimmte. Seine dunkle Brille hing ihm schief auf der Nase, und sein Gang glich dem auf einem Boot bei Seegang. Das Erschreckendste war freilich das Blut, das über seine Schläfe und Wange lief.

Rosalie vergaß ihre Angst vor dem Riesenhund, schob Marwin, ohne nachzudenken, mit Kraft zur Seite und rannte hinaus.

8

Erst als Rosalie Theo Meisners Schürfwunde an der Wange und Schläfe verarztet hatte, begann sie selbst zu zittern. Er hatte sich von ihr gestützt direkt ins Badezimmer führen lassen, ihr dort die Medikamentenschublade gezeigt, in der auch eine Jodtinktur und Pflaster sowie Verbände in allen Größen zu finden waren. Rosalie hatte vorsichtig das Blut abgewaschen, dann die Schürfwunde gesäubert und desinfiziert. Zweimal hatte er dabei gestöhnt, sie aber zum Weitermachen aufgefordert.

Nach der Erstversorgung waren sie ins Wohnzimmer gewechselt. Theo Meisner hatte in einem breiten Lesesessel vor einem Bücherregal Platz genommen. Seine Augen waren geschlossen, sein Kopf ruhte auf einem Kissen an der Rückenlehne.

Rosalie kam endlich dazu, eine Frage zu stellen. »Was ist denn passiert, Herr Meisner?«

»Meine übliche Runde mit Marwin. Tausende Male war ich hier schon unterwegs. Dann das. Binnen Sekunden lag ich auf der Straße.« Er berührte den Wundverband, den Rosalie ihm angelegt hatte, und zuckte zurück. »Diese beschissenen Skateboardfahrer.«

Sätze wie »Scheiße sagt man nicht« und »50 Cent für die Extra-Box« lagen Rosalie auf der Zunge. Beides aus den Zeiten, als ihre Kinder im Teenageralter gewesen waren. Die sogenannte Extra-Box hatte in der Küche neben der Keksdose gestanden und als

Sammellager bei deftigen Sprüchen gedient. Am Ende eines Quartals war sie geleert worden, und der Inhalt hatte jedes Mal für einen Besuch im Stommelner Eiscafé gereicht.

»Wissen Sie denn sicher, dass es ein Skateboardfahrer war?«, wollte sie stattdessen wissen.

Theo Meisner deutete auf eins seiner Ohren. »Wenn die Blindheit einen Vorteil hat, dann den, dass ich supergut hören und Geräusche unterscheiden kann. Es war eines von diesen rücksichtslosen Arschlöchern.«

Wäre schon ein ganzer Euro für die Extra-Box, dachte Rosalie weiter. »Soll ich Sie zu einem Arzt bringen?«

»Nein, danke.« Er richtete sich auf. »Es ist ja nur eine Schramme. Nicht das erste Mal, dass ich den Asphalt küsse, aber tatsächlich das erste Mal durch Fremdeinwirkung.«

»Aber das viele Blut.«

»Ich bin angerempelt worden, gestürzt und habe mir die Gesichtshaut aufgeschürft. Mehr nicht. Solche Verletzungen bluten eben stark. Die eigentliche Frechheit ist, dass derjenige, der mich umgenietet hat, es nicht einmal der Mühe wert fand, mir aufzuhelfen. Ich konnte hören, wie er mit noch mehr Tempo davongerollt ist.«

»Oder sie.«

»Meistens sind es Jungs, die ihre Grenzen austesten, oder?«

Am liebsten hätte Rosalie widersprochen. Ihr Sohn hatte sich in seiner Teenagerzeit hauptsächlich bei Autorennen am PC ausgetobt. Oskar kam nach seinem Vater und war ein eher ruhiger Typ. Wenn es ums Skaten oder Rollschuhlaufen ging, war Pauline die Wilde. Doch sie antwortete nur: »Nicht, dass Sie eine Gehirnerschütterung haben.«

»Sollte mir noch schwindlig werden oder ich kotzen müssen, klingle ich bei Ihnen durch. Ich habe ja Ihre Handynummer. Wenn

Sie die Nacht über nichts von mir hören, geht es mir blendend, und die Sache ist erledigt, Frau Berg.«

»Burg. Rosalie Burg.« Dass er sich ihren einfachen Namen nicht merken wollte, passte zu seinem sonstigen mürrischen Benehmen. Immerhin schien es klar zu sein, dass Rosalie diese Nacht bleiben konnte. Das Gespräch darüber blieb ihr also erspart. »Gut, dass ich gerade vor Ihrem Haus war.«

Die kleine Schwindelei gestand sie sich zu. Sie wollte nicht erklären, dass sie bereits im Flur gestanden und dem Hund ihr Herz ausgeschüttet hatte.

Der lag jetzt neben dem Lesesessel und schien zu schlafen. Während des ganzen Vorgangs war er um sie beide herumgelaufen und hatte gewinselt. Marwin war, wie vermutet, ein sanfter Riese. Sehr umgänglich im Gegensatz zu seinem Herrchen.

»Ich hätte es auch allein geschafft. Brauche keine Hilfe.« Theo Meiser beugte sich vor und tastete nach seiner Brille, die er vom Bad mitgenommen und auf dem Couchtisch abgelegt hatte. Der Bügel auf der rechten Seite musste repariert werden.

Für einen Moment war Rosalie versucht, ihm die Brille zu geben oder sie zumindest in die Richtung seiner Hand zu schieben, aber sie unterließ es. Theo Meisner lehnte jede Unterstützung ab und hatte sich noch nicht einmal für ihren Einsatz bedankt, also warum gegen seinen Willen handeln.

»Soll ich uns nach dem Schreck einen Kaffee kochen?«, fragte sie stattdessen.

Seine Finger tasteten weiter. »Tee für mich.«

»Bitte, sagt man.« Dieses Mal konnte sich Rosalie eine Bemerkung nicht verkneifen.

Theo Meisner hielt inne. Eine Pause entstand. Dann begannen seine Finger erneut mit der Suche.

Rosalie schaffte es nicht, ihm weiter dabei zuzusehen, und

drückte ihm die Blindenbrille in die Hand. »Sie ist leider kaputt. Und Ihr Hemd hat etwas Blut abbekommen.«

»Beides kein Problem. Mein Hemd wird Marlene waschen, sie kümmert sich sonst ja auch um Kojo und mich und den Haushalt. Brillen habe ich mehrere im Haus. Wenn Sie in den ersten Stock gehen, liegt linker Hand mein Arbeitszimmer. Dort, in der zweiten Schublade des Schreibtischs, finden Sie Ersatz.« Er pausierte. »Bitte.«

»Geht doch.« Sie stand auf.

Ob nun im ersten Stock, im Wohnzimmer oder in der Küche, Rosalie empfand auf Anhieb Gemütlichkeit in den Räumen. Die Mischung aus Hellgrau und Marineblau dominierte hier ebenso wie in ihrer Unterkunft. An den Wänden Bilder von der Insel, die Rosalie neugierig machten, mehr zu erforschen und zu sehen. Der Leuchtturm, eine Straße mit farbenfrohen Häusern an einem kleinen Hafen, bunte Strandkörbe, die Dünen. Hätte sie es sich leisten können, hätte sie sich zumindest eine Woche in ein Hotel einquartiert. Doch abgesehen vom Geld war gerade Hauptsaison und Zimmer und Ferienwohnungen sicher restlos ausgebucht.

In der Küche faszinierte sie ein offen stehender Herd, der ganz in Pink gehalten war. Der Farbtupfer erzeugte direkt ein heiteres Gefühl.

»Haben Sie die Zweitbrille entdeckt?« Theo Meisner rief, und Marwin tauchte neben Rosalie auf.

»Einen Moment Geduld, lieber Herr Meisner.«

Zum ersten Mal fasste sie den Mut, den Hund zu streicheln. Sein großer Kopf drückte sich an ihre Hüfte, sein Fell fühlte sich an wie Schafwolle. »Wir hatten einen unbeholfenen Start, aber jetzt sind wir Freunde«, flüsterte Rosalie ihm ins Ohr. Er wedelte mit dem Schwanz.

Als Nächstes holte sie die Brille und kehrte ins Wohnzimmer zurück. »Pinker Herd. Schick.«

»Meine Mutter hat ihn entdeckt und ihn uns vor ewigen Zeiten zu Weihnachten geschenkt. Für mich ist es nun egal, aber Kojo sagt, er mag es, auf Pink zu kochen. Deshalb haben wir ihn beim Umzug mitgenommen. Der Transport war teurer als das gesamte gute Stück.« Immerhin huschte zum ersten Mal ein winziges Lächeln über Theo Meisners Lippen. Er fixierte mit seinen blinden Augen die Decke. Mit dem Verband wirkte er wie ein schmaler, groß gewachsener Junge. »So, zurück zum Kaffee. Die Kaffeemaschine in der Küche ist ebenfalls nicht zu übersehen, Frau Burg.«

»Absolut. Sieht aus, als wäre sie gerade erst gekauft worden.«

»Stimmt fast. Kojo hat sie kurz vor seiner Abreise erworben. Er ist ein Hobby-Barista und macht den besten Kaffee. Mit der Maschine hat er sich einen Wunsch erfüllt. Die Behälter für frische Bohnen und Wasser müssten voll sein. Milch müsste im Kühlschrank sein, falls Sie welche wollen. Wenn Sie eine der Dosen im dritten Regal öffnen, finden Sie Buttergebäck. Ich nehme doch auch einen Kaffee.«

»Und?« Rosalie reichte ihm die Ersatzbrille.

Er setzte sie auf. Eine nächste Pause folgte. »Bitte.«

Während des anschließenden Gesprächs bei schwarzem Kaffee und Butterkeksen – Milch hatte sie im Kühlschrank keine entdeckt – fiel Rosalie auf, wie schnell wieder die Selbstverständlichkeit zurückkehrte, mit der Theo Meisner hantierte. Kein Fehlgriff nach seiner Tasse oder der Zuckerdose. Nachdem der Schock über seinen Sturz vorüber war, wurde er zugänglicher und erzählte mehr von sich und seinem Partner.

»Fünf Jahre sind es schon, die wir auf der Insel wohnen. Unser Umzug nach Amrum hatte mit meiner Erblindung zu tun.«

»Oh, das tut mir …«

»Keine wehmütigen Bekundungen.« Er winkte ab. »Kojo hat zuerst zwischen Amrum und Hamburg gependelt. Vier Tage hat er auf dem Festland für eine Handelsorganisation gearbeitet und war dann das lange Wochenende hier. Aber inzwischen erledigt er das meiste online und schippert nur noch alle drei Wochen rüber.«

Theo Meisner stand auf und ging zum Bücherregel. »Falls es Sie interessiert. Hier ist das Buch, das er geschrieben hat. Über sein Heimatland Ghana. Die Problematik durch die schlechte Bildung, die Ausbeutung des Bodens und der Menschen. Er hat ein neues Kooperationsprojekt in Angriff genommen, weswegen er auch vor Ort sein muss.«

»Das klingt toll.« Rosalie nahm das Werk entgegen. Es war mehr als dreihundert Seiten stark. Keine Chance, es heute Abend durchzulesen.

Von draußen schien die Sonne herein und ließ Rosalie sehnsüchtig aus dem Fenster blicken. Sie nahm sich vor, nach dem Plausch zumindest noch kurz an den Strand zu laufen. Alle anderen Pläne hatten sich durch den Zwischenfall erledigt.

»Es ist das erste Mal, dass mein Partner vier Wochen am Stück fort ist.« Theo Meisner setzte sich wieder, trank einen nächsten Schluck Kaffee. »Also jedenfalls, seit wir auf Amrum leben.«

»Aber Sie sind ja nicht ganz allein. Es gibt die Frau, von der Sie vorhin erzählt haben. Marwin. Und …«

Er unterbrach Rosalie. »Allein? Natürlich nicht. Wir haben seit unserem Einzug die beste Hilfe durch Marlene. Die großartige Marlene, wie wir sie betiteln. Sie kauft ein, kocht, hält mit ihrer Tochter Mona zusammen das Haus und den Garten in Schwung. Ihr Mann Mike repariert, wenn etwas kaputtgeht. Ein unschlagbares Trio.«

»Wo sind sie alle heute?«

»Oh.« Theo Meisner setzte die Tasse ab. »Die drei Ms sind bei einer Verwandten in Dagebüll, kommen erst übermorgen zurück. Wie es der Zufall so will, hat mich ausgerechnet heute dieser Idiot angerempelt. Der Klassiker an dem Tag, an dem ich quasi mutterseelenallein bin.«

»Ich bin da.« Wieder kamen Rosalies Worte aus ihrem Mund geschlüpft, bevor sie sie zurückhalten konnte.

Seine Mundwinkel zuckten etwas, überlegten es sich aber im letzten Moment anders. »Dieser Aussage kann ich nicht widersprechen.«

»Warum wollen Sie nicht, dass ich bleibe?« Dieser Vorstoß musste nun doch sein. »Weil ich keine junge Studentin bin, wie meine Tochter es gewesen wäre? Ich habe auch einen älteren ehemaligen Finanzberater mit ergrauten Haaren erwartet.«

»Ehrlich? Hat Kojo keine Bilder gesendet?«

»Hat er sicher. Aber die werden wohl Paulines Laptop nicht verlassen haben.«

»Ich bin übrigens als Portfolio-Manager beruflich voll aktiv. Nur eben nicht mehr persönlich unterwegs, sondern lasse mich bei Konferenzen zuschalten. Berate einen festen Kundenstamm. Und ich gebe Onlinekurse für Newcomer. Gerade bin ich dabei, neue Vorträge zusammenzustellen.«

»Interessant.«

»Sagen Sie das nicht. Ich fange sonst an zu referieren. Einige neue Ausführungen zu Analysen sind in Arbeit. Ich brenne darauf, sie Probehörern vorzutragen.«

»Womit wir wieder bei mir und meiner angedachten Tätigkeit sind, Herr Meisner. Zu der Minijob-Beschreibung passend, würde ich eine gute Testperson abgeben. Oder bin ich dafür zu alt?«

»Das hat damit nichts zu tun. Das Alter spielt keine Rolle. Mein Partner hat es als Studentenjob in die Anzeige gesetzt, weil er meinte, es würden sich ohnehin nur junge Leute melden. Ich war es, der am Anfang, als Kojo die Idee für eine Art ›Gesellschafterin‹ für diese vier Wochen hatte, sogar von einer älteren Dame gesprochen hat.«

»Nun ja. Älter als Sie bin ich, aber keine Dame.«

»Ist mir bewusst.«

Rosalie unterließ die Nachfrage, wie der Satz gemeint war. »Warum sollte es denn meine Pauline sein? Das würde mich interessieren, Herr Meisner.«

Endlich kam und blieb das Lächeln. »Ihre Pauline war die Einzige, die mit der Bewerbung direkt eine Hörprobe mitgesendet hat. Eine Seite aus einem Kriminalroman hatte sie aufgenommen. Für das mögliche Vorlesen. Eine glänzende Idee, wie wir fanden. Das hat den Ausschlag gegeben.«

»Wunderbar. Davon wusste ich nichts, aber es begeistert mich. So ist meine Pauline eben.«

Rosalie checkte die Zeit am Handy, rechnete neun Stunden weiter. Bei Pauline war es zwei Uhr dreißig, also mitten in der Nacht. Auf Amrum halb sechs Uhr abends. Wenn sie wenigstens noch einmal Meer und Weite genießen wollte, musste sie los.

»Herr Meisner. Ich bin nicht Pauline, schon klar. Aber ich verstehe nicht, warum Sie meine Anwesenheit so kategorisch ablehnen. Abschließend möchte ich sagen, wie schade ich es finde. Aber da es Ihnen wieder besser geht, werde ich mich jetzt verabschieden. Morgen reise ich nach Köln zurück.« Rosalie erhob sich. »Vorher bringe ich alles in die Küche und mache selbstverständlich sauber.«

Marwin erhob sich ebenfalls und lief schnurstracks Richtung Haustür. Er gab ein Bellen von sich und drehte sich zu seinem Herrchen um.

»Könnten Sie den Hund zuerst in den Vorgarten lassen, Frau

Berg? Besser noch, ihn anleinen und vielleicht eine kleine Runde mit ihm drehen? Er kennt den Weg, keine Sorge. Sie müssen ihm nur folgen. Danach sind Sie befreit von mir und weiteren Aufgaben.«

Da war er wieder, der abweisende Theo Meisner. Vielleicht war es sogar besser, keine achtundzwanzig Tage mit dem Griesgram zu verbringen. Rosalie stellte die Tassen und die Kanne auf das Tablett. »Klar doch, Herr Mesmer.«

»Haha. Touché.« Theo Meisner griff nach vorne und berührte ihren Unterarm. »Ich fühle mich überbehütet, verstehen Sie? Meine Behinderung soll niemanden ermuntern, mich zu kontrollieren.«

»Wie bitte?« Rosalie stellte das Tablett wieder ab. »Meine Tochter und jetzt ich, wir wurden engagiert, um mit Ihnen spazieren zu gehen, zu plaudern und Ihnen vielleicht auch einmal vorzulesen. Was bitte schön ist daran schlimm? Eine Win-win-Vereinbarung. Bezahlter Inselurlaub mit Minijob. Ich habe andere Sorgen, als über irgendjemanden die Kontrolle zu gewinnen, also ehrlich.« In dem Moment knurrte ihr Magen. Ähnlich wie bei ihrer Ankunft gestern hatte Rosalie auch heute außer dem einen Krabbenbrötchen noch nichts zu sich genommen.

Sein Griff löste sich, er lehnte sich zurück. »Marlene hat vorgekocht. Kartoffelsuppe, die noch besser werden soll, wenn man sie aufwärmt. Eine Menge, von der ich eine Woche satt werden würde.«

»Schön.«

»Sie könnten sie mit mir teilen.«

Jetzt ließ Rosalie eine Pause entstehen. So lange, bis Theo Meisner weiterredete.

»Wenn es Ihnen recht ist, essen wir zusammen. Sie geben auch etwas über sich preis. Kein Vorlesen, das machen wir an einem anderen Abend. Ich bin gerade mitten in einem herrlichen Kurzgeschichtenband, der da heißt *Zu früh alt und zu spät weise* von Gordon Livingston. Passend für jeden von uns, denke ich. Und Sie haben eine ähnlich schöne Stimme wie Ihre Tochter, sogar noch mit einem Touch mehr Tiefe. Oder noch besser, ich werde Sie in Ihren Arbeitsstunden mit meinen Finanzvorträgen langweilen.«

Rosalie schwieg weiter, aber nur, weil ihr auf einmal die Worte fehlten. Hatte sie richtig gehört? Konnte es sein, dass sich hier eine Schraube in die richtige Richtung drehte? War mit »An einem anderen Abend« und »in Ihren Arbeitsstunden« gemeint, dass sie bleiben konnte?

Marwin bellte erneut.

Theo Meisner räusperte sich. »Hund ausführen, gefolgt von Kartoffelsuppe. Was meinen Sie, Frau Burg?«

9

Erst gegen neun Uhr abends war Rosalie wieder in ihrer Unterkunft. Sie saß auf dem Bett und hatte eben eine Zoom-Konferenz gestartet. Ihre Mutter Ulla erschien als Erste auf dem Bildschirm. Rosalies beste Freundin würde sich noch zuschalten.

In Zeiten der Pandemie hatten sich die drei Frauen öfter zu so einem digitalen Kaffeeklatsch verabredet. »Absolut-wichtige-Mädelskonferenz« hatten sie die regelmäßigen virtuellen Verabredungen genannt. Das Ritual passte auch zu den nächsten vier Wochen und der Distanz zwischen Amrum und Köln.

»Du siehst müde aus, mein Röschen.« Rosalies Mutter Ulla winkte.

Es fehlte nicht viel, und Rosalie hätte einen ihrer berühmten Seufzer ausgestoßen. Doch am heutigen Tag gab es keinen Grund dafür. Vor ihr, auf einer Serviette mit maritimem Motiv, stand eine blaue Tasse mit einer weißen Wolke darauf. Darin duftete ein Kräutertee.

Während der Zubereitung hatte sie an das Getränk Tote Tante und an Justus mit dem Grübchen und den Koteletten denken müssen. Gern hätte sie einen Schuss Rum in den Tee getan, wenn es welchen in der Küche gegeben hätte. »Alles gut, Mama. Es war viel los heute.«

Ulla stellte gerade eine Schale mit Nüssen und Apfelscheiben neben dem Computer ab. Sie hob den Zeigefinger. »Bevor du alles schilderst, schau! Die Mandeln sind ungesalzen, möchte ich hinzufügen.«

»Wie das, Mama?« Rosalie wackelte mit dem Kopf und machte ein übertrieben erstauntes Gesicht, was ihre Mutter kichern ließ. »Nüsse und Obst? Kein halbes Brötchen oder Kekse?«

»Heute ein gesunder Snack.«

»Machst du doch sonst nie. Wie oft hab ich dich schon ermahnt, Mama.«

»Tadeln lasse ich mich ungern, da setzt bei mir der Widerstand ein, Kind.«

Rosalie lächelte und dachte an ihre innere Ulla-Stimme. »Ich meine es nur gut.«

»Heißt es nicht, dass Ratschläge auch Schläge sind?« Ulla rümpfte die Nase, verkniff sich aber ein Lächeln. »Allerdings bin ich gern bereit auszuprobieren, was jung hält.«

»Du bist jung, Mama.«

»Jung im Herzen, aber die Hüften schmerzen.« Ulla zitierte aus dem Sprücheschatz ihres verstorbenen Mannes Peter. Hätte man zu Lebzeiten all seine lustigen, aber auch ernsthaften Weisheiten gesammelt, wäre ein dickes Buch daraus geworden. »Röschen, sag mir ehrlich, wie es dir geht.«

Auch jetzt stand Ulla mit ihren sechsundsiebzig Jahren noch mitten im Leben. Sie wohnte allein in ihrem Appartement in Nettersheim in der Eifel und versorgte sich zum größten Teil selbst. Eine Putzhilfe machte einmal die Woche ihr Zuhause sauber, und Großeinkäufe ließ sie sich liefern. Sie kam wunderbar zurecht, wofür Rosalie jeden Tag ein kleines Dankeschön zum Himmel schickte.

Die Beziehung zu ihrer Mutter war für Rosalie stets wichtig gewesen. Sie bewunderte Ulla und ihre mutige Art, die Dinge anzugehen. Rosalies leiblicher Vater war ein verheirateter Mann gewesen und hatte sich nicht zu seiner Affäre und den Folgen bekannt. Eine schwierige Lage für die junge Ulla, zur damaligen Zeit noch mehr als heute. Trotzdem konnte sich Rosalie nicht erinnern, dass sich ihre Mutter je beklagt hätte. Ein Baby zu versorgen, arbeiten zu gehen und die Blicke der Nachbarn in dem kleinen Ort mit Gleichmut zu ertragen war eine Meisterleistung gewesen, wie Rosalie fand.

Nach Rosalies drittem Geburtstag war Peter in das Leben von Mutter und Tochter getreten. Ein gutmütiger und großzügiger Mann, der aus Salzburg stammte und sich mit einem Schlüsseldienst in Nettersheim selbstständig gemacht hatte. Ihn hatte Rosalie stets als ihren Papa angesehen. Seit seinem Tod vor zwölf Jahren fehlte er den beiden Frauen jeden Tag.

Doch seit einiger Zeit war Ulla nicht mehr ganz allein. Hermann, ein pensionierter Grafiker, der zwei Straßen von Ulla entfernt wohnte, hatte das Herz von Rosalies Mutter noch einmal berührt.

»Ich bin und bleibe die Witwe von Peter«, pflegte sie zu sagen. »Aber Hermann habe ich auf die kurze Liste meiner Lieblingsmenschen aufgenommen.«

Wenn Rosalie über ihr eigenes Leben sinnierte, hatte sie das Gefühl, selten so mutig gewesen zu sein wie ihre Mutter. Genau genommen nur bei der Trennung und schließlich Scheidung von Egbert. »Es ist alles in bester Ordnung, glaub mir, Mama.«

»Wie ist Amrum denn so? Ich hab mir nach deinen Fotos noch mehr Bilder im Internet angesehen. Ist hübsch da.«

»O ja. Ich bin bei Nebel in Nebel angekommen, aber heute hat die Sonne gestrahlt. Dazu diese Weite, wenn man durch den Kniepsand wandert und den Blick gleiten lässt.« Sie merkte, wie sie ins Schwärmen geriet. Erst jetzt wurde ihr bewusst, wie froh sie war, doch noch länger bleiben zu können. »Bisher habe ich allerdings erst den Abschnitt bei mir um die Ecke gesehen. Wobei hier quasi überall um die Ecke das Meer ist.«

»Ich beneide dich, Röschen.«

»Mama, komm mich besuchen. Ich habe ja eine kleine Wohnung für mich. Du könntest in meinem Bett schlafen, und ich organisiere mir einen Schlafsack.« Kaum ausgesprochen, gefiel Rosalie diese Idee richtig gut. »Ich werde Theo Meisner fragen.«

»Jetzt leb dich erst mal ein, dann reden wir noch mal.« Ulla winkte ab. »Du bist gerade erst weg. Davon abgesehen wäre mir die Reise zu weit.«

»Apropos: Fast hätte ich morgen schon wieder Köln unsicher gemacht.«

»Wie?«

Rosalie erzählte ihrer Mutter von dem etwas missglückten Start und den Ereignissen des heutigen Tages. Am Ende musste Rosalie doch wieder seufzen. Diesmal vor Erleichterung. »Kurz zusammengefasst: Der Sturz von Theo Meisner war nicht so schlimm, der Riesenhund ist harmlos, und ich kann bleiben.«

»Als Zeitvertreiberin.«

»Das Wort klingt komisch und negativ, Mama. Ich werde meine Krabbenbrötchen hier als Begleitung bei Spaziergängen, beim Vorlesen und als eine Art Gesellschafterin verdienen. Dazwischen kann ich mich entspannen und die Insel genießen.«

»Unterm Strich vertreibst du einem einsamen blinden Mann die Zeit. Also passt meine Bezeichnung.«

»Ja, so gesehen stimmt es.«

Ulla verschränkt die Arme. »Wichtig ist, dass du zur Ruhe kommst. Wenn er dich wieder nervt, such dir eine neue Bleibe, und komm nur stundenweise für die Arbeit vorbei.«

»Mama, um diese Zeit würdest du hier auf der Insel nicht mal eine freie Garage finden. Theo Meisner hat mir erzählt, dass jedes noch so kleine Kämmerchen in der Hauptsaison vermietet ist. Und jede Nische extra noch für das Saisonpersonal. Er und sein Freund haben jedes Jahr jede Menge Anfragen wegen der Einliegerwohnung. Ich habe echt Glück.«

»Wichtig ist, dass du dich nicht ausnutzen lässt, Röschen.«

»Mama! Ich bin alt genug, mich durchzusetzen.«

»Na ja.« Ullas skeptischer Blick zog sich in die Länge, bis Rosalie merkte, dass ihre Mutter auf dem Bildschirm eingefroren war. Erst einige Sekunden später bewegte sich Ulla wieder und schob sich gerade eine Apfelscheibe in den Mund.

Das dritte Fenster am Bildschirm wechselte von Grau zu einer Frau mit roten Locken und jeder Menge Sommersprossen auf Wangen und Nase. Marion, Rosalies beste Freundin, hatte sich dazugeschaltet. Im Hintergrund war ein Büro mit einer Pinnwand zu sehen, die wiederum mit gelben und grünen Post-its übersät war. »Hallo, ihr zwei. Die Besprechung hat länger gedauert, sorry.« Sie wuchtete ihre Handtasche auf den Tisch und begann, darin zu kramen. »Warum finde ich einen Uhuroller, wenn ich meine Autoschlüssel suche?«

»Das kann dir keiner beantworten«, bemerkte Ulla trocken, was alle drei zum Lachen brachte.

Marion Prasch-Römer war Architektin und arbeitete zusammen mit drei Kollegen in einem Büro in der Kölner Innenstadt. Sie zu treffen war nur an den Wochenenden möglich oder spätabends, wenn ihre Projekte es zuließen. Sie war kinderlos und lebte mit ihrem Mann Barney und zwei Katzen in einem Haus in einem der teuren Kölner Veedel. Sie und Rosalie hatten sich vor Ewigkeiten, beide frisch verheiratet, bei einer Silvesterfeier kennengelernt. Trotz der vollkommen gegensätzlichen Lebensentwürfe verstanden sie sich blendend. Ohne Marions Unterstützung hätte Rosalie nie den Mut und die Kraft aufgebracht, Egbert zu verlassen.

»Ich muss gleich meinen Göttergatten abholen. Los, setz mich ins aktuelle Bild, Röschen. Ich hinke den News hinterher. Wie ich sehe, bist du noch auf der Insel und nicht unterwegs im Zug oder schon wieder in Kölle.«

Zum zweiten Mal ließ Rosalie ihre Ankunft und den heutigen Tag Revue passieren. Währenddessen setzte Marion das Wühlen fort. Nach dem Uhu förderte sie eine Packung Blasenpflaster zutage.

»Ein Minijob hat ein genau festgeschriebenes Pensum. Daran muss sich dein Arbeitgeber halten«, war Marions erster Kommentar. »Das habe ich schon Pauline gesagt. 520 Euro bei einem Mindeststundenlohn von zwölf Euro. Heißt, in einer Woche maximal 10,8 Stunden Arbeit. Bei allem, wie leicht sich der Job anhört, lass dich bitte nicht mehr als vereinbart in Anspruch nehmen, Rosalie.«

Rosalie schnaubte empört. »Hört mal, ihr zwei. Habt ihr euch abgesprochen?«

Ulla schüttelte den Kopf. »Das brauchen wir nicht, Röschen. Wir kennen dich.«

»Ich sage nur: Egbert«, kam es von Marion.

»Die Sache mit Bert ist etwas völlig anderes.«

Der letzte Besuch bei ihrem Ex-Mann schoss Rosalie durch den Kopf. Sie hatte Egberts rot kariertes Hemd genäht. Doch zu einem gemeinsamen Abendessen war es nicht mehr gekommen, denn ihr Zusammentreffen hatte in einem Streit geendet. Das alte Thema, dass Rosalie unbedingt unabhängig leben wollte, war hochgekocht und hatte beide beim Austausch der gegenläufigen Argumente lauter werden lassen. Rosalie war bereits nach zwei Stunden in Stommeln wieder Richtung Köln gefahren. Sie erinnerte sich an ihren Ärger und daran, dass sie sich geschworen hatte, nie wieder auf einen von Egberts meist unnötigen Hilferufe zu reagieren. »Ich will heute nicht über Egbert reden, Marion. Eigentlich würde ich gern die ganzen vier Wochen kein Wort über ihn verlieren.«

Ulla nickte. »Wir haben verstanden.«

»Gut!« Rosalie hob den Zeigefinger. »Auch wenn der Start schwierig war, ich denke, ich werde mit Theo Meisner zurechtkommen. Zehn Komma irgendwas Stunden werde ich schon durchhalten.«

Das Abendessen vorhin war überraschend harmonisch verlaufen. Marlenes Kartoffelsuppe hatte bestens geschmeckt, und Rosalie war im Anschluss das erste Mal seit ihrer Ankunft richtig satt gewesen. Sie hatte von sich und ihren Kindern erzählt. Theo Meisner hatte allerdings nichts mehr von sich oder seinem Leben preisgegeben.

»Hab ihn.« Marion schob die Handtasche zur Seite und schwenkte triumphierend den Autoschlüssel zwischen den Fingern. »Pauline hätte höchstwahrscheinlich heute schon einmal die Insel umrundet und sich mit einem Sandwich abends ans Meer gesetzt. Du brauchst nicht mit deinem Arbeitgeber zu essen. Oder du schreibst das Dinner als Arbeitszeit auf.«

»Quatsch. Ich war froh über etwas Warmes im Bauch.«

»Es ist nur ein Studentenjob, Röschen«, fing Marion noch einmal an.

Jetzt bewegte Rosalie den Kopf von einer Seite zur anderen. »Dem widerspreche ich. Theo Meisner hat mir klipp und klar erklärt, dass er und sein Freund in Wahrheit eine ältere Dame wollten.«

»Damit kannst jedenfalls nicht du gemeint sein, mein Röschen«, meldete sich Ulla zu Wort. »Ich als deine Mutter fühle mich ja noch wie ein Mädchen von höchstens siebzig.«

Sie lachten wieder alle drei, und die Stimmung blieb bis zum Ende der Absolut-wichtigen-Mädelskonferenz heiter.

Rosalie rekapitulierte noch einmal die Ermahnungen von Mutter und Freundin. Ein wenig recht hatten die beiden schon. Die vier Wochen waren als Minijob angedacht. Es ging nicht darum, sich zu kümmern, sondern Rosalie war hier, um einerseits etwas Geld zu verdienen und andererseits abzuschalten und sich zu erholen. Sie nahm sich vor, auf den Rat von Mutter und bester Freundin zu hören.

Später im Bett lauschte sie bei geöffnetem Fenster dem Rauschen des Meeres. »Ich bleibe«, flüsterte Rosalie in ihr Kissen, und beim Einschlafen kam es ihr vor, als würde sie auf Wellen auf und ab gleiten.

10

Ziemlich früh am nächsten Tag weckte sie eine Nachricht auf ihrem Handy.

»Heute brauche ich Sie noch nicht. Richten Sie sich ein. Ich melde mich. T.M.«

Kein »Guten Morgen«, kein »Wie geht es Ihnen?«. Der Unfall gestern hatte Theo Meisners Umgang mit ihr kein Fünkchen geändert. Ihr Arbeitgeber für die Wochen auf der Insel war kein einfacher Zeitgenosse. Rosalie fragte sich, ob es mit seiner Erblindung zusammenhing oder ob er schon immer so gewesen war.

Sie beschloss, sich den schroffen Ton nicht zu Herzen zu nehmen, denn die positive Wendung überwog ganz klar. Sie konnte bleiben, und das zählte. Wenn man es von der richtigen Seite aus betrachtete, war es sogar richtig angenehm, dass sie sich in Ruhe mit Lebensmitteln eindecken und mehr von der Umgebung erkunden konnte.

Rosalies erster Weg würde sie freilich auch am zweiten Morgen nach ihrer Ankunft ans Meer führen. Wie ein Magnet zog sie das schimmernde Blau an. Noch dazu strahlte wieder die Sonne am Himmel. Der passende Moment, um eine der drei Sonnencremetuben zu öffnen und sich einzucremen. Rosalies Haut hatte diesen Sommer noch nicht viel direktes Sonnenlicht abbekommen und war empfindlich.

Als Nächstes machte Rosalie eine Einkaufsliste, zog sich ihren gelben Sweater mit dem immer noch leicht sichtbaren Italien-Fleck über, schnappte sich den Rucksack und startete beschwingt in den Vormittag.

Wie schon am Vortag suchte sie zuerst das Büdchen vor den Dünen auf. Diesmal war die Schlange kurz, und wieder bediente sie die junge Frau. Ihre Zöpfe hatte sie heute hochgesteckt und darüber ein gestreiftes Tuch gebunden.

»Moin, Moin.«

»Guten Morgen.« Rosalie streckte ihr den Becher entgegen, für den sie sogar noch einmal in die Wohnung zurückgekehrt war.

Dafür bekam sie ein Lächeln geschenkt. »Wie cool. Immer mehr Leute kommen mit unseren Wiederverwendbaren zurück. Wunderbar!«

Ein Wort, das Rosalies Gefühlslage genau auf den Punkt brachte. »Ja, wunderbar. Einen Kaffee und ein Krabbenbrötchen, bitte.«

»Also dasselbe wie gestern.«

Der Morgenverlauf war wie eine warme Dusche für Rosalie. Die Sonne schien, und das Mädchen konnte sich direkt an sie und ihre Bestellung erinnern. Weil hinter Rosalie im Moment kein weiterer Gast in der Reihe stand, sagte sie: »Ich wohne um die Ecke, Katterhugh. Bin Sonntagabend angereist.«

Das Mädchen begann, sich mit Rosalies Bestellung zu beschäftigen. »Zum ersten Mal auf der Insel?«

»Ja, überhaupt an der Nordsee. Es ist toll.«

»Ist es. Warst du schon schwimmen?«

Rosalie verzog das Gesicht. »Ich wollte, aber das Wasser ist ziemlich kalt.«

»Spring einfach rein, dann wird dir warm.«

»Mach ich vielleicht heute noch. Und ich bin über den Wetterwechsel froh. Mein Start war ziemlich windig und kühl. Ich habe leider nicht mal eine Jacke eingepackt.«

Der Blick, den die junge Frau Rosalie nun zuwarf, war eine Mischung aus Mitleid und Belustigung. »Da hat dich wohl unsere steife Brise aus den Angeln gehoben, was?«

»Du sagst es.« Bei dem Gedanken an das Wetter bei ihrer Ankunft fröstelte Rosalie immer noch. »Wo kann man hier einkaufen? Milch und Brot und so weiter.«

»Na, im Edeka.« Ein zweites Mal der Blick. »Coole Jacken gibt es übrigens im Fetzenpupperl.«

»Okay, danke.« Sie musste über sich selbst schmunzeln. Obwohl sie es gewohnt war, sich in der viel größeren Stadt Köln zurechtzufinden, stellte sie sich auf Amrum bisher wie eine naive Touristin an. »Kannst du mir bitte beschreiben, wo ich lang muss?«

»Aber gern. Es ist ganz einfach. Du gehst bis zu dem Wegweiser zurück. Dann Richtung Historischer Ortskern, St.-Clemens-Kirche. Einfach der netten Möwe neben dir folgen.«

Das Mädchen reichte ihr den Becher mit einer Hand und zeigte mit der anderen auf eine Lachmöwe, die, statt zu fliegen, in raschem Lauftempo an Rosalie vorbeitrippelte.

»Ich glaube, ich finde den Weg später allein. Und halte jetzt mein Brötchen fest.« Rosalie erzählte vom Fährerlebnis, während sie zahlte.

»Und jetzt magst du keine Lachmöwen mehr?«

»Im Gegenteil. Ich bewundere seither ihr diebisches Können. Wobei ich Vögel prinzipiell toll finde.«

Jetzt strahlte das Mädchen über das ganze Gesicht. »Dann noch ein Tipp von mir. Besuch unbedingt das Steenodder Kliff. Das ist Naturschutzgebiet. Dort kannst du die Tiere beobachten. Jede Menge.«

»Von der Vielzahl der Vogelarten ist mir schon erzählt worden.« Ein lächelndes Gesicht mit einem Grübchen tauchte in Rosalies Kopf auf. Es löste ein wohliges Gefühl in ihrer Magengrube aus. »Das werde ich die Tage auf jeden Fall machen.«

»Oder Tontaubenschießen. Das geht auch.«

»Lebende Tiere erkunden, ja, schießen, prinzipiell nein«, antwortete Rosalie wie aus der Pistole geschossen.

Daraufhin erntete sie ein Nicken. »Finde ich auch. Genieß den Tag.«

»Mach ich. Tschüss.«

»Bye bye.«

Rosalie ging in Richtung Steg und Meer. Im Anschluss an ihr Insel-Frühstück stand der Spaziergang am Strand auf ihrem Plan.

Diesmal stellte sie erst den Becher ab, bevor sie sich die Sneaker auszog. Ein Jogger lief an ihr vorbei. Unbewusst hob sie den Kopf und war über ihren nächsten Gedanken erstaunt. Sie wünschte sich zu der netten Begegnung am Imbiss noch ein weiteres zufälliges Wiedersehen. Zu gern wäre sie diesem Justus Merten ein drittes Mal begegnet. Das wäre bereits am Vormittag die Krönung des Tages gewesen.

Doch der Strandläufer war nicht Justus. Der Jogger blieb kurz stehen, massierte seine Oberarme und fror sichtlich in seinem knappen T-Shirt.

Was Rosalie zu einem weiteren Punkt auf ihrer Liste brachte: sich eine Jacke zu kaufen. Fetzenpupperl, hatte das Mädchen ihr geraten. Was für ein schräger Name. Was für ein Laden würde das sein?

Sie grub die Zehen in den Kniepsand, er kitzelte an ihren Fußsohlen. Der Wind hatte zugenommen. Sie wunderte sich über die ersten Schwimmer im Meer, ihren eigenen ersten Badegang würde sie auf einen anderen Zeitpunkt verschieben. Stattdessen konzentrierte sie sich auf den Genuss des Kaffees samt Krabbenbrötchen. Wie schnell man sich doch an neue Leckereien gewöhnen konnte, überlegte sie, bevor sie sich den zweiten Bissen gönnte.

Zwei weitere Möwen segelten ziemlich tief über ihren Kopf. »Heute nicht, Freunde!«, rief Rosalie ihnen zu.

Noch bevor sie ihre Einkäufe erledigte, zog es Rosalie in die evangelische St.-Clemens-Kirche. Der hohe Kirchturm hatte Ähnlichkeit mit einem in die Höhe gestreckten Zeigefinger, das Mauerwerk war weiß und die Spitze mit einem grauen Dach versehen. Sie war die erste Besucherin, die Kirche hatte eben erst geöffnet.

Wie immer in Gebetshäusern empfand Rosalie die sanfte Stille, die sie umgab, als wohltuend. Auch gefiel ihr das Innere. Die blauen Bänke luden zum Bleiben ein, die weißen Wände mit den einzelnen Holzfiguren daran zeigten eine angenehme Schlichtheit. Einzig der Kronleuchter an der Decke war etwas pompöser. Rosalie ging vor bis zum Altar, der unter einem Mauerbogen stand. Dort wollte sie eine Kerze anzünden.

Das tat sie gern, wenn sie in einem Gotteshaus war. Ihre Mutter und sie hatten das kleine Ritual nach dem Tod des Ehemannes und Ziehvaters Peter begonnen und beibehalten. Liebevoll erinnerte sie sich an ihn.

»Anfang des 13. Jahrhunderts konnten sich die Bewohner von Süddorf und Norddorf nicht einigen, in welchem der beiden Dörfer sie eine Kirche bauen wollten«, sagte eine Stimme hinter ihr. »So wählten sie die Mitte. Um die Kirche herum entstand dann das dritte Dorf, Nebel. Was ›Neues Dorf‹ bedeutet.«

Rosalie drehte sich zu der Sprecherin um. Es war eine ältere Frau, die einen wollenen Umhang und einen Hut trug. »Was Sie sagen, klingt interessant.«

»Ja, finden Sie?« Die ältere Frau schien überrascht.

Rosalie setzte sich auf die hinterste Bank. »Natürlich. Jetzt gehe ich hier klüger wieder raus als vorher.«

»Nicht jeder, der hereinspaziert, will auch Näheres wissen. Manche gucken nur«, stellte die ältere Frau fest und setzte sich ebenfalls. »Die hölzerne Apostelgruppe da rechts wurde nach einer Sturmflut angespült.«

»Tatsächlich?«

»Angeblich.« Sie rückte ein Stück zu Rosalie auf. »Und die Abbildungen links an der Empore stellen die Apostel dar. Die Bilder werden *Männerboden* genannt. Stammen aus dem 17. Jahrhundert. Genau wie das Altarbild. Der Taufstein vorne ist sogar aus dem 13. Jahrhundert. Bis sie ihn wiederentdeckt haben, hat er einbetoniert und dick angestrichen hinter einer Mauer gestanden.«

»Hört sich beeindruckend an.«

»Besuchen Sie auch die sprechenden Grabsteine und die Windmühle. Und unbedingt das Heimatmuseum, Öömrang Hüs.«

»Heute scheint mein Tag für Amrum-Tipps zu sein.«

»Sie sollten auch mal zu einem Gottesdienst kommen, wird Ihnen gefallen.«

Rosalie rieb sich die Hände. »Kann ich mir vorstellen.«

»Ist Ihnen kalt?« Die ältere Frau zog selbst ihren Wollumhang fester um die Schultern.

»Ich habe leider keine Jacke in den Koffer gepackt.«

Da war er wieder. Der Blick. »Dann laufen Sie besser los und holen sich eine. Das Fetzenpupperl empfehle ich immer, dort finden Sie Einzelstücke.«

Erneut tauchte der Name dieses Ladens auf. »Fetzenpupperl, klingt nicht gerade nordisch oder friesisch.«

»Lassen Sie sich überraschen. Gehen Sie vorbei. Im Strunwai, neben dem Fahrradverleih. Raus aus der Kirche, dann geradeaus, dann links, wieder geradeaus und noch mal links. Nicht zu verfehlen.«

Rosalie war sich nicht sicher, ob sie mit dieser Wegbeschreibung das Geschäft finden würde, trotzdem bedankte sie sich für die Informationen und die Anregungen.

Obwohl der Rucksack nach dem Einkauf mit Lebensmitteln vollbepackt war, schlenderte Rosalie eine Zeit lang durch die Straßen. Einige davon waren nicht einmal asphaltiert. Je mehr sie sich umsah, desto besser gefiel ihr der Ort.

Jedes der Friesenhäuser mit ihren Reetdächern und den bepflanzten Vorgärten war ein Blickfang.

Allerdings wurden anscheinend auch in jedem von ihnen Ferienwohnungen vermietet. Rosalie wurde mehr und mehr bewusst, wie viel Glück sie hatte, so gut untergebracht zu sein, noch dazu, ohne dafür zu bezahlen. Sie nahm sich vor, Theo Meisner und seine missmutige Art unter diesem Aspekt zu betrachten und mit einer neuen Leichtigkeit anzunehmen.

Sie bog zweimal links ab, kam an einer Bäckerei vorbei, lief ein Stück die Straße hoch und wandte sich nach rechts. Ein Schild wies einen Fahrradverleih aus, direkt daneben gab es ein Schaufenster, das Rosalie innehalten ließ.

Die Dekoration sprang ihr förmlich ins Auge.

Das Innere war übervoll mit unterschiedlichen Geschenkartikeln und einzelnen Kleidungsstücken. Den wenigen Platz dazwischen belegten Puppen. Über einem Sockel schwebte ein Püppchen, das auf einem Surfbrett stand. Eine mittelgroße Puppe, die in einem Buch las, war vor einem Stapel echter Bücher platziert. Vorne an der Auslage saßen drei von ihnen dicht gedrängt, die allesamt in Trachtendirndln gehüllt waren. Eine große Puppe lehnte nahe dem Eingang am Türrahmen und trug eine Schürze mit dem Aufdruck einer Sachertorte.

Weiter rechts waren zwei Klappstühle vor der Hausmauer aufgestellt, zwischen ihnen zwei Ständer. Einer war mit Postkarten aller Art bestückt, am anderen hingen Jacken unterschiedlicher Machart und Farbe. Unter ihnen auch eine knallrote Regenjacke, die Rosalies Aufmerksamkeit erregte. Sie zog den Friesennerz heraus, er sagte ihr auf Anhieb zu. Auch weil er eine Kapuze hatte, die man mit einer Kordel zuziehen konnte.

Vor dem Eintreten sah Rosalie nach oben. In einer rot-weiß-roten Schrift, die leicht zu funkeln schien, stand: »Fetzenpupperl«.

Sie hatte den Laden gefunden.

II

»Wenn ich aber doch etwas Muscheliges möchte.«

Die Frau vor dem Stehspiegel wandte sich eben der jungen Verkäuferin zu, die Rosalie sofort als das Mädchen vom Kaffeebüdchen am Strand wiedererkannte. Nach ihrer Arbeit dort musste sie direkt in den Laden gewechselt sein.

Sie erkannte Rosalie ebenfalls und winkte ihr erfreut zu, dann wurde ihre Miene ernst, und sie zupfte hilflos an einem Ärmel der grünen Stoffjacke, die die Kundin eben anprobierte. »Wir können Ihnen gern eine Muschel oder einen Seestern aus Filz auf die Ärmel nähen. Wobei ich das Erbsengrün sehr schön finde. Es passt zu Ihren Augen. Sie können sich aber gern noch weiter umschauen. Ein samtigeres Olivgrün hätten wir auch.«

»Nein, die Farbe mag ich überhaupt nicht, erinnert mich an Erbsensuppe. Ich will lieber die blaue Jacke überziehen. Die gefällt mir besser, aber sie ist ebenfalls so schmucklos. Nur uni. Mir fehlt ein Bezug zum Meer.«

»Vielleicht einen Button am Kragen? Wir haben einige Fischmotive da. Mit Kleidungsmagnet, damit kein Durchstich am Stoff nötig ist.«

»Der Kragen soll so bleiben, es sind die Ärmel, die ich zu langweilig finde.«

Rosalie hielt den roten Friesennerz im Arm und war fasziniert, dass sich eine Fülle an Artikeln im Inneren des Ladens fortsetzte.

Beim Hereinkommen hatte ein Glöckchen geklingelt. Das Geschäft war klein, doch anscheinend konnte man hier alles erwerben, was man neben Essen und Trinken sonst noch brauchte. Es erinnerte sie an die Tante-Emma-Läden ihrer Kindheit. Zwischen den Nippsachen und Kleidungsstücken entdeckte sie weitere niedliche Püppchen. Sogar einen mittelgroßen Plüschbären in einem Matrosenanzug. Wie aus der Zeit gefallen wirkte dieses Fetzenpupperl.

»Die Ärmel lassen sich an der Knopfleiste hochkrempeln, dann sieht es flotter aus.« Eine beginnende Resignation war dem Mädchen anzuhören. »Oder Sie warten auf Irma und lassen sich eine Jacke neu schneidern. Das dauert dann etwas.«

»Warten? Ach nö. Wie soll ich es beschreiben ...« Die Kundin ächzte. »Ich will was Einfaches und doch Besonderes. Die Blaue ist hübsch, aber mir fehlt eben ein Hauch von Meer. Wozu extra nähen? Die Größe passt mir doch.«

»Sogar sehr gut.«

»Vielleicht wechsle ich zu einer gelben Jacke. Gibt es die auch?«

»Ich sehe hinten nach.«

»Müssen Sie nicht. Ich hab nicht so viel Zeit.«

Rosalie konnte es nicht vermeiden zu lauschen. Eine solche Situation hatte sie bei ihrem letzten Minijob öfter erlebt. Kundinnen, die jedes Stück anprobierten, sich nicht entscheiden konnten und am Ende den Laden verließen, ohne etwas zu kaufen. Oft hatte sie sich erträumt, den Damen ein paar Tipps geben zu können, leider hatte ihre damalige Chefin keinerlei Einmischung einer Minijobberin gewünscht. Rosalie hatte höchstens geräuschlos und schnell das Kleidungsstück mit der richtigen Größe aus dem Lager bringen dürfen. In der Nachschau war es frustrierender gewesen, als es sich Rosalie je eingestanden hatte.

»Haben Sie eventuell etwas in Gelb und Blau?«

Die Kundin sah verdrießlich aus. Rosalie wettete, dass sie nichts mitnehmen würde.

»Also zweifarbig? Da kann ich Ihnen eine Secondhandjacke anbieten. Wie neu, gestern ins Lager gekommen.« Das Mädchen startete wieder mit mehr Schwung. »Ist Ihre Größe.«

»Wie?« Die Kundin verzog die Lippen, als hätte sie in eine Zitrone gebissen. »Sind die Sachen denn alle hier secondhand?«

»Aber nein, aber nein!«, ertönte eine volle Männerstimme aus dem Hintergrund.

Die Kundin und Rosalie drehten gleichzeitig die Köpfe.

Ein Perlenvorhang, der Rosalie wegen der allgemeinen Fülle im Innenraum nicht aufgefallen war, bewegte sich mit einem Rascheln zur Seite, und ein älterer Herr zeigte sich.

»Das Fetzenpupperl is nicht nur ein Geschenkeladen und eine Änderungsschneiderei, wir recyceln auch gute Stoffe für brandneue Einzelanfertigungen. Ganz nach Ihren persönlichen Wünschen, Gnädigste.«

Gnädigste? Rosalie musste schmunzeln. Diese Ansprache war ungewöhnlich für eine Nordseeinsel.

Dazu hatte sie im ersten Moment das Gefühl, dass der Mann in seinen Einzelteilen nicht zusammenzupassen schien. Seine Beine waren dünn, sein Wohlstandsbauch hingegen enorm. Auf seinem Kopf wuchs kein einziges Haar mehr, aber über seiner Oberlippe prangte ein weißer Schnurrbart, der sich zu beiden Seiten kringelte.

Auch seine Kleidung war exotisch. Er trug Cargoshorts und dazu ein kariertes Holzfällerhemd. Darüber zogen sich Hosenträger mit jeweils einem Edelweiß auf Brusthöhe als Zierde.

»Küss die Hand«, er kam an die Kundin heran, nahm ihre Hand und deutete tatsächlich einen Handkuss an. »Wenn ich Sie höchstpersönlich beraten darf, Gnädigste. Lorenz Vongooßen. In einem Wort geschrieben, heißt, ich bin kein Adliger von und zu, dafür hab ich drei Os im Nachnamen. Das Fetzenpupperl gehört mir und meiner Frau. Welche die besagte Irma is und Ihnen alles nähen kann, was Sie gern hätten. Es is mir eine Ehre.«

Die Kundin wirkte zwar erstaunt, zeigte aber zum ersten Mal ein minimales Lächeln. Das Mädchen zog sich erleichtert zurück und verschwand nun ihrerseits hinter dem Perlenvorhang.

»Wir ändern auf Wunsch, Gnädigste. Gelb und Blau, kein Problem. Wir bestellen gern auch einen brandneuen Stoff vom Festland. Dort gibt es einen Laden, mit dem wir kooperieren. Das kostet allerdings ein bisserl mehr.«

Kleidung und Dialekt des Ladenbesitzers erinnerten Rosalie an ein ganz anderes Land: Österreich. Ihr Ziehvater, der gebürtige Salzburger, hatte sie und ihre Mutter oft mit den Eigenheiten dieser Sprache amüsiert.

Rosalie wandte sich von den beiden ab und zog sich den Friesennerz über. Das Rot gefiel ihr immer besser. Allerdings brauchte sie das Kleidungsstück wohl eine Nummer kleiner.

»Wie lange würde es dauern, bis so eine neue Jacke fertig wäre?« Die Kundin nahm immer noch den gesamten Platz vor dem Spiegel ein. »Mein Mann und ich bleiben ja nicht ewig auf der Insel.«

»Ein paar Tage braucht's schon, Gnädigste.« Der ältere Herr zuckte mit den Schultern. »Die Stoffbestellungen müssen ja mit dem Schiff rüberkommen. Aber dafür hätten'S halt ein Einzelstück.«

Rosalie räusperte sich, wurde jedoch nicht bemerkt.

»Die Blaue würde ich sofort nehmen«, sinnierte die Kundin

stattdessen weiter. »Aber dann hätte ich immer noch nichts Muscheliges an den Ärmeln, verstehen Sie?«

Lorenz Vongooßen zwirbelte ein Ende seines Schnurrbarts. »Mmh. Eine Filzmuschel aufgenäht, wie es die Lisa vorhin vorgeschlagen hat?«

»Ist mir zu banal. Ich will keine Eins-zu-eins-Darstellung. Da könnte ich mir auch ein Bügelbild kaufen und selbst befestigen.« Die Stimmung der Kundin kippte erneut. »Mir schwebt etwas Abstraktes vor. Dezent und doch … Ach, ich weiß auch nicht.«

»Entschuldigung«, setzte Rosalie jetzt an. Kann ich zum Spiegel?, wollte sie sagen. Doch von einem Augenblick zum anderen hatte sie eine Idee. Ohne weiter nachzudenken, sprach sie es aus. »Ich will mich nicht einmischen, aber wenn Sie an den Ärmeln einen Aufsatz machen würden, der sich bei jeder Bewegung der Arme leicht öffnet, einen Farbton dunkler … Das würde einer Muschel ähneln, die von den Wellen bewegt wird. Ohne eins zu eins eine Muschel zu sein.«

»Wie?« Lorenz Vongooßen sah Rosalie verblüfft an.

»Nun ja.« Sie war selbst erschrocken von ihrem Vorstoß, versuchte, ihre Inspiration nun zu erklären. »Es ist eigentlich einfach. Der Aufsatz sollte oval sein und drei offene Einschnitte haben. Sie wären kaum zu sehen, außer, wenn man die Arme hebt oder streckt und sich der Stoff öffnet. Drücke ich mich verständlich aus?«

Der Gesichtsausdruck der Kundin erhellte sich. »Ja, das kann ich mir tatsächlich vorstellen.« Sie drehte sich zu dem Ladenbesitzer. »Könnten Sie das so nähen?«

Er nickte unsicher. »Meine Irmi würd das hinkriegen.«

»Wunderbar.« Die Kundin klatschte in die Hände. »Ich nehme dann doch die Jacke im samtigen Olivgrün, dementsprechend den Ärmelaufsatz in Dunkelgrün, ja? Ich bezahle direkt und würde das

Kleidungsstück nach der Änderung abholen. Geht das schon morgen?«

»Freilich, Gnädigste. Folgen Sie mir zur Kasse.« Er warf Rosalie einen irritierten Blick zu. »Zu Ihnen komm ich gleich. Nicht davonlaufen.«

Während die Kundin bezahlte, begutachtete sich Rosalie im Spiegel. Die Größe passte doch, und die Farbe stand ihr richtig gut. Obwohl es im Moment warm und trocken war, wollte sie für die nächsten Wochen kein Risiko eingehen.

»Das Rot is ganz Ihres, Gnädigste.« Der Ladenbesitzer war zurück an Rosalies Seite. »Küss die Hand.«

Rosalie ließ rasch beide Hände in den Taschen des Friesennerzes verschwinden. »Ich nehme die Regenjacke. Ohne Extrawunsch.«

»Nett von Ihnen. Die Kunden werden von Jahr zu Jahr anspruchsvoller.« Er stieß ein leises Seufzen aus.

»Entschuldigen Sie, dass ich mich ungefragt eingeschaltet habe. Das ist sonst überhaupt nicht meine Art.«

»Aber nein, Gnädigste«, er schüttelte den Kopf. »Das war toll. Danke schön für Ihren, wie sagt man heutzutage, Input.«

Sein Lob freute Rosalie. »Es war eine spontane Eingebung.«

»Wollen Sie so lieb sein, mir das noch aufzuzeichnen, was Sie vorhin so wunderbar der Dame erklärt haben. Damit meine Frau es dann auch annähen kann. Hier hab ich Block und Stift. Ein Glück, dass wir noch was Grünes hinten haben. Von einem dunkleren blauen Stoff wär kein Fetzerl mehr auf Lager gewesen.«

»Mache ich gern.« Sie fertigte innerhalb einer Minute eine Skizze an. »So kann es Ihre Frau nähen.«

Er musterte Rosalie. »Haben Sie was mit Mode zu tun? Sollte man Sie vielleicht kennen?«

»Keinesfalls.« Jetzt musste Rosalie laut auflachen. »Ich bin eine durchschnittlich klassische Ehefrau und …« Sie bremste sich. Das war sie in Wahrheit schon lange nicht mehr. Wie seltsam, dass ihr diese Beschreibung als Erste in den Sinn kam. »Ich meine, ich bin auf der Insel und jobbe.«

»Aber geh!« Er stutzte. »Was machen'S denn?«

»Ich bin bei Theo Meisner angestellt.«

»Theo Meisner? Der Blinde, der mit Aktien handelt und den großen Hund hat?«

»Ja genau, für ihn arbeite ich. Ein Minijob. Dafür kann ich die restliche Zeit Urlaub machen.«

»Hat dort die Marlene aufgehört? Die is eine Freundin meiner Frau.«

»Marlene kümmert sich immer noch um alles. Ich bleibe auch nur vier Wochen. In der Zeit ist Kojo Mensah in Ghana, und ich leiste Herrn Meisner ein paar Stunden am Tag Gesellschaft.«

»Das hört sich nach einem leiwanden Job an.« Er zwirbelte wieder seinen Schnurrbart. »Wobei der Theo nicht ganz einfach is, hat die Marlene erzählt.«

»Habe ich schon mitbekommen.«

»Aber genug getratscht. Danke noch mal.«

»Keine Ursache. War, wie gesagt, ganz spontan.«

»Wenn'S mal wieder so eine Idee haben oder eine andere, kommen'S doch noch einmal vorbei. Am besten am späteren Nachmittag. Wenn meine Irmi da is, dann trinken wir eine Tote Tante zusammen. Wenn Sie wissen, was damit gemeint is?«

Er sprach den Namen wie ›dote Dante‹ aus, typisch österreichisch, wie Rosalie es von ihrem Ziehvater her wusste. »Über das spezielle Getränk wurde ich bereits aufgeklärt.«

»Na, dann is schon ein Inselgeheimnis gelüftet.«

Die Einladung ins Friesen-Café am Donnerstag blitzte in ihrem Gedächtnis auf. Nun wäre es sogar möglich, sie anzunehmen. »Ich glaube nicht, dass ich noch mehr solcher Inspirationen haben werde. Wie auch, ich bin ja keine Designerin. Und außerdem dachte ich immer, dass Österreicher die absoluten Kaffeetrinker sind.«

Er kicherte, die Spitzen seines Schnurrbarts bebten dabei. »Sind wir, eh klar. Im Vorratsschrank gibt es einige Packerl herrlichen Meinl-Kaffee. Aber die Tote Tante hat es uns angetan. Famos übrigens, dass Sie mich als Ösi identifiziert haben. Die meisten denken, dass ich ein Bayer bin.«

»Woher aus dem Nachbarland stammen Sie, Herr Vongooßen?«

»Aus Wien, Gnädigste. Wobei meine Irmi eine Steirerin is. Eine Ösi-Mischung, das sind wir, haha. Aber bitte, sagen'S doch Lorenz zu mir.«

»Dann bin ich Rosalie.«

»Ein lieber Name.« Unerwartet ließ er Rosalie stehen und verschwand hinter dem Perlvorhang. »Tanzt du?«, rief er von hinten.

»Wie bitte?«

»Ob du tanzen magst?« Es raschelte, und er kam mit einem Flyer in der Hand zurück. »Da. Übernächste Woche veranstalten wir unseren ersten Walzerabend auf Amrum im Gemeindehaus in Norddorf. Die Pläne hatten wir schon lange, jetzt endlich findet das Event statt. Zum Vollmond. Zuerst zeigen ich und meine Irmi, wie ein Dreivierteltakt zum Tanzen geht. Dann gibt's für alle famose Walzerklänge, und es wird im Kreis herumgewirbelt. Es werden Getränke und ein paar österreichische Spezialitäten angeboten. Und wenn der Mond aufgeht, heulen wir ihn an. Haha. Das wird super.«

»Walzer auf Amrum?«

»Passt schon. Wir bringen zusammen, was eigentlich gar nicht zusammengehört. Wie hier im Fetzenpupperl. Die Irmi und ich, wir sind zwar schon ewig auf der Insel, aber immer noch Exoten. Von uns wird deshalb auch Exotisches erwartet. Is eine gute Werbung und bringt ganz viel Spaß. Tanz mit, liebe Rosalie.«

»Vielleicht.« Rosalie hatte das letzte Mal bei Marions fünfzigstem Geburtstag getanzt. Auch keinen Walzer, sondern zu Hits aus den Achtzigern.

Lorenz Vongooßen legte den Kopf schief. »Die Irmi wird staunen, wenn ich ihr von dir erzähle. Denk also dran, die Tage vorbeizuschauen.«

»Versprochen.«

»Noch eine Werbung, die du weitergeben kannst, Rosalie. Die Lisa, das is das Mädel mit den aufgesteckten Zöpfen von vorhin, die bei uns von Zeit zu Zeit aushilft, gibt kommenden Montagnachmittag ein Schreiseminar am Strand in Norddorf, beim Erlebnisspielplatz. Odde heißt der Zipfel der Insel.«

»Ich hab Lisa nicht nur hier, sondern schon am Imbiss am Strand getroffen.«

»Ja, beim Raul. Morgens schläft der gern länger, da springt die Lisa ein, danach kommt sie zu uns. Echt fleißig, das Mädel. Der Raul is auch nicht hier geboren, sondern wie wir hergeschippert und geblieben.« Er strich sich über die Glatze. »Amrum is was ganz Besonderes. Außerhalb der Touristensaison genauso wie jetzt im Sommer, sag ich dir. Aber durchkommen muss man. Jeder hat hier viele Ausgaben und verdient sich so viel, wie er kann, zusammen. Für die karge Wintersaison.«

»Ein Schreibseminar, das hört sich interessant an, obwohl ich bisher hauptsächlich Einkaufszettel geschrieben habe.«

»Aber nein, nicht Schreib, sondern Schrei.«

»Noch nie von etwas in der Art gehört.«

»Dann mach es mit. Es lohnt sich. Zum Ausputzen der Gefühle. Geh hin. Mit dem Radl bist in einer Viertelstund' dort.«

»Ich hab kein Fahrrad hier, bin zu Fuß unterwegs. Wie lange dann?«

»Länger halt. Gehen is ohnehin gesund.«

»Ich überlege es mir. Danke für den Tipp.«

Das Glöckchen klingelte, und eine nächste Kundin betrat den Laden.

»Magst gleich noch einmal beraten, Rosalie?« Lorenz sah sie auffordernd an.

Sie hob abwehrend beide Hände. »O nein. Ich kaufe diese Regenjacke und ziehe mich zurück.«

»Aber einen anständigen Rabatt kriegst du auf den Preis, Rosalie. Als Dank für die abstrakte Muschel.«

12

Die eine Seite der imposanten Eingangstür stand offen. Stabiles Holz mit Verzierungen in drei unterschiedlichen Teilen. Darüber ein Glasfenster, das wie eine Kuppel aufgebaut war. Und darauf zwei Bögen aus Stein, die jeder für sich ein gefächertes Muster aufwiesen.

Dieses Entree schien das ganze wuchtige Bauwerk zu tragen. Es repräsentierte schon für sich allein die Wichtigkeit dieses Orts.

»Central Saint Martins College of Art and Design« stand in schwarzen Reliefbuchstaben an der Außenwand. Das Gebäude am 1 Granary Square in London beherbergte seit Jahrzehnten eine der einflussreichsten Kunsthochschulen der Welt. Designer von Rang und Namen waren daraus hervorgegangen, wie John Galliano oder Alexander McQueen.

Vor diesem Eingang schwebte nun Rosalie.

Sie wusste, dass es ein Traum war, denn normalerweise bewegte sie sich am Boden fort. Jetzt trotzte sie der Schwerkraft und konnte in das Gebäude hineinsehen. Sehnsucht erfasste sie. Eine Treppe führte im Inneren weiter nach oben. Allerdings wurde es dunkler, je mehr sie versuchte, Details zu erkennen.

In ihren Händen hielt sie einen Stapel Papiere. Das Ergebnis der Aufnahmeprüfung, ihre Entwürfe, die Formulare für Einreise und Aufenthalt und schließlich auch das Stipendium, das es ihr überhaupt erst ermöglichte, ein Studium in England anzutreten. Ihr Herz hüpfte, ihre Vorfreude glich einer riesigen Welle. Vielleicht kam auch daher das Rauschen in ihren Ohren, das stetig zunahm.

Gerade als sie überlegte, wie sie sich aus ihrer luftigen Position lösen konnte, um endlich auch in das Gebäude hineinzugelangen, kam ein starker Wind auf. Eine Böe riss ihr all die Zeichnungen und Anträge aus den Händen. Rosalie stieß einen Schrei aus und versuchte, sie einzusammeln, aber die Papierseiten flogen stetig höher. Weit über das Tor und das Gebäude hinaus stiegen sie wie kleine Drachen in einen grauen Himmel auf und verschwanden.

»O nein«, rief sie. Tränen flossen und schmeckten salzig.

Die Skizzen mit den witzigen und skurrilen Ideen, die sie kreiert hatte, waren verloren. Ihre Accessoire-Sammlung, die sie neben den Modestücken als ihr besonderes Talent empfand. Plötzlich konnte sie sich an kein einziges Teil erinnern, wie ausradiert war ihr Hirn. So, als hätte es die originellen und einzigartigen Extras nie gegeben. Nachzunähen und neu zu gestalten war ein Ding der Unmöglichkeit.

Rosalie senkte den Kopf. Unter ihr war nun auch noch alles voller Wasser, die Hochschule für Design würde gleich überschwemmt werden. Schaumige Wellen brachen sich an der Hausmauer. Doch bevor sie Rosalies Füße erreichten, ging auch ihr Höhenflug weiter. Immer höher schwebte sie. Schließlich konnte sie unter sich das Dach sehen, das anders als der inzwischen überflutete pompöse Eingang flach und einfach wirkte.

Neben ihr tauchte eine Lachmöwe auf, rote Füße, roter Schnabel, weit ausgebreitet die Flügel. Rosalie machte es dem Vogel nach und breitete die Arme aus. Sie flog tatsächlich. Mit einem Gefühl, als hätte sie in all den Jahren nie etwas anderes getan.

Unter ihr lagen Land und Meer. London hatte sie längst verlassen, sie war über der offenen See. In direkter Linie steuerte Rosalie auf die Nordseeinseln zu. Sofort erkannte sie Amrum, obwohl sie die Insel noch nie aus der Vogelperspektive gesehen hatte.

Sie fragte sich, wie es ihr gelingen sollte zu landen, doch kaum hatte sie das Fragezeichen gesetzt, stürzte sie ab. Wirbelte nach unten. Sie sollte sich fürchten, tat es aber nicht. Stattdessen musste sie kichern. Rasanter wurde der Fall, schneller der Wirbel, lauter ihr Kichern.

Mit einem Plumps landete sie im Watt.

Sie blickte sich um, überall kletterten kleine Krabben aus Löchern. Pink und niedlich. Als Rosalie eine von ihnen auf die Hand nahm, verwandelte sie sich in ein Stück Stoff, das zu atmen schien.

Mit einem Ruck erwachte Rosalie. Ihr Herz klopfte schneller, sie musste erst mal durchatmen. Was für ein Traum! Der erste übrigens seit ihrer Ankunft. Wurde diesem nicht besondere Bedeutung zugesprochen?

Sie rieb sich die Augen. Es war nicht vollkommen dunkel im Zimmer, etwas Licht sickerte bereits durch die Vorhänge. Das Fenster hatte sie angekippt, das stetige Rauschen des Meeres war zu hören. Dazu vereinzelt Vogelrufe. Sie nahm das Handy und checkte die Zeit, es war zwei Minuten nach fünf. Sie fühlte sich hellwach, wieder einzuschlafen schien unmöglich. Abschnitt für Abschnitt ließ sie den Traum Revue passieren. Er beunruhigte und faszinierte sie gleichermaßen.

Schließlich schlüpfte sie aus dem Bett und in die Sneaker. Dann griff sie sich die Überdecke und legte sie sich über die Schultern. Nach einem Schluck Wasser entschloss sie sich, nach draußen zu gehen. Ein paar tiefe Atemzüge frischer Luft würden ihr guttun. Statt unter der Tür stehen zu bleiben, ging sie weiter bis zum Baum und der runden Bank, die diesen umgab. Der Platz hatte ihr schon am ersten Morgen gefallen. Sie setzte sich.

Hier war das Geräusch der Wellen stärker zu hören, auch die Vogelrufe hatten zugenommen. In den Meeresgeruch mischte sich wieder der Duft der Rosen von gegenüber. Zwischen den Häusern auf der anderen Straßenseite konnte sie einen Ausschnitt Wasser und Horizont sehen.

Sie ließ die nächtlichen Bilder erneut Revue passieren. Die imaginäre Reise zur Designschule in London war unglaublich gewesen. Wie lange hatte sie daran nicht mehr gedacht? Oder wie oft hatte sie die Erinnerung verdrängt?

Ihren Traum vom Beruf der Designerin hatte sie schon vor einer Ewigkeit zerplatzen lassen und das Vorhaben tief in ihrem inneren Wunschbrunnen versenkt. Mehr noch: Rosalie nähte Reißverschlüsse an, besserte Hemden oder löchrige Hosen aus, aber nie wieder hatte sie sich an ein Kleidungsstück im Gesamten getraut. Nicht einmal für Pauline hatte Rosalie jemals ein Kleidchen genäht. Von anderen Kreationen ganz zu schweigen.

Nachdem sich Rosalie für Egbert und dementsprechend für Kinder und Familie entschieden hatte, hatte sie bewusst den Weg eines Auslandsstudiums verlassen und war in die Familienstraße abgebogen. Zu versuchen, Beruf und Familie zu vereinbaren, wie ihre Mutter es getan hatte, hatte Rosalie damals nicht gewollt. Oskar und Pauline sollten mit einer Mama aufwachsen, die ganz für sie da war und nicht gestresst am Abend heimkehrte und todmüde in die Kissen sank.

Zwanzig war Rosalie gewesen, als sie die Entscheidung getroffen hatte. So jung und doch so entschlossen, den einen Traum für einen anderen mit allen Konsequenzen aufzugeben.

Bereute Rosalie es? Nein. Ganz und gar nicht. Es waren gute Jahre gewesen. Nicht vollkommen erfüllt, aber doch von einer konstanten Sicherheit geprägt.

»Und jetzt ist wieder alles neu und anders …«, flüsterte sie in den heller werdenden Himmel hinein.

Der Besuch im Laden des Österreichers hatte die fast vergessene Leidenschaft zum Vorschein gebracht. Bei dem Gedanken an ihre spontane Eingebung mit dem Stückchen Stoff, der sich bei Bewegungen öffnen sollte, stahl sich ein versonnenes Lächeln auf ihre Lippen. Was hatte sie sich nur dabei gedacht? Trotzdem würde sie die Tage beim Fetzenpupperl vorbeimarschieren und sich erkundigen, ob es beim Nähen funktioniert hatte und ob die Kundin zufriedengestellt war.

Rosalie erinnerte sich, dass sie sich schon in jungen Jahren hauptsächlich mit ungewöhnlichen Accessoires beschäftigt hatte. Ihre Grundidee war immer ein unifarbenes Kleidungsstück gewesen, das durch ein auffälliges und besonderes Extra einzigartig wurde.

Ob ihre Mutter die alten Bewerbungsunterlagen aufbewahrt hatte? Sie würde Ulla beim nächsten Videochat danach fragen.

In dem Moment schob sich ein Lichtstrahl über das Wasser und in Rosalies Blickfeld. Sie schirmte die Augen ab. Sonnenaufgang über dem Meer.

»Schwarzes Minikleid. Von der Hüfte abwärts fließen zwei Streifen aus goldenem Glitzerstoff. Nach unten breiter werdend. Fasern in einzelnen Fäden aus. Viel länger als das Kleid, enden sie erst an den Knöcheln der Trägerin. Bei jedem Schritt meint man, die Trägerin würde von Gold umspielt.«

Ihre nächste Inspiration hatte sie laut ausgesprochen. Rosalie würde sich einen Block und Farbstifte besorgen. Warum sich nicht nach über dreißig Jahren an neuen Skizzen versuchen.

Sie gähnte. Zuallererst würde sie jedoch zurück in die Wohnung gehen, sich erneut im Bett einrollen und doch noch ein kleines Schläfchen halten.

13

Wegen der frühmorgendlichen Unterbrechung schlief Rosalie entgegen ihrer Gewohnheit bis nach acht. Die Sonne kitzelte sie in der Nase. Mit einem heftigen Niesen schnellte sie in die Höhe.

Nach dem gestrigen Einkauf war der Kühlschrank gut gefüllt, und Rosalie bereitete sich ihr erstes Frühstück in der Einliegerwohnung zu. Kaffee, Brötchen mit Butter und Käse und als Abschluss eine Handvoll Trauben. Alles schmeckte hervorragend, und sie musste sich beherrschen, sich nicht direkt im Anschluss ein zweites Brötchen zu schmieren.

Überhaupt regte die frische Meeresbrise, die über die Insel zog, den Appetit an. Also war Bewegung angesagt, sie wollte keine Extrakilos zurück nach Köln schleppen. Mit dem Überschreiten der magischen fünfzig und dem Einsetzen der ersten Hitzewallungen schien sich auch pünktlich ihr Stoffwechsel verlangsamt zu haben. Sie nahm schneller zu, obwohl sie nicht mehr aß als gewohnt. Die bisherige Zufriedenheit mit ihrer Figur wollte sie gern behalten, wenn sie sonst schon nicht allzu sehr mit ihrem Leben im Einklang war.

Sie hielt inne. Heute war kein Tag fürs erneute Gedankenmachen, sondern die wieder aufgeflammte Kreativität stand auf Rosalies Tagesordnung. Bevor sie sich in neue Ideen vertiefte, rief sie bei Theo Meisner an.

Diesmal meldete er sich nach dem dritten Klingeln.

»Frau Burg. Ich habe Sie nicht vergessen.« Seine Stimme klang – wie hätte es anders sein sollen – mürrisch. Im Hintergrund bellte Marwin. »Wir hatten doch vereinbart, dass ich mich melde.«

»Geht es Ihnen gut?« Rosalie hatte für sich beschlossen, konsequent freundlich zu bleiben. Immerhin hatte Theo Meisner sie diesmal nicht mit einem falschen Namen betitelt. »Was macht die Schürfwunde? Waren Sie beim Arzt?«

Er holte hörbar Luft. »Viele Fragen machen mir Kopfweh.«

»Das wollte ich nicht.«

»Schon gut. Alles bestens. Marlene ist wieder da, also brauchen Sie sich keine Gedanken um mich zu machen. Ich wurde neu verbunden, werde bekocht und feile an einem meiner Vorträge. Gleich habe ich noch ein wichtiges virtuelles Meeting. Mehr gibt es nicht zu sagen.«

»Auch mir geht es gut, nebenbei bemerkt, Herr Meisner. Ich habe mich nur gewundert, denn ich dachte, spätestens heute legen wir los.«

»Loslegen klingt, als hätten Sie einen Segeltörn mit mir geplant.«

»Wenn Sie eine Gesellschafterin zum Segeln brauchen, bin ich die falsche Person.«

»Das ist mir längst klar, Frau Burg. Ich habe tatsächlich eine erste Aufgabe für Sie.«

Rosalie spähte zu ihrem Laptop. In der Woche vor ihrer Abreise hatte sie einige Bücher, die sie mochte, als E-Books gespeichert. Dazu auch einen Band mit Balladen und eine Gedichtsammlung. Bei dem Gedanken, dass sie bei ihrer Auswahl noch von einem alten Mann ausgegangen war, musste sie im Nachhinein schmunzeln. »Ich hoffe, es hat mit Vorlesen zu tun. Darauf freue ich mich nämlich schon. Soll ich Sie überraschen? Oder wir nehmen Ihr begonnenes Buch von diesem –«

»Gordon Livingston, Frau Burg«, unterbrach er sie.

»Der Name lag mir auf der Zunge. Schön, dass Sie mir direkt weitergeholfen haben.« Rosalie wollte sich nicht noch einmal verunsichern lassen. »Der Sänger Sting heißt ebenfalls Gordon mit Vornamen. Wussten Sie das, Herr Meisner?«

Er ließ eine kurze Pause. »Wusste ich.«

»Wir können als weiteren Vorschlag einfach spazieren gehen, Herr Meisner.«

»Genau das wollte ich eben ansprechen.«

»Oh! Ich bin sofort bei Ihnen.«

»Stopp. Nicht zu übereifrig, Frau Burg. Drehen Sie bitte eine Runde mit Marwin. Ich bin mitten in der Arbeit, wie schon gesagt.«

»Also wieder Gassi gehen?« Jetzt machte sie Theo Meisner doch wieder sprachlos.

Ein Ausatmen war von ihm zu hören. »Wenn Sie so freundlich wären, würde ich das zu schätzen wissen, Frau Burg. Marlene ist anderweitig beschäftigt. Natürlich können Sie die Gefälligkeit als Arbeitsstunde aufschreiben, genauso, als wären Sie mit mir unterwegs.«

Das werde ich auch tun, dachte Rosalie, verkniff sich aber eine Bemerkung dazu. Jede Minute werde ich berechnen, wie Marion es mir geraten hat. Vielleicht sogar rückwirkend das Kartoffelsuppenessen.

»Sind Sie noch dran, Frau Burg?«

»Bin ich. Ich hole das brave Hündchen gleich ab. Es ist mir ein Vergnügen.«

»Äh, okay.« Nun klang er ein wenig irritiert. »Danke.«

»Aber bitte doch.«

Heute wählte sie die andere Richtung und bog am Haus einer Rettungswache links ab. Der Spaziergang führte sie den Sanghughwai entlang, wie sie auf einem Schild lesen konnte. Erst an Häusern und Wäldchen und einer Bushaltestelle vorbei, schließlich dehnten sich zu beiden Seiten Felder aus. Ein Bauer auf einem Traktor winkte ihr zu, eine Schar Vögel schnatterte über ihr. Die weiten Flächen ließen ihren Atem tiefer werden.

Ähnlich wie Rosalie selbst es gern tat, blieb auch Marwin von Zeit zu Zeit stehen und schien einfach Sonne und Wind zu genießen. An einer Weggabelung machte der Hund eigenmächtig kehrt, Rosalie schloss sich ihm an.

Nach dem Gassigehen setzte sie sich gleich wieder in Bewegung. Es gab im Anschluss nichts mehr für oder mit Theo Meisner zu tun, also würde sie mit Freude weiter Amrum erkunden. Ein nächster Marsch Richtung Strand, diesmal weiterlaufen bis nach Wittdün an den Fähranleger. Den Hafen noch einmal unter dem Licht einer strahlenden Sonne begutachten. Wenn ihr die Zeit blieb, wäre es wunderbar, auf den Leuchtturm zu steigen, vielleicht sogar eine Führung mitzumachen. Fotos zu schießen, sie an Ulla und Marion zu senden.

Justus, der Mann, dessen Einladung Rosalie in regelmäßigen Abständen durch den Kopf huschte, hatte eine längere Schönwetterlage vorhergesagt und recht behalten. Überhaupt dachte sie mit einem heiteren Gefühl an ihn und ihre eigenen Missgeschicke, die ihr bei den beiden Zusammentreffen passiert waren. Auf jeden Fall würde sie ihm zu gern ihren brandneuen roten Friesennerz präsentieren.

Aus Rosalies Handy ertönte *Für Elise*. Auf dem Display erschien das Gesicht ihres Ex-Mannes. Rosalie war inzwischen derart gut gelaunt, dass sie sich sogar darüber freute. Sie war gerade am Wegweiser angekommen und lehnte sich dagegen.

»Bert, hallo, mein Lieber.«

Früher hätte sie Liebster gesagt, aber diese Zeiten waren lange vorbei. Doch sie erinnerte sich noch gut an das Kribbeln in ihrem Bauch, das sie bei der ersten Begegnung erfasst hatte. Eine Party bei einer Freundin, dort hatten sie sich kennengelernt. Rosalie war so jung gewesen, überschäumend vor Plänen und dem Gefühl, die Welt erobern zu können.

Und Egbert? Ein ruhiger, besonnener junger Mann, fünf Jahre älter als sie, der ihren Redeschwall über sich ergehen ließ und ihr zunickte, sein Kölsch in der einen und eine Brezel in der anderen Hand. Seine treuherzigen Augen, das milde Lächeln und seine Art, ihr vom ersten Moment an ein Gefühl der Geborgenheit zu vermitteln, hatten Rosalie ohne Zögern in seine Arme fallen lassen. Schon auf der Party waren sie unzertrennlich gewesen, keine Woche darauf ein Paar, und dreizehn Monate später war Rosalie schwanger mit Oskar und auf dem Weg zum Traualtar.

»Rosie!« Egberts Stimme am anderen Ende der Leitung holte Rosalie zurück in die Gegenwart. »Du verschwindest einfach, und ich mach mir Sorgen.«

Sein beleidigter Ton ließ die rosa Erinnerungswolken verblassen. »Warum denn Sorgen?«

»Wenn ich nicht zufällig mit deiner Mutter telefoniert hätte, wüsste ich immer noch nicht, dass du heimlich an die Ostsee gefahren bist.«

»Moment.« Er schaffte es binnen Sekunden, Rosalies Laune von super zu frostig herunterzupegeln. »Erstens bin ich an der Nordsee. Zweitens wusstest du Bescheid. Und drittens kann ich reisen, wohin ich will, ohne dich einzuweihen.«

Egbert holte Luft für seine Gegenrede.

Rosalie kam ihm zuvor. »Pauline und auch ich haben dir mehr als einmal von dem Job erzählt, den deine Tochter hätte übernehmen wollen, wenn es nicht überraschend doch mit Australien geklappt hätte. Also kann von heimlich keine Rede sein. Alle in meinem Umfeld sind informiert.«

»Ich nicht.«

»Dein Problem, wenn du uns nicht zuhörst.« Was ebenfalls auf der Liste der Probleme steht, die unsere Ehe ausgehöhlt haben, fügte sie in Gedanken hinzu.

»Ich dachte, du arbeitest in einer Boutique.«

»Nicht mehr. Die Chefin ist nach München übersiedelt.«

»Warum ausgerechnet München? Dort wimmelt es von kleinen edlen Läden, dort hat sie kaum Chancen.«

»Darum geht es jetzt überhaupt nicht, Bert.« Rosalie spürte eine Hitze aufsteigen, die an den Zehen begann und sich langsam ihre Beine hocharbeitete. Sie war sich nicht sicher, ob es an ihrem Ärger über Egbert lag oder an einer unerwarteten Hitzewallung. »Noch mal für dich zum Mitschreiben. Ich bin auf Amrum.«

»Aha.«

»Es ist ein vierwöchiger Studentenjob.«

»Also willst du dir damit deine Jugend zurückholen?«

Er lachte, was Rosalie noch wütender machte. Die Hitze kletterte über ihren Rücken und setzte sich in ihrem Nacken fest. »Ja, genau. Du triffst den Nagel auf den Kopf. Ich bin hier, um mich wieder wie zwanzig zu fühlen. Nicht, weil mir in Köln alles zu viel wurde, ich Geld verdienen muss für meine Miete und froh war, einmal eine Auszeit zu haben.«

»Du musst mich nicht so anschreien. Ich höre gut.«

War sie laut geworden? Wohl nicht. Rosalie rieb sich den Nacken, sah sich um. Keiner der Passanten, die an ihr vorbeiliefen, drehte sich zu ihr um. Die Hitze rollte sich über ihre Ohren zu ihren Wangen vor. Sie hatte das Gefühl, in Schweiß gebadet zu sein. »Ich schreie nicht, Bert. Das tue ich nie.«

»Na ja, etwas aufbrausender bist du, als ich dich kenne.«

Und ich kenne dich gut, stand hinter Egberts Bemerkung, besser als du dich selbst, liebe Rosie. Deshalb komm zurück zu mir. Lass uns alles vergessen und weitermachen. Ich liebe dich und du mich. Das genügt doch, oder?

Lange Zeit hatte es genügt.

Hätte jemand noch vor zehn Jahren Rosalies Meinung hören wollen, hätte sie fest behauptet, dass ihre Ehe intakt war, eben nur gerade in einer schwierigen Phase. Nach der Verliebtheit waren die Kinder und der Alltag gekommen, sie waren Partner geworden, Liebende und Freunde in einer Person. Doch dann kam das tröpfchenweise Entfremden. Kein Drama, kein Betrug, sondern eine simple stille Leere zwischen ihnen, die vor allem Rosalie nicht für den Rest ihres Lebens hatte hinnehmen wollen.

Die Hitze flaute genauso schnell ab, wie sie gekommen war. Der Schweiß begann schon wieder zu trocknen.

»Aber ich entschuldige mich«, redete Egbert weiter. »Sicher hast du mir von Amrum und dem Job erzählt. Ich hab's irgendwie verdrängt. Alles wieder paletti, Rosie?«

Plötzlich wollte Rosalie nicht mehr von ihm Rosie genannt werden. Eine Rosie war sie nicht mehr. »Warum hast du angerufen, Egbert? Liegt etwas an?« Sollte er sein Lieblingshemd erneut zerrissen haben, war sie zum Glück zu weit entfernt, um sich für einen Besuch an der Nähmaschine breitschlagen zu lassen.

»Mein Anwalt hat eine Mahnung geschickt.«

»Mahnung?«

»Unsere Scheidungskosten. Ich hab vergessen, sie zu bezahlen. Oder es unbewusst ignoriert.« Seine Stimme wurde rauer, was hieß, er war emotional berührt. »Eben dachte ich, für den Fall, dass du eine Kopie des Schreibens im Briefkasten hast, rufe ich dich an. Die Sache ist bereits geklärt, ich habe den Betrag plus Mahngebühr überwiesen. Trennungskosten fühlen sich mies an – in jeder Hinsicht.«

Im Eiltempo erfasste Rosalie Mitgefühl mit ihrem Ex-Mann. Nein, falsch, in ihrem Herzen immer noch ihr Mann. Fast dreißig Jahre Ehe und zwei Kinder waren keine Kleinigkeit, die man wegwischte. Abgesehen davon war die Trennung von ihr ausgegangen. Auch den Scheidungstermin hatte Rosalie vorangetrieben.

»Marion sollte meinen Briefkasten gestern geleert haben. Sie war zum Pflanzengießen dort. Aber sie hat nichts dergleichen erwähnt.«

»Oder es ist in deinem E-Mail-Postfach. Anwälte sind heutzutage genauso digital unterwegs, Rosie.« Ein kräftiges Niesen folgte. »Die Tropfen von Dr. Matschulla helfen diesen Sommer so gut wie nicht. Ständig tränen mir die Augen, wenn ich unterwegs bin.«

»Tut mir leid. Gesundheit, Bert.«

»Wie auch immer, nicht mehr dein Problem, Rosie. Ich hoffe, wir haben richtig gehandelt. Ich meine, mit der Trennung und so.« Eine nächste Niesattacke folgte.

Wie oft hatte sich Rosalie diese Frage schon selbst gestellt, in der Zeit, als ihr Entschluss, sich räumlich zu trennen, mehr und mehr Gestalt angenommen hatte. Wie oft die Idee einer Scheidung wieder verschoben, nur, um bei nächster Gelegenheit doch darauf zu bestehen. Wenn nicht jetzt, wann dann?, hatte die Gegenfrage gelautet.

»Haben wir, Egbert.«

»Okay.« Er räusperte sich. »Und sonst? Schon nach Muscheln gesucht oder Krebse gefangen?«

»Krabbenbrötchen habe ich mir gegönnt. Am Meer spazieren war ich, mit den Füßen im Wasser. Was man eben so macht.« Die Erlebnisse bei ihrer Ankunft, Theo Meisners Unfall, den Riesenhund Marwin und auch die Begebenheit im Laden des Österreichers ließ sie außen vor. »Wunderschön ist es.«

»Das glaub ich. Schade, dass wir beide ausschließlich in die Berge oder ans Mittelmeer gefahren sind.«

»Weil du es dir gewünscht hast.«

»Nicht nur ich. Sei nicht ungerecht.«

»Stimmt. Ich habe zumindest nie widersprochen.«

»Rosie, du zickst.« Er ächzte.

Rosalie biss sich auf die Lippen. »Ich stelle nur fest.«

»Kein Streit. Ich ziehe die letzte Bemerkung zurück.«

»Okay, Bert.«

»Oskar hat mir übrigens bei seinem letzten Anruf erzählt, dass er mit Dilara einen Campingurlaub plant, auch auf einer der Inseln. Weil Dilara sowieso nach Flensburg muss. Ich habe mir nicht gemerkt, warum und auf welches Eiland sie wollen. Du siehst, nicht nur bei dir höre ich nicht richtig hin.«

»Unsere Urlaube in den Alpen und im Süden waren immer erholsam«, setzte Rosalie versöhnlich hinzu. »Ich mag die Berge, das weißt du doch.«

»Von meiner Seite gibt es ebenfalls eine Neuigkeit. Ich werde Oskar in Berlin besuchen. Wie du, einmal raus aus dem Trott.«

»Wie schön. Da könnt ihr Männer etwas gemeinsam unternehmen.«

»Das denke ich auch.« Er zog die Nase hoch. »Und Hilda wollte die Tage mal wieder für mich kochen.«

Ein winziger Stich in Rosalies Brust. Hilda Manzer war eine sympathische Kollegin von Egbert, die sich nach Rosalies Auszug einige Male um ihn gekümmert beziehungsweise für ihn Essen zubereitet hatte. Rosalie hätte ihre Hand nicht ins Feuer gelegt, aber war sich so gut wie sicher, dass zwischen den beiden kein Funke übergesprungen war. Trotzdem war die Vorstellung, wie die hilfsbereite Hilda ihren Ex-Mann betüttelte, keine erfreuliche.

Entweder … oder, ging es ihr durch den Kopf. Sie konnte nicht beides haben, Egbert und ein neues Leben waren unvereinbar. In dem Moment fiel ihr auf, dass sie ihm auch nichts von den Begegnungen mit Justus erzählt hatte.

»Genieß es.« Es war ihr Ernst damit. »Am besten, ich melde mich, wenn ich wieder zurück bin.«

»Erst dann? Du bleibst vier Wochen weg, Rosie.«

»Nur in einem dringenden Fall rufen wir uns gegenseitig an. Eine Pause finde ich wichtig, Bert.«

»Vergiss nicht, dich bei den Kindern zu melden. Gib wenigstens Oskar durch, wo du wohnst.« Er schmollte wieder. »Unser Sohn hofft immer noch, dass wir es wieder hinkriegen.«

Wie vorhin bei Theo Meisner entschied Rosalie, das Gespräch auf eine andere Schiene zu bringen. »Kannst du dich erinnern, dass ich am Kunst-College in London angenommen worden bin?«

»Wo?«

»Damals, als wir uns kennenlernten. Ich wollte Designerin werden.«

»Wie kommst du jetzt darauf?«

»Ich hab heute Nacht davon geträumt, Bert.«

»Ha! Und ich vom Angeln. War ein Mordsfisch, den ich am Haken hatte.«

Sofort bereute Rosalie, den Traum erwähnt zu haben. »Mein Akku ist gleich leer.« Die Schwindelei gestand sie sich zu. »Mach's gut.«

Nach der Verabschiedung marschierte sie mit Tempo an den Strand.

Dort war der Lärmpegel hoch, viele Besucher tummelten sich zwischen den Strandkörben und am Wasser. Kinder bauten Sandburgen, Jogger überholten sie, und ein verliebtes Pärchen, die Welt um sich vergessend, wäre fast in Rosalie hineingerannt.

Erst langsam gelang es ihr, die Ruhe vom Spaziergang vorhin wiederzufinden. Sie konzentrierte sich auf jeden Schritt im Sand, fokussierte sich auf das Anbranden der Wellen.

Immer weiter lief sie so bis nach Wittdün. Vierzig Minuten später war sie am Leuchtturm, umrundete ihn einmal. Für eine Besichtigung war es zu spät, aber allein davor zu stehen und eine Weile zur Spitze hinaufzublicken ließ sie sich freier fühlen. Die Vergangenheit sollte mit dem Wind aufs Meer hinaussegeln.

14

Rosalie verspürte tatsächlich ein leichtes Kribbeln im Magen, als sie vor dem Friesen-Café stand.

Es war Punkt drei Uhr an diesem Donnerstagnachmittag. Eigentlich hatte sie etwas später eintreffen wollen, aber obwohl sie die Wegstrecke geschlendert war, war sie genau zum verabredeten Zeitpunkt angekommen.

Pünktlich wie die Maurer, meinte Ullas Stimme in Rosalies Kopf trocken. Das ist mein Röschen immer.

Heute will ich nichts von dir hören, erwiderte Rosalie in Gedanken. Kein einziges Wort.

Das Café sah von außen wie die meisten Häuser auf der Insel sehr ansprechend aus. Das Reetdach war braun, die Fassade weiß. Blaue Akzente setzten eine Reihe von Fliesen über den breiten Fenstern und eine blaue Eingangstür mit Laternen links und rechts an der Mauer. Neben den üblichen Kaffeetischen und Stühlen gab es jeweils auch Strandkörbe zum Sitzen. Um die Ecke ging es in einen Garten.

Justus hatte Rosalie erzählt, dass es kaum möglich war, ein freies Plätzchen zu ergattern, und es stimmte. Jede Sitzmöglichkeit war besetzt. Eine schier unzählbare Anzahl an Fahrrädern stand um das Haus herum, der Lärmpegel der Gäste erinnerte Rosalie an die Vogelschwärme, die über den Himmel zogen.

Sie zögerte. Ein Teil von ihr hielt es für keine so gute Idee, hier zu sein. Erstens war sie sich nicht sicher, ob sich ihr zweifacher Retter überhaupt noch an sie und seine Einladung für heute erinnern konnte. Justus Merten war nirgends zu sehen, es konnte gut sein, dass er nicht auftauchte. Zweitens war sie nicht auf die Insel gekommen, um einen Mann kennenzulernen. Egal, wie oft Marion Rosalies neuen Singlestatus betonte und mit welchen Datingtipps sie daherkam, auf Rosalies Zukunftswunschliste stand kein neuer Partner. Zumindest nicht in der nächsten Zeit.

Doch von erstens und zweitens abgesehen, störte Rosalie, dass ihr Herz beim Ausschauhalten nach Justus unerwartet schneller schlug. Nein, er ist nicht da, überlegte sie. Ich komme lieber an einem Tag vorbei, wenn nicht so viel Betrieb ist, und trinke einen Kaffee allein.

»Moin, Rosalie.« In dem Moment tauchte Justus neben ihr auf. »Schön, dass du mich nicht vergessen hast.«

Alles verschwand hinter der Freude, die sie empfand, als sie ihn wiedersah.

»Hallo, Justus.« Rosalie hatte das Gefühl, schon ewig nicht mehr derart breit gelächelt zu haben. »Toll, dass du dran gedacht hast.«

Sein Grübchen zeigte sich, als er Rosalies Strahlen erwiderte. »Hey, wie ich sehe, bist du inzwischen wetterfest.«

Er deutete auf die knallrote Regenjacke, die sie über der Schulter hängen hatte. Das heutige Wetter war nach den Sonnentagen leicht eingetrübt, und Rosalie hatte die Gelegenheit genutzt, das neue Kleidungsstück zum ersten Mal auszuführen.

»Ich habe mich angepasst.«

»Perfekt.« Er fasste sie leicht an der Schulter. »Antje hat mir vorhin geschrieben, dass sie bereits da ist und hinten sitzt.«

Sofort dämpfte ein Tropfen Betrübnis ihre Freude, als Justus seine Frau erwähnte. Doch es war von vorneherein klar gewesen, dass Rosalie den Mann nicht allein im Café treffen würde.

Er wandte sich ihr zu. »Rosalie ist übrigens ein schöner Name.«

»Meine Mutter nennt mich auch Röschen.« Und mein Ex-Mann sagt Rosie zu mir, hätte sie fast hinzugefügt.

»Röschen klingt hübsch. Ich würde aber bei Rosalie bleiben, wenn es für dich in Ordnung ist.«

»Absolut. Justus klingt nicht nach einem nordischen Namen.«

»Ist er auch nicht. Justus bedeutet ›Der Gerechte‹, das hat meiner Mutter als Juristin damals gefallen.« Er zwinkerte ihr zu. »So, stürzen wir uns ins Getümmel. Keine Sorge, ich fange dich auf, wenn du fällst.«

Wenn sie es nicht besser gewusst hätte, hätte Rosalie den Dialog als Beginn eines Flirts bezeichnet. Wobei ihre einzigen Tändeleien des letzten Jahrzehnts mit dem früheren Nachbarn in Stommeln stattgefunden hatten, der über achtzig war und Rosalie stets mit Komplimenten begrüßte.

Jetzt aber wollte sie keinen Gedanken mehr an Stommeln oder gar an ihren Ex verschwenden. Sie fuhr sich durchs Haar, immer noch war das Fehlen ihres Zopfs ungewohnt. »Geh vor. Ich bleibe dir auf den Fersen.«

Im Garten wurde Rosalie von einem Meer an blühenden Hortensien begrüßt, die die Gästetische umgaben. »Das ist ja herrlich. Damit ist mein Tageshöhepunkt schon erreicht.«

»Warte ab, bis du einen der Kuchen probierst.« Er steuerte auf die letzten freien Stühle und eine Frau zu, die bereits die Hand zu einem Winken erhoben hatte. »Moin, Moin, Tüti.«

»Hey, Justus.« Die Angesprochene stand auf.

Von der Größe her überragte sie Rosalie um einen Kopf und war geschätzt auch einige Jahre jünger als sie. Sie hatte dunkelbraunes Haar, das sie mit einem blauen Band zusammengebunden hatte. Dazu trug sie Ohrringe, die silberne Anker darstellten. Wie Justus hatte sie ein gewinnendes Lächeln.

»Und du bist Rosa. Moin, Moin.«

»Rosalie«, korrigierte Justus sie.

»Justus hat mir den Auftrag erteilt, extra für dich einen Strandkorb als Sitzplatz freizuhalten, was wirklich nicht so einfach war.« Sie streckte Rosalie die Hand entgegen. »Ich bin nicht Tüti, sondern Antje.«

»Freut mich.«

Justus bedeutete Rosalie, im Strandkorb Platz zu nehmen. »Tüti heißt Schatz. Und der Name Antje übersetzt: die den Käse bringt.«

»Stimmt nicht. Antje ist die altfriesische Form von Anna und bedeutet die Begnadete.« Die dunkelhaarige Frau knuffte Justus in den Oberarm.

Er tätschelte ihren Kopf.

Rosalie ließ sich in den Korb fallen und griff rasch nach der Speisekarte. Nach der ersten Euphorie befürchtete sie nun, die beiden mit ihrer Anwesenheit zu stören. Da sie weder bei Justus noch bei Antje einen Ring am Finger sah, vermutete sie, dass sie ein Liebespaar ohne Trauschein waren.

Antje setzte sich wieder und beugte sich zu Rosalie hin. »Dieses Haus steht hier seit 1745. Meine Freundin leitet es inzwischen auch schon seit Jahren. Mit noch jemandem zusammen. Alles Bio, wenn du auf so etwas Wert legst.«

»Gefällt mir.«

»Bio-Kaffee, Bio-Tee. Selbst mein Eiergrog ist ein reines Gesundheitsgetränk. Denke ich.« Sie hob ein Glas mit gelbem Inhalt in die Höhe. »Den kann ich empfehlen. Oder die Tote Tante, was nichts mit einer echten toten Verwandten zu tun hat.«

»Rosalie weiß das schon von mir. Die Story dahinter folgt noch.

Immer eins nach dem anderen, nicht gleich das ganze Pulver verschießen.« Justus schnippte mit den Fingern.

Er und Antje amüsierten sich sichtlich.

Wieder kam sich Rosalie ein wenig wie das fünfte Rad am Wagen vor. »Ich ziehe Kaffee vor.«

»Den nehme ich heute auch.« Justus nickte. »Dazu eine Friesenwaffel, ganz nach dem Rezept von Opa Meinert.«

»Der Stammvater des Cafés, könnte man sagen«, ergänzte Antje.

Die Kellnerin, eine große blonde Frau mit mindestens vier Ketten um den Hals und Armreifen an beiden Handgelenken, kam und begrüßte Antje und Justus überschwänglich mit Umarmung und Küsschen.

»Alles gut bei dir, Justus?«

»Bestens. Bei euch auch?«

»Stressig, aber das gehört dazu.«

»Halt die Ohren steif, Laura«, mischte sich Antje ein.

»Ihr auch. Und jetzt sagt mir eure Wünsche, dafür bin ich da.«

Bei der Bestellung entschied sich Rosalie für die berühmte Friesentorte. Ein Foto in der Speisekarte zeigte ein Träumchen aus weißem Puderzucker, schaumiger Sahne und einzelnen goldenen Blätterteigstücken darauf.

»Das Rezept könnte ich dir unter der Hand weitergeben«, meinte Antje mit einem Augenzwinkern.

Sie plauderten. Als Kaffee und Kuchen serviert wurden, kehrte bei Rosalie Entspannung ein, und sie begann, das Zusammentreffen zu genießen. Sie erzählte von ihrem Minijob, ihrer missglückten Ankunft und Riesenhund Marwin.

Über diese Begegnung brach Justus in dröhnendes Gelächter aus. »Das erinnert mich an einen Mann, der schrecklich unter der

Trennung von seiner Bulldogge Larry gelitten hat. Seine Frau hat das Tier sogar in einer Tasche in die Klinik geschleppt.«

»Bist du Tierarzt?«, fragte Rosalie, während sie überlegte, wie sie das große Tortenstück bewältigen sollte. Zuunterst, am Kuchenboden, hatte sie eben noch eine dunkle Schicht Pflaumenmus entdeckt. Ein Abendessen brauchte sie heute wohl nicht mehr.

»Nein.« Wieder lachte er. »Ich bin überhaupt kein Arzt. Ich arbeite im Klinikum Nordfriesland auf Föhr. In der Verwaltung.«

»Wir wohnen aber auf Amrum«, fügte Antje hinzu. »Auch ich pendle.«

Der Small Talk nahm Fahrt auf. Antje erzählte von ihrer Arbeit auf dem Festland. Drei Tage die Woche war sie in einem Architekturbüro angestellt. Rosalie erwähnte Marion und ihre Kölner Architektengemeinschaft. Eine Weile sprach Antje über eine Bäckerei, die renoviert werden sollte, ohne ihren Retro-Charme zu verlieren. Rosalie wiederum berichtete über ihren Sohn Oskar, der mit seinem Start-up für Schilder aller Art zurzeit ebenso auf dem Retrotrend mitschwamm.

»Wie viele Kinder hast du?«

»Zwei. Sohn und Tochter. Beide erwachsen.«

Antje warf einen Blick auf Justus. »Wir keine.«

»Wer weiß, was noch kommt, Tüti«, scherzte Justus. »Dafür hat Rosalie auch noch einen Ex-Mann, oder?«

Rosalie nickte nur und lenkte das Thema auf den Laden Fetzenpupperl, denn mehr würde sie über ihre Verhältnisse nicht ausbreiten, wie sie auch aus dem Privatleben der Mertens keine weiteren Details erfahren wollte. Antje stieg darauf ein und kam direkt auf Lorenz Vongooßens Frau Irma zu sprechen, mit der sie eine Freundschaft verband. »Ehrlich gesagt ist es leicht, auf der Insel mit allen Bewohnern irgendwie zumindest gut bekannt zu sein. In den Wintermonaten wächst man zusammen. Wir schließen selbst einen Wiener und eine Steirerin in unser Inselherz. Oder eine Kölnerin.« Sie prostete Rosalie mit dem Eiergrog zu.

Schließlich ging es ans Zahlen. Als Rosalie ihre Börse zückte, hielt Justus sie zurück. »Du bist selbstverständlich mein Gast, Rosalie.«

»Danke. Ich revanchiere mich.«

»Kannst du. In meiner Planung für deine Zeit auf Amrum ist bereits mehr als ein Wiedersehen festgesetzt. Wenn du magst, freilich.« Er sah sie dabei unvermutet liebevoll an, sodass Rosalie plötzlich weiche Knie bekam.

»Justus ist ein perfekter Ausflugsplaner, kann ich dir sagen«, scherzte Antje.

Der Moment zwischen Rosalie und Justus war vorbei.

Justus legte sein Mobiltelefon auf den Tisch. »Nummern austauschen nicht vergessen.« Noch einmal ein Blick aus seinen braunen Augen, den man als leicht schmachtend hätte bezeichnen können. Oder war es mehr ihr Wunsch danach?

Rosalie schüttelte innerlich den Kopf, weil sie sich eben getäuscht haben musste. Das ganze Urlaubsfeeling, zusammen mit dem riesigen Berg an Zucker, den sie gerade zu sich genommen hatte, hatte ihre Wahrnehmung verschoben.

Dass sie Justus sehr sympathisch fand, gestand sie sich jedoch ein.

II

WATTWURMHERZ

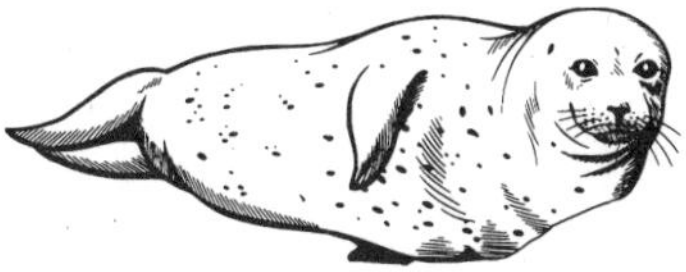

I

Einmal von Insel zu Insel, das hatte sich Rosalie für den Tag nach ihrem Treffen mit Justus und Antje im Friesen-Café vorgenommen. Eine Wattwanderung von Föhr nach Amrum stand auf dem Programm.

Auch an diesem ersten Freitag nach ihrer Ankunft startete ihr Minijob nicht. Sie hatte ein weiteres Mal hochoffiziell und komplett frei. Es fühlte sich seltsam an, weil sie ja eigentlich wegen der Arbeit überhaupt erst angereist war. Nicht einmal fürs Gassigehen mit Marwin brauchte Theo Meisner sie.

Rosalie schwankte zwischen Erleichterung und Enttäuschung. Marion sah die Angelegenheit, ganz wie es ihre Art war, pragmatisch.

»Hör mal, Röschen. Bezahlter Urlaub ist klasse.« Sie war gerade dabei, sich die Haare aufzuwickeln. Ihr Gesicht auf dem Bildschirm flackerte. »Siehst du den Ansatz auf meinem Kopf? Ich kann nicht alle vierzehn Tage färben. Es ist fruchtbar. Dabei fühle ich mich innerlich wie zwanzig. Nur der Spiegel ist so dreist und erzählt mir eine andere Geschichte. Ich könnte losheulen.«

»Ein ergrauter Haaransatz und ein paar Falten sind kein Weltuntergang, Marion.« Rosalie dachte an ihre eigene Spiegelschau. Dreißig zu werden war hart gewesen, doch in die Vierziger war sie wie Butter auf Brot geglitten. Die fünfzig war eine Zahl, die beides in sich vereinte. Man fühlte sich immer noch jung, bereit, neu durchzustarten, wurde aber von der sich weiterdrehenden Welt schon aufs Altenteil abgeschoben. Natürlich nicht in der Werbung, die machte mit Frauen in Rosalies Alter ein prächtiges Geschäft. Rosalie winkte Marion zu. »Wie heißt es so schön: Ausstrahlung ist bereits die ganze Miete!«

»Das stammt von deinem Papa Peter, oder, Rosalie?«

»Kann sein. Aber zurück zu Theo Meisner. Ich kann kein Geld für Leistung nehmen, die ich nicht erbringe.«

»Jetzt mach mal halblang mit deiner Anständigkeit. Du hast einen Vertrag, und wenn es hart auf hart kommt, forderst du deine Stunden ein. Selbst wenn du nur mit dem Köter über die Insel läufst. Dein Geld steht dir zu.«

»Marwin ist kein Köter.« Rosalie war inzwischen sogar bereit, den Riesenhund zu verteidigen. Im Gegensatz zu seinem Herrchen war Marwin ein Schatz.

Marion zog sich eine Strähne vors Gesicht, die Frisur fiel auseinander. »Wenn du es sagst, Hundefreundin. Heute ist nicht mein Tag. Da! Vollkommen weiße einzelne Haare.«

»Bleib locker, Liebes.« Rosalie machte ihre Freundin nach.

Das brachte immerhin ein Lächeln auf Marions rot geschminkte Lippen.

»Du hast recht, Röschen. Wir altern in Würde. Mein Barney hat mit seinem ergrauten Haupt null Probleme. Die Partner im Büro ebenso nicht. Schließen wir uns ihnen an. Trotzdem werde ich nächste Woche in Patricks Salon gehen. Er ist wundervoll. Allein, wie hinreißend er deinen Haarschnitt gemacht hat.«

»Fühlt sich immer noch fremd an. Ziemlich teuer war es auch.«

»Du siehst dafür großartig aus. Die Inselluft bekommt dir gut, beste Freundin. Gibt es sonst Neues? Hast du schon einen netten

Einheimischen getroffen? Ein Flirt wäre das Nächste, was ich dir wünschen würde.«

Schon öffnete Rosalie den Mund, um Marion von Justus zu erzählen, überlegte es sich aber im letzten Moment anders. »Nö, nur den Österreicher im Laden. Und jetzt muss ich los. Die Wattwanderung wartet auf mich.«

»Viel Spaß mit den Würmchen.«

Bei ihrem heutigen Vorhaben hatte Rosalie ziemliches Glück gehabt. Die Watttouren waren alle Wochen im Voraus ausgebucht gewesen – wieder eine Sache, an die sie vorher nicht gedacht hatte. Doch als sie sich in Gedanken schon wieder einmal als Schusseline bezeichnen wollte, hatte jemand abgesagt, und Rosalie hatte prompt den frei gewordenen Platz ergattert.

Das Wetter war trüb, aber warm. Rosalie hatte ihre rote Regenjacke um die Hüften gebunden und trug Shorts. Im Rucksack hatte sie etwas zu trinken, einen Müsliriegel und eine Hose zum Wechseln, sollte sie nass werden. Vor der Tür wartete das Taxi.

»Moin, Moin«, begrüßte sie der Fahrer, den Rosalie sofort wiedererkannte. Es war Piet, der sie bei ihrer Ankunft nach Nebel gefahren hatte. »Nach Wittdün soll es gehen?«

»Schönen guten Morgen. Zur Wattwanderung, genau. Um neun ist der Start.«

»Du bist nicht die Einzige. Ich hole noch welche von Süddorf ab. Von dort sind wir in sieben Minuten da.«

»Perfekt.«

Er fuhr los und verfiel wie beim ersten Mal in Schweigen. Auf einer der Weiden entdeckte Rosalie neben Kühen und Pferden drei Alpakas. »Es gibt auch Alpakas auf Amrum?«

»Jo.« Mehr an Antwort erhielt sie nicht.

Hingegen war das Ehepaar, das in Süddorf zustieg, umso redseliger und zeigte dazu auf der kurzen Strecke jede Menge Fotos. Schweigen ist doch goldiger, dachte Rosalie.

Dieses Mal genoss Rosalie die Fahrt durch die ebene Landschaft mit den sich abwechselnden Feldern und Wäldern und dem immer wiederkehrenden Blick auf das Meer. Die Weite hatte es ihr angetan. Ganz anders als in der Großstadt, in der ein Ausblick rasch an der nächsten Häuserfassade endete.

Am Treffpunkt angekommen, sammelten sich dort nach und nach über dreißig Leute verschiedenen Alters. Ein paar Kinder waren ebenfalls mit von der Partie. Bevor es losging, bekam Rosalie leihweise eine Wathose und einen wasserdichten Beutel für ihren Rucksack überreicht, dazu als Präsent eine Minipackung Friesenkekse. Der kräftige und wettergegerbte Wattführer stellte sich vor und schwärmte von den Stunden, die vor der Gruppe lagen.

»Das wird ein unvergesslicher Ausflug, Leute. Erst geht es mit der Fähre nach Föhr, dann mit dem Bus nach Groß-Dunsum.«

»Ich dachte, wir latschen quer durch das Meer oder gehen darüber wie Du-weißt-schon-wer«, meldete sich ein Witzbold aus der Menge.

Der Wattführer ließ sich nicht irritieren. »Probier es aus, und guck, wie weit du kommst. Für alle anderen: Euch erwartet eine der schönsten Strecken der Welt, Freunde. Freut euch auf einen tiefen Priel, ein Schiffswrack und mehr spannende Erlebnisse. Wir befinden uns nämlich mitten zwischen drei Inseln. Auf geht's.«

Kaum auf der Fähre, legte der Wind zu, und es tröpfelte.

Mit einem imaginären zufriedenen Schulterklopfen zog sich Rosalie den Friesennerz über.

Während der Überfahrt sah sie versonnen aufs Wasser Richtung Föhr, gab sich den Schaukelbewegungen hin und begann, die erste Begegnung mit Justus zu rekapitulieren. Überhaupt ertappte sie sich dabei, dass er immer wieder durch ihre Gedanken huschte.

Auch ihr Handy hatte sie öfter als sonst gecheckt, um nachzusehen, ob er sich wie angekündigt gemeldet hatte. Doch weder gab es ein paar Zeilen noch einen Anruf. Nur Marion und Mama Ulla meldeten sich regelmäßig. Wahrscheinlich waren Justus und seine Partnerin zu beschäftigt, oder das Interesse an einem nächsten Treffen mit Rosalie war wieder abgeflaut. Noch hatte sie den Gedanken nicht zu Ende gedacht, da summte das Mobiltelefon in ihrer Hand. Eine Nachricht von Justus.

»Liebe Rosalie, alles klar bei dir?«

Ihr wurde heiß, was nicht an der Temperatur lag. Sie schickte einen Daumen hoch zurück.

Der Wattführer hob gerade ebenfalls seine beiden Daumen. »Aufgepasst: Wenn ihr dann über den Deich kommt, denkt ihr, hey, da ist ja nur Wasser. Ich wollte nicht tauchen, sondern durch das Watt stapfen. Keine Sorge, Leute, ihr werdet waten.«

Rosalies Handy begann jetzt auch noch zu klingeln. Ein Pärchen drehte den Kopf in ihre Richtung, schnell nahm sie das Gespräch an. »Hallo, Justus.« Sie hielt sich die Hand vor den Mund, um den Vortrag nicht zu stören.

»Moin, Moin. Du klingst beschäftigt.«

»Ich habe eben an … dich gedacht«, wollte sie sagen, stoppte aber mitten im Satz »Ich meine, ja, ich bin unterwegs. Auf einer Wattwanderung.«

»Das hört sich großartig an. Dann stör ich nicht weiter.«

»Nein, nein, alles gut. Wir sind noch auf der Fähre.«

»Machst du die Tour über Föhr?«

»Genau.«

»Spitzenklasse. Wird dir gefallen. Bei der Rückfahrt landet ihr in Norddorf. Wenn du nicht zu müde bist und es noch hell genug ist, geh zur Aussichtsplattform. Der Blick von dort ist eine Wucht.«

»Mach ich. Danke für den Tipp.«

In Rosalies Kopf arbeitete es. Warum verwirrte sie der Anruf derart? Es lag klar auf der Hand, dass Justus vergeben war. Und, wie Rosalie es sich und Marion stets zusicherte, war das Letzte, was sie brauchte, eine neue Beziehung. Nicht einmal ein Flirt kam infrage. Keine Chance.

»Moment noch, Rosalie.« Justus wurde lauter. Auch bei ihm im Hintergrund hörte Rosalie Stimmen. »Wie sieht es kommenden Donnerstag bei dir aus? Hättest du Zeit und Lust, dass wir uns treffen?«

Ging das zu schnell? Oder zu langsam? Oder war es überhaupt eine gute Idee, ihn wiederzusehen?

Zu viele Fragen, besser einfach laufen lassen.

»Bei der Arbeit sind einige krank, ich schiebe Überstunden.« Justus redete bereits weiter. »Aber im Anschluss habe ich ein paar Tage frei. Ich könnte dir einiges zeigen, natürlich nur, wenn es dir recht ist. Wenn nicht, auch völlig okay.«

Nein, dachte Rosalie sofort. Zeit hätte ich höchstwahrscheinlich genug, aber es wäre nicht gut. »Superidee«, sagte sie stattdessen.

»Treffen wir uns um neun vor der Inselbäckerei? Weißt du, wo die ist?«

»Weiß ich. An der bin ich schon vorbeigelaufen.«

»Ach, und schreib mir, wie dir das Watt gefallen hat, ja?«

»Alles klar.« Die Fähre legte an, der Lärmpegel um Rosalie herum stieg an. Sie verabschiedete sich. »Liebe Grüße an Antje«, fügte sie in letzter Sekunde hinzu.

»Richte ich aus.«

Das Tröpfeln nahm zu, und Rosalie stülpte sich die Kapuze über. Sie strengte sich an, ihre Gedanken von Justus weg auf das Geschehen um sie herum zu richten.

Die nächsten Stunden wurden trotz des leichten Regens tatsächlich Spitzenklasse.

Zuerst marschierte die Gruppe barfuß durch knietiefes Wasser. Auf einer Sandbank zeigte der Wattführer die Trichter und Kringel, unter denen die Wattwürmer zu finden waren. »Sandspaghettihäufchen. Wenn man seinem u-förmigen Tunnel folgt, lässt sich ein Wattwurm ausgraben«, erklärte er und holte gekonnt mit einem kurzen gabelförmigen Werkzeug gleich drei aus dem unter der Oberfläche befindlichen schwarzen Sand hervor. Zu Rosalies Freude durfte sie einen auf ihrer Handfläche halten, bevor er sich zurück in ein Schlammloch flüchtete. Das Tierchen fühlte sich an wie ein gewöhnlicher Regenwurm, trotzdem hatte die Berührung etwas Exotisches. Als er im Schlick verschwunden war, malte Rosalie ein Herz um das Loch herum.

»Süß«, meinte daraufhin eine Frau hinter ihr, bevor es weiterging.

Vom Wrack des Schiffs, das 1825 bei einer Sturmflut gekentert war, war nur noch die Holzumrandung zu erkennen. Es war interessant, aber nicht so aufregend wie der Wurm. Die Friesenkekse, während einer kurzen Pause gegessen, schmeckten ein wenig wie Weihnachtsgebäck. Um Rosalie herum aber immer diese Weite, egal, in welche Richtung sie schaute. Sich daran sattzusehen erschien ihr unmöglich.

»Gleich durchqueren wir die Priele«, erklärte der Wattführer. »Das sind Wasserkanäle, die auch während der Ebbe gefüllt sind. Sie verändern sich laufend. Die flachen reichen euch höchstens bis an die Waden, aber bei tieferen werdet ihr euch über eure Wathosen freuen. Die Kinder dann bitte auf die Schultern nehmen. Sollte eines Angst bekommen, brecht die Tour ab, liebe Eltern.«

Das Stapfen erst durch die kleinen Priele begeisterte Rosalie, aber das Durchqueren eines tiefen Priels, ihren Rucksack im wasserdichten Beutel über den Kopf erhoben, war anstrengend und machte ihr ein wenig Angst. Sie stellte sich vor, wie gefährlich es werden konnte, wenn die Flut kam.

Bei diesem Ausflug verlief allerdings alles ohne Probleme.

Kurz vor der Rückkehr besserte sich auch das Wetter. Der Himmel führte wie auf Bestellung einen prächtigen Sonnenuntergang vor, der die Gruppe, inklusive Rosalie, ins Staunen versetzte. Sie erreichten Amrum im Dunkeln.

»Unser Wahrzeichen, der Leuchtturm, schickt sein Licht eine Stunde vor Sonnenuntergang bis eine Stunde nach Sonnenaufgang über das Meer«, erklärte der Wattführer noch. »Besichtigungen immer vormittags. Setzt es auf eure Agenda, Freunde.«

Erst mit Inselboden unter den Füßen gestattete sich Rosalie wieder, an Justus zu denken. Bei dem Telefonat hatte nichts darauf hingedeutet, dass er sie allein treffen würde. Eher war anzunehmen, dass seine Freundin oder Frau, Antje, die Begnadete, sich erneut anschließen würde.

Im Taxi zurück, das sie sich mit demselben Ehepaar teilte, beschloss Rosalie, das kommende Zusammentreffen mit Justus so zu nehmen wie eine Verabredung mit Marion oder mit einer ihrer anderen Freundinnen. Unter dem Aspekt schickte sie Justus nach ihrer Rückkehr ein paar Fotos und schwärmte vom Ausflug. Er sendete ihr Bilder von Föhr und der Klinik, in der er arbeitete. Sie texteten einige Male hin und her, ein netter Austausch, der als Abschluss des schönen Tages passte. Alles ganz unverbindlich, einfach nur freundlich.

Das zarte Beben in ihrem Herzen konnte sie leicht beiseiteschieben.

2

Am Samstagmorgen schließlich kam es gegen Rosalies Erwarten zu ihrem ersten Einsatz bei Theo Meisner.

»Nehmen Sie eine Stange Zeit mit«, hatte er sie am Telefon vorgewarnt. Er schien aufholen zu wollen, was er die Tage seit Rosalies Eintreffen abgelehnt hatte.

Von der gestrigen Wattwanderung spürte Rosalie einen ziemlichen Muskelkater in den Beinen, und ein Ziehen in den Schläfen hatte sich gleich nach dem Aufstehen bemerkbar gemacht. Mehr als ein Kaffee war vonnöten. Lieber hätte sie selbst jetzt ihren ersten Einsatz verschoben, doch nun wartete endlich Arbeit auf sie. Es gab kein Zurück.

»Wünscht mir Glück«, schrieb sie an ihre Mutter und Marion.

Mama Ulla sendete ein Kleeblatt, Marion ein »Lass dich nicht unterbuttern« zurück.

Rosalie öffnete hektisch die Datei mit den gespeicherten Büchern, Texten und Gedichten, suchte drei unterschiedliche heraus, dann hastete sie mit dem Laptop unterm Arm nach nebenan.

Die Tür war abermals nur angelehnt. Theo Meisner erwartete sie im Wohnzimmer, im Lesesessel sitzend. Er trug ein weißes Hemd und graue lange Hosen, sein blondes Haar hatte er gescheitelt. Mit der dunklen Brille auf der Nase erinnerte er Rosalie an einen Mafioso aus der Filmserie *Der Pate*. Von Marwin fehlte jede

Spur. Rosalie hätte ihn gern dabeigehabt, schon allein, weil sie das Gefühl hatte, dass ihr Arbeitgeber in Anwesenheit des Hundes entspannter war.

»Marwin ist bei Marlene«, erklärte Theo Meisner, Rosalies Gedanken mühelos lesend. »Wir sind unter uns. Nur Sie und ich.«

Ein wenig klang der Satz wie eine Drohung. Rosalie schluckte. »Dann legen wir los.« Sie setzte den Laptop am Couchtisch ab und klappte ihn auf. »Ich habe für den Einstand einen witzigen und skurrilen Kurzkrimi vorbereitet. Vielleicht können wir danach darüber reden, wenn Sie mögen. Oder soll ich lieber mit einer Ballade beginnen, wenn Sie die bevorzugen? Poesie bricht das Eis.«

»Ah ja? Welches Eis denn?« Er zog die Augenbrauen über der Brille hoch. Der Vergleich mit dem Paten passte. »Nein, lieber nicht, Frau Burg.« Theo Meisner erhob sich. In seinem Outfit sah er vielleicht nicht wirklich mafiös, aber ziemlich seriös aus, fast so, als würde er gleich zu einer Konferenz aufbrechen. »Unser Vormittag verläuft folgendermaßen, Frau Burg: Sie nehmen an meiner Stelle Platz, und ich starte mit einem meiner neuen Vorträge, die ich in den nächsten Wochen halten werde: Anlageschwerpunkte in Zeiten hoher Inflation.«

»Von Geldanlagen verstehe ich nicht viel, ich bin ja auch nicht reich. Verlorene Liebesmüh. Was zugleich der Titel eines Theaterstücks von Shakespeare ist, das ich ebenfalls herunterladen könnte«, wandte Rosalie mit einem Scherz ein.

Sie hätte gern hinzugefügt, dass er kürzlich ihre so schöne Stimme gelobt und sie erwartet hatte, ihm vorlesen zu können.

Theo Meisner zog einen Mundwinkel nach oben, was auf Rosalie arrogant wirkte. Eine Verunsicherung begann, in ihr zu wachsen. »Herr Meisner, dafür bin ich nicht die Richtige.«

»Sie haben mich doch auf die Idee gebracht, Frau Burg. Als Sie sich als Testhörerin meiner Vorträge ins Spiel gebracht haben. Was ich inzwischen gut finde.«

Rosalie erinnerte sich. »Das war nicht ganz ernst gemeint, Herr Meisner.«

»Sie müssen nur zuhören. Leichter, als aktiv zu werden. Geht das?«

»Aber sicher.« Sie resignierte.

Er bewegte sich langsam durch das Zimmer und blieb in der Mitte auf einem blauen Teppich stehen. Erst jetzt bemerkte Rosalie, dass er zwar schick gekleidet war, aber keine Schuhe anhatte. Er faltete die Finger und begann flüssig und schnell mit den ersten Ausführungen. Seine Stimme war angenehm sonor; man merkte ihm an, dass er Übung darin hatte, Vorträge zu halten.

Anfangs konzentrierte sich Rosalie auf den Inhalt, aber je länger das Referat dauerte, desto mehr verlor sie den Faden. Eine Schwere in den Beinen setzte ihr zu, Kopfschmerzen kündigten sich an. Sie öffnete den Mund und gähnte hinter vorgehaltener Hand.

»Finden Sie meine Analysen und Strategien zu lang? Zu ermüdend, Frau Burg?«

Erschrocken setzte sie sich kerzengerade auf. »Entschuldigung, ich bin ganz Ohr. Es ist nur der Sauerstoffmangel.« Es war unglaublich, dass sein Gehörsinn wirklich so fein war, dass er ihr Gähnen wahrgenommen hatte.

»Kann ich wieder?«

»Bitte, Herr Meisner. Ich bin voll da.«

Als er endlich zu einem Ende kam, sollte Rosalie den Vortrag bewerten.

»Eins minus«, benotete sie, was Theo Meisner schallend lachen ließ. »Ich sagte doch, dass ich davon zu wenig verstehe.«

»Nein, nein.« Er bewegte sich mit seiner gewohnten Sicherheit zurück zum Lesesessel und blieb vor Rosalie stehen. »Es ist ganz wunderbar, dass Sie so reagieren. Ich werde denselben Vortrag virtuell vor einer Runde Neuinvestoren halten, die nur denken, sie wüssten mehr als Sie, Frau Burg, aber wesentlich unangenehmere Zeitgenossen sind. Jetzt habe ich eine Ahnung, ab welchem Moment meine Zuhörerschaft aussteigt. Danke. Vielen Dank.«

Er schaffte es erneut, sie zu überraschen. »Gern geschehen. Darf ich jetzt zum Vorlesen übergehen?«

»Nein. Machen Sie sich einen schönen Tag. Wir sehen uns morgen. Gleiche Zeit, gleicher Ort, neuer Vortrag.«

Am Sonntag wiederholte sich der Ablauf. Wieder ohne Marwin, den Rosalie bereits schmerzlich vermisste. Dafür dauerte Theo Meisners Rede um einiges länger als beim ersten Mal.

Bei den Worten ›Strategische Asset Allocation‹ war Rosalie komplett ausgestiegen. Das war vor über vierzig Minuten gewesen. Diesmal schien Theo Meisner Rosalies Langeweile nicht wahrzunehmen. Draußen strahlte die Sonne. Im Haus referierte der blinde erfolgreiche Anlagenberater wie am Tag zuvor in Hemd und Stoffhosen über Rating, Rendite und Realzins. Die Worte mit R blieben unerwartet in Rosalies Hirn hängen. Sie wechselte zum x-ten Mal die Sitzposition.

»Okay, Schluss für heute.« Er brach mitten im Satz ab. »Ihr Zuhören wird von Minute zu Minute anstrengender für mich.«

»Tut mir leid. Ich kann nur meinen Einwand wiederholen, Herr Meisner. Ich bin nicht vom Fach.«

Er hüstelte, was ein weiteres Mal Arroganz ausdrückte. »Dabei könnten Sie eine Menge profitieren.«

»Was denn, bitte?« Neben all den finanzspezifischen Begriffen tauchte das ›nicht unterbuttern lassen‹ von Marion auf. Rosalie konnte sich nicht mehr zurückhalten. »Ich finde Ihren Enthusiasmus für Aktien toll und kann mir vorstellen, dass sich damit viel Geld verdienen lässt. Aber ehrlich gesagt, mein Einkommen beschränkt sich momentan auf diesen Minijob bei Ihnen. Meine Miete zahle ich von einer kleinen Erbschaft, die mir mein Ziehvater hinterlassen hat. Wenn ich zurück in Köln bin, werde ich mich wohl arbeitssuchend melden. Also sind bei mir große Investitionen nicht drin. Bei den meisten Leuten nicht, im Übrigen.«

»Da muss ich widersprechen. Schon ab einer geringen Summe lohnt es sich anzulegen. Den meisten fehlt der Mut, weil sie Angst vor den Verlusten haben.«

Rosalie stand auf, stemmte ihre Hände in die Hüften und kam nah an Theo Meisner heran. »Herr Meisner, ich möchte dieses Thema nicht vertiefen, denn ich glaube nicht, dass Sie sich vorstellen können, wie schwierig die finanzielle Lage von vielen Menschen und gerade vielen Frauen ist.«

»Kann ich, Frau Berg.«

»Burg, Herr Meisner.« Nun ging dieses Spiel wieder los. Ärger kam in Rosalie hoch. »B-U-R-G ist mein Name. Ein für alle Mal, Herr Meisner.«

»Kein Wutausbruch, bitte.« Durch die dunkle Brille konnte sie seine Augen nicht sehen, aber sein Kopf zuckte zurück.

Sofort tat er ihr leid. Rosalie ließ die Arme sinken und machte einen Schritt nach hinten. »Aber nein, ich bin verstimmt, nicht wirklich wütend. Ich habe nur gedacht, Sie würden einmal wenigstens den Texten lauschen, die ich mitgebracht habe. Oder wir würden spazieren gehen und plaudern. Draußen herrscht das schönste Sommerwetter.«

»Worüber denn plaudern?«

»Über das Leben, über Amrum. Sie kennen vielleicht ein paar Geschichten über die Insel.«

»Ja, das tue ich. Aber im Erzählen bin ich nicht begabt.«

»Es ist fast wie Vorträge halten. Nur Mut. Bitte!«

»Passen Sie auf.« Theo Meisners nächstes Lächeln war endlich einmal nicht überheblich, sondern etwas verunsichert. »Die erste sogenannte Pension hat Heinrich Hüttmann errichtet. Er hat das alte Schulhäuschen in Norddorf gekauft. Der Mann hat den Klassenraum mittels spanischer Wände in vier Zimmer geteilt und es das beste Hotel am Platz genannt. Die ersten Gäste müssen ziemlich gestaunt haben. Aber es hat funktioniert. Im Laufe der Zeit wurde es umfangreicher und größer, das Hotel Hüttmann. Ich bin mir fast sicher, das war 1892.«

»Hey.« Rosalie hatte wieder im Lesesessel Platz genommen. »Das ist toll. Mehr davon.«

Theo Meisner zögerte, dann verneinte er. »Vielleicht die Tage.«

»Dann lassen Sie mich endlich vorlesen. Gern auch aus dem Buch, von dem Sie erzählt haben. *Zu früh alt und zu spät weise,* klingt großartig. Könnte auf mich zutreffen. Und ich kann ganz gut Texte vom Blatt lesen, diese Fähigkeit stammt noch aus der Zeit der Märchenbüchervorleserei für meine Kinder. Oder wir laufen ein Stück und machen an einer Buchhandlung halt, besorgen uns völlig neuen Stoff. Thriller oder Liebesgeschichte, was auch immer.«

»Sie brauchen frische salzige Luft, nicht wahr, Frau Burg? Eine steife Brise, die Sie wieder fröhlich macht.«

»Ja, stimmt.«

»Kommen Sie. Wir gehen hinaus.«

»In eine Buchhandlung.«

»Nein, die Läden hier, die Bücherstube Amrum, wie auch Quedens, haben heute geschlossen. Machen Sie sich fertig. Wir holen Marwin ab, spazieren an den Strand, und ich werde Sie als Wiedergutmachung für die anstrengende Zuhörzeit mit einer besonderen und erstaunlichen Fähigkeit überraschen.«

Was auch immer Theo Meisner vorhatte, alles schien Rosalie

spannender zu sein, als noch mehr über ansteigende Kurven und Investmentansätze zu erfahren. Sie sprang auf. »Bin gleich wieder bei Ihnen. Ich hole meine Strandtasche und creme mich ein. Später spendiere ich Ihnen am Büdchen einen Kaffee.«

»Es gibt hier ein Büdchen?«

»Das wäre der Ausdruck in Köln. Ich meine den Imbiss in den Dünen, hier um die Ecke.«

»Ach, den von Raul. Der alte Herzensbrecher macht wirklich guten Kaffee. Lassen Sie aber mich, als Ihr Boss, die Rechnung übernehmen.«

»Wie nett von Ihnen. Das nehme ich gern an.«

»Ich setze es von der Steuer ab.«

3

Wie an jedem der Tage, seit sie auf der Insel war, genoss Rosalie den Blick auf Kniepsand, Meer und Horizont. Das Wetter war ein einziger Sommertraum, wenn auch der Wind heute sogar noch kräftiger blies. Auf dem Meer tummelten sich kleinere und größere Segelboote, hinzu kamen Surfer auf bunten Brettern. Einige Schwimmer zwischen ihnen. Am Strand ließen Kinder Drachen steigen.

Gerne wäre Rosalie bis ans Wasser gelaufen und hätte ihre Füße von den Wellen umspülen lassen. Bisher hatte sie es nicht geschafft, sich in die Fluten zu stürzen, es sich aber für Woche zwei fest vorgenommen.

Sie hatten auf dem Bohlensteg haltgemacht. Marwin saß neben seinem Herrchen.

Er hatte Theo Meisner stürmisch begrüßt und Rosalies Hand abgeschleckt. Sie kannte nun auch die gute Seele Marlene und deren Mann Mike. Ein rundliches Ehepaar, das sich nicht nur um Theo Meisner und Marwin kümmerte, sondern zusätzlich einige andere Haushalte betreute.

Ein wesentlich kleinerer Hund hastete vorbei und kläffte Marwin an, der aber vollkommen ungerührt blieb. Der sanfte Riese bewegte den Kopf von links nach rechts, und ein Tropfen Speichel landete auf Theo Meisners linker Schuhspitze, was Rosalie auflachen ließ.

»Was ist so lustig?« Theo Meisner hatte sich mit einer Hand untergehakt, in der anderen hielt er seinen Kaffeebecher.

Der Wind zerzauste seine Haare, es ließ ihn noch jünger wirken, fast wie einen Teenager. Sie musste an ihren Sohn Oskar denken und nahm sich vor, ihn am Abend anzurufen. Seit der Trennung von Egbert hatte sich Oskar von ihr distanziert, was nicht nur mit seinem Leben in Berlin zusammenhing. Der Wunsch, seine Eltern wieder zusammenzubringen, hatte sich nicht erfüllt, und er gab Rosalie die Schuld daran, dass es nicht geklappt hatte. Er und seine Freundin Dilara hatten Egbert in Stommeln öfter besucht, aber Rosalies neue Wohnung in Köln noch nicht einmal besichtigt.

»Marwin hat Ihren Schuh sozusagen bekleckert, Herr Meisner.«

»Das kenn ich. Manchmal, wenn ich seinen großen Kopf in meine Hände nehme, bleibt schon mal Sabber zurück.«

»Er ist eben ein richtiger Sabberfritze.« Als hätte er Rosalie verstanden, schüttelte sich Marwin mit neuem Schwung.

Theo Meisner blieb ungerührt stehen, seine Hose zeigte ein paar feuchte Flecken. »So, es eilt, liebe Frau Burg. Kommen wir rasch zu meiner Erstaunlichkeit.«

»Das Wort gibt es nicht.«

»Das, was ich Ihnen gleich vorführe, gibt es eigentlich ebenfalls nicht.« So breit hatte sie ihn noch nie grinsen sehen. »Los geht's.«

»Ich bin bereit, Herr Meisner.«

»Bei der Windstärke heute sage ich zweiundzwanzig. Nur der Abschnitt, der vor uns liegt, bitte. Und auch nur die Segelboote, nicht die Kitesurfer. Das würde meine Fähigkeit übersteigen.«

»Wie bitte?«

»Na, die Segelboote.« Der Spaß war ihm ganz deutlich anzusehen. »Draußen auf dem Wasser. Zweiundzwanzig im Moment. Kann sein, dass ich mich um ein oder zwei vertue, aber ich denke nicht.«

»Damit ich es richtig verstehe. Sie haben mir eben die Anzahl der Segler genannt?«

»Zählen Sie nach, Frau Burg. Sofort.« Er nahm einen Schluck von seinem Kaffee und drückte ihren Arm fester. »Ich bestehe darauf.«

Rosalie war überzeugt, dass Theo Meisner sie zum Narren hielt. Sie begann, mit den Augen den Abschnitt vor dem Strand zu überfliegen, und zählte durch. Zweiundzwanzig. Das konnte unmöglich stimmen.

»Warten Sie bitte einen Moment.« Rosalie machte sich los und ging ein Stück die Düne hinunter. Mit erhobenem Zeigefinger begann sie das Zählen erneut. Wieder landete sie bei zweiundzwanzig.

»Stimmt auffallend, oder?« Theo Meisner rief ihr hinterher.

Sie drehte sich zu ihm zurück. »Das haben Sie geraten.«

»Nein.«

Wieder dieses Grinsen, das Rosalie einerseits gefiel, andererseits fand sie es schade, dass es auf ihre Kosten ging.

»Um diese Zeit sind immer zweiundzwanzig Segler draußen«, riet sie ins Blaue hinein.

Theo Meisner winkte ab. »Unsinn. Jeder Tag, jede Stunde ist anders. Wenn wir noch zehn Minuten bleiben, kommen neue hinzu, und andere segeln weiter.«

In dem Moment zeigte sich ein größeres Segelboot in Sichtweite.

»Wie viele sind es jetzt?« Rosalie wollte einen Gegentest. »Mehr oder weniger?«

»Wahrscheinlich dreiundzwanzig.«

»Ich fasse es nicht.«

»Schön, Sie fassungslos zu erleben, Frau Burg.« Er klopfte gegen seinen Schenkel, Marwin sprang auf. »Nun zurück ins Haus. Der Wind macht mir zu schaffen.«

Gern wäre Rosalie noch geblieben. Ihr gefiel es, draußen zu sein. Jede Sekunde Meer zählte. »Wollen Sie mir erklären, wie Sie das gemacht haben?«

»Ein Magier verrät niemals seine Tricks.« Er fasste Marwin am Halsband. »Aber ich führe es Ihnen gern noch mal vor. Damit Sie wissen, dass das kein einmaliger Treffer war. Wenn auch nicht mehr heute.«

»Jederzeit, Herr Meisner. Sie sehen mich sprachlos.«

»Das allerdings nicht.«

»Oh, Verzeihung.« Rosalie schlug sich mit der Hand auf die Stirn.

Theo Meisner reagierte weiter gelassen. »Nein, schon gut.«

»Nichts ist gut. Das ist peinlich.«

»Wie Sie meinen, Frau Burg. Ich versuche, mir Ihren Gesichtsausdruck vorzustellen, und finde ihn lustig. Sehr lustig sogar.« In seinem Gesicht erstrahlte das Lächeln förmlich.

Theo Meisner und dieses sehr breite Grinsen – das war auch ein kleines Zauberkunststück, das Rosalie bewirkt hatte.

Nach diesen zwei im Verlauf ähnlichen, aber in der Wendung so unterschiedlichen ersten Arbeitstagen nahm Rosalie vor dem Einschlafen ihr Handy in die Hand.

Nach einem Abendessen hatte sie sich ein weiteres Mal mit ihrer Mutter und Marion zur Absolut-wichtigen-Mädelskonferenz zusammengeschlossen. Rosalie hatte ihnen von Theo Meisner und der Veränderung im Umgang mit ihr berichtet.

Marion hatte an einem ihrer roten Nägel geknabbert. »Wenn du zurück in Köln bist, machst du definitiv mehr aus deinem Berufsleben. Minijobberin zu sein ist in Ordnung, aber nicht die Zukunft.«

»Wenn ich auf eigenen Beinen stehen konnte, kannst du das erst recht, mein Röschen«, war Ullas Kommentar gewesen.

Rosalie hatte ihnen ohne Widerrede zugestimmt.

Jetzt sortierte sie ihre Fotos am Handy. Leise schlich sich eine Sehnsucht an, um die neu aufgeflammte Erinnerung an ihren Traumberuf. Selbstständig zu arbeiten, das wäre ihr Wunsch, das würde ihr wirklich gefallen, wenn sie ehrlich war.

Sie suchte in der Bildergalerie nach einem passenden Foto als Hintergrund und wählte das Wattwurmloch im Schlick mit dem Herzrahmen.

Von Kreativität tatsächlich leben zu können stand hingegen auf einem ganz anderen Blatt. Deshalb Schluss mit den Fantastereien, die gehörten in eine der unteren Schubladen des Schreibtischs, den ihr das Leben zur Verfügung gestellt hatte. Nach ihrer Rückkehr würde sie sich mit neuer Energie aufgeladen auf die Suche nach einer fixen Stelle machen.

Ein besonders witziges Foto von vier Wattwürmern, die aussahen, als würden sie eine Polonaise tanzen, sendete sie spontan an Justus' Nummer. Keine paar Sekunden später schickte er ihr eine Aufnahme zurück, die den Horizont in prächtigen Abendfarben zeigte.

In den nächsten Minuten tauschten sie Bilder aus, einige wunderschön, einige scherzhaft gemeint, auch welche, die Rosalie in ihrer Bedeutung nicht einordnen konnte. Text gab es zu keinem der Fotos. Auch keinen Anruf. Trotzdem war der Austausch irgendwie romantisch.

4

Die Überraschung war groß, als Rosalie am nächsten Morgen ein Damenfahrrad an der Mauer neben ihrer Eingangstür entdeckte. Es war nicht mehr neu, die rote Farbe war abgeblättert, aber es machte trotzdem einen soliden Eindruck.

Während sie es begutachtete, kam Theo Meisner aus dem Haus, fast so, als hätte er auf Rosalie gewartet.

»Ist das Rad für mich?«

»Ach, das.« Er rückte sich die dunkle Brille zurecht. »Das ist das alte Rad von Marlene. Sie hat ein neues. Bevor das alte verschrottet wird, dachte sie, Sie könnten es gebrauchen. Sie fahren doch Fahrrad, Rosalie?«

Von Frau Berg zu Frau Burg und nun zu Rosalie. Langsam taute der Finanz-Arroganz-Eisberg Theo Meisner ihr gegenüber auf.

»Unglaublich lieb von Marlene. Danke auch d …«, sie wägte schnell ab, »Ihnen, Herr Meisner.« Sie fühlte sich noch nicht bereit, auch ihn beim Vornamen zu nennen oder gar zu duzen.

Tatsächlich stand ihr eigenes Fahrrad verstaubt im Keller in Stommeln. Früher, als die Kinder kleiner gewesen waren, hatten sie öfter gemeinsame Radausflüge unternommen, aber seit es in der Ehe zu kriseln begonnen hatte, nicht mehr. Egbert hatte sich meist nach Streitereien auf seinen Drahtesel geschwungen und allein in die Pedale getreten, um sich abzureagieren. Rosalie hatte wie zum

Trotz das Auto benutzt. In Köln war sie auf die öffentlichen Verkehrsmittel umgestiegen oder zu Fuß unterwegs.

»Ich bin ewig nicht mehr geradelt«, fügte sie hinzu.

»Man verlernt es nicht.« Theo Meisner lehnte sich mit verschränkten Armen an die Mauer. Marwin trottete hechelnd aus dem Haus und ließ sich zu seinen Füßen nieder. »Ich war früher ein begeisterter Radfahrer. Also vor meiner Erblindung. Manchmal hätte ich jetzt noch Lust, mich aufs Rad zu schwingen. Allerdings würde ich wohl nicht weit kommen. Vielleicht, wenn Marwin vorauslaufen und bei jedem Hindernis bellen würde.«

Wie auf Kommando gab der große Hund zwei Belllaute von sich, legte aber im Anschluss seine Schnauze auf die Vorderpfoten und schloss die Augen.

»Hat er schon seinen Spaziergang gemacht?« Rosalie drehte den Kopf und warf einen Blick über die Straße. Die Rosen an der Hecke gegenüber waren aufgesprungen und sahen noch prächtiger aus. Die Sonne frohlockte, den ganzen Tag im Freien zu verbringen.

»Marlenes Tochter hat meinen Kleinen sehr früh zum Joggen mitgenommen und ihn müde gemacht. Aber danke, Rosalie.« Theo Meisner hob die Hand. »Ich weiß, Sie brennen darauf, wieder ans Meer zu gehen.«

»Nein, gar nicht.«

»Ich kenne Sie noch nicht lange, Rosalie, aber ich höre sofort, wenn Sie flunkern.«

»Es ist herrliches Badewetter, das stimmt.«

»Schenken Sie mir eine Stunde, dann sind Sie für heute erlöst.«

»Sie sind der Boss.«

»Haha. So ist es, und so soll es bleiben.«

Die letzte Bemerkung von Theo Meisner ließ Rosalie die Augen verdrehen. Ganz ohne Spitze ging es bei ihm wohl nicht. Zurück im Haus, nahm Rosalie Platz und stellte sich auf den nächsten langen Vortrag ein.

»Ich bin neugierig. Was haben Sie mir mitgebracht?« Er legte den Kopf an die Sessellehne.

Rosalie stutze, sie fühlte sich überrumpelt. »Sie meinen zum Vorlesen? Dann müsste ich noch mal rüber und meinen Laptop holen.« Sie stand schnell wieder auf.

»Bleiben Sie, Rosalie.« Er winkte ab. »Gehen Sie an das Bücherregal. Linker Hand sind die Bücher für die Sehenden in diesem Haushalt eingeordnet. In der dritten Regalreihe nehmen Sie den dicken Wälzer mit dem Titel ›Sagen und Legenden der See‹ heraus.«

Rosalie entdeckte das Buch sofort.

»Schlagen Sie es an irgendeiner Stelle auf, und lesen Sie mir die Geschichte vor.«

Plötzlich war sie nervös wie ein Schulkind, das unerwartet an die Tafel gerufen worden war. »Ad hoc?«

»Sie haben selbst erwähnt, dass Sie Ihren Kindern immer vorgelesen haben? Oder ist es wie mit dem Fahrradfahren zu lange her?«

Seinen zynischen Unterton überhörte Rosalie einfach. Ihre Finger blätterten und stoppten bei Seite vierhundertzwölf. Rosalie setzte sich und konzentrierte sich auf den Text. Es war eine Erzählung über die sogenannten Gunger. Ertrunkene Seeleute, die aus dem Wasser wiederkehrten und nachts an die Tür ihrer zurückgebliebenen Frauen und Kinder klopften. Diese spezielle Story handelte von einem Seefahrer, dessen Witwe das Trauerjahr nicht eingehalten hatte und sich wieder vermählen wollte. Der Gunger mischte deshalb die Hochzeitsgesellschaft auf.

Je länger Rosalie las, desto besser traf sie den Ton der Schauergeschichte.

Als sie fertig war, klappte sie das Buch geräuschvoll zu. »Hoffentlich träume ich heute Nacht nicht schlecht.«

Theo hatte sie während des Lesens kein einziges Mal unterbrochen, nicht einmal gehustet oder sich geräuspert. Nun verschränkte er die Finger. »Danke, Rosalie. Sie haben mir einen perfekten Start in den Tag bereitet.«

Sie begann zu blättern. »Noch eine?«

Er schüttelte den Kopf. »Arbeit beendet, Rosalie. Gehen Sie raus, genießen Sie die Sonne, radeln Sie über die Insel.«

Er verschwand aus dem Zimmer, Marwin folgte ihm, und Rosalie blieb etwas unzufrieden zurück. Gern hätte sie weitergemacht. Aber sein Vorschlag, sich in einen ab sofort freien Montag zu begeben, war eigentlich noch besser. Sie sah auf die Uhr, es war noch nicht mal Mittag.

Der Wiederaufstieg aufs Rad war zuerst eine wackelige Angelegenheit. Doch Theo hatte richtiggelegen. Man verlernte es nicht. Der Sattel drückte zwar etwas, und die Pedalen waren schwer zu treten, aber für kleine Ausflüge über die Insel war der Drahtesel perfekt.

Rosalie radelte bis zu dem Stand an der Düne und gönnte sich erneut ein Krabbenbrötchen. Danach setzte sie sich nahe dem Wasser auf ihr mitgebrachtes Handtuch und genoss die Sonne. Der auch heute noch sehr kräftige Wind machte ihr zu schaffen, ständig wehte er ihr Strähnen ins Gesicht und Sand auf die Haut. Mit einem neidvollen Blick beobachtete sie die anderen Menschen, die es sich in den Strandkörben gemütlich gemacht hatten. Höchste Zeit, sich ebenfalls einen zu mieten. Wobei sie heute lieber weiter das Fahrrad ausprobieren wollte; den Korb würde sie morgen in Angriff nehmen.

Als sie überlegte, wohin sie radeln sollte, fiel ihr das Schreibseminar an der Odde ein.

Falsch, es sollte ein Schreiseminar sein, was auch immer Rosalie dabei erwarten würde. Mit einem Lächeln dachte sie an den Österreicher und das Fetzenpupperl. Ob die muschelverzierte Jacke, die die Kundin sich gewünscht hatte, wohl schon fertig genäht war? Sie könnte beim Laden vorbeiradeln und sich erkundigen. Lorenz Vongooßen hatte sie ja zum Wiederkommen eingeladen. Nach einigem inneren Hin und Her entschied sich Rosalie aber doch für die Odde.

Der Umgang mit dem neuen Fortbewegungsmittel wurde zusehends leichter. Sie radelte die Straße entlang Richtung Norddorf und war vollkommen verzückt von den schönen Reetdachhäusern und den bepflanzten Vorgärten. Dazwischen Bäume, durch die die Sonne blitzte. Eine Weile kam überhaupt kein Gebäude mehr, nur Felder und Salzwiesen, von denen sie gelesen hatte, dass sie regelmäßig vom Meer überschwemmt wurden. Ein Schild mit der Aufschrift »Steinzeitgrab« erregte Rosalies Aufmerksamkeit. Das würde sie sich in den nächsten Tagen genauer anschauen.

Noch mehr Wald folgte, dann wieder jede Menge Häuser.

Wie Lorenz es ihr vorausgesagt hatte, kam sie keine Viertelstunde später an der Nordspitze und am Naturzentrum an. Die Ecke, an der auch ihre Wattwanderung geendet hatte. Hier begann das Vogelschutzgebiet. Natürlich fiel ihr direkt Justus ein. Rosalie zwang sich förmlich dazu, neben seinem Gesicht auch das von seiner Partnerin zu setzen.

»Justus und Antje«, rief sie als Vorübung auf das Schreiseminar in den Wind hinein.

Der Erlebnisspielplatz war leicht zu finden. Es gab ein Piratenschiff, eine Klettermöglichkeit aus gespannten Seilen, und ein blauer Zwerg bewachte eine Art Höhle aus Holz. Dazu waren mehrere Schaukeln aufgestellt, auf zweien schaukelten Kinder mit sichtbarer Freude hoch und nieder. Sonst war der Spielplatz leer. Niedlich fand Rosalie einen Miniaturnachbau des Leuchtturms.

Davor hatte sich bereits eine Gruppe von Erwachsenen versammelt. Sie zählte sechs Frauen und einen Mann. Das Mädchen mit den dunkelblonden Zöpfen stand vor ihnen. Lisa war ihr Name, erinnerte sich Rosalie.

»Hallo!«, rief sie ihr zu. »Bin ich richtig beim Seminar, Lisa?«

»Moin, Moin.« Das Mädchen strahlte. »Nur immer frisch dazu.«

Jeder aus der Gruppe stellte sich reihum vor, der Mann so leise, dass Rosalie ihn nicht verstand.

»Es kann losgehen«, kündigte Lisa an und ging Richtung Wasser. Als eine erste Welle ihre nackten Zehen überspülte, stoppte sie und drehte sich winkend um. »Kommt, traut euch.«

Die Gruppe folgte. Die Blickrichtung aufs offene Meer und den stürmischen Wellengang war es bereits wert, hierhergeradelt zu sein.

»Was erwartet uns?«, fragte Rosalie eine Frau, die ein paar Jahre älter war als sie und sich als Irma, »aber alle sagen Irmi«, vorgestellt hatte. Ihr Pagenkopf war weiß mit einer lila Strähne an der Seite.

»Wir schreien wie die Möwen, was sonst.«

Der Singsang in der Sprachmelodie kam Rosalie bekannt vor.

»Aber immer schön gegen den Wind, damit wir die echten Vögel nicht erschrecken. Du wirst dich wundern, wie befreiend das is. Alles rausbrüllen, was einen so geärgert hat. Danach schaut die Welt wieder rosarot aus. Aber übernimm dich nicht beim ersten Mal, sonst bist du morgen heiser.«

Rosalie kam ein Gedanke. »Entschuldige, aber bist du die Frau von Lorenz aus dem Fetzenpupperl?«

Irma war sichtlich verdutzt. »Ja, bin ich. Woher kennst du den Lorenz?«

»Ich war im Laden, habe mir einen Friesennerz gekauft.« Sie

wagte sich weiter vor. »Und ich habe ihm einen Tipp für so ein Muscheldings einer anderen Kundin gegeben.«

»Ach, du warst das?« Irma blieb stehen.

Wie schon beim Beginn des Vorlesens fühlte sich Rosalie wieder von ihrer altbekannten Unsicherheit erfasst. »Ja. Hat das geklappt? Es interessiert mich bloß, also rein nähtechnisch.«

»Also, ich hab's so genäht, wie du es dem Lorenz erklärt hast. Immer wenn die Kundin die Schultern hochzieht, gehen die Schlitze auf. Klasse. Der hat's gefallen. Wir waren alle angetan.«

Rosalie erfasste eine Freude, die sie in der Art vorher noch nicht erlebt hatte. Sie hatte eine Idee gehabt, und jetzt gab es auf Amrum eine Frau mit einer Jacke, die durch Rosalies Kreativität einzigartig war. »Wow. Ich bin sprachlos, Irmi.«

»Na, aber die Stimme brauchen wir gleich.«

Lisa hob die Arme. »Wir legen los.«

»Komm im Laden vorbei.« Irma klopfte Rosalie auf den Rücken. »Oder noch besser, komm doch die Tage mal zu uns zum Essen. Wir wohnen über dem Fetzenpupperl. Mittwoch gegen sieben, ja?«

Dann lief sie ganz nach vorn und stellte sich vor die anderen. Rosalie blieb, wo sie war, staunend über die positive Reaktion zu ihrer Kreation.

»Es ist einfach und trotzdem großartig, Leute.« Lisas Stimme hallte über den Strandabschnitt. »Stemmt die Hände in die Hüften. Oder breitet die Arme aus, ganz, wie ihr wollt und wie ihr euch wohlfühlt. Nehmt die Umgebung wahr, den Wind, den Sand, das Wogen des Meers, das Rufen der Vögel. Fühlt euch eins mit der Erde, dem Himmel, der Natur und mit euch selbst.«

So gern hätte Rosalie Irma weiter befragt, geradezu gelöchert, wie die praktische Ausführung gelaufen war. Noch mal nachgebohrt, was genau die Kundin gesagt, wie sich das Extra mit den Schultern gehoben hatte.

»Fangt leise an, ruft ein Ah in die Welt hinaus.« Lisa machte es vor, reckte die Arme in die Höhe.

»Aaaaaah«, ertönte es aus der Gruppe.

»Genau so. Und weiter. Das Ah wird zum Ja.«

»Jaaaaaa!«

»Werdet langsam lauter. Ohne Anstrengung, ohne Druck. Einfach nur, weil ihr es wollt. Ahhhhh. Jaaaaaa!«

Rosalie schloss ihre Augen, ließ die Arme locker hängen und ihr Ahhh wurde zum Jaaa, lauter und lauter, flog davon und tanzte auf den Wellen.

5

Strandkorbtag – das konnte nur herrlich werden.

Nachdem sie wieder zwei Stunden bei Theo Meisner verbracht hatte, um ihm diesmal aus einem völlig anderen Buch vorzulesen, in dem es um einen obdachlosen Mann und seinen Kater ging, entließ er sie mit den Worten: »Ich mag Ihre Stimme immer mehr.« Das Kompliment versetzte Rosalie in gehobene Stimmung.

Ohnehin war bemerkenswert, wie sehr sich in diesen neun Tagen – ja, es waren tatsächlich schon acht ganze Tage, plus dem heutigen Tagesbeginn – auf Amrum ihr Körpergefühl und Seelenleben gebessert hatten.

Keine schwermütigen Seufzer mehr, kein enges Gefühl mehr ums Herz und nur noch vereinzelte Hitzewallungen. Ihr Teint war rosiger, ihre Haut roch leicht salzig, wenn sie ins Bett fiel. Obwohl sie immer noch nicht den Sprung in die Nordsee geschafft hatte. Mehr und mehr perlten der Stress und die Sorgen ab, wurden ersetzt von Krabbenbrötchen und Friesentorte.

»Moin, Moin«, sagte sie bereits zu sich selbst beim Aufstehen.

Mit ihrem Handtuch, der Tasche und einer Flasche Wasser beeilte sich Rosalie, zum Strand zu kommen. Diesmal musste sie ein Stück weiter die Dünen entlanggehen, bis sie zu einem gelben Holzhäuschen mit einem blauen Dach kam, über dessen Eingang in Großbuchstaben »Strandkorbvermietung und mehr – Nebel« stand.

Es war inzwischen bereits Mittag und der Strand überfüllt mit Badegästen, Spaziergängern und Strandkorbsitzern. Rosalie befürchtete, dass sie zu spät dran war. Wobei ihr auf dem Handtuch zu sitzen, den Wellen zuzusehen, die Vögel zu beobachten und die Segelboote zu zählen bisher genügt hatten. Theo Meisner und seine Fähigkeit, die Anzahl der Schiffe richtig zu erraten, ging ihr durch den Kopf. Es beschäftigte sie, denn noch hatte sie sein erstaunliches Kunststück nicht durchschaut. Es musste ein Trick sein.

Aus der Hütte der Strandkorbvermietung drang leise Radiomusik, Rosalie meinte, einen Hit aus ihrer Jugend wiederzuerkennen. Sie summte die Melodie mit, konnte sich aber partout nicht an den Namen der Band erinnern. Die Holztür war angelehnt. Rosalie klopfte und trat danach ein. Eine Tafel mit einer Preisliste war an der Innenseite befestigt. Nicht nur Strandkörbe konnte man mieten, sondern sich auch Surfbretter, Taucheranzüge oder Bocciakugeln ausleihen.

Niemand war anwesend, die Dekoration allerdings ziemlich kitschig. Über die Decke war ein Fischernetz gespannt, an dem allerlei Meerestiere aus Plastik hingen. Fische, Krabben, Seesterne und in der Mitte ein Hai, auf dessen Bauch Anker gemalt waren. An den Wänden waren schmale Vasen angebracht, in jeder von ihnen steckte eine Blume. Ebenfalls aus Kunststoff.

In einer Ecke stapelten sich Surfbretter, gegenüber war eine dunkelrote Holztheke, auf der ein Notizbuch und ein Stift lagen. Dahinter eine Pinnwand mit Schlüsselhaken.

»Ciao und Moin, Moin«, rief eine Stimme hinter ihr.

Erschreckt drehte sie sich um. Der Italiener vom Kaffeebüdchen, Raul, stand in grasgrünen Badeshorts und einem ebensolchen Kurzarmhemd im Türrahmen. Auf dem Kopf trug er seinen Stoffhut mit den tanzenden Hummern. Auf der Insel hatte tatsächlich jeder mehr als einen Job.

»Moin«, antwortete Rosalie und kam sich ein wenig wie eine Einheimische vor. »Schön, Sie wiederzusehen. Wir kennen uns vom Kaffeestand.«

Raul musterte sie kurz, dann zogen sich seine Mundwinkel nach oben zu einem Lachen, das fast seine Ohrläppchen erreichte. Seine Zähne zeigten ein strahlendes Weiß, wie aus einer Zahnpastawerbung. »Madonna mia, die strahlende Kaffee-Lady. Rosanna.«

»Nicht ganz.« Dass er sich an sie ebenfalls erinnerte, schmeichelte Rosalie. Schließlich bediente er über den Tag wahrscheinlich Hunderte Gäste. »Rosalie, das bin ich. Oder Rosalita.«

»Ja, klar.« Er legte in der Höhe seines Herzens eine Hand auf sein Hemd. Mit der anderen zog er seinen Hut vom Kopf. Rosalie fiel direkt auf, dass die grauen Locken verschwunden waren, die Farbe Schwarz dominierte. »Darf ich Du sagen, Rosalita? Auf der Insel duzt man sich immer, aber bei einer so hübschen Erscheinung will ich mehr als nur höflich sein.«

»Sie dürfen.« Auch seine Art, Komplimente zu machen, erheiterte sie. Ein kleiner Flirt war in ihrem Leben schon eine fast vergessene Sache. »Ich meine, du darfst.«

»Perfetto.« Er stellte sich hinter die Theke. »Kaffee gibt es hier keinen. Eine Limonade kann ich dir anbieten.«

»Danke, weder das eine noch das andere. Einen Strandkorb hätte ich gern gemietet.«

Seine Miene verdunkelte sich. »Oje. Das sieht schlecht aus, Rosalita. Das hättest du schon vor Wochen im Internet machen sollen. Oder mich anrufen.«

»Vor Wochen wusste ich noch nicht, dass ich heute auf Amrum

sein würde.« Rosalie merkte, dass die Enttäuschung doch größter war als gedacht.

»Oder wenigstens vor ein paar Tagen«, streute Raul noch Salz in ihre frische Wunde.

»Okay, mein Fehler.« Sie drehte sich um.

Er klopfte auf die Theke. »Nicht so hurtig, Rosalita. Warum willst du davonrennen. Raul hat immer noch ein Ass im Ärmel.«

»Ja? Welches denn?«

Er bückte sich und verschwand unter der Theke, tauchte mit einem Prospekt in der Hand wieder auf. »Brian und ich, wir vermieten an zwei Orten, in Nebel und Wittdün. Ich, als gebürtiger Italiener, und er, der waschechte Brite. Was für eine Mischung, findest du nicht? Hier auf Amrum haben wir uns getroffen und selbstständig gemacht. Du wirst Brian kennenlernen, wenn du länger bleibst.«

»Darauf freue ich mich. Ich bin schon mit einem österreichischen Ehepaar bekannt geworden.«

»Die beiden vom Fetzenpupperl? Servus und küss die Hand«, er tippte sich an die Kappe. »Die mag ich.«

»Lorenz hat mich zu seinem Walzerabend nach Norddorf eingeladen.«

Raul vollführte eine Pirouette und klopfte auf das Thekenholz einen Rhythmus, der keinen Dreivierteltakt hatte und auch mit dem neuen Lied aus dem Radio überhaupt nicht harmonierte. »Benissimo. Bei Vollmond. Lorenz und seine lustigen Ideen.«

»Was ist mit deinem Ass?«

»Pass auf: Ich hasse es, eine so hübsche Frau frustriert zu sehen. Was sollen wir also tun, Rosalita?« Er fuhr sich durch die Haare, die danach kreuz und quer abstanden. Rosalie wäre jede Wette eingegangen, dass er dem Schwarz nachgeholfen hatte.

»Nichts, Raul. Ich versuche es vielleicht noch bei einer der anderen Vermietungen.«

»Du bist so realistisch, Rosalita.« Sein Lachen kam zurück, und er blinzelte übertrieben. »Natürlich habe ich immer noch Strandkörbe in der Hinterhand, wenn du verstehst, was ich meine. Ich mache Dinge möglich.«

Er hörte sich an, als wollte er Rosalie gefälschte Markenuhren oder Handtaschen verkaufen. Trotzdem kam ihre Freude auf der Stelle zurück. »Tatsächlich?«

»Naturalmente. Nicht umsonst nennt man mich Raul.«

»Ich dachte, das wäre dein Name. Hat der noch eine andere, besondere Bedeutung?« Der Scherz musste sein.

Er öffnete den Mund, schloss ihn wieder und kratzte sich am Kinn. »Ehrlich gesagt, nicht. Raul ist mein Name und basta.«

Rosalie verkniff sich ein Kichern. »Bitte, Raul, wenn du mir wirklich heute weiterhelfen kannst, tu es. Selbst wenn es etwas teurer wird, das ist es mir wert.«

»Nur den üblichen Tarif. Keine Bestechung.«

»So war das nicht gemeint.«

»Weiß ich doch. Ich bin ein Scherzkuchen.«

»Scherzkeks, meinst du.«

»No! Scherzkuchen. Kekse sind viele, ich bin einzigartig.«

Er wandte sich von Rosalie ab und der Pinnwand mit den Schlüsselhaken zu. Nach einer Weile drehte er sich zu ihr zurück, ging schnell ein zweites Mal hinter der Theke in die Hocke. Von dort schnellte er wenige Sekunden später wieder hoch. In seinen Fingern baumelte ein Schlüsselanhänger mit einem Schlüssel daran.

»Nummer neun«, rief er triumphierend aus. »Ich begleite dich dahin. Leider in der hintersten Reihe. Aber Dünenkante ist ebenfalls bellissima.«

»Also doch hier und nicht in Wittdün?«

»Ich bin ein Möglichmacher, hab ich doch gesagt. Brian könnte da nicht mithalten.«

»Hintere Reihe stört mich nicht.« Rosalie nahm das Prospekt, steckte es ein und zog ihr Portemonnaie heraus. »Sagen wir für drei Stunden? Geht das?«

»Du kannst mit dem Handy auf unserer Webseite zahlen«, erklärte Raul. »Der Tarif gilt für den ganzen Tag, aber ich berechne dir nur die Hälfte, weil das Mittagessen schon vorbei ist.«

Rosalie schmunzelte. »Ich bin altmodisch. Meine Generation ist meistens noch mit Bargeld unterwegs.«

»Deine Generation? Meine Generation.« Raul lehnte sich über die Theke und kam nahe an Rosalie heran. »Wir sind jung. Du wesentlich jünger als ich.«

»Nicht so ganz, vermute ich.«

»Eine Rose ist am schönsten, wenn sie voll erblüht ist.« Er hob beide Hände in die Höhe. »Entschuldigung, ich will nicht unverschämt klingen.«

»Schon gut.«

»Darf ich dich denn einladen, Rosalita? Nicht erst bei Vollmond und nicht zum Walzertanzen, das kann ich nicht.«

»Zum Strandkorb?«

Rauls Zähne blitzten erneut auf. Rosalie hätte schwören können, dass sein Lächeln noch breiter wurde und Raul sich neben dem Haarefärben auch einem Bleaching unterzogen hatte. Bei ihrer ersten Begegnung hatte Rosalie ihn ein paar Jahre älter geschätzt als sich selbst – gut möglich, dass er sich, wie Frauen es ständig taten, zu einer Verjüngungskur hatte hinreißen lassen.

»No, no. No. Sondern an diesem Samstag zum Molenfest. Den ganzen Tag Programm bis in den späten Abend hinein. Eine Regatta gibt es, Papierboote schwimmen um die Wette, Musik und später wild Tanzen mit Hüfteschwingen, egal, welcher Takt.«

»Ach du lieber Gott!« Diesmal prustete Rosalie los. »Wild getanzt hab ich wahrscheinlich seit Jahrzehnten nicht mehr. Die Discozeiten liegen hinter mir.«

»Dann ist es höchste Zeit, dass du deine Jugend wieder sprudeln lässt.« Raul machte die Musik am Radio lauter. Wieder wurde ein Song aus vergangenen Jahrzehnten gespielt, der Rosalie erneut ungemein bekannt vorkam. »Oldie Sender für jung gebliebene Hüpfer«, fügte er hinzu. »Je older, desto golder, heißt es. Komm am Samstag, ja?«

»Aber es dürfen auch junge Menschen zum Fest?« Rosalie wollte sich nicht lustig machen, fand aber die Einladung ebenso vergnüglich wie den Austausch mit Raul.

»Jeder kann dorthin.« Er faltete die Hände und warf ihr einen übertrieben schmachtenden Blick zu. »Jung und Alt, Groß und Klein. Es ist ein Riesenspaß. Wir treffen uns dort. Trinken etwas, bleiben bis nachts noch am Strand. Sag Ja, Rosalita. Per favore.«

Die Vorstellung, dorthin zu gehen, fand Rosalie verlockend. Doch nicht fest verabredet mit Raul. Das wollte sie nicht. Ihr vereinbartes Treffen am Donnerstag mit Justus ging ihr durch den Kopf. Um neun Uhr bei der Inselbäckerei. Plötzlich sah sie sein Gesicht sehr deutlich, die braunen Haare, die Koteletten, das Grübchen. Diesmal keine Antje weit und breit. Sich auszumalen, mit ihm zu dem Fest zu gehen, zu plaudern, vielleicht sogar zu tanzen, erschien ihr wesentlich attraktiver. Aber das war nur ein nettes Spiel mit der Fantasie.

»Hast du genickt, Rosalita?« Raul beugte sich über die Holztheke.

Sie schüttelte den Kopf. »Ich weiß nicht, ob ich zu diesem Fest komme.«

»Alles klar. Wenn du es dir noch anders überlegst. Steenodde. Molenfest. Am Samstag. Strunwei. Soll ich es aufschreiben?«

»Kann ich mir merken, Raul.« Rosalie holte ihr Portemonnaie aus der Strandtasche. »Der Strandkorb? Ich zahle bar?« Sie wedelte lachend mit einem Schein.

»Gib mir dein Geld, du Schöne.«

6

Der Strandkorb Nummer neun stand direkt vor einer Düne.

Wenn Rosalie den Kopf hinausstreckte, konnte sie auf der einen Seite hohes Dünengras sehen, auf der anderen ihre Korbnachbarn, ein junges Pärchen, das sich verliebt aneinanderkuschelte. Die Aussicht zum Wasser gestaltete sich etwas schwieriger, dafür musste sich Rosalie ein Stück in die Höhe recken. Die Position war nicht lange zu halten.

Trotzdem war sie überglücklich, ihr Vorhaben in die Tat umgesetzt zu haben. Raul war ein lustiger Typ, wenn auch seine Umwerbungen für Rosalie ungewohnt waren. Sein Entgegenkommen hingegen wollte sie damit belohnen, dass sie alle weiteren Strandkorbreservierungen über ihn und seinen Partner tätigen würde.

Nach einer Weile wurde sie vom ständigen Auf und Nieder, um den Meerblick nicht zu verlieren, müde. Sie kuschelte sich in eine Ecke des Korbs und schloss die Augen.

Kindergeschrei, Hundegebell, Musik, Brausen von Wind und Wellen, Vogelgekreische, dazwischen ein lautes Lachen von der jungen Frau aus der unmittelbaren Nachbarschaft. Rosalie überlegte, ob sie noch einmal so jung sein wollte, wenn sie einen Wunsch frei hätte, entschied sich dann aber, lieber in ihre Dreißiger zurückzukehren. Mit dem Wissen von heute. Das Alter erschien ihr rückblickend am dynamischsten gewesen zu sein.

Eben noch nicht zu früh alt und doch schon früh weise, zitierte sie in abgeänderter Form den Titel des Buchs von Theo Meisner.

Wieder kam es ihr vor, als wäre sie schon eine lange Zeit auf der Insel, als lägen Köln und das unerfüllte Leben weit hinter ihr. Hätte ihr jemand bei ihrem Aufbruch erzählt, dass sie sich in wenigen Tagen derart wohlfühlen würde, hätte sie es nicht geglaubt. Die Distanz aktivierte neue Energien, vielleicht auch, weil Egbert sie höchstens telefonisch nerven konnte.

Als ihr Handy vibrierte, wollte sie schon »Bert! Wie aufs Stichwort!« rufen, aber auf dem Display erschien das Foto von ihr und Marion bei einem Karnevalstreffen. Marion als flotte Biene verkleidet, Rosalie als Piratin mit Augenklappe. Vielleicht damals ein Omen auf ihren Nordseeaufenthalt jetzt?

Rosalies beste Freundin meldete sich mit einem Videoanruf. »Hallo, Röschen!« Ihr Gesicht war verpixelt, aber ihre Stimme gut zu verstehen. »Bist du bereits zur Meerjungfrau mutiert? Fühlst dich schon als Insulanerin?«

Passend zu Rosalies eigenen Überlegungen hatte Marion wie meistens genau den Punkt getroffen, der Rosalie gerade beschäftigte. »Kurz erwidert: Ich sitze in einem gestreiften Strandkorb. Auf dem Weg hierher habe ich ein Krabbenbrötchen gegessen. Die Sonne scheint. Und ein liebenswerter Italiener namens Raul hat mich zu einem Fest eingeladen. Du bist dran, Marion.«

»Leck mich an de Föß.« Marion ließ das Kölsche Mädsche heraushängen. »Der Neidfaktor steigt mit jedem deiner Sätze, Liebelein. Mein Barney ist auf Dienstreise, im Büro ist keiner mehr, deshalb hätte ich Muße für die Langversion.«

Rosalie begann, Marion die Ereignisse der letzten Tage zu schildern, erst Theos Zaubertrick mit den Booten, dann erzählte sie vom Schreiseminar und dem Zusammentreffen mit Lorenz' Frau. Wie gut die Kundin Rosalies abstrakte Muschelkreation angenommen hatte. Ganz am Ende erwähnte sie das erste Mal Justus. Wobei sie sehr sparsam mit ihren Ausführungen blieb, denn ein Hauptaugenmerk von Marion lag seit der Trennung darauf, Rosalie neu zu verkuppeln. Aus dem Grund betonte Rosalie auch, dass der nette Mann vergeben war und sie seine Frau oder Freundin auch schon kennengelernt hatte.

Erst als sie fertig war, merkte Rosalie, wie voll diese Tage gewesen waren – bis zum Rand mit neuen Eindrücken gefüllt. Kein Wunder, dass sie das Gefühl hatte, bereits vor einer kleinen Unendlichkeit auf Amrum gelandet zu sein.

Marions Gesicht war inzwischen klar zu erkennen. Auch sie hatte sich frisch die Haare färben lassen. Aber nicht wie Raul dunkel, sondern helle Strähnchen in ihr rotes Haupthaar. Es stand ihr. Wie immer trug sie überlange Ohrringe, die bei jeder Bewegung schaukelten. Ihre Fingernägel waren im gleichen Farbton wie ihr Lippenstift lackiert.

»Ich bin beeindruckt, Rosalie. Ehrlich.« Sie streckte einen Daumen nach oben. »Gleich vorneweg: Soll ich dir eine Website für deine aktuellen Kreationen von unserer Praktikantin basteln lassen? Die würde das für lau tun. Du könntest ein Modelabel gründen, ein Gewerbe anmelden.«

»Stopp, Marion.« Rosalie fand den Vorstoß ihrer Freundin zu impulsiv. »Ein einziges Accessoire, ganz einsam auf einer sonst leeren Website? Würde nicht viel Aufmerksamkeit erregen. Außerdem trägt es nur eine Kundin eines vollgestopften Krimskrams-Ladens mit Änderungsschneiderei auf einer Insel.«

»Wow, Rosalie! Du findest ja binnen Sekunden eine ganze Packung an Ausreden, warum dein neues Inselleben nicht auch brandneue Verdienstmöglichkeiten beinhalten sollte.«

Rosalie wollte antworten, aber ihr fiel nichts ein. Denn Marion hatte recht. In Sekundenschnelle hatte sie ihre wiederentdeckte

Freude am Kreieren als minimales Aufstoßen ihrer Fantasie herabgesetzt. Genauso wenig hatte sie sich einen Block zum Zeichnen besorgt und im Laden nachgehorcht. Wäre ihr Irma nicht zufällig beim Schreiseminar über den Weg gelaufen, wüsste Rosalie überhaupt nicht, wie gut ihre Muschelidee angekommen war.

»Ich will dich nicht drängen, Rosalie.« Marion redete bereits weiter. »Sondern bestärken. Zum wiederholten Mal: Minijobs allein sind keine Zukunftsperspektive.«

»Designerin in meinem Alter ebenfalls nicht.«

»Wer nicht wagt, der nicht gewinnt. Steter Tropfen höhlt den Stein. Oder: Es genügt nicht, ein Schiff zu besitzen, man muss auch aufs Meer hinaussegeln. Das Letzte passt zu deinem Boss mit seinem Trick und zur Insel im Allgemeinen, finde ich.«

»Hör auf, mir Sprichwörter um die Ohren zu werfen. Du bist nicht Papa Peter.«

»Peter war ein Schatz, Röschen. Und da er dich nicht mehr aufbauen kann, mach ich es. Ich beneide dich wirklich und wahrhaftig.«

»Jetzt machst du Witze, Marion.«

»Nein, ehrlich. Mein Alltag ist durchgetaktet. Ich mag die Sicherheit im Büro, ich liebe meinen Barney, aber spannend ist nichts mehr davon. Du hast ein halbes neues Leben vor dir. Neue Horizonte, neue Möglichkeiten.«

»Noch macht mir alles Angst, und nichts läuft rund. Trotzdem danke für deine Worte.«

»Ich meine es so, wie ich es sage. Vor allem in diesen paar Tagen ist eine Wandlung bei dir vonstattengegangen. Anders kann ich es nicht formulieren.«

»Darüber hab ich vorhin auch nachgedacht.«

»Von Videoschalte zu Videoschalte kommst du mir freier vor.« Mit einem Hochziehen der Augenbrauen signalisierte Marion, dass sie erst jetzt zu ihrem wichtigsten Punkt kam. »Worüber du eben nicht ins Detail gegangen bist, ist der Kerl.«

Marion konnte es einfach nicht lassen. Verkupplungsversuch Nummer zehn oder zwölf. Rosalie legte das Handy auf eine Seite des Strandkorbs und zog die Knie an.

Sie zögerte, obwohl sie gern länger über Justus geredet hätte, wenn sie ehrlich war. Seit sie vorhin wieder einmal an ihn hatte denken müssen, meldete sich eine winzige Sehnsucht in ihrem Herzen. Sie stellte sich vor, wie es wäre, wenn er in diesem Moment neben ihr im Strandkorb sitzen würde. Ihr wurde warm ums Herz.

» … Spaghetti Vongole«, endete inzwischen Marion. »Verstehst du, Röschen?!«

Rosalie holte sich energisch aus den Träumereien zurück. Was war los mit ihr? Sie war kein Mädchen mehr auch keine junge Frau. Sie trug keine Zöpfe, sondern einen Kurzhaarschnitt. Kurzum, sie hatte kein Interesse an einem neuen Mann in ihrem Leben. Kein bisschen.

»Was willst du mir mit diesem Essen sagen, Marion?«

»So rätselhaft war mein Vortrag doch eben nicht. Zum Mitschreiben deshalb noch mal: Dass du auf dieses Strandfest gehen, dich amüsieren und mit dem Italiener tanzen sollst. Und dass ich Appetit auf Spaghetti bekommen habe.«

»Du meinst Raul.«

»Wen sonst?«

»Was soll ich mit einem fremden Mann auf einem Fest, Marion? Dabei würde ich mir lächerlich vorkommen. Außerdem gehe ich schon zu den Österreichern zum Essen.«

»Aber das ist morgen und etwas völlig anderes. Das weißt du auch.«

»Vielleicht braucht mich Theo Meisner.«

»Keine Ausreden.« Diesmal hob sie die Augenbrauen samt rechtem Zeigefinger. »Du bist im Urlaub.«

»Eben nicht ganz.«

»Gute zehn Stunden in der Woche nicht, das ist richtig, danke für die Haarspalterei. Aber den Rest der Zeit bist du Touristin, erholst dich, lernst Neues kennen, bist kreativ, erweiterst deinen Horizont, erkundest eine wunderschöne Insel in der Nordsee, sitzt in einem Strandkorb und plauderst mit deiner allerbesten Freundin.«

»Okay, okay, Marion, ich habe verstanden.«

»Ich bin noch nicht fertig, Röschen.«

»Die Bildübertragung wird wieder schlechter.«

Marion war nur noch verschwommen zu erkennen, die Pixel zerlegten das Gesicht in tausend Teile.

»Spielt keine Rolle, solange du mich verstehst. Es geht nicht um eine neue große Liebe, Rosalie. Ich weiß, dass du immer noch an Egbert hängst. Es geht nicht einmal um eine Affäre, wenn du das nicht willst. Nur ein kleiner Flirt, ein wenig tanzen, Spaß haben. Warum sich nicht ein paar Komplimente abholen? Weißt du noch, wir zwei früher in der Disco: *It's Raining Men! Hallelujah!* Von den Weather Girls, und all die anderen Songs – wie wir bei den Hits abgerockt haben?«

Die Freundinnen waren einige Male ohne ihre Männer in die Diskothek gegangen, ausschließlich, um zu tanzen und sich eine Auszeit zu gönnen. Egbert hatte auf Baby Oskar aufgepasst, Marions Barney auf die damalige Katze Ursel.

»Schade, dass du nicht hier bist, Marion. Mit dir wäre es doppelt so lustig.«

»Es ist super, dass ich in Düsseldorf im Büro sitze und du dich allein zurechtfinden musst. Neuland, Rosalie.« Marions Gesicht begann zu ruckeln, als würde sie tatsächlich tanzen. »Genug gepredigt. Jetzt zu meinen Neuigkeiten. Uns ist eine Katze zugelaufen.«

»Nein?!«

»Kaum zu glauben, oder? Wenn Barney den Besitzer nicht findet, hätten wir drei. Ich nenne sie Daisy.«

»Erzähl.«

Während nun Marion an der Reihe war, über den Katzenneuzugang zu berichten, spähte Rosalie wieder aus dem Strandkorb. Das Dünengras bewegte sich sanft im Wind, das Pärchen hielt Händchen, er machte ein Nickerchen, sie tippte mit der freien Hand ins Handy.

Plötzlich wurde das Gespräch unterbrochen. Keine Verbindung mehr. Rosalie würde es später von ihrer Wohnung aus erneut versuchen. Daisy war ein süßer Name. Kurz überlegte Rosalie, ob sie sich nicht auch eine Katze oder einen Hund zulegen sollte. Aber keinen Riesen wie Marwin.

Sie hob ihre Hand und spreizte die Finger wie einen Fächer gegen das Licht. Sonnengold blitze durch die Spalten. Danach schloss sie die Augen, ließ den Arm sinken. Ihre Fingerkuppen strichen über den Rahmen am Sitzende des Strandkorbs. Dort erspürte sie Einkerbungen im Holz. Zu tief, um natürlichen Ursprungs zu sein.

Neugierig geworden, stand sie auf und kniete sich hin. Eindeutig hatte sich jemand mit einem Messer zu schaffen gemacht und Buchstaben eingeritzt. Rosalie entzifferte ein J und ein R.

»Wie bitte?« Das Erstaunen erfasste sie blitzschnell. Das konnte nicht sein. Sie kam vom Knien ins Sitzen, ließ sich auf den Sand nieder und nahm die Rillen noch einmal genauer unter die Lupe.

Ohne Zweifel ein J und ein R. Zwischen den Buchstaben allerdings kein Herz, sondern ein Pluszeichen. Sie machte ein Foto.

»Justus plus Rosalie«, sinnierte sie laut.

»Alles okay?«, rief die junge Frau vom Nachbarkorb.

Rosalie winkte. »Alles bestens. Ich hab überlegt, ob … Ach, nichts.«

Schluss mit all dem Imaginieren und Abschweifen zu einem Mann, dem sie gerade dreimal begegnet war. »Lächerlich. J + R ist einfach ein seltsamer Zufall, mehr nicht«, murmelte sie.

Aber Neuland, das war Amrum für sie. Damit hatte Marion den Nagel auf den Kopf getroffen.

7

Eine Kundin, die sich im Laden von Lorenz Vongooßen und seiner Frau Irma über die vielen Puppen wunderte, hätte beim Anblick des Wohnzimmers der beiden wohl umso mehr gestaunt.

In den unterschiedlichsten Größen und verschiedensten Kleidern saßen sie auch hier überall. Im Bücherregal, auf der Theke einer schmalen Bar zwischen den Flaschen, auf der Couch, dem Fernseher und auf einem Schaukelstuhl, der an der Balkontür lehnte. Als wäre das nicht genug, wurden die Püppchen dazu noch flankiert von Teddybären. Kleinere und größere mit schwarzen Knopfaugen ergänzten die Versammlung.

Irma bemerkte Rosalies überraschten Blick nach dem Eintreten. »Ich weiß, da sind echt viele im Laufe der Jahre zusammengekommen. Bei mir die Pupperln, und der Lorenz mag Teddys so gern. Wir wollten schon längst einmal ausmisten. Unser Sohn schimpft immer, wenn er auf Besuch is. Aber sie sind alle so süß, und zu jedem gibt's eine schöne Geschichte.«

Wenn die beiden vorhatten, Rosalie all die Geschichten zu erzählen, würde ein Abend wohl nicht ausreichen.

»Natürlich werden wir dich nicht damit langweilen«, setzte Irma hinterher, als hätte sie Rosalies Gedankengang erraten. »Vielleicht beim Nachtisch dann ein bisserl«, fügte sie leiser hinzu.

Rosalie lächelte. »Ich freue mich über die Einladung. Danke.«

»Uns is es eine Ehre«, Lorenz war aus der Küche zu hören. »Ich hoffe, du hast guten Hunger mitgebracht.«

Das hatte Rosalie tatsächlich. Die Stunden im Strandkorb an der frischen Luft hatten sie hungrig werden lassen. Doch außer einem Apfel hatte sie nichts zu sich genommen, weil sie sich an die üppigen Speisen erinnern konnte, die bei den Österreichbesuchen mit Mama Ulla und Peter von seiner Verwandtschaft immer aufgetischt worden waren. Aus der Küche duftete es auch schon nach Gebratenem.

»Mein Lorenz bereitet ganz klassisch ein Wiener Schnitzel zu. Die Ösi-Spezialitäten sind halt echt spitze.« Wieder sprach Irma an, was Rosalie dachte. »Oder bist du Vegetarierin? Schön blöd, dass wir dich nicht gefragt haben.«

»Was?«, rief Lorenz. »Rosalie isst kein Fleisch?«

»Ich frag doch grad erst, Schatzi.«

Rosalie mischte sich ein. »Ich esse Fleisch. Wirklich nicht oft, aber in Ausnahmefällen schon. Also bin ich wohl eine Teilzeitvegetarierin.«

»Is alles bio.«

Lorenz tauchte im Türrahmen auf und sah aus wie einem humoristischen Kochbuch entsprungen. Er trug eine Schürze mit der Aufschrift »Heute brutzelt Papa!« und auf dem Kopf eine Kochmütze, die seine Glatze bedeckte. Das Absurdeste aber trug er im Gesicht. Dort prangte ein Teil, das seinen Schnauzer bedeckte und wie ein Strumpfband aussah. Rosalie fragte sich, wozu es gut sein sollte.

»Ein Schnurrbartformer, der aber auch hilfreich gegen die Ölspritzer ist«, erklärte Irma, als hätte Rosalie ihre Frage laut formuliert.

»Zum Schnitzerl gibt es zweierlei Salate.« Lorenz wirkte aufgeregt wie ein Kind vor der Bescherung. Er deutete auf zwei Schüsseln, die bereits am Esstisch standen. »Kartoffel mit Kürbiskernöl, das wir immer vorrätig haben. Und einen original Steirischen Käferbohnensalat.«

»Ich bin begeistert!« Rosalie lief das Wasser im Mund zusammen. Obwohl sie bei den Bohnen direkt an das Danach denken musste. Doch sie würde die Nacht ohnehin allein verbringen, es war egal, sollten sich gewisse Folgen bemerkbar machen.

Lorenz stellte sich zu den Frauen und drückte der seinigen einen Kuss auf die Wange. »Für den Nachtisch is meine Gattin zuständig, sie hat uns einen Gugelhupf gebacken.«

Irma wischte sich über die Backe. »Deine Lippen sind fettig, Lorenz. Mach lieber weiter.«

Er verschwand, und Irma zeigte auf den Sessel auf der linken Seite des Esstisches. »Du dort, ich dir gegenüber und unser Superkoch zwischen uns.«

Die Dekoration bestand ebenfalls aus winzigen Porzellanpüppchen, die zwischen einem weißen Service platziert waren.

»Wein? Wasser?«

»Gern beides.«

»Kommt sofort. Wir haben einen exzellenten Blauburgunder atmen lassen.« Nun huschte auch sie aus dem Zimmer.

Rosalie setzte sich. Trotz der Überzahl an Puppen und Bären strahlte die Wohnung der beiden viel Behaglichkeit aus. Das dunkle Holz der Möbel, ein weißer flauschiger Teppich und ein großes Wandgemälde, das einen Sonnenuntergang am Meer zeigte, ergänzten sich.

Aus der Küche drang ein gemeinsames Lachen von Irma und Lorenz. Rosalie wurde leicht wehmütig. Früher, als ihre Ehe noch intakt war, hatten Egbert und sie auch öfter gemeinsam gekocht. Für Gäste, wenn die Kinder kamen oder auch nur für sie beide.

Wann waren sie in verschiedene Richtungen gesegelt, jeder seinem eigenen Wind hinterher? Rosalie konnte kein Datum benennen, nicht einmal eine Jahreszahl. In einer sich langsam drehenden Spirale war das Miteinander nach unten gerutscht. Von Liebenden zu Freunden. Weiter zu Bekannten, die im selben Haus wohnten, mehr nicht.

Von Egbert flossen ihre Gedankenbilder zu den Einkerbungen am Strandkorb. Möglicherweise doch ein Omen? Fast erschrocken hielt sie inne. Selbstverständlich nicht. Sie sollte das Thema endlich vergessen.

»So, da sind wir.« Irma stellte Wein und Wasser auf den Tisch, Lorenz balancierte ein Tablett mit den Wiener Schnitzeln in die Mitte.

Was dann folgte, war einer der gemütlichsten Abende, die Rosalie seit längerer Zeit erlebt hatte.

Rosalie erzählte von ihrem Ziehvater, der aus Salzburg stammte. Irma war in Graz geboren und aufgewachsen, Lorenz war ein waschechter Wiener. Sie schwärmten und schilderten ihre Erlebnisse. Mehr als einmal lobte Rosalie das Essen, allen voran den Käferbohnensalat. Irma und Lorenz breiteten herrliche Geschichten über ihre Verwandtschaft aus, dazu über einzelne Kunden und Kundinnen mit ihren Sonderwünschen. Sie aßen viel, sie lachten noch mehr.

Und schließlich sangen die Österreicher ein Loblied auf Amrum.

»Dabei passen wir eigentlich gar nicht hierher.« Lorenz schenkte das dritte Mal allen nach. »Anfangs waren wir die Exoten aus dem Alpenland. Aber ich sage dir, so großartig die Berge sind, ein Sonnenuntergang am Meer toppt alles.«

Er prostete dem Bild zu, Irma tat es ihm gleich. »Auf dass die Lachmöwen Walzer tanzen.«

»Wie bitte?« Rosalie gluckste. Sie spürte den Alkohol, auch einen Schwips hatte sie schon ewig lange nicht mehr gehabt.

Lorenz nahm einen nächsten Schluck und schnalzte mit der Zunge. »Das is so ein Spruch zwischen meiner Liebsten und mir. Als wir uns entschlossen haben, hierherzuziehen und den Laden aufzumachen, haben wir uns vorgenommen, so lange zu bleiben, bis die Bewohner alle richtig Walzer tanzen können.«

»Leider können sie es immer noch nicht«, ergänzte Irma. »Weil wir es in all der Zeit nicht geschafft haben, einen Walzerabend zu organisieren. Aber nächste Woche gilt's.«

Danach folgte eine erneute Einladung zur Walzernacht beim Vollmond. Molenfest und Walzernacht, dachte Rosalie. Zwei Einladungen, die darauf warteten, angenommen zu werden. Oder? Der Wein machte ihr ein schwindeliges Gefühl im Kopf, als hätte sie sich schon im Kreis gedreht.

Nach dem Essen servierte Lorenz einen starken Kaffee, der Rosalie etwas ausnüchterte. Dazu aß sie zwei Stück Marmorgugelhupf. Am Ende hatte sie das Gefühl zu platzen.

Morgen stand höchstens Obst auf dem Speiseplan. Allerdings auch die Verabredung mit Justus. Schon um neun Uhr wollten sie sich bei der Inselbäckerei treffen. Also würde es doch ein richtiges Frühstück geben. Jetzt hatte er sich wieder in ihren Kopf eingeschlichen, dieser Grübchen-Justus. Es war zum Haareraufen. Unvermutet musste Rosalie lächeln, ihre Wangen schienen zu glühen. Sie brauchte Abkühlung.

Irma, die Gedankenleserin, öffnete die Terrassentür und ließ die Abendluft herein. »Hörst du das Meer?«

Sie schwiegen. Lauschten dem entfernten Branden der Wellen, das Rosalie bereits vermisste, wenn sie an ihre Rückkehr dachte. Dabei war sie noch mitten in ihrem Urlaub. Nein, korrigierte sie sich, mitten im Minijob mit Meerblick. Wieder lächelte sie.

»Was is denn so lustig, Rosalie?«

»Theo Meisner kennt ihr ja.«

»Ihn und seinen Freund, die kommen schon mal in den Laden«, sinnierte Lorenz. »Theo is ein so netter Kerl.«

Rosalie hätte diese Aussage nicht unterschrieben. »Dann habt ihr auch den Hund getroffen.«

»Marwin.« Irma schlug die Hände über dem Kopf zusammen. »Der muss aus Baskerville stammen.«

»Genau das habe ich beim ersten Anblick von Marwin ebenfalls gedacht.« Rosalie hob die Hand, und Irma klatschte ab. Die nächste Frage wollte sie nicht stellen, tat es aber doch. »Hattet ihr auch schon mit einem Justus Merten zu tun?«

»Der in der Klinik auf Föhr die Verwaltung leitet? Dessen Vater Psychotherapeut is?« Lorenz sah sie verblüfft an. »Du hast dich ja schon mit einer Menge Leute angefreundet. Alle Achtung.«

»Angefreundet ist das falsche Wort. Nur eine Zufallsbegegnung.« Rosalie stand auf. »Langsam wird es Zeit für mich.«

Irma sprang ebenfalls hoch. »Der Lorenz begleitet dich.«

»Nicht nötig, ich verlaufe mich schon nicht.«

»Es is mir eine Ehre, Rosalie.« Lorenz kam mühsamer hoch als seine Frau. »Das nächste Mal bleibst du über Nacht, das Zimmer unseres Sohnes dient auch als Gästezimmer. Klein, aber fein. Ein paar Teddybären, mit denen du das Bett teilen musst.«

»So lange bin ich nicht mehr hier.«

»Schade.« Lorenz rülpste ungeniert, was Irma mit einem strafenden Blick quittierte. »Tschuldigung. Noch zur Walzernacht. Wir können dich nach Norddorf mitnehmen, allerdings sind wir schon ab Nachmittag dort zum Schmücken. Davor werde ich noch zwei oder drei Nachspeisen zubereiten für die Tanzpause.«

»Ich komme. Versprochen. Aber ich werde mit dem Fahrrad

fahren.« Nun also eine feste Zusage, die Rosalie ausgesprochen hatte.

Im Abgang drehte sich Lorenz zu seiner Frau um. »Siehst, den Justus Merten und seinen Vater haben wir schon länger nicht mehr im Laden gesehen. So nette Leute.«

»Die laden wir extra zum Walzertanzen ein. Das freut dich sicher, Rosalie, nicht wahr?«, setzte Irma hinterher.

Lorenz schien alle nett zu finden, und Irma hätte wahrlich als Mentalistin auftreten können. Vielleicht bei einem Zauberabend zusammen mit Theo Meisner.

8

»Spieglein, Spieglein an der Wand, wer ist die Coolste auf der ganzen Insel?«

Es reimte sich nicht, aber Rosalie versuchte, mit Humor ihre Vorfreude zu dämpfen.

Sie hatte die Schranktür geöffnet, auf deren Innenseite ein Spiegel angebracht war. Es war halb neun, und gleich wollte sie aufbrechen. Der Weg zur Inselbäckerei dauerte laut Navi acht Minuten. Rosalie hatte vor, pünktlich zu sein, aber nicht verfrüht zu erscheinen, um dort nervös auf und ab zu tigern. Außer einem Glas Wasser hatte sie noch nichts zu sich genommen. Erstens war sie immer noch satt vom Schnitzelessen gestern, und zweitens würde es Spaß machen, sich mit Justus Kaffee und Brötchen zu holen.

Zum ersten Mal seit ihrer Ankunft – eigentlich überhaupt das erste Mal in diesem Sommer – hatte sie ein Kleid angezogen. Die Anschaffung war nach dem Friseurbesuch erfolgt. Ihre Chefin in der kleinen Boutique hatte den Schlussverkauf eingeläutet und Rosalie sich zwei Kleider geleistet. Ein blaues mit weißen Tupfen an Saum und Ärmeln und ein weißes mit roten Blüten darauf.

Doch bloß das Weiße hatte sie eingepackt, was sie nun bedauerte. In ihrer Erinnerung stand ihr das blaue besser, aber das hing in Köln im Kleiderschrank. Pech!

Rosalie strich über den Stoff an Bauch und Hüften und zupfte an den Ärmeln. Was Muscheliges hätte ich auch gern, ging ihr durch den Kopf. Das Kleid war nett, aber langweilig. Außerdem fehlten ihr die richtigen Schuhe dazu. Die Sneaker wirkten zu plump und die Sandalen zu banal. Alles in allem war sie nicht zufrieden. Ein bisschen mehr Pep, ein wenig mehr Glanz wünschte sie sich.

Stopp! Sie verschränkte die Arme. Was dachte und machte sie schon wieder?

Sie zog das Kleid über den Kopf, warf es auf das Bett und wechselte zurück zu Jeans und einem hellblauen T-Shirt. Weiter ermahnte sie sich, dass es überhaupt keinen Grund gab, sich mehr als sonst zu stylen oder dem Treffen eine besondere Bedeutung beizumessen.

Es war kein Date.

Trotzdem kämmte sie noch einmal ihre Haare, zog sich die Lippen mit einem dezenten Rot nach und tuschte sich die Wimpern. Das hatte sie auch vor der Einladung bei Irma und Lorenz getan, es war das übliche Sich-Zurechtmachen.

Nach einem letzten Schluck Wasser schnappte sie sich ihre Strandtasche und ihr Handy.

Zwei Nachrichten waren eingegangen. Erst jetzt merkte Rosalie, dass das Mobilteil auf leise gestellt war.

Sie setzte sich auf die Bettkante.

Zwei Menschen hatten ihr geschrieben: Theo Meisner und Justus. Beide Nachrichten verursachten Rosalie ein leichtes Ziehen im Bauch, wenn auch aus unterschiedlichen Gründen.

Bei Theo Meisner war es möglich, dass er sie nun doch brauchte, obwohl sie sich extra bei ihm für heute abgemeldet hatte.

Der Text von Justus konnte hingegen nur eine Absage sein. Rosalie war sich plötzlich sicher. Er hatte etwas mit seiner Frau vor oder musste doch auf Föhr bleiben oder hatte einfach keine

Lust, Rosalie wiederzusehen. Was vollkommen in Ordnung war, es machte ihr nichts aus. Den Tag konnte sie auch ohne ihn genießen, sich an den Strand begeben, endlich schwimmen gehen, sich vorher ein Krabbenbrötchen holen. Vielleicht danach weiter die Insel erkunden, auf Amrum gab es noch einiges zu bestaunen.

So viele Gedanken, noch bevor du überhaupt die Nachricht gelesen hast?, hallte Mama Ullas Stimme durch Rosalies Kopf.

Ach, Mama, nerv nicht.

Sie kreiste mit dem Finger über das Display, unschlüssig, mit welchem der Männer sie zuerst beginnen sollte. Rosalie entschied sich für Justus.

»Ich konnte dich nicht erreichen, sei bitte so lieb, und melde dich bei mir. Sonniges von Justus.«

Jetzt erst sah Rosalie, dass es auch zwei Anrufe gegeben hatte. Sie drückte auf Rückruf und versuchte zu ignorieren, dass ihr Herz schneller schlug.

»Rosalie! Wie schön.«

»Hallo, Justus. Ich hab das Klingeln überhört.«

»Bist du schon unterwegs?«

»Fast raus bei der Tür, aber noch zu Hause.«

»Zum Glück hab ich dich noch erwischt.«

Nun wurde ihre Ahnung zur Gewissheit. Justus war dabei abzusagen. Es war in Ordnung, es war nicht wichtig, wirklich nicht.

»Ganz krude Geschichte, Rosalie. Antje braucht mich.«

Auch das war verständlich. Den Eindruck, den Rosalie von Justus bisher gehabt hatte, war der eines richtig netten, verlässlichen Menschen. Ein Nordlicht, das die Inseln liebte und bodenständig war.

Justus redete weiter, aber Rosalie hörte nicht mehr richtig hin.

Ungeachtet aller vernünftigen Argumente überschwemmte sie die Enttäuschung ebenso sehr, wie sie die Vorfreude vorhin durchflutet hatte. Beides war der Situation nicht angemessen, darin hatte die Ulla-Stimme vollkommen recht. Viel zu viel Emotion, ohne wirklichen realen Inhalt. Es galt, nüchtern, besonnen und pragmatisch dagegenzuhalten.

Marion und die Kuppelversuche, die die Freundin nach Rosalies Trennung gestartet hatte, fielen Rosalie ein. Keiner dieser Männer, die alle ganz okay gewesen waren, hatte wirkliches Interesse bei ihr geweckt. Weil sie eben noch nicht bereit war. Bei Justus pochte ihr Herz zwar etwas schneller, aber dabei handelte es sich um eine aussichtslose Sache. Wenn sie es in diesem Licht betrachtete, war seine Absage sogar genau richtig. Sie würde ihn in der Zeit auf Amrum nicht mehr wiedersehen, und somit hatte sich die Geschichte erledigt.

Nichtsdestotrotz hockte sie auf der Bettkante, das Handy am Ohr, und war traurig darüber, dass der vergebene Justus sein Treffen mit ihr sausen ließ. Die Buchstaben J plus R bedeuteten wahrscheinlich nicht einmal Namen, sondern etwas wie ›Jause plus Rotwein‹ oder ›Jacke und Regenschirm‹.

»Doof«, sagte Rosalie laut.

Justus, der die ganze Zeit geredet hatte, brach mitten im Satz ab. »Äh … Ja, doof kann man es auch nennen. Wobei Antje nichts dafür kann.«

Rosalie hatte keine Ahnung, worum es ging.

Nachfragen fand sie peinlich, denn dann hätte sie zugeben müssen, dass sie nicht zugehört hatte. Also entschloss sie sich zu einem abrupten Themenwechsel. Sie ging rasch mögliche Alternativen durch, die ihr alle nicht geeignet erschienen. Was sollte sie bloß in dem Moment sagen?

»Übrigens, Justus, ich gehe am Samstag zum Molenfest. Soll bunt werden. Bin verabredet.«

Er machte eine Pause. »Aha.«

Rosalie griff sich an die Stirn. Ihre Ankündigung passte überhaupt nicht in den Gesprächsverlauf. Eigentlich hatte sich Rosalie kurzfristig entscheiden wollen, und die Einladung von Raul hatte sie sowieso abgelehnt. Konnte sie sich noch merkwürdiger äußern? Wohl kaum.

»Unwichtig. Vergiss, was ich eben gesagt hab. Bitte.«

»Das ist doch wunderbar.« Justus hörte sich immer noch verwundert an. »Einige meiner Freunde werden dort an der Optimistenregatta teilnehmen. So heißt das Event.«

»Hier kennt wohl jeder jeden.«

»Es ist eine Insel, Rosalie.« Er lachte.

Rosalie stellte sich sein Grübchen vor und stimmte mit ein. »Schon bemerkt.«

»Und was die andere Sache angeht, Rosalie, ich …«

»Schon in Ordnung«, sie fiel ihm ins Wort. »Kein Problem. Kein Thema.«

»Aber wollen wir nicht …?«

Nein, sie wollte keinen neuen Anlauf. Der Wechsel zwischen Freude und Frust war ihr zu viel. »Belassen wir es dabei, Justus.«

»Wobei?«

»Oder lieber so: Ich melde mich bei dir.«

»Heute dann noch?«

»Eher die Tage.«

»Oh. Okay. Ich will dich nicht drängen.«

»Das tust du nicht.«

»Sorry, Rosalie. Antje ist eben aufgetaucht. Bitte, bitte, melde dich. Ja?!« Er bekam einen flehenden Ton, was Rosalie nicht verstand, hatte er doch das Treffen gecancelt. »Und wegen des Molenfests. Das wird klasse. Ich werde versuchen …«

»Danke, ich freu mich auch schon darauf. Man sieht sich. Moin!« Rosalie legte auf. Es war nicht ihre Art, andere nicht ausreden zu lassen und Gespräche abrupt zu beenden, aber diesmal musste es sein.

Sie ließ sich nach hinten aufs Bett fallen und schluckte sogar aufkommende Tränen hinunter. »Super, Röschen, ganz toll. So benimmt man sich als Ü-Fünfzigerin«, schnaubte sie die Decke an.

Jetzt war es ohnehin egal, also las sie noch die Nachricht von Theo Meisner.

»Schönes verfrühtes Wochenende, Rosalie, wir sehen uns Montag. PS: Ich bin versorgt, Sie brauchen nicht nach mir zu sehen. T. M.«

Immerhin eine positive Verkündung. Vier freie Tage, damit konnte sich Rosalie langsam wieder aufbauen. Und sie würde versuchen, weder an Theo Meisner noch an Justus Merten zu denken.

»Spieglein, Spieglein ohne Gewinsel, zeigt mir den schönsten Fleck auf der Insel.«

Diesmal reimte es sich. Wenn einen sonst niemand unterhielt, musste man sich eben seinen eigenen Spaß machen.

9

Schon von Weitem konnte Rosalie den Lärm einer großen Menschenmenge hören, Jubelrufe und Applaus inbegriffen.

Das maritime Sommerfest in Steenodde war von der Einliegerwohnung mit dem Fahrrad in wenigen Minuten zu erreichen. Der Ortsteil der Gemeinde Nebel hatte seinen Namen von der gleichnamigen Odde, wie Rosalie nachgelesen hatte.

Inzwischen trat sie in die Pedale, als hätte es eine Zeit ohne Fahrrad nie gegeben. Mehr und mehr genoss sie die Ausfahrten mit dem Drahtesel, und wenn ihr der Wind um die Ohren wehte und ihre Haare im Nacken nach oben trieb, breitete sich jedes Mal aufs Neue ein Gefühl der Freiheit in ihr aus.

Im Fetzenpupperl hatte sie sich einen Korb besorgt, den ihr Lorenz vorne angebracht hatte. Praktisch für Einkäufe und andere Kleinigkeiten wie Sonnencreme, Sonnenbrille und auch ihren inzwischen geliebten Friesennerz.

»Fesch schaust aus«, hatte Lorenz gemeint und seine Bartenden gezwirbelt.

Sie musste ihm recht geben. Bevor sie losgeradelt war, hatte sie sich ein weiteres Mal im Spiegel in Augenschein genommen, diesmal ganz ohne Schmetterlinge im Bauch. Sie war mit sich und ihrem Aussehen zufriedener gewesen als je davor.

Rosalie trug heute eine neue Bluse, gestreift in Blau und Grau, den Farben, die ihr auch an der Inneneinrichtung ihres Domizils so gut gefielen. Dieses Kleidungsstück hatte sie gestern in einem Modeladen auf dem Weg zu einem weiteren Wahrzeichen der Insel entdeckt. Nach dem Besuch im Museum, das sich in einer beeindruckenden Windmühle in Nebel befand, hatte sie sich diesen Kauf geleistet. Ein Selfie, das sie von sich geschossen und versendet hatte, hatte Marion mit einer ganzen Zeile von Herzen kommentiert. Dazu hatte sie Rosalie mit einem extra Zwinkersmiley viel Spaß auf dem Fest gewünscht. Ein wenig albern, wie Rosalie fand.

Marion hatte auch berichtet, dass die Hitzewelle in Köln sogar noch intensiver geworden war und die Stadt unter den Temperaturen ächzte. Davon war auf der Insel bei bewölktem Himmel nichts zu spüren. Im Gegenteil, Rosalie atmete die Luft ein, die warm, aber keineswegs drückend war. Perfektes Wetter für das Molenfest im Hafen.

Schade nur, dass Justus mich nicht sehen kann. In der neuen Bluse, den aufgekrempelten Jeans, der Windjacke im Korb. Fast so, als würde ich schon immer auf die Insel gehören. Wirklich schade.

Das Gedankenspiel um ihn ließ sich einfach nicht vermeiden. Je mehr Rosalie sich anstrengte, nicht an ihn zu denken, desto größer war die Beharrlichkeit, mit der sein Gesicht immer wieder in ihrem Kopf auftauchte. Seit seiner Absage hatte sie nichts mehr von ihm gehört. Von sich aus würde sie sich auf keinen Fall melden.

»Was gut so ist. Punkt!«, kommentierte sie laut, als sie an ihrem Zielpunkt scharf abbremste, sodass Sand aufgewirbelt wurde.

Vor den ersten Ständen, die Essen und Trinken ausgaben, war eine große Fläche für all die Fahrräder angelegt worden, die sich, gleich ihren Benutzern, in rauen Mengen versammelt hatten.

Es herrschte bereits Hochbetrieb. Rosalie kam es vor, als würden sich sämtliche Touristen und Einheimischen auf dem Fest treffen. Der Lärmpegel überstieg sogar das Gekreische der Möwen. Lautsprecherdurchsagen gaben den Stand der Segelregatta durch, Namen von Booten und Seglern wurden wild durcheinandergerufen. Die sogenannte »Optimistenregatta« war bereits in vollem Gange.

Rosalie fragte sich, ob wohl Theo Meisner mit Marlene auftauchen würde und ob er sein Kunststück bei den Booten hier wiederholen könnte. Auf ihre Anfrage, ob sie ihn abholen und mit ihm zu Fuß zur Mole spazieren sollte, hatte sie, eigentlich wie erwartet, überhaupt keine Antwort erhalten. Sie ging aber davon aus, dass ihm das Treiben zu viel sein würde. Wenn er bei ihrer nächsten Arbeitsstunde heiter gestimmt war, würde sie ihm davon erzählen.

Nachdem sie das Fahrrad am letzten noch freien Pfosten festgemacht, ihre Habseligkeiten in ihrer Strandtasche verstaut und sich die Jacke um die Hüften gebunden hatte, tauchte sie in den Besucherstrom ein.

Zwischen rufenden Kindern, lachenden Erwachsenen, Gemurmel, Gejohle und intensiver werdenden Essensgerüchen schob sich Rosalie Richtung Anleger und Mole voran. An einem der Stände kaufte sie sich eine Flasche Sanddornlimonade, nahm dazu einen der bunten Strohhalme. Das Strohhalmschlürfen hinterließ ein prickelndes Gefühl, das ihr gefiel. Überhaupt stieg ihre Stimmung ein Stück mehr, als am Himmel die Wolken aufrissen und sich die Sonne zeigte.

An vorderster Front angekommen, konnte sie gerade noch das Einlaufen der Schiffe sehen, die mit ihren weißen Segeln wie Schwäne aussahen, die zum Flug ansetzten. Applaus brandete auf, Rosalie schloss sich dem an. Wer nun die Regatta gewonnen hatte, wusste sie nicht, doch ihr genügte es, das Spektakel zu beobachten und sich daran zu erfreuen.

»Rosalita, Rosalita!«, ertönten Rufe aus dem Getümmel.

Rosalie drehte den Kopf und erblickte Raul, der sich zwischen einer Kindergruppe durchschlängelte und zu ihr aufschloss. Mit den gelben Leggings und einem gelben Shirt erinnerte er Rosalie an einen Zitronenfalter. Hätte sie ihren eigenen Sweater angezogen, hätten sie im Partnerlook gehen können. Selbst Rauls Strandschlappen waren gelb. Nur sein Haar war schwarz wie die Nacht, ohne auch nur eine einzige graue Strähne. Nun, warum sollten sich Männer nicht auch die Haare färben, um sich jünger zu fühlen.

In einer Hand hatte Raul drei Eis am Stiel, in der anderen zwei Limonadenflaschen. Sein Grinsen erreichte wieder seine volle Breite, als er sich zu Rosalie durchquetschte. Bei ihr angekommen, wollte er sie hektisch umarmen, doch sie machte einen Schritt nach hinten, und seine Arme glitten ins Leere. Eine der Limonadenflaschen drohte ihm aus den Fingern zu rutschen, Rosalie fing sie auf.

»Hallo, Raul.«

»Ciao, meine Schöne, ich wusste, dass du kommst.« Seine Wangen waren gerötet, er wirkte zusätzlich zu seiner immerwährenden guten Laune aufgeregt. So hatte ihn Rosalie die Male davor nie erlebt. »Wir brauchen jeden Fan. Jedes Jubeln. Du hast doch eine laute Stimme, Rosalita, nicht?!«

»Es geht.« Rosalie war im Moment nicht klar, worauf er hinauswollte. »Hier ist ja was los.«

»Fantastico, hab ich dir doch versprochen. Es ist das größte Fest auf der Insel, Rosalita. Und du bist zum richtigen Zeitpunkt gekommen. Folg mir schnell. Ein Stück weiter vorne am Strand geht die Regatta los.«

»Die ist eben zu Ende gegangen.«

»No, no, no, Cara Mia, doch nicht die.« Er kicherte. »Die Papierboote sind das wahre Ereignis beim Molenfest.«

»Papierboote?«

»Genau. Von Amrumer Schülern werden sie gebaut. Natürlich dürfen auch andere, die Lust haben, mit ihren Konstruktionen teilnehmen. Und mein Carlo ist dabei.«

»Dein Carlo?«

»Mein Sohn. Er ist gestern fünfzehn geworden und wird heute gewinnen, das weiß ich. Er und seine Kumpel haben ein sensationelles Bötchen gebastelt. Es gibt die unterschiedlichsten Bauweisen und Strategien, sodass die Boote möglichst lange wasserdicht und stabil bleiben. Carlo und ich haben allerdings eine Geheimformel entwickelt, die sein Boot ewig oben auf den Wellen halten wird. Ich bin schon ganz außer mir vor Aufregung. Wir müssen sein Team anfeuern, was das Zeug hält, Rosalita. Jeder Schrei zählt.«

Rosalie stoppte ihn ab. »Du hast einen Sohn?«

»Vier, Rosalita, meine Schöne. Vier herrliche Bambini. Und meine Frau, Klara. Sie ist wieder schwanger. Sono l'uomo più felice del mondo. Ich bin ein glücklicher Mann, Rosalita. Jetzt, vieni! Gleich geht es los.«

Er drängte sich wieder zwischen den Besuchern durch, Eis und Limonade diesmal in der Höhe schwenkend. Rosalie folgte ihm und musste an Marions Aufforderung denken, sich auf jeden Fall mit Raul zu treffen. Gleich nach dem Fest würde sie ihrer Freundin ein paar Fotos von Rauls Kinderschar senden und ihr zu dem famos schiefgegangenen Kuppelversuch gratulieren. In sich spürte Rosalie Erleichterung – sie hatte seine Absichten falsch eingeschätzt, ähnlich wie bei ihrer Ankunft das Wetter auf Amrum. Ab sofort würde sie sich zu Rauls Flirtereien keine Gedanken mehr machen.

Ein Stück weiter vorne war der Andrang noch dichter. Überwiegend Familien, wie Rosalie feststellte. Die vielen übermütigen und begeisterten Fans des nächsten Wettbewerbs trieben den Lärmpegel in schon schmerzhafte Bereiche. Im Wasser schwamm eine Vielzahl von Papierbooten. Wie bunte Hüte trieben sie auf den Wellen. Allerdings nicht klein, sondern groß wie echte Wasserfahrzeuge. In ihnen Kinder und Jugendliche unterschiedlichen Alters mit Schwimmwesten, zum Teil von Erwachsenen begleitet.

»Mehrere Teams treten gegeneinander an.« Raul war erneut neben Rosalie getreten. »Das ist das Lustigste, was du dir vorstellen kannst. Wenn die Ersten kentern, wird ebenfalls gejubelt und geklatscht. Jeder Teilnehmer ist ein Champion. Mein Carlo hat die Nummer dreizehn. Gelbes Bötchen, wie mein Outfit.«

»In dem Fall ist die Dreizehn eine Glückszahl, darauf wette ich. Wie sind die Regeln?«

»Da vorne die Tonne im Wasser, siehst du die?«

»Ja.«

»Die muss umrundet werden. Solange das Boot schwimmen kann, wird gepaddelt. Ah, guck, meine Besten: Antonio, Paolo, Cesare.«

Er rief und lief in Richtung einer Gruppe von Jungen, unter denen auch eine hochschwangere Frau stand. In der nächsten Sekunde ertönte ein überdimensional lautes Tuten, und das Anfeuern und Jubeln brandete auf. Rosalie blieb an Ort und Stelle, Raul weiter zu folgen war in dem Gedränge nicht mehr möglich.

Die jungen Kapitäne der Papierboote gaben alles, um nicht unterzugehen und das Ziel zu erreichen. Rosalie wurde von der Energie der sie umgebenden Menschen erfasst und begann ebenfalls, zu rufen und zu klatschen. »Dreizehn, dreizehn. Carlo, paddel, paddel«, johlte sie, obwohl sie das Papierboot von Rauls Sohn nicht ausmachen konnte. Die Ersten gingen unter, dann immer mehr, aber eine Gruppe unermüdlicher Paddler hielt sich über Wasser, umrundete die Tonne und kam dem Ziel immer näher.

Endlich konnte Rosalie an einem der Boote die Nummer dreizehn erkennen. Sie hob ihre Ruflautstärke etwas mehr an.

Schließlich war die Nummer vier als Erste zurück am Startpunkt und somit der Sieger, aber die Dreizehn kam mit nur wenigen Sekunden Abstand ins Ziel. Die drei Jungs in dem gelben Papierboot rissen ihre Arme in die Höhe. Rosalie konnte beobachten, wie Raul mit ebenfalls erhobenen Händen ins Wasser und auf die Jungs zustürzte.

Rosalie winkte und hob ihren Daumen, Rauls Blick erfasste sie eine Sekunde lang, er wedelte mit beiden Händen, dann versank er zwischen Umarmungen und Gejohle.

Statt sich weiter durchzuschlängeln Richtung Frau und Söhnen von Raul, beschloss Rosalie, den Rückzug anzutreten. Sie würde ihm morgen bei Krabbenbrötchen und Kaffee gratulieren, wenn sie ihr Frühstücksritual abhielt.

Als sie sich aus dem Pulk an Menschen herausgekämpft hatte, ging sie weiter nach oben und blieb auf einer Düne stehen. Das Geschehen rund um das Fest aus einer gewissen Entfernung zu betrachten war nach dem Trubel mittendrin ganz erholsam. Sie saugte an ihrem Strohhalm den Rest ihrer Sanddornlimonade auf und war ganz mit sich im Reinen, auch wenn sich ein paar Kleinigkeiten anders entwickelt hatten als geplant.

»Ich wusste es, dass ich dich finden würde«, sagte jemand hinter ihr. »Ich wusste es einfach.«

Rosalie musste sich nicht umdrehen, sie erkannte Justus' Stimme sofort.

10

Rosalie konnte nicht anders, als es herrlich zu finden. Justus' unerwartetes Auftauchen auf dem Fest ließ alles, was sie sich vorgenommen hatte, über Bord gehen.

Röschen! Mama-Ullas-Stimme meldete sich hartnäckig. Der Kerl ist vergeben.

Ich weiß, Mama.

Hat vielleicht ebenso vier Kinder zu Hause wie Raul.

Hat er nicht.

Trotzdem, hör auf dich zu freuen.

Kann ich nicht.

Nachdem Justus sich ein Bier geholt hatte, standen sie nebeneinander und beobachteten den weiteren Fortgang des Fests. Justus grüßte und winkte dem einen und der anderen, er kannte augenscheinlich viele der Anwesenden. Rosalie lag es auf der Zunge, nach Antje zu fragen, aber sie tat es nicht.

Nach dem Papierbootwettbewerb stiegen nun Drachen in den Himmel auf, und eine Gruppe von Akrobaten, die ihre Kunststücke zeigten, unterhielt die Besucher.

»Wie wäre es mit einem Spaziergang?«, schlug Justus vor. »Wir entkommen dem Lärm und plaudern unterwegs, ohne schreien zu müssen.«

»Bist dü gud tu fust?«, fragte sie ihn und löste damit eine Lachsalve bei Justus aus.

»Das klingt entzückend, aber was meinst du, Rosalie?«

Auch ihr selbst kamen ein paar Lachtränen. Diesmal hatte sie überhaupt nicht das Gefühl, dass ihr der missglückte Versuch peinlich war. »Also, ich meinte, ob du gern zu Fuß unterwegs bist. Ich hab die Tage ein paar Sätze gegoogelt. Sag mir bitte, wie es sich richtig anhört.«

»Maadst dü leewer tu fut gung?«

»Oh, da lag ich wohl ziemlich daneben.«

»Aber ich bin begeistert, dass du es versucht hast.« Er nickte ihr zu. »Ich bin allerdings mit dem Fahrrad unterwegs.«

»Ich hab inzwischen auch einen Drahtesel.« Sie erzählte von Marlenes Leihgabe. »Das Radeln ist wesentlich leichter, als einen Satz auf Friesisch auszusprechen.«

»Ich bin ein geduldiger Lehrer. Und wir hätten alle Zeit, die wir uns nehmen, Rosalie.«

Die Ansage von Justus machte Rosalie nun doch verlegen. »Dann lass uns fahren«, antwortete sie forscher als gewollt.

»Prima, Rosalie. Wir nehmen die Strecke von Steenodde durch den kühlen Wald zum Campingplatz und holen uns dort ein Stück der besten Pizza aller Inseln, meiner Meinung nach. Ich bin hungrig.«

»Was zu essen gibt es hier auch.«

»Ja, aber dort werden wir sofort bedient. Alle Welt ist hier zugange. Ist es okay, wenn ich dich entführe?«

Darauf gab sie keine direkte Antwort.

Rosalie beobachtete den Schatten, den sie beide mit ihren Fahrrädern warfen. Wenn sie fest in die Pedale trat, überholte sie Justus, der dann seinerseits an Tempo zulegte. Holte er sie ein, verschmolz die Schatten-Rosalie mit dem Schatten-Justus.

»Hast du etwas verloren?«, fragte Justus, als er das nächste Mal auf gleicher Höhe strampelte.

Rosalie hob eine Hand in die Höhe, die Schatten-Rosalie tat es ihr gleich. »Ich mag nur das Schattenspiel, das wir beide auf dem Weg machen.«

Er sah nach unten, löste die Füße von den Pedalen, streckte sie zu beiden Seiten aus. Der Schatten-Justus sah aus, als würde er einen Hampelmann machen. Justus selbst verlor ein paar Sekunden später fast das Gleichgewicht, was Rosalie wiederum erheiterte.

»Nach der Pizza, wenn es dunkel wird, solltest du noch einmal an die Mole, Rosalie. Der Shanty-Chor wird singen.«

»Ein Chor? Ich mag solche Musik. Das klingt schön.«

»Das ist es auch. Alte Arbeitslieder der früheren Seemänner. Das Ganze am Strand bei untergehender Sonne ist eine Wucht, glaub mir.«

»Jetzt hast du mich neugierig gemacht, obwohl ich nach allem schon richtig müde bin. Mal schauen.«

»Leider kann ich dich bloß zurückbegleiten und muss dann weiter.«

»Schade, Justus. Wieso das denn?«

»Nach unserem Pizzaessen muss ich zu meinem Vater, der lieber seinen Garten umgräbt, als am Molenfest teilzunehmen. Ich hab ihm versprochen, ihm noch zur Hand zu gehen. Doch zuerst wollte ich dich finden, was mir auch gelungen ist.«

»Du hättest …«

»Ja, ich hätte dir eine Nachricht schreiben können, Rosalie. Vielleicht fand ich es einfach romantischer, dich zu suchen. In einer unübersichtlichen Menschenmasse. Unorthodox und umständlich, zugegeben.«

Er lachte wieder, und Rosalie war sich unsicher, wie ernst er all seine Aussagen meinte. Überhaupt schwankte sie hin und her wie bei ihrem ersten Ausflug mit dem Fahrrad. Der Shanty-Chor hörte sich toll an, gleich nach dem Wiedersehen Justus erneut aus den Augen zu verlieren, weniger. Rosalie gestand sich ein, dass der Mann es mit Leichtigkeit schaffte, sich auf der Skala ihrer Gefühle auf und ab zu bewegen.

Sie bogen nach rechts ab in eine Straße, die von Bäumen umsäumt war. Das Schattenspiel hatte ein Ende. Dafür umfing sie eine angenehme Kühle, gepaart mit dem Geruch von Kiefernnadeln. Eine Weile radelten sie schweigend nebeneinander her.

»Dass es so viel Wald auf der Insel gibt, wundert mich.« Sie berührte mit einer Hand ihren Nacken. Die Haut dort glühte. An dieser Stelle hatte sich Rosalie nicht eingecremt und durch den dauernden Blick nach unten auf die Schattenspiele wohl zu viel Sonne abbekommen. »Schon bei meiner ersten Taxifahrt ist mir das aufgefallen.«

»Amrum ist tatsächlich die waldreichste Nordseeinsel.« Er zeigte nach links und nach rechts. »Zwischen 1950 und 1960 ist der Nadelwald angepflanzt worden. Vor allem als Holzlieferant gedacht. Aber richtig bewährt hat sich die Schutzfunktion der Bäume vor Wind und Sandflug. Ganz abgesehen davon hat man das Gefühl, in eine verzauberte Welt einzutauchen, findest du nicht?«

»O ja. Eine tolle Idee von dir, hier entlangzufahren.«

»Wenn du mich am Telefon nicht wieder abwürgst, könnte ich dir noch viele Vorschläge mehr machen, Rosalie.«

»Ich hab dich nicht abgewürgt.«

»Doch, hast du.« Diesmal legte er Tempo vor. »Komm! Jetzt noch ein Abschnitt in der Sonne, dann über die Inselstraße drüber, und wir sind beim Campingplatz. Mein Magen benimmt sich schon wie ein knurriger alter Bär.«

Ein Stück weiter in der Landschaft konnte Rosalie erste Zelte aufgestellt sehen.

»Ich möchte noch anmerken, dass du mir abgesagt hast.« Sie keuchte vom schnellen Sprint. »Sonst hätten wir uns auch direkt zum Fest verabreden können.«

»Das genau war meine Absicht.«

»Du hast gesagt, Antje brauchte dich.«

»Ja, das war donnerstags. Und auch gestern.« Er ging nicht näher auf seine Partnerin ein.

Rosalie biss sich auf die Lippen. »Verstehe.«

»Tust du nicht, Rosalie. Ich wollte dich zum Molenfest einladen. Du hast mich nicht mehr zu Wort kommen lassen.«

Im Rückblick stimmte es. Rosalie erinnerte sich, wie enttäuscht sie gewesen war und wie kurz angebunden am Ende. »Du hättest mir trotzdem die Tage eine Nachricht schreiben können, Justus.«

»Das ist richtig. Tut mir leid, dass ich es nicht getan habe.«

»Und mir tut es leid, dass ich dich abgewürgt hab.«

»So, damit hätten wir auch schon unseren ersten Streit hinter uns.« Justus nickte. »Und können mit Freude weiterklönen.«

Rosalie bremste ab. »Das war kein Streit.«

»Nicht? Ich dachte.« Er brachte sein Fahrrad ebenfalls zum Halten und stellte ein Bein auf den Boden. »Hör mir bitte zu.«

»Keine Sorge, diesmal lasse ich dich ausreden, Justus.«

»Prima.« Mit einer nächsten Geste zeigte er in die Richtung, aus der sie eben gekommen waren. »Rosalie. Ich habe sogar die nächsten Tage frei und würde dir gern einiges mehr auf der Insel zeigen. Morgen früh könnten wir mit einem gemeinsamen Frühstück starten. Was meinst du?«

Antje, dachte Rosalie, ich muss ihn endlich nach Antje fragen.

In der Sekunde promenierte ein nackter Mann an ihnen vorbei, gefolgt von einem ebenfalls nackten Pärchen. Ein paar Meter entfernt entdeckte Rosalie jetzt eine ganze Gruppe älterer Leute, die, wie Gott sie geschaffen hatte, auf einer Picknickdecke saßen und plauderten. Rosalie vergaß ihr nötiges Nachbohren kurzfristig.

»Die haben keinen Badeanzug und keine Badehose an!«, flüsterte sie ihm zu.

Zum wiederholten Mal begann er, schallend zu lachen. »Wir durchqueren die FKK-Zone.«

»FKK in den Dünen?«

»Genau.« Er beugte sich zu ihr hin. »Allerdings hatte ich bei meinem Vorschlag nur die Pizza im Kopf. Tut mir leid, wenn dich die Nudistenfans erschreckt haben.«

»Justus, was meinst du, was ich bin? Ein aus den Wolken gefallener Naivling? Ich habe zwei erwachsene Kinder.« Plus einen Ex-Mann, fügte sie in Gedanken hinzu.

»Wunderbar. Erzähl mir gleich mehr von ihnen. Zeig mir Fotos. Zu erleben, wie Kinder groß werden, ist etwas Besonderes, finde ich. Immerhin habe ich drei Patenkinder. Antje gleich vier.«

Jetzt, genau jetzt, sprich mit ihm über seinen Beziehungsstatus. Mama Ulla trompetete in Rosalies Kopf.

Ja, in Ordnung.

»Rosalie?«

»Ja?«

»Deine neue Bluse passt übrigens perfekt zu deinen blauen Augen.«

Bevor Rosalie den Mund aufmachen konnte, radelte Justus fröhlich pfeifend weiter.

II

»Stopp.«

Ohne Guten Morgen zu sagen, startete sie mit diesem einen Wort. Gleich noch einmal fügte sie es hinzu. »Stopp.«

Justus war sichtlich irritiert. »Wie bitte?«

Bevor er sich gestern verabschiedet hatte, hatte er ihr vorgeschlagen, sich mit ihm heute um zehn am urigen Café Knülle zu treffen. Es lag direkt am Strand und war etwas, das man in Köln als Eckkneipe bezeichnen würde, wie Rosalie fand. Nur dass es in der Stadt keinen Flecken gab mit Blick auf Kniepsand und Wasser.

Schon beim Näherkommen hatte sie fasziniert festgestellt, dass es sich um zwei weiße Wohnwagen handelte, die man so aufgestellt hatte, dass sie eine Ecke bildeten. Klein, aber richtig fein. Fahnen mit unterschiedlichen Beschriftungen wehten im Wind. ›Ich glaube nicht an Windstärke‹, konnte Rosalie auf einer entziffern.

»Stopp, zum dritten Mal.« Sie nahm den Becher, den Justus ihr entgegenhielt, und wärmte sich die Finger daran.

Es war ein kühler Tag, ein starker Wind und die Sonne hinter dunkleren Wolkenbergen verborgen. Rosalie sah Richtung Meer, die Wellen waren besonders hoch heute und das Wasser aufgewühlt. Passend zu Rosalies Gemütslage und ihrem absoluten Vorsatz, nicht länger um den heißen Brei namens Antje herumzudenken.

»Ich habe keine Ahnung, was los ist.« Er setzte erneut an. »Aber im Becher ist schwarzer Tee – Friesentee statt Kaffee. Gesüßt mit Kluntjes. Übersetzt: Kandiszucker, obwohl es das nicht trifft. Es sind eben Kluntjes. Er löst sich langsam auf, und die Süße im Mund wird auf angenehme Weise im Zeitlupentempo stärker. Und ich habe mir erlaubt, uns einen Strandkorb zu reservieren. Darin trotzen wir dem Wetter.«

Justus umrundete sie, hob die Hand mit seinem Becher Tee und zeigte im Gehen auf einen Korb mit grün-roten Streifen. Er trug die Nummer 27.

Statt ihr Stopp zum vierten Mal auszusprechen, nahm Rosalie einen Schluck aus dem Becher. Der Tee schmeckte richtig gut. Dazu Justus, der wieder einmal die pure Sympathie ausstrahlte. Er lächelte unsicher, sein Grübchen gefiel ihr besser denn je.

Aber nach dem gestrigen Pizzaessen, ebenfalls mit Meerblick in trauter Zweisamkeit, musste Rosalie ein für alle Mal ein Stoppschild zwischen ihnen aufstellen. Er war vergeben. Nichts lag Rosalie ferner, als sich in eine andere Beziehung einzumischen.

Er sah sie verständnislos an. »Würdest du mir bitte erklären, was deine kryptische Wiederholung bedeuten soll? Ich verstehe es nicht. Noch hab ich keinen Vorschlag für den Rest des Tages gemacht. Du warst einverstanden, mich hier zu treffen.«

»Darum geht es nicht, Justus.«

»Worum dann?«

Mit beiden Händen klammerte sie sich am Becher fest, denn leicht fiel es ihr nicht, von sich aus das Thema zur Sprache zu bringen. Doch es blieb ihr nichts anderes übrig, weil es Justus anscheinend unwichtig fand.

»Ich kann nicht mit dir befreundet sein.«

»Rosalie? Das klingt jetzt aber seltsam.« Er ließ die Hand ein Stück nach unten sacken und verschüttete dabei ein paar Tropfen

Tee, den der Wind wegriss. »Was spricht gegen Friesentee mit Kluntjes?«

Sie machte einen Schritt nach hinten, spürte, wie Sand in ihre Sneaker kam. »Nichts. Überhaupt nichts.«

»Oder gegen ein windstilles Plätzchen im Strandkorb?« Er versuchte es mit Scherzfragen, obwohl ihm die Unsicherheit deutlich anzusehen war.

Es war Zeit, dass Rosalie aussprach, was sie sich vorgenommen hatte. »Justus. Ich kann das nicht. Und ich will es auch nicht.«

»Was denn, um Gottes willen?« Mit den Fingern seiner freien Hand zupfte er an einer seiner Koteletten.

Sie entschloss sich zu einer Gegenfrage. »Wo ist Antje?«

»Zu Hause.«

»Wird sie später noch kommen?«

»Vielleicht. Allerdings habe ich ihr nichts von unserem Treffen gesagt. Abends könnte ich sie dazubitten, wenn du unbedingt magst.«

Rosalie holte tief Luft. »Ja, bitte deine Frau dazu. Oder deine Freundin. Lebensgefährtin – was auch immer.«

Eine Möwe segelte tief an ihnen vorbei. Gefolgt von mehreren Artgenossen, die sich den Luftströmungen hingaben. Rosalie wäre gern geschrumpft und hätte sich auf dem Vogel in die Höhe tragen lassen.

»Das ist es?« Justus starrte Rosalie an.

Sie stülpte sich die Kapuze über. »Genau.« Der Wind trieb ihr trotzdem die Sandkörner ins Gesicht, sie hätte seinen Vorschlag mit dem Strandkorb annehmen sollen.

»Die ganze Zeit machst du dir darüber Gedanken?«

»Ich weiß, ich hätte von Anfang an fragen sollen, wie ihr zueinander steht. Aber ich dachte, ich kann mich mit euch beiden anfreunden, und ihr würdet mir schon noch alles erzählen … wie ihr euch kennengelernt habt und so weiter.«

»Als ich neun war.«

Rosalie stutzte. »Du meinst als Kinder?«

»Kurz nach meinem sechsten Lebensjahr haben sich meine Eltern getrennt. Meine Mutter wollte wieder als Juristin arbeiten und hat einen festen Job in Kiel angenommen. Ich bin zwischen Festland und Insel gependelt. Drei Jahre später hat mein Vater seine zweite Frau geheiratet, weil sie schwanger war. Mit Antje.« Er grinste. »Sie ist meine Halbschwester.«

Eine Pause folgte.

»Ach, so ist das«, sagte Rosalie schließlich mit fester Stimme. »Schön, dass ihr euch so gut versteht.«

Innerlich versank sie im Boden. Zuerst auf der Fähre, dann am Steg, schließlich hier. Aller guten Dinge, wie auch aller richtig genialen Fettnäpfchen, schienen wohl drei zu sein. Hätte sie sich früher überwunden, mit ihm zu reden, wären ihr viele leidige Selbstgespräche erspart geblieben.

Zugleich aber verspürte Rosalie eine solche Freude darüber, dass sie am liebsten ein lautes Juhu in den Wind hineingerufen hätte.

Justus streckte ihr seine Hand entgegen. »Los, bringen wir uns im Strandkorb in Sicherheit. Trinken Tee. Ich erzähle dir von meinen Plänen für den Tag.«

Als seine Finger die ihren berührten, kam dieses spezielle Kribbeln in Rosalies Bauch zurück.

»Um noch etwas klarzustellen, Rosalie: Ich bin nicht verheiratet, nicht verlobt und nicht liiert. Frei wie der Wind, der uns heute um die Ohren bläst. Noch Fragen, die du sofort und direkt klären möchtest? Oder lassen wir die Dinge einfach auf uns zukommen?

Als Erstes will ich dir die Geschichte hinter der Toten Tante erklären. Bereit?«

»Bin dabei.« Ein erleichtertes Lächeln stahl sich auf Rosalies Gesicht. »Übrigens: Ich hab mir gestern tatsächlich einen Sonnenbrand im Nacken eingefangen, Justus.«

12

Weil die Angelegenheit mit Antje geklärt war, auch wenn es Rosalie immer noch peinlich war, fieberte sie dem nächsten Treffen mit Justus entgegen. Natürlich fiel Theo Meisner in den Stunden, die sie mit ihm am Vormittag verbrachte, ihre Ungeduld auf.

»Zuerst langweile ich Sie, und auch heute können Sie kaum erwarten, dass unsere gemeinsame Zeit endet.« Er setzte ein joviales Lächeln auf, das ihn für Rosalie nicht sympathischer als sonst machte. »Vielleicht sollte ich meine Online-Seminare komplett sein lassen, wenn ich bei meinen Kunden ebenfalls solche Reaktionen hervorrufe.«

»Ich habe eine Verabredung.« Mehr wollte sie ihm nicht darüber mitteilen.

Er grinste noch breiter und, wie es Rosalie vorkam, süffisant. »Ein Date? Und das bereits nach so kurzer Zeit auf der Insel? Wobei Sie sich ja beeilen müssen, denn im Umkehrschluss sind Sie ja in Bälde wieder auf und davon. Wie gut, dass Sie schneller unterwegs sind mit dem Fahrrad.«

»Danke noch mal dafür. Und es ist kein Date.« Rosalie schüttelte vehement den Kopf. »Nur ein Treffen mit einer netten Bekanntschaft, die ich gemacht habe.«

»Sie müssen mir nichts erklären.«

»Habe ich nicht vor.«

»Wobei Nett die kleine Schwester von Scheiße ist, meint mein Freund immer.«

»Ich kenne Herrn Mensah nicht, aber finde nicht, dass er recht hat. Es gibt viele wirklich nette Dinge, die diese Bezeichnung auch verdienen.«

»Da würde Ihnen Kojo sofort zustimmen. Er findet zum Beispiel Marwin nett. Bei einem Menschen allerdings …«

»Können wir weitermachen?«

»Wollen Sie früher los, Rosalie?«

»Nicht nötig. Alles bestens. Ich lausche Ihnen aufmerksam bis zum bitteren Ende.«

»Ironie? Großartig. Hört sich an wie eine tolle neue Klangfarbe in Ihrer Stimme.«

»Wenn Sie meinen.«

»Ja, das meine ich. Als Kompliment, Rosalie. Man kann gar nicht genug Charakterschattierungen haben. Ähnlich wie in der Finanzwelt, in der man Vermögenswerte breit streuen muss, um abgesichert zu sein gegen die steifen Börsenbrisen.«

Theo Meisner legte wieder los. Rosalie konzentrierte sich und amüsierte sich sogar, weil ihr im letzten Drittel des Vortrags auffiel, dass die Begrifflichkeiten, die er verwendete, alle mit D anfingen: Daytrading, Derivate, Diversifikation, Dividende, Dividendenstrategie. Sie würde Justus davon erzählen.

Wenn sie es aus einem anderen Blickwinkel betrachtete, war es doch durchaus möglich, dass man ihre Verabredung mit Justus auch als Date bezeichnen könnte. Ein nettes Date mit einem netten Mann.

Nimm das, Theo.

Als Rosalie mit ihrem Fahrrad ankam, hatte sie Theo Meisner und seine kleinen Sticheleien längst vergessen. Sie und Justus hatten sich am Jachthafen von Wittdün verabredet, neben dem Seezeichenhafen, wie Justus ihr beschrieben hatte.

Wieder hatte sich ein Wetterwechsel von einer Nacht zur anderen vollzogen. Immer noch kühl, aber blauer Himmel und viele weiße Wölkchen.

Schon auf dem Hinweg waren Rosalie die bunten Holzhäuser aufgefallen, die in einer Reihe nebeneinanderstanden. Am Hafen selbst lagen auf beiden Seiten des Stegs jede Menge Boote vor Anker, in allen Größen und Farben, mit Segel und ohne. Dazwischen vereinzelte Fischkutter. Richtete man den Blick zur Seite, konnte man ins Watt sehen. Wieder ein Stückchen Amrum, das ihr außerordentlich zusagte.

Justus hatte Rosalie eine Überraschung angekündigt.

»Dass dir dein Boss das Fahrrad zugeschanzt hat, ist eine Superidee, Rosalie. Ein netter Mann, finde ich.«

»Ja, genau. Nett, das ist er. Aber nicht im Sinne von nett.«

Rosalie überlegte, ob sie Justus die Ironie in ihrer Antwort direkt erklären sollte, aber in dem Moment legte er ihr seine Hand auf die Schulter und hauchte einen Kuss auf ihre Wange. Ihr wurde sehr warm ums Herz, und in den nächsten dreißig Sekunden war sie damit beschäftigt, nicht zu erröten.

»Wie geht es deinem Nacken, Rosalie?« Er löste sich und machte einen Schritt zurück.

Gerne wäre sie aufgerückt. »Jetzt schält sich die Haut, aber es brennt nicht mehr.«

»Guck!« Er deutete auf einen Bollerwagen, der neben ihm stand. »Ganz inselmäßig. Mit einer Flasche Limonade, einer Decke und einer Tüte mit Friesenwaffeln für den kleinen Nachmittagshunger.«

»Wohin entführst du mich?«

»An den Süßwassersee Wriakhörn inmitten der Dünen. Wir

machen eine Rundwanderung durchs Vogelparadies. Da du ja schon Bekanntschaft mit den Lachmöwen gemacht hast, werden dir auch die gefiederten Verwandten gefallen: Silbermöwen, Sturmmöwen und Heringsmöwen. Dazu noch Eiderenten, Austernfischer, Brandgänse, Küstenseeschwalben. Ich kann gar nicht alle aufzählen.«

»Ich bin bereits jetzt von deinem Wissen beeindruckt.«

»Den Leuchtturm hatte ich dazu eingeplant, aber dafür sind wir zu spät dran. Ein anderes Mal. Zuerst aber gehen wir gleich auf den Steg hinaus. Ich will dir jemanden vorstellen.«

Bitte keine zweite Antje, dachte Rosalie sofort.

Er legte erneut seine Hand auf Rosalies Schulter. Die Berührung war sanft. »Ich habe dir ein Geschenk mitgebracht, Rosalie.«

»Ehrlich?«

»Damit dir so etwas wie der Nackenbrand nicht mehr passieren kann. Manchmal, wenn der Wind heftig bläst und der Himmel wolkenverhangen ist, meint man, sich weder eincremen noch den Kopf schützen zu müssen. Das gilt vielleicht für uns Einheimische, aber nicht für hübsche Gästinnen wie dich.«

»Gästinnen klingt auf jeden Fall hübsch.«

»Oh, ich gendere fleißig, selbst wenn es manchmal sehr ungewohnt klingt. In der Klinik gibt es jede Menge großartiger Frauen, die es verdient haben, dass man ihnen mit Worten ebenso Respekt zollt. Wobei sich meine Chefin lieber mit Boss anreden lässt.«

»Finde ich in Ordnung. Sie ist es ja.« Wieder einmal musste Rosalie feststellen, dass ihr Justus um ein Grad mehr sympathischer wurde. »Was tust du sonst noch, das Frauen beeindruckt?«

»Quatsch.« Er lachte und sein Grübchen mit ihm. »Ich bin mehr der Durchschnittstyp. Wobei – ich oute mich gleich jetzt und hier, weil ich dich später noch zum Essen in das Seefohrerhus einladen möchte –, ich bin Vegetarier.«

»Ehrlich?« Ein wenig begannen Rosalie die Worte zu fehlen. Sie dachte an Pauline, die sich stets beschwerte, dass gerade Männer im mittleren Alter viel zu viel Fleisch konsumierten. Justus hätte Rosalies Tochter mit der Offenbarung beeindruckt.

»Also ein Veggie mit einer Ausnahme, gebe ich zu.«

»Welche denn? Ich bin gespannt.«

»Krabben. Meinen Quellersalat esse ich nur mit.«

»Klär mich weiter auf, bitte. Was ist denn Queller?«

»Eine Pflanze, die an den Salzwiesen angebaut und geerntet wird. Ostfriesischer Quellersalat, ein Muss.«

»Zur Sicherheit werde ich zuerst bei dir kosten. Wenn er mir schmeckt, nehme ich eine eigene Portion.«

»Wie du magst. Dazu gehören eben die Krabben. Einem frischen Krabbenbrötchen kann ich genauso wenig widerstehen.«

»Das kann ich sofort nachvollziehen. Mein erstes Essen auf Amrum war ein Krabbenbrötchen. Mit Kaffee.«

»Dann passen wir frühstückstechnisch schon einmal zusammen.«

Diesmal konnte Rosalie die aufsteigende Hitze in ihren Wangen genau spüren. Sie drehte sich um und suchte nach einem Platz, um das Fahrrad abzustellen.

»Lass mich das machen, bitte.« Justus nahm ihr den Drahtesel ab und schob ihn zu einer Stelle, an der bereits ein ganzer Pulk an Rädern befestigt war. Als er zurückkam, hatte sich Rosalies Glühen wieder abgekühlt.

Er beugte sich über den Bollerwagen, schob Getränk und zwei Tüten zur Seite. »So, jetzt zu meinem Geschenk.« Als er sich aufrichtete, hatte er eine Kappe zwischen den Fingern. In Rot, wie Rosalies neue Jacke. Und mit einer Besonderheit: einem Nackenschutz. »Ich hoffe, sie passt.«

»Für mich?«

»Für wen sonst?« Er wedelte damit vor Rosalies Gesicht. »Bitte, probier sie an.«

Rosalie setzte sie auf, und sie saß wie angegossen. Als ob Justus ihren Kopf abgemessen hätte. Sie war kurz davor, ihm einen Kuss auf den Mund zu geben, aber in letzter Sekunde überlegte sie es sich anders. Sie drehte sich einmal im Kreis. »Sitzt perfekt! Ich bin begeistert.«

»Und sie steht dir. Zuerst wollte ich eine in Blau wie deine Augen.« Er sah sie an, ließ eine Pause. »Aber dann ist mir dein roter Friesennerz durch den Kopf geschossen, damit war die Entscheidung klar.«

»Danke, Justus.«

»Kein Thema. Ich wollte, dass du etwas von der Insel mit nach Köln nimmst.«

In diesem Moment am Hafen, zwischen den schaukelnden Schiffen, dem Blick auf das Watt und den bunten Häuschen, konnte sich Rosalie einfach nicht vorstellen, jemals wieder von Amrum abzureisen.

»So, und nun zu meiner Liebsten«, rief Justus aus.

Rosalie blinzelte. »Zu wem?«

»Komm einfach mit. Du musst sie kennenlernen.«

Mit raschen Schritten ging er den Steg entlang, Rosalie folgte ihm. Vom Ein-Mann-Segelboot bis hin zu Schiffen mit Kajüten ankerte alles dort. Fast schon am Bootsstegende, blieb Justus vor einem Kutter stehen.

Eine kleine Ausgabe eines Kutters, das Führerhaus weiß, Bug und Heck in braunem Holz gehalten. Der bauchige Bootskörper war in einem frischen Grün gestrichen. Auf der Seite konnte Rosalie in weißen Lettern das Wort »Seelöwin« lesen.

»Das ist mein Baby.« Justus' Augen leuchteten nun definitiv mehr als bei Rosalies Ankunft. »Davor hatte ich jahrelang ein Segelboot, werde mir auch wieder eines anschaffen. Aber als ich den Kutter gesehen habe, war ich schockverliebt.«

Rosalie, die weder von Segelbooten noch von Kuttern etwas verstand, spürte die Begeisterung, die Justus ausstrahlte. Sie dachte an ihre eigene, neu erwachte Leidenschaft, die man allerdings schwer mit einem Boot vergleichen konnte.

»Seelöwin ist ein starker Name. Oder anders formuliert: sehr cool.«

»Finde ich auch. Ich habe sie von Grund auf erneuert. Mit der Hilfe von kundigen Freunden, versteht sich. Endlich ist sie fast so, wie ich sie mir wünsche.«

Er wandte sich an Rosalie. »Wirst du mir die Ehre geben?«

»Auf der Stelle?« Die Aufforderung kam etwas rasch für Rosalie. Sie hatte nichts gegen eine Ausfahrt, aber wäre lieber vorgewarnt worden.

Er zwinkerte ihr zu. »Keine Angst. Ich bin kein Pirat, der dich bei der ersten Gelegenheit auf sein Boot entführt. Jetzt geht's erst an den See. Aber in den nächsten Tagen einmal. Wenn du magst.«

»Doch, ja. Einmal Seelöwin und zurück.«

»Vielleicht schon am Abend des Vollmonds?«

Rosalie schüttelte den Kopf. »Da hat mich Lorenz Vongooßen zum Walzerabend eingeladen.«

»Ach, der Besitzer vom Fetzenpupperl. Das ist ein uriger Laden. Er und seine Frau sind Originale.«

»Meine Jacke hab ich dort gekauft. Und …« Sie stockte. Noch war sie nicht so weit, Justus von ihrer Kreation und ihren früheren Träumen zu erzählen. Noch nicht. »Wenn du magst, begleite mich.«

»Tanzen?« Er zog die Nase kraus. »Ich bin ein schlechter Tänzer. Walzer kann ich schon gar nicht.«

»Ich doch auch nicht. Lorenz meint, das wird nicht sonderlich kompliziert. Er gibt dort den Gästen einen Schnellkurs.«

»Walzer auf Amrum, was für eine Idee.«

»Bist du dabei?«

»Bin ich«, er hob die Hand. »Wenn du mit mir auf meinem Kutter fährst, tanze ich mit dir Walzer. Schlag ein.«

Das tat Rosalie, und es fühlte sich so an, als würde sie mit Justus mehr als diese beiden Vergnügungen beschließen.

13

Der Himmel in seinem Blau und mit den Wolken, die dahinflogen, glich einem bewegten Gemälde. Kurz blitzte die Sonne dazwischen hervor.

Rosalie stand am späten Nachmittag wieder am Bootssteg, diesmal ganz am Ende, ein Stück von der Stelle entfernt, an der der Kutter von Justus ankerte. Sie hatte die Arme verschränkt, alles um sich herum vergessend. Ihre Augen klebten am Horizont. Das Licht ließ das Wasser wie Seide glänzen, im Wellengang schien das offene Meer vor ihr zu atmen. In Rosalies Kopf explodierte förmlich die Kreativität. Wie eine Flasche Sekt, deren Korken nach langer Zeit herausgezogen worden war und die nun sprudelnd überlief.

Kein einfacher Sekt, für Rosalie war es Champagner. Sie stellte sich ein figurbetontes Kleid vor. In der Länge bis zu den Waden diesmal. Eng geschnitten, in einem changierenden Blau, wie der Himmel vor ihr. Seitlich aber, in der Höhe der Hüften, klafften Dreiecke auf, von denen aus sich weiße Stoffteile fächerartig öffneten. Erst wenn sich die Trägerin bewegte, würde das Accessoire voll zur Geltung kommen. Mit jedem Schritt aufspringen wie eine Wundertüte, die ihr Inneres offenbarte. Ein Blickfang der Sonderklasse.

»Geplant ist, dass die Seelöwin in einer Woche wieder zu hundert Prozent seetüchtig sein wird. Nach den ersten Ausfahrten hat sie Zicken gemacht. Daher schrauben ich und ein Freund doch noch ein bisschen rum.« Justus war hinter ihr aufgetaucht. »Wenn alles wieder rundläuft, zeige ich dir meine Qualitäten als Kapitän. Alles in Ordnung bei dir? Erschöpft vom vielen Vögelgucken?«

Rosalie brauchte einen Moment, bis sie von ihrem Fantasieausflug zurück war. Gott, sie musste sich endlich einen Block und Stifte besorgen. Sonst war sie schneller wieder gefangen in ihrem Trott, als sie ihren neu erblühten Ideenreichtum ausschöpfen konnte. »O nein. Der See und die Umgebung waren spitze. Was dein Boot angeht, bin ich begeistert. Hoffentlich werde ich nicht seekrank.«

»Sollte der Wellengang zu hoch sein, verschieben wir die Tour. Ich will, dass du dich amüsierst, nicht, dass dir schlecht wird. Aber halte dir dann wieder einen ganzen Tag frei, wenn das geht.«

»Ich werde es mit Theo Meisner bereden.« Sie nickte. »Musst du nicht zurück zur Arbeit?«

»Ich habe eine Tagung auf Sylt vororganisiert. Deshalb türmen sich meine Überstunden. Ich wollte sie mir auszahlen lassen, habe mich aber entschlossen, sie mit dir abzufeiern. Mein Stellvertreter kann den Rest managen und wird auch vor Ort sein. Dazu braucht mich auch mein Vater immer noch für den Garten. Vorausgesetzt, es tritt keine Notsituation in der Klinik ein, bin ich ein freier Mann.«

Sie lächelte. Es fühlte sich bis zu ihren Zehenspitzen strahlend an. Die Wellen schlugen gegen Steg und Pfosten unter ihr, sie erzeugten ein Geräusch, als würde hier eine hölzerne Glocke den Feierabend einläuten.

Auch ich werde auf Amrum mehr und mehr zu einer freien Frau, überlegte Rosalie, wenn auch in einem ganz anderen Sinn.

Wie selbstverständlich fasste Justus ihre Schultern. Sie lehnte den Kopf zurück in die Kuhle an seinem Hals. Ihr Nacken berührte seine Haut, es fühlte sich vertraut an.

»Was hast du vorhin gedacht, Rosalie? Du hast so herrlich verträumt in den Himmel geguckt.«

Die Geschwindigkeit, mit der sie sich nach dem Ausräumen des Missverständnisses um Antje an Justus angenähert hatte, erschreckte Rosalie ein wenig. Noch wollte sie das Wort ›verliebt‹ nicht ganz zulassen, aber es drängte sich mehr und mehr vor. Sie meinte, seinen Duft erschnuppern zu können, gemischt mit dem Geruch des Meeres.

»Dass ich früher einmal Designerin werden wollte«, sagte sie zu ihrer eigenen Überraschung und setzte sogar nach. »Anders: Dass ich eben nicht Designerin geworden bin, aber mir das Ausleben meiner Kreativität immer gefehlt hat und ich diesen Traum immer noch wahr machen möchte. Lach mich bitte nicht aus.«

Dass der Wunsch in ihrem Herzen verblieben war, hatte sie weder vor ihrer Mutter noch später vor Marion geäußert, auch nie vor Egbert. Sogar ablehnend hatte sie damals reagiert, als sie nach der Entscheidung mehrfach von Ulla darauf angesprochen worden war. Nicht mal sich selbst gegenüber hatte sie es sich im Laufe der Jahrzehnte eingestanden. Ein Geheimnis, das in den Falten zwischen Ehe, Kinder und Alltag in all der Zeit seit ihrer Jugend geschlummert hatte.

Es stimmte nicht ganz. Im ersten Jahr nach ihrer Hochzeit hatte sie Egbert bei einem und in Folge mehreren Kölsch davon vorgeschwärmt. Aber sie erinnerte sich nicht mehr, wie er darauf reagiert hatte.

Warum aber hatte sie eben ihr Wunschkästchen aus den Tiefen ihres Seelenmeers geholt und gerade vor Justus geöffnet? Viel rascher, als Rosalie es für möglich gehalten hatte?

Der Grund war vielleicht ungerecht ihren Lieben gegenüber

und sogar etwas banal, aber dennoch ausschlaggebend. Beim Picknick am Rastplatz, zwischen Vogellärm, einem Schluck Limonade und einer Friesenwaffel, als Rosalie Justus von Köln und ihren Minijobs berichtet hatte, hatte er einfach zugehört, ohne einen einzigen Ratschlag abzugeben.

»Ich würde dich nie auslachen, Rosalie.« Justus zog sie jetzt enger an sich. »Nach meinem Abi habe ich mir eine Auszeit von einem Jahr gegönnt, um mit zwei Freunden nach Berlin zu ziehen und es als Musiker zu versuchen.«

Nun musste Rosalie kichern. Sie drehte sich um. »Du flunkerst. Das ist erfunden.«

»Ich schwöre es dir.« Er legte seine Hand auf sein Herz. »Aber ich gebe unumwunden zu, dass man mir den Bandleader wahrlich nicht ansieht. Doch es gab diese Band, dieses Trio. ›The Grains‹ haben wir uns genannt.«

»Wie Körner?« Ihr Kichern wurde lauter.

»Bitte, ja, du darfst dich jetzt über mich lustig machen. Obwohl ich schon was draufhatte.« Er deutete ein Spiel auf einer Luftgitarre an. »Letztlich waren unsere Musiknummern allesamt eher gewöhnungsbedürftig. Es hat trotzdem Spaß gemacht. Einen unserer Songs hat man sogar im Inselradio gespielt. Und das nur, weil mein Vater damals in einer Beratungssendung interviewt wurde und sich die Musiktitel aussuchen konnte. Er war Psychotherapeut, ist längst im Ruhestand.«

»Es gibt ihn also noch, den Song?«

»Ja, es gibt ihn. Ich habe ihn digitalisieren lassen. Immer wenn ich denke, Lars, Toni und ich sollten es noch mal versuchen, lass ich ihn über Lautsprecher laufen.« Er tippte mit dem Zeigefinger Rosalies Nasenspitze an. »Aber ich wette, deine modischen Schöpfungen damals waren richtig famos.«

Rosalie zuckte mit den Schultern. »Ich habe keine Ahnung.

Meine Bewerbung für die Designschule in London habe ich nie weiterverfolgt. Somit wurden meine besten Kreationen meine Kinder. Oskar lebt übrigens ebenfalls in Berlin.«

»Großstadt wäre für mich heute unvorstellbar.«

»Ich mag Köln.«

»Köln oder Berlin sind einen Besuch wert, jederzeit. Doch nach zwei, spätestens drei Tagen erfasst mich immer das Heimweh.«

Jetzt strich Rosalie ihrerseits mit ihrer Hand zärtlich über Justus' Wange. »Das hast du bei unserer ersten Begegnung auf der Fähre schon gesagt.«

»Wobei ich auf der Stelle mit dir nach Köln reisen würde, um mich von dir durch alle Ecken deiner Stadt führen zu lassen. Oder wir könnten auch Vorräte einladen und einfach lostuckern.« Er legte den Kopf zur Seite und drückte seine Wange gegen Rosalies Handfläche.

Die Wolken am Himmel über ihr bildeten einen Haufen, der Rosalie an einen Gugelhupf erinnerte.

»Apropos Vorräte: Ich hab richtig Hunger, Justus. Wie ist es bei dir?«

Er fasste ihre Hand. »Ich ebenfalls. Darf ich dich einladen? Ein Glas Rotwein, Queller zum Probieren, danach ein Nudelgericht als Abrundung dieses herrlichen Tags.«

»Ich werde dich einladen, Justus. Durch dich erlebe ich die Insel intensiver, als ich es mir erträumt habe.«

Sie gingen Hand in Hand den Steg zurück Richtung Bollerwagen und Fahrrad. Wieder versetzte Rosalie die Vertrautheit, die zwischen ihnen in der kurzen Zeitspanne entstanden war, in Erstaunen.

Abrupt blieb Justus vor ihr stehen. »Meine liebe Rosalie. Das Seefohrerhus ist sensationell, keine Frage. Aber eben meinte ich, wir könnten als Alternative auch zu mir gehen. Ich bereite uns Nudeln mit einer meiner selbst kreierten Soßen zu, die schmecken nicht schlecht. Dazu kann ich dir einen passablen Wein anbieten. Es klart mehr und mehr auf. Wir könnten uns auf meine Terrasse setzen und zusehen, wie der Mond aufgeht. Die ist schmal, aber für zwei ist Platz genug. Ganz kitschig halten wir erst Händchen, plaudern weiter über unsere Leben und bewundern unseren Erdtrabanten. Dann bleibst du.« Er machte eine Pause. »Über Nacht.«

Ja, wollte Rosalie rufen. Ja, ich will.

Allerdings setzte der Vorschlag eine Flut an Bildern in ihrem Gedächtnis frei. Von ihrer Hochzeit, der ersten Nacht mit Egbert, der Geburt der Kinder bis hin zur tränenreichen Aussprache mit ihm, der Trennung und in weiterer Folge der Zusammentreffen nach der Scheidung.

»Nein!«, stieß sie stattdessen aus, lauter und impulsiver als gewünscht. Sie drückte seine Hand fester, zugleich schob sie ihn ein Stück von sich weg, nur um sich im nächsten Augenblick über diese rasche Absage zu ärgern.

Justus zuckte zurück. »Entschuldige, ich wollte nicht -«

»Es hat nichts, absolut nichts mit dir zu tun«, unterbrach Rosalie ihn. »Nur für mich geht das alles jetzt wirklich zu schnell.«

Eine plötzliche Windböe fuhr zwischen sie, und ein älterer Mann kam mit polternden Schritten den Steg entlang. »Moin, Moin. Justus.«

Das zärtliche Miteinander war endgültig vorbei.

»Moin, Enno.« Justus wandte sich von Rosalie ab. »Lange nicht gesehen.«

»Jo! Die Arbeit und immer die Arbeit. Jeden Tag die Touristen, das nervt«, brummte er. »Ich wollt, es wäre schon wieder Winter.«

»Dann beschwerst du dich, dass nichts los ist.«

Enno hob im Vorbeigehen die Mütze vom Kopf und sprang auf eines der Boote.

Nach einem Gruß zurück setzte sich auch Justus wieder in Bewegung. Rosalie trippelte hinter ihm her. »Justus, ich versuche, es dir zu erklären.«

»Bitte, alles ist gut. Ehrlich, Rosalie. Das war eine dumme Idee von mir. Ich sage sorry«, redete er im Gehen weiter. »Lassen wir das Thema. Genießen wir den Abend, gehen wir ins Restaurant. Danach bringe ich dich wie ein echter Gentleman nach Hause, bis vor die Tür.«

»Ja.« Sie nickte. »Das ist definitiv der bessere Plan für heute, Justus. Damit fühle ich mich wohler.«

»Selbstverständlich. Noch mal sorry.« Er lachte, es klang allerdings etwas bemüht. »Seelöwinnen brauchen ihren Freiraum.«

»Oder machen wir es noch einfacher, Justus: Pizza auf die Hand würde mir reichen.«

Rosalie hatte mit einmal das Bedürfnis, sich wie eine Schnecke in ihr Haus, sprich in die kleine Einliegerwohnung zurückzuziehen. Es galt, die Gefühle zu ordnen.

Justus wurde langsamer und nahm erneut ihre Hand in die seine. »Wie du magst, Rosalie. Ganz, wie du magst.«

Im Weggehen warf Rosalie noch einen Blick auf die Weite des Horizonts. Der Mond zeigte sich bereits am Himmel. Fast voll.

14

Kaum zehn Minuten zu Hause, zog es Rosalie erneut nach draußen.

Die Luft war lau, und Spaziergänger flanierten die Straße entlang.

Justus und sie hatten sich zwei Stück Pizza geholt und sich schließlich auf die runde Bank unter den Baum gesetzt. Der Duft der Rosen von der Hecke gegenüber hatte sich mit dem vom geschmolzenen Käse vermischt. Rosalie war es wie ihre eigene Gefühlslage vorgekommen. Es passte zusammen und auch wieder nicht.

Sie hatten unverfänglich über den Kutter und über Justus' Vater, den Therapeuten im Ruhestand, geplaudert. Zu seinem Sechsundsiebzigsten wünschte er sich auch genau so viele Kerzen auf einer Torte, was Justus für ein unmögliches Unterfangen hielt, wenn man den Kuchen danach auch essen wollte.

»Wie alt bist du eigentlich?«, hatte Rosalie ihn nebenbei gefragt.

Er hatte gelächelt. »In einem Jahr feiere ich mein halbes Jahrhundert.«

Dass er jünger war als sie, hatte sie erheitert und auch ein klein wenig verunsichert. Wobei die drei Jahre zwischen ihnen kein allzu großer Abstand waren.

»Ich bin einundfünfzig«, hatte Rosalie mit mehr Selbstbewusstsein erklärt, als sie empfand. »Bald zweiundfünfzig.«

»Hätte ich nie vermutet, höchstens Mitte vierzig. Aber Alter ist ohnehin unwichtig«, war seine charmante Antwort gewesen. »Sehen wir uns hoffentlich morgen?«

Ein wenig waren ihm die Unsicherheit und auch Enttäuschung über Rosalies vorherige Absage anzumerken.

»Justus«, sie musste einfach wieder lächeln. »Dich hab ich längst fest eingeplant.«

»Wunderbar. Ganz wunderbar.« Zum Abschied hatte er sie diesmal nicht umarmt, sondern ihr zugewinkt.

Nun kreisten ihre Gedanken weiter um den wunderschönen Tag mit Justus und sein Übernachtungsangebot, das sie abgelehnt hatte. Einerseits ziepte es in ihrem Bauch, wenn sie nur an ihn dachte, andererseits war sie froh über ihre Entscheidung.

Inzwischen war die Sonne vollständig untergegangen, der Himmel zeigte am Horizont ein beeindruckendes Farbenspiel in Blau- und Lilatönen. Der Mond kam mehr zur Geltung und machte sich am Nachthimmel breit. Einzelne Sterne leisteten ihm Gesellschaft. Plötzlich schoss Rosalie die Idee eines silbernen Accessoires durch den Kopf, eine Stulpe, die man über den Ellbogen ziehen könnte.

Kaum hatte sie ihre Kreativität zu neuem Leben erweckt, drängte sich die alte Leidenschaft in den Vordergrund. Es kam ihr vor, als hätten die Ideen über die Zeit in ihr geschlummert, einem Dornröschenschlaf gleich, und nur auf den richtigen Moment gewartet, herausgelassen zu werden.

»Rosalie?«

Eine Stimme holte sie aus ihren Gedanken. Sie drehte sich zur Seite und entdeckte Lorenz Vongooßen, der mit einem Lastenfahrrad unterwegs war und neben ihr angehalten hatte. Der Anhänger war voll mit Kartons, die mit Schnüren gesichert waren.

»Hallo, Lorenz.«

»Das is ja eine Überraschung. Servus. So spät allein draußen?«

»Es ist so schön, da kann man nicht gleich ins Bett.« Sie schüttelten sich die Hände. »Und du? Transportierst du Ware?«

Er stieg vom Rad und umrundete den Anhänger. »Du hast es erraten. Heute war ein Supertag im G'schäft. Da brauchen wir von einigen Sachen Nachschub. Die Netterlings, die gegenüber von der Wetterschutzhütte wohnen, haben uns ihre Doppelgarage als kleines Warenlager vermietet. Meine Irmi hat ein unfassbares Gespür dafür, was bei uns gut läuft. Sie irrt sich so gut wie nie. Und die Bestellungen bis auf die Insel dauern, vor allem die Sachen aus Österreich. Da braucht man schon eine Reserve.«

»Sehr vorausschauend.«

»Aber auch anstrengend. Leider reicht der Platz oft nicht. Wir hatten schon in unserem Heim oben an die fünfzig Kisten extra. Das war ein Bahö, kann ich dir sagen.«

Während sie verständnisvoll nickte, versuchte Rosalie, sich vorzustellen, wo überhaupt in der Wohnung der Vongooßens noch Freiraum für Kisten sein mochte. »Glaube ich dir.«

Die Straßenlaternen gingen an. Die Anzahl der Spaziergänger hatte sich minimiert. Es war Zeit, in die Wohnung zurückzukehren. »Ich sage Gute Nacht, Lorenz.«

»Warte, ich hab was für dich.«

»Was denn?«

»Ein Geschenkerl, das ich dir eh schon längst geben wollte.«

Rosalie wehrte ab. »Nicht doch. Ich hab heute schon eine Kappe bekommen mit Nackenschutz.«

»Aber geh. Von wem denn? Vom Theo Meisner?«

»Nein, von einem Bekannten.«

»Ach so.« Lorenz wartete etwas ab, ob Rosalie ihm mehr erzählen wollte, schließlich fuhr er fort: »Der Zufall hat uns zusammengeführt, jetzt kommst du uns nicht mehr aus, liebe Rosalie. Die Irmi hat eh schon mit mir geschimpft, weil ich dein Präsent nicht an unserem gemeinsamen Abend aus dem Lager geholt habe. Heute passt es wie gespuckt, weil ich ohnehin mehrere Neue mit dabeihab.«

»Du machst es aber spannend.«

»Gleich bin ich fertig. Es wird Irmi freuen, wenn ich ihr von unserer Begegnung erzähle. Komm, wir gehen die paar Schritte unter die Laterne ins Licht.«

Lorenz schob das Rad ein Stück nach vorne, und Rosalie folgte ihm. Er löste eine der Befestigungen und hob einen Karton heraus, stellte ihn auf den Fahrradsitz. »Für deine schöne Anregung mit der Muschel hast du gar nix gekriegt, Rosalie. Zeit wird's.«

»Ihr habt mich doch zum Essen eingeladen. Plus einen Rabatt auf meinen Friesennerz. Das genügt.«

»Genügt eben nicht.« Mit einem Griff in die Hosentasche holte er ein Taschenmesser heraus, öffnete den Karton.

Rosalie überlegte bereits, wohin sie das Püppchen stellen sollte, das sie mit Sicherheit von dem Österreicher in die Hand gedrückt bekommen würde. Oder er würde ihr einen von den Teddybären schenken.

»Augen zu«, rief Lorenz. »Streck die Handerl aus. Also, die Hände, auf Deutsch gesagt.«

Rosalie gehorchte wie ein braves Mädchen und nahm das Geschenk zwischen ihre Finger.

Der Gegenstand war ganz sicher keine Puppe und auch kein Teddy. Es fühlte sich mehr wie ein Buch an. Allerdings ein großes Buch. Nun tippte sie auf einen Bildband, möglicherweise von Wien.

»Lass die Augerl zu, es gibt einen Nachschlag.«

Das zweite Teil war ebenfalls eckig, aber länglicher. Rosalie fühlte Papppapier unter ihren Fingern, und einzelne Teile bewegten sich darunter leicht.

»Rate!« Lorenz hatte hörbar Spaß am Geschenkeverteilen.

Rosalie schüttelte den Kopf. »Keine Ahnung. Ein Buch und dazu ein Heft? Oder zwei Schachteln in unterschiedlichen Größen?«

»Nein und nein.« Sie konnte hören, dass er sich amüsierte. »Es is nix zum Lesen, nix zum Anziehen und nix zum Essen und schon gar kein Staubfänger aus Porzellan. Aber es passt zu dir wie ein Deckel auf einen Topf.«

Die Neugier hatte Rosalie nun voll gepackt. Sie öffnete die Augen, und im ersten Moment war sie sprachlos.

»Was sagst du?« Lorenz schnalzte mit der Zunge und zwirbelte eine Seite seines Schnurrbarts in ungeahnte Höhen. »Is es das Richtige?«

»Es ist … perfekt.« Rosalie schluckte. Ein wenig Rührung kam zu der Überraschung hinzu. »Es ist genau das, was ich mir seit Tagen schon selbst kaufen wollte.«

»Siehst du, wir Vongooßens, allen voran die Irmi, haben ein Gespür für die Bedürfnisse von Kunden. Bei Menschen, die wir mögen, umso mehr. Also kann ich der Irmi mitteilen, dass du hingerissen bist.«

»Ja, das kannst du.« Rosalie betrachtete fasziniert die beiden Dinge in ihren Händen. »Die werde ich so bald wie möglich einweihen.«

Lorenz verstaute den Karton wieder im Anhänger. »So soll es sein. Einen kreativen Schub wünsch ich dir, Rosalie.«

»Danke schön.«

»Nix zu danken. Servus. Oder Moin, Moin, wie es auch mitten in der Nacht hier heißt.«

Er schwang sich aufs Fahrrad und verschwand in den Abend hinein. Seine Glatze, die unter dem Licht der Laterne aufschimmerte, machte für Sekunden dem fast vollen Mond Konkurrenz.

Rosalie stand noch ein paar Minuten mit den beiden Geschenken in den Händen.

Ein Skizzenblock und Buntstifte. Damit hatte sie nicht gerechnet.

15

Warum die Farbe, für die sich Rosalie bei den Buntstiften zuerst entschied, ein Lila war, konnte sie nicht sagen.

Kaum zurück in der Wohnung, hatte sie sich an den Küchentisch gesetzt, vor sich die Geschenke ausgebreitet. Die weiße Leere des Skizzenblocks hatte sie förmlich angelacht. Schien sie sogar zu ermuntern, keine Zeit mehr zu verlieren.

Rosalie griff sich also den lila Stift, atmete und startete durch. Eine erste zarte Welle erschien auf dem Papier. Oder war es ein Blatt? Rosalie konnte sich nicht festlegen. Der zweite Teil wurde kräftiger und länger in seiner Form. So auch der dritte. Übereinandergezeichnet ergaben die Wellen oder Blätter eine aufgehende lila Sonne. Vielleicht auch eine Blüte, die durch einen Sonnenstrahl geweckt wurde.

Ein Krokus. Klang banal, wirkte auf dem Papier jedoch elegant.

Mehr Schattierungen im Lila folgten. Sie mischte die Farbe mit einem Blau, dann mit Rot, schließlich ganz dunkel mit Schwarz. Dazu sollte bei der Ausführung später jedes Element aus einem anderen Stoff genäht werden. Samt für die dunkle Schwere, Chiffon für die helle Leichtigkeit und Seide für einen Schimmer Luxus.

Wieder war es das einfache Kleid, das Rosalie imaginierte. Hellgrau oder ein zartes Gelb, möglich auch andere Pastellfarben. Dazu dieses Teil auf einer der Schultern. Wenn die Trägerin stand, erschien es wie eine Blume im Sonnenlicht, bei Bewegung würden die einzelnen Blätter verspielt rutschen und sich verschieben.

Rosalie zeichnete und malte, mischte und fügte hinzu. Es war berauschend. Zufriedenstellend. Genussvoll. Fantastisch.

So viele köstliche Adjektive fielen ihr zu dem Vorgang des kreativen Flows ein, der sie wie eine Welle überrollte. Warum hatte sie so lange gebraucht, ihre Fantasie zu Papier zu bringen? Dabei war es egal, ob sie überhaupt jemandem diesen Entwurf zeigen würde oder ob die Zeichnung in einer der Schubladen verschwinden würde, in die man seine kleinen Träumereien ablegte. Was zählte, war das Jetzt.

Zwei Wochen und ein Tag Amrum, dachte Rosalie, und Ewigkeiten von meinem alten Leben entfernt.

»Krokus im Frühling meiner Herzensinsel«, schrieb sie über ihre Kreation. Dann ging sie endgültig zu Bett. Sie schlief traumlos bis zum nächsten Morgen.

III

LACHMÖWENWALZER

I

»Moin, Moin und willkommen zu einer ganz besonderen Reise in die Vergangenheit Amrums. Taucht mit mir ein in die Welt der Walfänger und Kapitäne, die mit ihren Familien vor 300 Jahren auf der Insel lebten und zur See fuhren. Lasst euch von den sprechenden alten Grabsteinen über die Welt von damals erzählen. Historisch und packend.«

Die ältere Frau, die ihre Stimme über die Touristengruppe schallen ließ, kam Rosalie bekannt vor.

»169 Grabsteine wurden in mühevoller und liebevoller Handarbeit restauriert. Über eine lange Zeit hinweg haben diese steinernen Zeugen der Vergangenheit auf dem Friedhof unseres Friesendorfs ihr Dasein gefristet. Stark verwittert, beschädigt und kaum noch lesbar, einige sogar schon zerfallen. Ich werde euch durchführen und euch von dem Schicksal und dem Alltag der einen oder dem anderen berichten. In den Geschichten leben sie weiter.«

Der letzte Satz wurde von einer Böe begleitet, die durch ein Buschwerk neben einem der historischen Grabsteine hindurchsauste und einen Laut erzeugte, der wie ein Ächzen klang. Rosalie bekam eine Gänsehaut und rieb sich über die Oberarme.

»Alles gut, Rosalie?«, fragte Justus, der neben ihr stand. »Hältst du dem Wind stand?«

Die steife Brise pfiff Rosalie fast schon wie gewohnt um die Ohren. Mit einer Hand presste sie die Kappe fest an ihren Kopf, die ihr heute Morgen bereits einmal davongesegelt war. Zu ihrer Verwunderung trug die ältere Frau, die die Führung übernommen hatte, einen Hut, der sich im Wind keinen Millimeter zu bewegen schien.

»Ich hab unsere Fremdenführerin schon einmal getroffen.« Während Rosalie überlegte, sah sie zur St.-Clemens-Kirche hin, und es fiel ihr wieder ein. »Als ich an einem der ersten Tage in der Kirche eine Kerze angezündet habe, war sie da.«

»Kerze?«

»Für meinen verstorbenen Ziehvater. Das mache ich immer, wenn ich in einer Kirche bin. Sie und Lisa waren es, die mich zum Fetzenpupperl geschickt haben, damit ich mir dort die Jacke kaufe.«

»Eine gute Idee.« Justus blickte zum wolkenverhangenen Himmel hoch. »Aber heute wird's noch richtig warm. Nach dem Wind kommt die Schwüle.«

»Irrst du dich denn nie, was das Wetter betrifft?« Sie sah nach oben. Die Wolken huschten eng gedrängt über den Himmel und ließen keinen Sonnenstrahl durch.

»Ich bin ein Experte, was Vorhersagen anbelangt. Wollen wir wetten, Rosalie?«

»Ich wette nie, Justus. Somit hab ich auch nichts zu verlieren.«

»Eine interessante Einstellung. Trotzdem prophezeie ich dir, dass du in den nächsten Stunden wieder richtig ins Schwitzen kommen wirst.«

Ein Mann vor ihnen drehte sich um und legte seinen Zeigefinger an die Lippen.

Justus nickte ihm zu und fasste nach Rosalies Hand. Seine Finger zu spüren, die sich fest um die ihren schlossen, stimmte sie froh. Auch dass er hier mit ihr stand und sich unter die Touristen mischte, obwohl sie ihn gestern quasi abserviert hatte, machte ihn ihr noch ein Stück weit sympathischer. Wenn das überhaupt möglich war.

»Nehmen wir hier diesen Stein«, fuhr die ältere Frau fort. »Wie ihr der Inschrift entnehmen könnt, ruht hier der jüngste Sohn des Ehepaars Wögen Clemten und dessen Frau Tehr. Alle Söhne dieser Familie fuhren auf Walfang. Weiter geht's.«

Die Gruppe wechselte von einem zum anderen Grabstein, und die nächste Erzählung begann.

Rosalie war von den Überlieferungen fasziniert. Die Steine zeigten das Schicksal der Inselbewohner, die im 17. und 18. Jahrhundert hier gelebt, gearbeitet und geliebt hatten.

Gegen Ende des Rundgangs beugte sich Justus ganz nah an Rosalies Ohr. »Ich brauche einen Kaffee und was zwischen die Zähne. Auf zu Claussens Bäckerei.«

Seine Koteletten kitzelten auf ihrer Haut, es fehlte nur eine winzige Drehung ihres Kopfs, und sie hätte ihn küssen können. Zwar fand sie ihre Entscheidung, nicht die Nacht bei ihm und mit ihm verbracht zu haben, immer noch richtig, aber den Wunsch, mehr mit Justus zu erleben als bloßes Sightseeing, konnte sie nicht mehr leugnen.

Er zog sie noch vor der allgemeinen Verabschiedung von der Gruppe fort und zurück auf die Straße. Der Wind kam von hinten und schob sie sanft in die richtige Richtung. Händchen haltend schlenderten sie voran, was Rosalie mehr genoss, als sie vor sich selbst zugeben wollte. »Die Grabsteine sind ein beachtliches Stück Geschichte. All diese Lebensläufe.«

»Für einen der Steine hat auch meine Familie, die Mertens, die Patenschaft übernommen.«

»Habt ihr einen Stammbaum, der auch so weit in die Vergangenheit reicht?«

Er schüttelte den Kopf. »Nein. Meine Familie ist keine der Alteingesessenen. Mein Urgroßvater mütterlicherseits hat in Kiel gelebt, ebenso mein Opa und dessen Bruder. Zwei meiner Cousins sind heute noch dort und betreiben eine Firma für Sicherheitstechnik. Meine Mutter lebt wieder dort, wie ich dir bereits erzählt habe. Mein anderer Opa Lars, der Vater meines Vaters, hat sich in eine Frau von Föhr verliebt. Niedergelassen haben sie sich in Niebüll, wo auch mein Papa groß geworden ist. Als mein Vater mit seinem Studium fertig war, wurde ihm eine Stelle in einer Praxisgemeinschaft auf Amrum angeboten, die er angenommen hat. Ich war gerade mal ein paar Monate alt, als wir auf die Insel zogen. Also bin ich nicht hier geboren, aber verwurzelt. Nach der Trennung meiner Eltern war ich sozusagen ein Pendlerkind zwischen Kiel und Amrum und bin nach meinem eigenen Abschluss ganz hierher zurückgekehrt. Ich fühle mich als Insulaner, bin aber in Wahrheit eine Mogelpackung.« Lächelnd drehte er den Kopf zur Seite. »Und weil ich wie ein Wasserfall geredet habe, damit du zumindest die Kurzversion meiner Familiengeschichte kennenlernst, sind wir auch schon an unserem Ziel. Du bist an der Reihe.«

»Über meine Kinder hab ich ja schon einiges erzählt. Ich selbst bin in Nettersheim aufgewachsen, habe mit meinem Ex-Mann in Stommeln gelebt und meine Zelte seit der Scheidung in Köln aufgeschlagen. Wobei ich zwischen Auszug bei meiner Mutter und Heirat schon in der Domstadt gewohnt habe. Ich mag Köln.«

»Warum die Kerze für deinen Ziehvater?«

»Papa Peter, wie ich ihn genannt habe, ist leider zu früh gestorben. Wir trauern immer noch, obwohl es schon über ein Jahrzehnt her ist. Meine Mama hat aber wenigstens wieder einen Freund.«

»Das hört sich gut an.«

»Ich bin froh darüber.«

»Wie lange bist du bereits getrennt?«

»Über ein Jahr, geschieden nicht so lange.«

»Liebst du ihn noch?«

Die Frage kam überraschend. Ja, dachte Rosalie, ein Stück weit. Aber mit Nein zu antworten, fühlte sich ebenso richtig an. »Ich weiß es, ehrlich gesagt, nicht.«

»Manche Beziehungen treiben nach dem Aus noch auf den Wellen wie Flaschenpost, hat meine Mutter mir gesagt. Und manche gehen einfach unter wie Steine.« Justus zupfte an seinem linken Ohrläppchen. »Ich hab das Gefühl, bei dir schwimmt noch einiges auf der Wasseroberfläche, oder?«

Darauf wollte Rosalie nicht direkt antworten. »Du meinst wegen der Übernachtung, die ich ausgeschlagen habe.«

»Kein Wort mehr darüber. Ich bin vorgeprescht, was ein Fehler war. Ik mei di rocht hal liis.«

»Das heißt?«

Übersetze ich dir ein anderes Mal.« Er drückte sie an sich. »Morgen allerdings wirst du mich führen müssen.«

»Wie meinst du das?«

»Morgen ist Vollmond und Walzernacht. Vielleicht werde ich vorher zum Werwolf, dann habe ich eine Ausrede, wenn ich dir auf die Füße trete.«

»Was, wenn ich stattdessen zur Vampirin werde und dich beiße?«

Sie brachen in lautes Gelächter aus, und am Ende küsste Justus Rosalie auf die Stirn. Es schmatzte, und ihr Lachen ging in ein Kichern über. »Hoffentlich können wir dann den Mond beobachten. Vollmond über dem Meer stelle ich mir bombastisch vor. Ist es nicht so, Justus?«

»Das ist es. Dazu gibt es auch eine Springflut. Weil Sonne, Mond und Erde in einer Linie stehen. Dadurch addieren sich die Anziehungskräfte, und es entsteht eine höhere Tide. Nicht spektakulär, aber interessant.«

»Wow! Das klingt für meine Ohren spannend.«

»Ich will ein wenig angeben mit meinem Wissen, das ist alles.« Er warf lachend einen Blick auf sein Handy. »So, eine halbe Stunde kann ich dir noch schenken, dann muss ich auf die Fähre. Die Arbeit hat gerufen, sprich, Sylt hat sich gemeldet. Leider. Die Tagungsvorbereitungen konnten doch noch nicht ganz abgeschlossen werden und halten mich nach meiner kleinen Auszeit zumindest heute wieder auf Trab. Zum Glück fährt letztendlich mein Stellvertreter hin. Das ist das Privileg eines Verwaltungsleiters, dass er auch delegieren kann.«

»Worum geht es dabei? Oder bin ich zu sehr Laiin, um es zu verstehen?«

»Ganz und gar nicht. Es geht um die Inselkliniken und deren Zusammenarbeit, die sich auf gewissen Gebieten der Verwaltung durch die Digitalisierung ändern muss. Die Einrichtung von gemeinsamen Clouds und einer Vereinheitlichung der Datenbanken.«

»Jetzt hört es sich schon mehr nach Vorträgen an, die auch langweilen können.«

»Wenn mein Kollege zurück ist, wird er sich besser auskennen als ich. Ich lerne damit ihn als meinen Nachfolger an. Irgendwann will ich bloß noch schippern, segeln und mich ehrenamtlich um die Belange der Inseln kümmern.«

»Eine wunderbare Zukunftsaussicht, Justus.«

»Zuerst aber das Naheliegende. Antje kommt hierher und sammelt mich auf. Lass uns einen Kaffee und ein Teilchen auf die Hand nehmen, Rosalie. Wir setzen uns auf eine Bank und halten unsere Nasen in den Wind.«

»Okay. Den Kaffee und die Teilchen gebe ich aus.«

»Oh, hat dich Theo Meisner ausbezahlt?«

»Nein, aber du warst schon öfter auf dem Friedhof bei den Grabsteinen und heute ganz allein meinetwegen mit dabei.«

»Rosalie, ganz ehrlich? Ich war bereits überall auf Amrum viele Male. Aber mit dir erlebe ich es noch mal neu und anders. Das gefällt mir.«

Mit einem Griff zog Justus Rosalie die rote Kappe tiefer in die Stirn. Dann legte er einen Finger unter ihr Kinn und hob ihren Kopf an. Sein Blick fixierte sie. Langsam kam er ihrem Gesicht näher.

Jetzt, jetzt küsst er mich – auf den Mund …

Rosalie spürte das Kribbeln, intensiver diesmal, das von ihrem Nacken über ihren Rücken lief. Sie schloss die Augen und fiel in der Zeit zurück. Plötzlich war sie wieder dreizehn, noch sieben Jahre von der Begegnung mit Egbert entfernt. Dreizehn war auch ihr Schwarm, Luis aus der Parallelklasse. Im Pausenhof, in einer Ecke, die wegen einer ausladenden Buche so gut wie nicht einsehbar war, war es passiert. Sie hatten Testergebnisse ausgetauscht, aber eigentlich dabei mehr herumgealbert, als sich ernsthaft zu unterhalten. Luis hatte Rosalie zu seiner Geburtstagsparty eingeladen, sie hatte Ja gesagt. Danach war sie es gewesen, die sich zu ihm vorgebeugt und ihn auf die Lippen geküsst hatte. Ein unbeholfener erster Kuss, den er nur zögerlich erwidert hatte. Drei Monate waren sie »miteinander gegangen«, wie es so schön hieß.

Nach Luis hatte es noch Tommi und Lukas gegeben, mit denen sie Küsse und einiges mehr ausgetauscht hatte. Christian war schließlich ihr erster Liebhaber geworden, bevor Egbert auf der Bildfläche erschienen war, um fast dreißig Jahre zu bleiben.

Bis zu Justus. Seine Lippen würden nach Meer schmecken, das wusste Rosalie.

»Juhu, Justus!«

Rosalie blinzelte. Justus' Finger berührten noch ihr Kinn, aber sein Kopf war bereits wieder ein Stück von ihrem entfernt. Seine Hand ging nach oben, und er winkte jemandem hinter Rosalie zu.

»Hallöchen, ihr zwei.«

Rosalie drehte sich und erblickte Antje, die mit einem Grinsen auf sie zukam. »Ich hab dran gedacht und ein leicht zu backendes und flottes Friesentortenrezept für dich dabei, Rosalie.«

Noch nie hatte sich Rosalie weniger für eine Torte interessiert als in diesem Augenblick.

2

Nachdem sich die beiden aufgemacht hatten, führte Rosalies Weg sie direkt wieder zum Strand. Der Anblick von Kniepsand und Wellen entschädigte sie für die Unterbrechung der Zärtlichkeit zwischen ihr und Justus. Eine Weile sah sie verträumt auf das Wasser und dem Wolkenspiel zu. Mit all ihren Sinnen genoss Rosalie den Nordseecharme.

Kaum zu glauben, wie rasch sich ihre Befindlichkeiten verbessert hatten. Sie hatte den Tag, an dem sie völlig fertig an der Tür nach unten gerutscht war, überfordert vom Alltag, gut in Erinnerung. Kein Vergleich zu heute. Und sie sah sich noch auf der Fähre stehen und bibbern. Es schien, als hätte ein frierendes Röschen das Festland verlassen, um mehr und mehr zu einer prächtigen Rose aufzublühen. Die Überfahrt, auf der sie Justus getroffen hatte. Ihn und die Lachmöwen. Dann die zweite Begegnung am Strand. Zufall oder Schicksal? Seine Finger vorhin, die ihre umschlossen. Seine Umarmung. Wie er sie ansah, wie er mit ihr redete, all das würde sie nicht mehr missen wollen.

Wie er wohl sein würde, Justus' Kuss?

Röschen, jetzt mal Butter bei die Fische, du weißt schon, dass du dich längst verliebt hast.

Die Mama-Ulla-Stimme unterbrach Rosalies Fantasie in ihrer trockenen, vernünftigen Art.

Rosalie wollte sofort widersprechen, aber ihr fehlten die Argumente. Mit der Kreativität und der neuen Leichtigkeit, die sie in diesen Tagen am Meer wiederentdeckt hatte, waren auch andere unerwartete Emotionen hochgeschwappt. Wenn sie ein Bild für ihre Gefühle gebraucht hätte, dann das eines Schiffwracks, das bei einem Tauchgang entdeckt worden war und seine längst vergessenen Schätze wieder freigab.

Sie betrachtete ihre rechte Hand, an deren Ringfinger noch vor einem Jahr ihr Ehering angesteckt gewesen war. Seit der Scheidung lag er, gut verstaut, in ihrer Schmuckschatulle im Schrank in Köln. Doch wie er sich an ihrem Finger angefühlt hatte, konnte sie immer noch spüren.

Für Elise setzte ein. Ihr Ex-Mann musste es gespürt haben, wie sich ihr Denken zwischen ihm und einem neuen anderen Mann hin- und herbewegte, doch im Moment wollte sie nicht mit Egbert sprechen. Das Musikstück erklang eine Minute, dann sprang die Mailbox an. Er hinterließ keine Nachricht.

Wenn Beethoven zu Egbert passte, welchen Klingelton würde sie für Justus verwenden?

Die Entscheidung fiel noch rascher, als sich die Beziehung zwischen ihr und Justus intensiviert hatte.

Chasing Cars von Snow Patrol.

If I lay here
If I just lay here
Would you lie with me and just forget the world?

Von Marion war Rosalie 2015 zu einem Konzert der Band eingeladen worden. Ein traumhafter Abend.

Mit all den anderen hatten sie Feuerzeuge geschwenkt, als der Hit erklungen war, und dem Frontman Gary Lightbody zugejubelt.

Doch Rosalie wusste noch genau, dass sie zwar mitgesungen, sich aber bei dem Text niemanden Bestimmten an ihrer Seite vorgestellt hatte. Schon damals nicht mehr Egbert.

Wenn ich hier liege, wenn ich nur hier liege – würdest du bei mir liegen und einfach die Welt vergessen?

Nun, eine kleine Ewigkeit später, gab es jemanden, den sie mit diesem Liedtext verbinden konnte. Sie suchte den Titel, lud ihn herunter und verknüpfte ihn mit Justus' Nummer.

Auch dabei funktionierte das nonverbale Denken an den jeweiligen Mann. Nur ein paar Minuten später meldete sich ihr Mobiltelefon mit genau diesem Song. Justus' Name schien auf dem Display auf. Diesen Anruf nahm Rosalie wie selbstverständlich an.

»Ich bin in meinem Büro angekommen und kann mich nicht konzentrieren«, meinte er mit einem Schmunzeln. »Du bist der Grund.«

»Was soll ich darauf antworten, Justus?« Rosalie vergrub die rechte Hand im Kniepsand.

Ein Räuspern von ihm folgte. »Schon wieder presche ich vor und überrumpele dich.« Er senkte seine Sprechlautstärke. »So bin ich eigentlich nicht. Sonst wäge ich ab, überlege, mache nach vier Schritten nach vorne fünf wieder zurück. Ich rede auch nicht so viel. Glaub mir, ich gehöre wahrlich nicht in die Kategorie Womanizer, wie es vielleicht nach dem Molenfest den Eindruck auf dich gemacht hat.«

»Schon okay. Ich hab gerade ebenfalls an dich gedacht, Justus.«

»Wirklich? Bei dir ist alles irgendwie anders. Wenn ich ehrlich bin, bin ich von mir selbst überrascht.«

»Geht mir ähnlich.« Ihre Finger bewegten sich im Sand, Rosalie musste an die Wattwürmer denken. »Lass uns behutsam, aber stetig weitermachen, Justus. Pass auf: Bei jedem Treffen lüften wir jeder etwas über uns. Ein Geheimnis oder eine Neuigkeit oder einfach ein komisches Alltagsritual. Was meinst du?«

»Ich kann mich nur wiederholen, Rosalie: Ik mei di rocht hal liis.«

»Jetzt musst du es mir aber übersetzen, Justus.«

Wieder das Räuspern. »Ich mag dich sehr.«

Sie schwiegen beide.

Im Hintergrund war bei Justus ein Klopfen zu hören. »Ich muss, Rosalie. Lass dich sanft aus der Ferne umarmen. Morgen ist Vollmond.«

Ja, ich mag dich auch. Setzte Rosalie in Gedanken hinzu.

If I lay here
If I just lay here
Would you lie with me and just forget the world?

Wenn ich hier liege, wenn ich nur hier liege – würdest du bei mir liegen und einfach die Welt vergessen?

Rosalie summte.

Ja, sie war verliebt. Daran ließ sich nicht mehr rütteln.

3

Das Wetter machte einen erstaunlich schnellen Umschwung. Ganz so, wie Justus es vorhergesagt hatte. Statt Wind und Wolken zeigte sich die Sonne. Der Friesennerz in Rosalies Fahrradkorb war bisher vollkommen unnötig gewesen, und sie benutzte ihn stattdessen zusammengefaltet als Sitzkissen.

Je länger der Nachmittag voranschritt, desto windstiller und drückender wurde es. Selbst das stetige Lüftchen am Strand brachte bald keine Abkühlung mehr. Genau jetzt wäre der richtige Zeitpunkt gewesen, ins Wasser zu springen, aber aufgrund des trüben Wetters am Morgen hatte Rosalie keine Badesachen mitgenommen. Inzwischen leisteten die Sonnenstrahlen ganze Arbeit, Rosalie konnte die Schweißtropfen überall auf der Haut fühlen.

Sie beschloss, zu ihrem Domizil zurückzukehren, den Badeanzug anzuziehen, sich ein Handtuch zu schnappen und endlich ihren Sprung in die Nordsee wahr zu machen. An der Einliegerwohnung angekommen, ließ sie sich erst mal unter den Baum auf der Rundbank nieder. Dort war es angenehmer und kühler.

Kaum hatte sie Platz genommen, kam Marlene mit Marwin aus dem Haus.

»Moin, Rosalie.« Die rundliche Frau gesellte sich zu Rosalie in den Schatten. Weil sie einen Kopf kleiner war, wirkte der Hund neben ihr noch riesiger. Marwin hechelte, es war ihm deutlich anzusehen, dass er die Hitze schlecht vertrug.

»Moin, Marlene. Und hallo, mein Kleiner.« Rosalie tätschelte Marwins Kopf. Er wedelte und sabberte, alles zur gleichen Zeit und mit großem Enthusiasmus. »Du Armer kannst deinen Fellmantel nicht ausziehen.«

Marlene fächelte sich mit der Hand Luft zu. »Puh, ja, ziemlich warm. Dass die Temperatur heute so in die Höhe geht, hat mit der Windstille zu tun. Nach den Böen am Morgen kein laues Lüftchen mehr. Kommt eher selten vor. Der Wetterdienst hat vor einem Gewitter am Abend gewarnt.«

»Ich werde den Tag mit Faulenzen verbringen, glaube ich. Solltest du auch, Marlene.«

»Später, wenn ich mein Tagespensum erledigt habe. Was ist mit dir und Theo? Ich hab mich schon gewundert, weil du nicht bei ihm im Haus warst.«

»Er hat mir geschrieben, dass er mich auch heute nicht braucht. Dabei hätte ich nichts dagegen, selbst wenn ich mir wieder einen Vortrag anhören muss. Er hat mir bereits ein langes Wochenende freigegeben. Mir fehlen noch einige Stunden von letzter Woche.«

»Die Finanzreferate.« Marlene verdrehte die Augen. »Mein Mann lässt sich manchmal darauf ein, weil er hofft, dabei ein paar gute Tipps zu erhalten. Bei dir dachte ich eher, dass du ihm bei Spaziergängen und Literaturgesprächen Kojo ersetzt.«

»Das wäre mir sehr viel lieber, aber er ist der Boss und bestimmt.«

Marlene setzte sich. Rosalie fiel zum ersten Mal auf, dass sie meergrüne Augen hatte, wie man sie sich bei einer Nixe vorstellen würde. »Rosalie, darf ich dir etwas über Theo im Vertrauen sagen?«

»Ja, klar. Worum geht es?«

»Ich denke, er ist wieder einmal in einer seiner Austernphasen.«

»Austernphasen?«

»Kojo nennt sie so. Dann igelt Theo sich ein. Geht nicht vor die Tür. Ist schlecht gelaunt. Was in Wahrheit bedeutet, er ist traurig.«

Rosalie war Theo zwar stets arrogant und zugeknöpft vorgekommen, aber nicht depressiv. »Muss ich mir Sorgen machen?«

»Kojo macht sich welche. Er hat mich gestern aus Ghana angerufen. Theo wäre wohl sehr einsilbig gewesen bei ihrem letzten Chat. Nicht mal Marwin heitert ihn auf.«

»Oh, das tut mir leid.«

»Das ist auch einer der Gründe, warum Kojo Gesellschaft für Theo wollte, wenn er die Wochen nicht bei ihm sein kann. Ich kann ihn bekochen, den Haushalt führen, Marwin versorgen. Aber wirklich vertraut bin ich mit ihm die ganze Zeit über nicht geworden. Oder, besser gesagt, er nicht mit mir. Du hingegen hast rasch einen Zugang gefunden, finde ich.«

»Ich? Zu Theo Meisner?« Rosalie sah Marlene erstaunt an. »Leider muss ich dich enttäuschen. Dass ich bleiben konnte, ist nur dem Sturz zu verdanken, den er hatte. Sonst bin ich hauptsächlich die Zuhörerin seiner Vorträge und das Ziel mancher Sarkasmen. Mehr nicht.«

»Da irrst du dich. Ich kenne ihn ja schon länger, und in deiner Gegenwart ist er gelöster als sonst. Allein, wie er dir letztens zugehört hat, als wir zusammengesessen haben und du von deinen Kindern erzählst hast. Und als er mir vom Segelbootzählen berichtet hat, klang er fröhlich wie selten.«

»Das ist ein Trick, oder? Er kann die Anzahl im Strandabschnitt nicht wissen.«

»Dazu schweige ich, liebe Rosalie. Das musst du selbst herausfinden.« Mit einer Seitwärtsbewegung rückte Marlene dicht zu Rosalie auf. »Aber ich habe für heute eine Idee, wenn du mitmachst. Du klingelst, sagst Theo, ich hätte dir Marwin aufgedrückt, weil mich mein Mann angerufen hat und ich schnell nach Hause zurückmusste. Du bittest ihn, dich beim Gassigehen zu begleiten. Sag, bei der Schwüle wäre dir nicht ganz wohl.«

Dass Theo Meisner zu ihr tatsächlich mehr Zutrauen haben sollte als zu Marlene, mochte Rosalie keineswegs glauben. Doch wenn sie dazu beitragen konnte, ihn aus einem Tief zu holen, war sie dazu bereit. »In Ordnung.«

»Geh mit ihm zu einer der Heidekrautflächen von Nebel zur Vogelkoje. Auf die Geest. Er kann die wunderschöne Blüte zwar nicht sehen, aber riechen. Das liebt er sonst immer. Er muss einfach mal an die frische Luft.« Marlene drückte Rosalie Marwins Leine in die Hand und beschrieb ihr die Wegstrecke.

Etwas unsicher war Rosalie trotzdem. »Meinst du wirklich?«

»Einen Versuch ist es wert.«

»Was, wenn er nicht mitkommt?«

»Mit dir wird er, Rosalie, ich bin mir sicher.«

»Ihnen einfach den Hund aufzudrücken finde ich unverschämt von Marlene.«

»Es war meine Idee, weil sie doch nach Hause musste. Ich habe keine Ahnung, was ihr Mann braucht, es klang aber eilig.«

»Ich verstehe immer noch nicht, warum ich Sie begleiten muss, Rosalie. Marwin kennt seine Runde, Sie hätten ihm nur hinterherlaufen müssen.«

»Wie gesagt, mein Plan war, einen anderen Weg zu erkunden, und deshalb war ich mir unsicher. Abgesehen davon macht es zu zweit mehr Freude, finde ich. Außerdem ist mir etwas schwindlig bei der Schwüle, deshalb wollte ich nicht allein los.«

»Sie können es als Arbeitszeit notieren. Ich denke, darauf läuft es hinaus.«

»Wie Sie meinen, Herr Meisner.«

Außer schlechter Laune konnte Rosalie bei Theo Meisner kein Anzeichen einer Depression oder Traurigkeit feststellen. Aber er hatte sich von ihr überreden lassen mitzukommen, wenn auch mit ein wenig Flunkerei. Um die Stimmung zwischen ihnen aufzuheitern, begann Rosalie, von ihren Erlebnissen der letzten Tage zu erzählen. Vom Molenfest, von der Einladung bei Irma und Lorenz. Ihre aufgeflammte kreative Ader und ebenso Justus verschwieg sie allerdings vor ihm.

Langsam blieb ihr tatsächlich die Luft weg, Schwindeln war nicht mehr nötig. Ihr T-Shirt war bereits durchgeschwitzt. Theo Meisner hatte von Anfang an ein rasches Tempo vorgelegt, wie um die Strecke hinter sich zu bringen. Er hatte sich bei Rosalie untergehakt, schwang mit der anderen Hand seinen Blindenstock. Marwin trabte brav und dauerhechelnd an seiner Seite.

Sie waren, wie von Marlene beschrieben, an blühenden Heidekrautfeldern vorbeimarschiert, doch Theo Meisner hatte es abgelehnt, stehen zu bleiben. Rosalie beschloss im Stillen, an einem anderen Tag allein herzukommen.

Inzwischen war die Sonne längst wieder vollständig hinter mehr und mehr Wolken verschwunden. Der Windstille folgten seit ein paar Minuten kräftige Böen, die aber keine Abkühlung brachten. Gut möglich, dass das angekündigte Gewitter früher eintreffen würde. Rosalie wollte für den Fall unbedingt wieder zurück sein.

»Wollen wir umkehren, Herr Meisner?«

Theo Meisner legte endlich einen Stopp ein. »Wo genau sind wir?«

»Ein kurzes Stück bis zu einem roten Haus mit Reetdach.«

»Das ist die Vogelkoje Meeram. Sie diente in den 1930er-Jahren als Entenfanganlage. Wussten Sie das?«

»Nein, Herr Meisner. Enten fangen klingt jedoch für mich nicht gerade freundlich.«

»Keine Sorge. Heute ist es ein Naturparadies für Gänse, Enten, Damwild und viele Wildkaninchen. Um die Koje führt ein Naturlehrpfad vorbei am Kojenteich durch Moorlandschaft und entlang der Dünen. Das Kojenwärterhaus ist zu besichtigen. Nicht mit dem Hund, versteht sich. Aber Sie könnten hineingehen.«

»Ich lasse Sie nicht einfach hier warten.«

»Es macht mir nichts aus. Ich bin gern für mich. Wollte ich eigentlich heute auch den ganzen Tag bleiben. Bis Sie geklingelt haben.«

Wie die dunklen Wolken kam auch Unmut in Rosalie hoch, und das nicht zum ersten Mal. »Ein Gewitter nähert sich, Herr Meisner. Wir täten gut daran, genauso flott, wie wir hermarschiert sind, zurückzulaufen.«

Wie um Rosalies Worte zu unterstreichen, ließ sich in der Ferne ein Donnergrollen vernehmen.

Er lauschte. »Nö. Das verzieht sich.« Dann hob er den Kopf Richtung Himmel. »Weiteres Wissenswertes, Rosalie. Jahrhundertelang galt Amrum als Insel der Frauen. Das lag daran, dass die jungen Männer in Berufen tätig waren, die sie von der Insel wegführten. Man kann richtigerweise behaupten, es waren gefährliche Zeiten. Krankheiten, Stürme, Piraten und Strandungsfälle rafften ganze Schiffsbesatzungen hinweg. Es gab Witwen in jeglichem Alter. Dazu jede Menge Mädchen in heiratsfähigem Alter. Sie umschwärmten damals die Männer wie die Bienen, heißt es in Überlieferungen.«

Erste Tropfen landeten auf Rosalies Kopf. »Sehr spannend, Herr Meisner, aber im Moment fehlt mir die Konzentration fürs Zuhören. Machen wir uns auf den Rückweg, und Sie erzählen später weiter.«

»Es wird kein Gewitter geben. Der Wind treibt es auf das Meer hinaus.«

»Also, ich kehre um.«

»Und ich bleibe.«

»Noch einmal: Ich werde Sie nicht allein lassen, Herr Meisner.«

»Könnten Sie aber. Außerdem würde Marwin mich zurückführen. Ich bin schon ein großer Junge. Los, laufen Sie, Rosalie. Ihre Arbeitszeit ist vorbei. Den Rückweg dürfen Sie drauflegen.«

Wieder einmal war Rosalie mit ihrer Geduld am Ende. »Ein großer Junge, Sie sagen es, Herr Meisner. Das sind Sie. Stur und bockig.«

»Ich habe Sie nicht um Ihre Meinung meinen Charakter betreffend gebeten. Ich nenne Sie auch nicht Florence Nightingale.«

»Wie bitte?«

»Sie sind doch stets für andere da, wenn ich es richtig einschätze nach Ihren ganzen Erzählungen. Ihr Ex-Mann, Ihre Kinder. Nun eben ich. Seien Sie doch froh, dass Ihre Hilfestellung endlich einmal nicht verlangt wird.«

»Herr Meisner, es reicht.« Rosalie machte sich von ihm los und einen Schritt zurück. Sie überlegte, was sie als Nächstes sagen sollte. »Nur, weil Sie traurig sind, brauchen Sie es nicht an mir auszulassen.«

»Ich bin nicht traurig, wie kommen Sie auf diese absurde Idee?«

Im nächsten Moment legte sich Marwin zwischen ihnen auf den Boden, rollte sich auf den Bauch und zog die Pfoten an. Rosalie brach spontan in Lachen aus.

Theo Meisner reagierte irritiert. »Was ist denn jetzt so komisch?«

»Marwin liegt auf dem Rücken und zeigt uns seinen Bauch. Er will gekrault werden und braucht eine liebe Ansprache.«

Nach einer Pause ging Theo Meisner in die Knie und tastete nach dem Hund.

So wie du vielleicht in Wahrheit auch, lieber Theo, dachte Rosalie, sprach es aber nicht aus.

4

Tatsächlich trieb der starke Wind das Gewitter aufs Meer hinaus. Aus den sich gefährlich auftürmenden Wolken wurden helle Wattebäusche, die über den Himmel jagten. Als sie an einer Bank vorbeikamen, hielt Rosalie an. »Fünf Minuten Verschnaufpause für Marwin und mich, Herr Meisner.«

Er nickte und ließ sich zum Sitzplatz führen. Seit sie den Rückweg angetreten hatten, hatte er kein Wort mehr mit Rosalie geredet.

»Es ist wunderschön hier. Das Heidekraut. Die Vögel, die Bienen.« Wie es Rosalies Art war, startete sie als Erste einen Versöhnungsversuch. »Hören Sie und riechen Sie, Herr Meisner. Das alles kann Ihr Herz mit Freude erfüllen.«

Sein Gesichtsausdruck blieb verschlossen.

Ein zweiter Anlauf ihrerseits folgte. »Lassen Sie uns den nächsten Neustart vollziehen. Darin haben wir doch schon Übung. Nicht wahr, Herr Meisner? Oder darf ich Theo sagen? Langsam wird es dafür Zeit, finde ich.«

Sein Blindenstock fiel zu Boden und rollte unter die Bank. Rosalie wollte sich bücken, um ihn aufzuheben, aber er hielt sie mit einem Griff am Unterarm davon ab.

»Rosalie! Ich möchte dir etwas sagen. Oder besser erklären. Ja?«

Es war das erste Mal, dass er sie duzte, was Rosalie innehalten ließ. »Natürlich. Entschuldige, dass ich … Ach, rede einfach.« Und nach einem Zögern fügte sie »Theo« hinzu.

Zuerst atmete er tief ein. Dann ließ er Rosalie wieder los, nahm stattdessen seine Brille ab. Seine Augen starrten auf den violetten Teppich aus Blumen vor ihnen, als könnte er die Pracht tatsächlich sehen.

»Ich höre das Summen und Zirpen, das Zwitschern und Brummen, Rosalie. Marwins Hecheln, deine Atemzüge. In der Ferne das stetige Rauschen der Wellen. Den Wind. Ich rieche das Heidekraut viel intensiver, als du denkst. Süß und schwer, mit einem Hauch von Vanille. Auch die Kiefern mit ihrem harzigen Duft. Und ein so schönes samtiges Grün haben die Nadeln.«

Rosalie überlegte, ob er ihr erneut einen Trick oder, wie er es nannte, eine Erstaunlichkeit vorführen wollte. Doch dazu blieb sein Gesichtsausdruck zu ernst.

»Kojo und ich spazieren hier gern. Er beschreibt mir alles. Ich war nicht immer blind, musst du wissen.« Er redete weiter, leise, aber gut verständlich. »Früher habe ich Farben geliebt. Ein bunter Typ, das war ich. Knallige Hosen und Hemden trage ich immer noch gern, wie du weißt.«

»Steht dir, Theo.«

»Bist du noch sauer?«

»Keineswegs.«

»Du hast gegen niemanden etwas, oder, Rosalie?«

»Worauf willst du hinaus?«

»Versteh es als meine unbeholfene Art, dir zu sagen, dass ich froh bin, dass du da bist. Nach Kojos Abreise habe ich mich schrecklich gefühlt. Seit meiner Erblindung war er immer an meiner Seite. Und wenn ich immer sage, meine ich immer. Wir haben davor in Hamburg gelebt. Nachdem ich nichts mehr sehen konnte, wurde ich unerträglich. Ich habe das Mitleid in meinem Umfeld gehasst und angefangen, Menschen zu verachten, vor allem die, die mir nur helfen wollten. Alle Freunde und Bekannte habe ich vergrault. Ich wollte aus der Stadt weg und auf eine Insel. Wortwörtlich. Meine Entscheidung für Amrum fiel nach dem Werfen einer Münze. Mit meinem Geld waren der Kauf eines Hauses und der Umzug kein Problem. Von Menschen habe ich mich zwar abgewandt, aber nicht von ihrem Vermögen. Zahlen und Finanzkurven fragen nicht, bemitleiden nicht und sind zu kontrollieren. Kaum hatte ich mich in der Welt der Blindheit zurechtgefunden, habe ich meinen alten Job als Fondsmanager wieder aufgenommen. Ich war früher erfolgreich und bin es jetzt wieder.«

»Für mich ist Anlageberatung ein Buch mit sieben Siegeln.«

»Der Finanzmarkt hat seine ganz eigenen Gesetze, und ich beherrsche sie. Meine Behinderung spielt keine Rolle, meine Kunden wissen, dass ich nicht sehen, aber den Wert ihres Vermögens steigern kann. Das digitale Zeitalter ist perfekt für mich, alles läuft online. Ich brauche kein einziges Mal vor die Tür zu gehen, wenn ich nicht will. Im ersten Jahr auf Amrum war ich sogar nur wenige Male am Strand.«

»Was? Das gibt's nicht.«

»Doch, Rosalie. Manchmal hat Kojo mich förmlich gezwungen rauszugehen. Er hat alles gemanagt, seine eigenen Arbeitsstunden reduziert. Ich war der, der Anweisungen gegeben und sich beschwert hat. Kojo ist trotzdem an meiner Seite geblieben. Er hat Marlene und ihren Mann angestellt. Schließlich auch Marwin zu uns geholt. Langsam wurde ich umgänglicher.«

»Kojo scheint ein toller Partner zu sein. Mit Glück lerne ich ihn kennen, wenn er vor meiner Abreise zurückkommt.«

»Ein Liebender, Rosalie, das ist er. Ich denke wahrhaftig, dass Kojo mich liebt.«

»Warum sollte er nicht, Theo?«

Er legte die Brille neben sich auf die Bank. »Kojo hat schon gewusst, warum er dich ausgesucht hat.«

»Meine Tochter.«

»Zuerst ja, aber nach deiner Pauline hätte er auf einen anderen Studenten oder eine Studentin zurückgreifen können. Als er mir von dir erzählt hat, habe ich dich abgelehnt, er hat an dir festgehalten. Denn ich glaube nicht, dass er vergessen hat, dir abzusagen. Er ahnte meine Einsamkeit ohne ihn und hat versucht, etwas dagegenzuhalten. Dich eben.«

Jetzt musste Rosalie erst mal Luft holen. Sie blickte auf den Teppich aus blühendem Heidekraut. Im Wind bewegten sich die Pflanzen wie Wellen hin und her.

»Rosalie? Alles okay? Oder hab ich dich mit meinem Redeschwall verschreckt?«

»Bloß erstaunt, Theo, und überrascht.« Plötzlich war Rosalie bereit. Bereit, sich auch vor einem Menschen wie Theo Meisner nicht zu verstecken. »Weißt du, für mich war die Insel in den letzten Jahren das Beste, was mir passiert ist.«

Diesmal ohne Scheu, begann Rosalie, Theo ihre Geschichte anzuvertrauen, angefangen mit ihrem Traumberuf, der in Vergessenheit geraten war, ihrer Ehe und ihrem Scheitern. Dazu ihre Schwierigkeiten, sich zu lösen und einen neuen Lebensabschnitt zu beginnen. »Schließlich bin ich unter einer Kugelfischlampe gelandet, und ein Mann mit einem Riesenhund war alles andere als erfreut, mich kennenzulernen.«

»Zu dir war ich sogar eher freundlich, Rosalie.« Er lächelte endlich.

Rosalie rutschte ein Stück näher. »Hier hab ich meine Kreativität neu gefunden. Das bedeutet vielleicht nicht viel für die Welt, aber für mich schon.«

»Ich freue mich, dass Amrum deine künstlerische Ader wiedererweckt hat.«

»Darf ich dir eine nächste Frage stellen?«

»Zuerst ich, dann du, dann wieder ich – wie Pingpong.«

»Treffender Vergleich. Wenn es dir zu viel wird, sagst du einfach Stopp. Nur nicht wieder zur Auster werden.«

»Zu was?«

»Vergiss den Vergleich, Theo.« Sie tätschelte seine Hand. »Hattest du einen Unfall?«

Er zögerte. »Nein. Meine Amaurose, was völlige Erblindung bedeutet, kam schleichend. Genetisch bedingt. Der behandelnde Arzt meinte, es wäre verwunderlich, dass ich nicht bereits im Teenageralter mein Sehvermögen verloren hätte.«

»Wie alt warst du?«

»Vierundzwanzig. Ich feiere nächstes Jahr meinen Dreißigsten. Mein erster Runder mit Blindenstock.«

»Lass den Zynismus außen vor, Theo.«

»Riechst du das Meer?« Er sog geräuschvoll die Luft ein. »Heidekraut, Fichtennadeln und Salzwasser. Ich bin betäubt vor diesem Odeur. Statt mich um die Geldanlagen von reichen Bürgern zu kümmern, damit sie noch üppiger werden, sollte ich Parfümeur werden.«

»Mach doch.«

»Nur, wenn du Designerin wirst.«

»Der Zug ist abgefahren, Theo.«

»Wer von uns ist zynisch?«

»Ich bin realistisch.«

»Wer weiß, welche Wege sich dir noch öffnen, Rosalie. Lass nicht locker: Zeichne, nähe.«

»Irma Vongooßen hat das Nähen übernommen. Meine Nähmaschine steht in Stommeln und kennt bisher nur die Risse im

Hemd meines Ex und den einen oder anderen kaputten Reißverschluss.«

»Wir könnten die Tage zum Laden spazieren, und du suchst ein Nullachtfünfzehnhemd aus und peppst es für mich auf. Ich bezahle dafür extra.«

»Ich denke darüber nach.«

»Ja, mach das, Rosalie. Während du kreativ für mich bist, quäle ich dich nicht mehr mit meinen Vorträgen.«

»Tust du nicht.«

»Doch. Selbst ein Blinder merkt das.« Er grinste und setzte die Brille zurück auf die Nase.

Auf dem Weg vor ihnen radelte eine Frau an ihnen vorbei, an ihrer Seite lief schnaufend ein mittelgroßer Hund. Marwin schnaubte nur. »Hallo, hübsche Dame«, rief Theo und winkte.

Die Frau stutzte kurz. Dann war sie an ihnen vorbei. »Und, hatte ich recht? War sie hübsch?«

»War sie.« Rosalie suchte nach dem Blindenstock unter der Bank, er war bis ganz nach hinten gerollt.

»Mit Hund, stimmt's?«

»Wieder richtig. Ein neues Kunststück? Welche Haarfarbe hatte sie?«

»Die Segelboote reichen, finde ich. Wir wiederholen es die Tage, damit du nicht denkst, ich hatte einen Zufallstreffer.«

»Da muss ein Trick dahinterstecken.«

»Vielleicht Magie.« Er schmunzelte, nur um direkt wieder ernst zu werden. »Rosalie?«

»Ja?«

»Ich würde gern wissen, wie du aussiehst.«

»Oh, ich bin mittelgroß, mittelschlank, habe blonde kurze Haare und blaue Augen.«

»Das ist beliebig.«

»Wie bitte?« Sie runzelte die Stirn. »Mutierst du wieder zum Stinkstiefel?«

»Damit meine ich nicht dich«, er drehte sich ihr zu. »Sondern deine Beschreibung.«

»So bin ich nun mal.«

»Darf ich dein Gesicht berühren? Bitte.«

Nach einem kurzen Zögern stimmte sie zu. »Darfst du.«

Theo hob die Hände und fuhr sacht über Rosalies Stirn. Seine Fingerkuppen fühlten sich rau an. Dann folgten ihre Wangen, ihre Nase und ihre Lippen. Am Ende fuhr er ihr durchs Haar.

»Rosalie, du bist schön.«

Es war ein Moment einer unerwarteten Vertrautheit, die Rosalie fast zu Tränen rührte.

5

Der Vollmond war aufgegangen. Wie eine runde Kugel Eis hing er am abendlichen Himmel. Vanille oder Zitrone mit dunkleren Stückchen darin, die Karamell hätten sein können.

»Ich hab Lust auf ein Cornetto«, witzelte Rosalie, als sie an Justus' Arm ins Gemeindehaus eintrat.

Der Saal im Inneren sah prächtig aus. Lorenz und seine Frau mussten mit ihren Helfern jede Menge Arbeitsstunden investiert haben. Über jedem der Fenster waren an den dunkelroten Vorhängen Girlanden angebracht, auch an der gebogenen Decke und über den Leisten mit Scheinwerfern. Einzelne goldene Fäden schwebten durch einen leichten Durchzug der gekippten Fenster über dem Ganzen. Die tonangebende Farbe war Gold, gemischt mit einem zarten Rosa, was der Dekoration etwas Hoheitsvolles gab und ausgezeichnet mit den am Rand aufgestellten roten Stühlen harmonierte.

Links und rechts von der Bühne war ein Büfett aufgebaut, das den Gästen mit ziemlicher Sicherheit schon vor dem Tanzen das Wasser im Mund zusammenlaufen ließ. Eine erstaunliche Vielzahl an österreichischen Süßspeisen. Von der Sachertorte über Donauwellen, Apfelstrudel, Linzertorte bis hin zu Krapfen und Buchteln. Allerdings fehlte auch eine Friesentorte nicht. Lorenz und Irma hatten im Vorfeld wie die Weltmeister gebacken.

Zu trinken gab es Tee in mehreren Kannen, Kaffee, Sekt, Wein und Wasser. Zwei Teenager-Jungen, die sich so ähnlich sahen, dass sie nur Zwillinge sein konnten, füllten Gläser und schenkten aus.

Mit Rosalie und Justus waren viele andere Tanzbegeisterte erschienen. Paare, aber auch Gruppen, Freundinnen und einzelne Besucher, ein paar Kinder. Rosalie schätzte, dass sich bereits um die hundert Gäste eingefunden hatten. Ein voller Erfolg also für die Vongooßens und ihre erste Walzernacht. Rosalie freute sich für das originelle Paar.

Die meisten Frauen trugen Sommerkleider, die anwesenden Herren Jeans. Auch Rosalie hatte ihr Kleid gewählt. Beim Blick in den Spiegel fand sie es nun doch viel hübscher als bei der ersten Anprobe. Mit den roten Blumen auf dem weißen Stoff harmonierte es sogar bestens mit der Dekoration. Bei der Schuhwahl hatte sie sich für die Sneaker entschieden, als Schutz gegen mögliches Auf-die-Füße-Treten.

Die gesamte Mitte des Saals war selbstverständlich freigeräumt für die alten und jungen Walzertänzer und Tänzerinnen. Die Vorfreude der Anwesenden war greifbar.

»Wollen wir fliehen?«, fragte Justus Rosalie leise. »Ich hätte Zitronenlimonade im Kühlschrank.«

Sie knuffte ihn in die Seite, denn in dem Moment tauchten schon die Gastgeber auf der Bühne auf.

Beide waren Hingucker.

Irma trug ein ausgeschnittenes Kleid in Rosé, abgestimmt auf die Farben des Abends im Stil der 50er-Jahre mit einem weit schwingenden Rock. In ihren weißen Haaren steckte neben der lila Strähne eine Rose. Doch Lorenz an ihrer Seite übertraf seine Gattin sogar noch. Er hatte als Einziger im Saal einen Smoking an, mit weißem Hemd und einer rosa Fliege. Sein Schnurrbart wirkte frisch onduliert, seine Glatze poliert. Wer von den zweien breiter lächelte, ließ sich nicht ermitteln, man konnte ihnen ansehen, wie glücklich und aufgeregt sie waren.

Lorenz trat an den Bühnenrand. »Schönen guten Abend, ihr Lieben alle. Das is ja eine Freude. Dass der erste Walzerabend von meiner Irmi und mir so ein überwältigendes Echo auslöst, hätt ich nicht zu träumen gewagt.«

Die Anwesenden applaudierten. Rosalie klatschte ebenfalls kräftig in die Hände. Justus johlte neben ihr.

»Danke, danke. Meine Frau und ich sind schon so lange Teil dieser schönen Insel. Amrum is für uns eine zweite Heimat, aber unsere musikalischen österreichischen Wurzeln können wir halt auch nicht leugnen.«

»Sollt ihr auch nicht«, rief ein älterer Mann von hinten, der an einer Tonanlage stand. Der DJ des Walzerabends.

Neben ihm entdeckte Rosalie schließlich auch Lisa, die ein schönes Trachtenkleid trug. Ein schwarzes Oberteil mit einem blauen Tuch um die Schultern und einem silbernen breiten Schmuckkranz auf der Brust, dazu einen ebenfalls weiten weißen Rock.

Justus bemerkte Rosalies Blick. »Das Mädchen hat etwas hier Typisches an«, flüsterte er ihr erklärend zu. »Die Festtagstrachten der Inseln Föhr, Amrum und der Halligen haben sich im Laufe von hundert Jahren aus den alten Trachten entwickelt und werden eben bis heute von Frauen und Mädchen auf den Nordseeinseln getragen. Oft werden die teuren Kleidungsstücke weitervererbt. Das Anziehen ist eine ziemlich knifflige Angelegenheit.«

»Wie passend, dass an diesem Abend zwei Kulturen verschmelzen. Das wird Lorenz und Irmi noch glücklicher machen.«

»Du musst einen Auftritt der Amrumer Trachtengruppe sehen, Rosalie. Den Shanty-Chor endlich hören. Komm zur nächsten Sonnwendfeier.« Er hörte sich eifrig an.

Gern hätte sie zu allem sofort Ja gesagt. »So viele Einladungen, Justus, da wird mir schon vor dem Tanzen schwindlig.«

»Und jetzt bin ich schon am Ende, Freunde.« Lorenz faltete seine Hände und verbeugte sich. »Das Fetzenpupperl möcht sich auch bedanken für die Treue seiner Kundinnen und Kunden. Wer hätte gedacht, dass wir heut immer noch vor Ort sind, und das erfolgreicher denn je.«

»Genug geredet, Lorenz«, unterbrach ihn Irma, was Heiterkeit im Saal auslöste. »Komm in die Walzergänge.«

»Meinst du, das Kuchenbüfett wird zuerst eröffnet?« Justus war wieder so nah an ihrem Ohr, dass Rosalie seine Koteletten spüren konnte. Er roch nach Salzwasser, und sie überlegte, ob er vor ihrem Treffen im Meer schwimmen gewesen war.

»Nix da, mein Lieber! Zuerst wird getanzt, dann erst gibt es Süßes.«

»Da du an meiner Seite bist, hab ich den süßesten Jackpot des Abends doch schon geknackt. Du siehst hinreißend aus, Rosalie.« Er setzte seinem Kompliment noch einen raschen Kuss auf ihre Wange hinzu.

Rosalie musste Luft holen.

Aber er hatte recht. Genau dasselbe hatte sie von sich selbst beim Zurechtmachen gedacht. Es war das erste Mal, dass sie mit der Kurzhaarfrisur absolut im Reinen war, dazu das Kleid. Der rote Lippenstift, das sonst dezente Make-up. All das trug dazu bei, dass sie sich wohl in ihrer Haut fühlte.

»Liebe Freunde!« Oben auf der Bühne redete Lorenz immer noch. »Gleich werden meine Irmi und ich euch einen Schnellkurs zum Wiener Walzer geben. Für die unter euch, die diesen schwungvollen Tanz aus meiner Heimat noch nie getanzt haben.« Er kam einen Schritt nach vorne und zwinkerte in Richtung der

Menge. »Die österreichischen Spezialitäten, auf die ihr spechtelts, gibt's erst hinterher.«

Wieder Applaus, gepaart mit Gelächter.

Lorenz hob einen Arm, und eine erste Melodie erklang. Rosalie erkannte *Wiener Blut* von Johann Strauss Sohn.

»Es is dieser Schwung, diese leichte Verzögerung vor den Wechselschritten«, erklärte Lorenz. »Eins, zwei, drei und eins, zwei, drei …« Er schnappte sich Irma. Sie drehten sich auf der Bühne, Irmas Kleid wogte bei jedem Takt auf und ab. »Einfach mitzählen am Anfang, dabei immer schön drehen und sich dann dem Wogen hingeben. Das geht von allein. Denkt an Wellen, auf und ab, hin und her, eins, zwei, drei.«

Die Musik ebbte wieder ab.

»Nun seid ihr alle dran.« Lorenz wischte sich mit einem blütenweißen Taschentuch den Schweiß von der Glatze. »Die Herren führen die Damen, aber bitte, es können auch Damen mit Damen und Herren mit Herren tanzen. Kinder selbstverständlich auch. Hauptsache, ihr wirbelt herum und habt's Spaß.« Er öffnete breit die Arme. »Herrschaften, jetzt alles Friesen-Walzer!«

Nach dieser Wortkreation mischten sich in das Klatschen jede Menge Bravorufe. Dann ging es los. Der *Kaiserwalzer* dröhnte im Anschluss durch die Lautsprecher. Rosalie war erstaunt, wie schnell sich die Tanzfläche füllte und die Ersten ihre Hüften schwangen und sich drehten. Einige elegant, als hätten sie nie etwas anderes getan als Walzer getanzt, andere mit ruckelnden Bewegungen, die etwas ungelenk wirkten. Doch Freude am Tanzen schienen sie alle zu haben.

»Darf ich bitten?« Justus deutete eine Verbeugung an.

Ein Kichern rollte über Rosalies Lippen. »Aber gern.«

Er umschlang mit einer Hand ihre Hüfte und fasste ihre Hand mit der anderen. Rosalie legte ihren Arm auf seine Schulter. Zuerst wiegten sie sich mit der Musik, dann führte Justus den ersten Versuch aus. Rosalie dachte nicht über die Wechselschritte nach, sondern ließ sich von ihrem Tanzpartner führen.

Es gelang leichter als gedacht. Schon nach wenigen Takten waren sie im Schwingen und Drehen. Der Saal glitt an ihrem Gesichtsfeld vorbei. Das Gold, das Rosa und das Rot vermischten sich.

Mit einem inneren Jubeln gab sich Rosalie diesem Abend hin. Dass es kein Traum war, hätte sie am liebsten mit einem Kneifen in ihren Oberarm überprüft. In den Armen eines Mannes, den sie nicht nur attraktiv fand, sondern schon längst tief in ihr Herz gelassen hatte, Walzer zu tanzen, und das auf einer Nordseeinsel, war einfach nur herrlich.

Der *Kaiserwalzer* wurde von Lehárs *Lippen schweigen, 's flüstern Geigen* aus *Die lustige Witwe* abgelöst, einer Operette, die sie einmal zusammen mit ihrer Mutter besucht hatte.

An Ulla zu denken erfüllte sie mit dem Wunsch, ihr die Insel und ihre Schönheiten zu zeigen. Und nicht nur ihr, auch Pauline und Oskar, Oskars Freundin Dilara. Natürlich sollte auch Marion mit ihrem Mann nach Amrum reisen und mit Rosalie das Gefühl der Unbeschwertheit genießen.

»Alles gut bei dir?« Justus vor ihr keuchte etwas.

»Ja. Und bei dir?«

»Ich halte durch und bin dir noch kein einziges Mal auf die Zehen getreten, Rosalie.«

»Du tanzt hervorragend, Justus. Ein Naturtalent.«

»Mein heutiges gelüftetes Geheimnis für dich: Ich war in der Tanzschule. Ist eine ganze Weile her, ich dachte, ich hätte alles vergessen.« Sein Atem ging schneller.

Ihrer ebenso. »Reicht es dir?«

»Komm, eine paar Runden noch.« Er begann mitzusummen.

Sie drehten sich an der Bühne vorbei, dem Kuchenbüfett, Lisa, die jetzt mit Lorenz tanzte, und Irma, die ein kleines Mädchen im Arm hielt.

Heute Abend wollte Rosalie nirgendwo anders sein, in keiner anderen Zeit, auf keiner anderen Welt, mit keinem anderen Menschen als mit Justus. Perfekt – es war schlicht und einfach alles perfekt.

Dann passierte es.

»Aua«, rief Justus.

Rosalie war ihm mit Walzerschwung auf die Zehen getreten.

6

Sie musste an die frische Luft.

Rosalie machte ein paar Schritte, entdeckte einen Baumstumpf zwischen zwei Bäumen vor dem Gemeindehaus und ließ sich darauf nieder. Drinnen wurde weitergetanzt, Lorenz und Irma waren unermüdlich.

Statt Walzerklängen raschelten hier draußen die Bäume. Die Brise ließ auch die bunten Fahnen an den Stangen vor dem Eingang flattern. Weiter entfernt, wie konnte es anders sein, war stetig das leise Branden der Wellen zu vernehmen.

Die Welt um Rosalie herum schien sich weiterzudrehen, ein leichtes Schwindelgefühl stellte sich ein. Doch nicht das intensive Tanzen, auch nicht der Teller mit den Nachspeisen und das Glas Sekt, die sie danach genossen hatte, waren daran schuld. Sondern das Gefühl, in einen Strudel aus neuen Erfahrungen gefallen zu sein. Sie wurde herumgewirbelt, was ihr gefiel, sie aber auch ein wenig überforderte. Wieder war es, als verginge die Zeit auf Amrum anders. Rascher und langsamer gleichermaßen, eine Mischung aus immer neuen Drehungen und Wendungen. Rosalie wirbelte mit, sah sich zugleich aber auch zu und kam aus dem Staunen über sich selbst nicht mehr heraus.

Wenn sie an Köln dachte, war Rosalie, als würde sie ihr Leben dort wie unter einer Glaskugel sehen.

So schön die kleine Wohnung unterm Dach war, sosehr sie die Stadt mochte, so eng war es doch für sie in der Umgebung gewesen. Eng im Sinne von eingefahrenen Mustern und Verhaltensweisen. Ihr Neuanfang war bisher mehr eine Aneinanderreihung von Trippelschritten gewesen.

Die Glaskugelwelt hatte Rosalie definitiv erst auf Amrum hinter sich gelassen. Es war nicht nur ein Urlaub mit Minijob, wurde ihr klar, sondern ein Ausbreiten ihrer Flügel, auch wenn sie immer noch keine Ahnung hatte, wohin sie fliegen sollte.

Genauso war das Walzertanzen vorhin kein einfaches Sichdrehen im Dreivierteltakt gewesen. Rosalie würde es als Kreiseziehen beschreiben, das sie mit jedem neuen Schwung weiter von ihrer Vergangenheit wegführte.

Plötzlich war sie zum allerersten Mal froh über ihre jüngsten Entscheidungen. Keine einzige würde sie rückgängig machen wollen.

Die weiße Eingangstür öffnete sich. Justus kam heraus und sah sich suchend um.

»Hier bin ich.« Rosalie winkte, blieb aber sitzen.

»Im Dunkeln auf einem Baumstumpf – wie eine Waldfee.« Er näherte sich. »Als du drinnen nirgends mehr zu sehen warst, hab ich befürchtet, dass ich dir einmal zu oft auf die Zehen getreten bin und du geflüchtet bist.«

»So betrachtet, hättest du die Flucht ergreifen müssen. Du kannst besser Walzer tanzen als ich.« Sie streckte die Füße aus. »Ich war sowieso durch meine Sneaker geschützt. Zum Glück habe ich nicht die Sandalen angezogen.«

»Irgendwie haben wir alle ausgesehen wie Strandkobolde, die versuchen, leichtfüßig zu wirken.«

»Bis auf Irma und Lorenz.«

»Die Walzerkönige. Mit Heimvorteil Österreich.«

Er setzte sich eng neben sie, sein Körper berührte ihren. Wie selbstverständlich legte er den Arm um ihre Schultern. Die Wärme, die er ausstrahlte, tat gut.

»Darf ich dir eine Frage stellen?« Rosalie sah in den Nachthimmel. Der Vollmond war hinter einer Wolke verschwunden, schimmerte aber durch sie hindurch.

Justus strich über Rosalies Oberarm. Seine Berührung zu spüren war wie ein Frühlingsregen. Rosalie genoss es und bekam trotzdem eine Gänsehaut.

»Du kannst mich alles fragen, Rosalie.« Er neigte seinen Kopf ganz nah zu ihrem.

»Wie kann es sein, dass ein derart netter Mann wie du hier herumläuft und ungebunden ist?«

Rosalie hatte jetzt von ihm ein Lachen, einen Scherz oder wenigstens ein Schmunzeln erwartet, aber er schien ernsthaft nachzudenken. »Sind wir denn jemals wirklich frei?«

»Wie meinst du das?« Die Gegenfrage überraschte sie.

Über ihnen flog laut krächzend eine Schar Vögel. Möwen oder Gänse, Rosalie konnte nur ein paar der schwarzen Silhouetten vor der monderhellten Wolke erkennen.

Noch einmal nahm sich Justus Zeit. »Ich meine, im Lauf eines Lebens bindet einen viel. Die Eltern, der Beruf, die Beziehungen. Das Land, in dem wir leben. Mich die Nordsee und die Inseln.«

»Weil du dich schon nach wenigen Tagen danach sehnst zurückzukommen.«

»Vermisst du Köln nicht?«

Gern hätte sie ihm ihre Gedanken von vorhin ausgebreitet, aber noch war sie nicht so weit, ihm alles über ihr Leben und ihre Art, die Dinge zu betrachten, zu erzählen. Ein Teil aus dem jeweiligen Leben nach dem anderen lüften, so, wie sie es vorgeschlagen hatte, das war gut. Sich Schritt für Schritt anzunähern, vielleicht auch im Dreivierteltakt. Vertrauen brauchte seine Zeit, fand Rosalie. Wie es schien, wich auch er ihrer ersten Frage aus. Ihn bedrängen würde sie genauso wenig, wie sie sich ihm ganz und gar öffnen wollte.

Er streichelte wieder ihren Oberarm, sie schmiegte ihren Kopf an seinen. Zärtlichkeit, die Rosalie lange schon vermisst hatte.

Ein unerwarteter Windstoß bauschte ihr Kleid auf. »Hoppla!«, rief sie und drückte mit beiden Händen den Stoff nach unten. »Das ist meine Marilyn-Monroe-Nummer, lieber Justus. Hab ich lang für geübt.«

Der nächste Moment kam derart schnell, dass Rosalie die Luft wegblieb.

Justus wandte sich ihr zu, fasste sie an beiden Schultern. Dann küsste er sie.

Dieser erste Kuss war sanft wie ein Flaum. Seine Lippen berührten die ihren, und Rosalie vergaß den Wind, das Kleid und alle Fragen.

Nach dem ersten folgte ein zweiter. Erst diesen konnte sie erwidern. Tausend Gedankenfetzen rasten durch ihren Kopf, und doch war da eine süße Leere, die sie einhüllte.

Nach dem dritten, hielt er inne. »War das okay?«

Trotz der Lichter aus den Fenstern und der Straßenlaterne auf dem Weg konnte Rosalie seinen Gesichtsausdruck nicht erkennen. Zu gern hätte sie gewusst, ob er auch so breit lächeln musste wie sie.

»Voll okay, cool.«

Jetzt endlich erklang sein sympathisches Lachen. »Einen Kuss als cool und voll okay zu bezeichnen, erschüttert mich.«

»Aus Verlegenheit. Mir ist gerade nichts Besseres eingefallen.«

»Mir gefällt es.«

Wieder nahm er sie in die Arme. Rosalie versuchte, ihr Denken in Bahnen zu fassen, aber es gelang ihr nicht. Die Vernunft verschwand hinter der Wolke an neuen Gefühlen, die in ihr aufstiegen.

Eine Unendlichkeit oder eine Sekunde danach holte sie ein lauter Tusch von drinnen aus dem Saal aus der Versunkenheit.

Sie lösten die Umarmung, Justus rutschte ein kleines Stück von Rosalie weg. »Ich glaube, die Walzernacht ist beendet.«

»Schade. Ich hätte nichts gegen eine zweite Runde Dreivierteltakt gehabt.« Am liebsten wäre Rosalie direkt wieder zu ihm aufgerückt, hätte ihn ihrerseits geküsst. Wenn man einmal damit anfing, wollte man mehr. So war das.

»Hast du noch Hunger?« Justus stand auf und streckte ihr die Hand entgegen.

Sie ließ sich hochziehen. »Nach den Tortenstücken wäre etwas Herzhaftes nicht schlecht.«

»Ich hätte noch was im Kühlschrank. Zur Zitronenlimonade ein Häppchen. Draußen auf der Terrasse.« Seine Stimme klang belegt. »Ich glaube, die Idee hatte ich schon einmal. Ich wage es wieder, Rosalie. Was meinst du?«

Das nächste Angebot, weiterzugehen als drei Küsse. Einmal schon hatte Rosalie abgelehnt.

Diesmal nahm sie sich für die Antwort Zeit, bis die ersten Walzerfans aus dem Gemeindehaus kamen. Sie plauderten lachend, jemand klatschte in die Hände, eine Frau machte noch eine Pirouette. Die guten Schwingungen hallten spürbar nach. Von den Gastgebern war noch nichts zu sehen.

Bevor Rosalie sich entschieden hatte, kam ihr Justus zuvor. »Bitte, versteh es nicht falsch. Hier mein nächster Vorschlag: Ich mache uns einen Happen, zeige dir meine Bude. Hinterher bringe ich dich bis vor deine Haustür. Egal, wie spät es wird. Was du willst, zählt.«

»Darf ich dir das später sagen? Was genau ich will.« Für einen Augenblick wollte sich Egbert in ihren Kopf vordrängen, aber er hatte an diesem Ort, in diesen Minuten, hier nichts zu suchen.

»Jederzeit, Rosalie. Kommst du?«

»Ja.«

7

Eine Stunde später blickte Rosalie wieder zum Vollmond hoch. Die Wolke, die ihn verdeckt hatte, war weitergezogen, und er war in seiner vollen Pracht zu bestaunen. Sein silbriges Schimmern schien bis ans Wasser am Horizont zu reichen und mit ihm zu verschmelzen. Stundenlang hätte sie auf Justus' Terrasse sitzen und himmelwärts schauen können.

Seine Bude war eine gemütlich eingerichtete Singlewohnung in einem einstöckigen Reetdachhaus mit ausgebautem Dachboden. Sein Vater bewohnte das Erdgeschoss, Antje hatte sich über Justus einquartiert, er selbst die Mitte gewählt. »Nach unseren jeweiligen Trennungen sind Antje und ich wieder bei Papa eingezogen«, hatte Justus gescherzt. »Die Mertens unter einem Dach.« Das Besondere an der Lage war der Weitblick, wie Justus Rosalie weiter erklärt hatte. »Du siehst von hier in die Unendlichkeit, das ist unbezahlbar.« Damit hatte er vollkommen recht.

Dass sie mit ihm mitgegangen war, nach einer überschwänglichen Verabschiedung von Irma und Lorenz, war Rosalie erst leichtgefallen. Aber jetzt fragte sie sich wieder, ob sie für eine neue Liebe wirklich schon bereit war. Marions Worte fielen ihr ein, dass es nicht gleich ein nächster Bund fürs Leben sein müsste, ein Flirt oder eine Affäre waren auch in Ordnung.

Aber so war Rosalie nicht gestrickt. Wenn sie ihr Herz verschenkte, dann mit allem, was dazugehörte. Zumindest war es bisher so gewesen.

In Rosalies Sexleben hatte es vor Egbert nur einen anderen Mann gegeben, ebenjenen Christian, der sie mit seiner Lederhose und seinen halblangen Haaren begeistert hatte. Mit seinem Mofa hatte er sie abgeholt, ein schiefes Lächeln auf den Lippen, das sie ebenso erotisch fand wie seinen imitierten John-Travolta-Augenaufschlag. Beide unerfahren, hatten sie eine Menge Spaß daran gefunden, ihre Bedürfnisse zu entdecken und zu befriedigen. Bis nach dem Abitur hatte die Verbindung gehalten, dann war Christian zu einem Auslandsjahr in Schweden aufgebrochen und hatte sich dort neu verliebt.

Rosalie erinnerte sich, dass sie zwar viel geheult und sich einige Zeit in ihrem Liebeskummer eingegraben hatte, aber die Vorbereitungen für die Aufnahmeprüfung an der Designschule in London hatten sie mehr und mehr abgelenkt. In der Zeit hatte sie Accessoires en masse skizziert und genäht. Schräge Teile, bunt, üppig und auffallend.

Kurze Zeit darauf war Egbert in ihr Leben getreten, und ihre Prioritäten hatten sich verschoben.

Zwei Männer also, mit denen sie in ihrem bisherigen Leben geschlafen hatte. Keine so große Zahl wie bei Marion, die sich vor ihrer Ehe ziemlich ausgetobt hatte und währenddessen einmal fremdgegangen war. Rosalie hatte sich nie mit dem Gedanken eines Betrugs beschäftigt, und wenn sie ehrlich war, hatte sich auch nie eine Gelegenheit ergeben.

Mit ihrem Ex lag der letzte intime Kontakt einige Zeit zurück. In den Jahren ihrer Entfremdung und nach dem Auszug der Kinder hatte jeder von ihnen sein eigenes Schlafzimmer gehabt. Selten hatten sie den Weg in ein gemeinsames Bett gefunden. Vor der endgültigen Trennung war es Egbert gewesen, der sie wieder begehrt hatte. Mehr aus Angst, seine Frau ganz zu verlieren, vermutete Rosalie in der Rückschau. Seine neu entflammte Leidenschaft war allerdings mit ihrer Ankündigung, die Scheidung zu wollen, schlagartig verschwunden.

Zwei intime Erfahrungen. Würde heute die dritte folgen?

Sie imaginierte sich nackt vor dem Spiegel.

Je länger sie grübelte, desto mehr fiel ihr auf, was sie an sich beanstanden konnte. Rosalie überlegte, ob sie nicht ihren BH und ihr T-Shirt anbehalten sollte, was sie doof fand. Oder ob sie sich, wenn sie Justus ins Schlafzimmer folgen würde, sofort nach dem Lichtschalter umsehen sollte. Im Dunkeln war ja bekanntlich auch gut munkeln.

Überhaupt hatte sie sich bis jetzt nicht die Frage nach Verhütung gestellt. Schwanger konnte sie höchstwahrscheinlich nicht mehr werden. Abgesehen davon galt es auch, an den Eigenschutz zu denken. Sie kannte Justus erst seit zweieinhalb Wochen und hatte keine Ahnung, wie sich sein Sexleben sonst gestaltete. Er war alleinstehend, kinderlos und ein gut aussehender, sympathischer Mann. Rosalie konnte sich gut vorstellen, dass es einige Frauen gab, die sich in ihn verliebt hatten wie sie selbst.

Immer mehr Schwierigkeiten und unausgesprochene Dinge drängten sich vor. Von einem Sich-fallen-Lassen entfernte sich Rosalie rasant. An Kondome hatte sie beim Kofferpacken nicht im Traum gedacht. Sie hätte welche im Inselladen besorgen können. Doch nun war es definitiv zu spät. Andererseits war Justus ja möglicherweise längst vorbereitet.

Halt! Die Gedanken galoppierten davon, höchste Zeit, sie wie scheue Pferde einzufangen.

Rosalie nahm einen Schluck Rotwein, den Justus serviert hatte. Er war eben zurück in die Küche, um noch Käse und Brot zu holen.

Auch eine Decke, denn Rosalie hatte im Sommerkleid zu frieren begonnen.

Zur inneren Beruhigung begann sie mit einer Ablaufliste in ihrem Kopf. Zuerst anstoßen, dann essen, dabei plaudern, sich bei den Händen halten, schließlich küssen. Und dann kam der Moment, in dem er sie hereinbitten würde. Irgendwo dazwischen musste sie mit ihm über den anstehenden Sex und die Vorbereitungen dazu reden.

Wie früher, wenn Rosalie nervöser wurde, wollte sie eine Strähne ihres Haars aufzwirbeln. Doch sie griff ins Leere, ihre langen Haare waren dem schicken neuen Bubikopf gewichen. Plötzlich hatte sie das starke Empfinden, dass nicht nur nichts mehr so war wie gewohnt, sondern sie sich auch an nichts mehr festhalten konnte. Eine Hitzewelle begann, sich von den Knien aufwärts aufzubauen.

»Nicht jetzt«, flüsterte Rosalie zum Mond hinauf.

Ganz ruhig, Röschen. Du bist kein Teenager mehr, der nicht weiß, wie es läuft. Die Ulla-Stimme kam zur rechten Zeit.

»Stimmt«, gab Rosalie ihr recht.

Noch etwas. Röschen. Dieser Mann sieht dich mit strahlenden Augen an. Er ist in dich genauso vernarrt wie du in ihn. Vielleicht sogar noch mehr. Rede mit ihm, dann lass die Dinge laufen. Bleib locker.

»Ich versuche es.«

»Was versuchst du?« Justus war hinter Rosalie aufgetaucht.

Sie drehte sich um und musste lachen. In der einen Hand balancierte er ein Tablett mit Käsehäppchen, Butter und Brötchen, unter der Achsel der anderen hatte er sich zwei Kissen geklemmt. Über Schultern und Kopf lag eine hellgraue Decke.

»Du siehst aus, als wärst du zu einer Expedition unterwegs.«

Er stimmte in ihr Lachen ein, was zur Folge hatte, dass die Kissen auf den Boden fielen. »Ich wollte es uns so gemütlich wie möglich machen. Normalerweise hocke ich hier allein und halte nach Sternschnuppen Ausschau.«

»Echt? Hätte ich nicht gedacht, dass du so was tust? Vor allem allein.«

»Klar doch. Schließlich habe ich noch Wünsche.« Er nickte ihr zu. »Einer davon hat sich erfüllt.«

Immer noch stand er vor Rosalie mit Tablett und Decke, was einen derart liebenswerten Eindruck machte, dass sie alle Gedanken von vorhin hinauf zum Mond schickte. Sogar die aufkommende Hitze zog sich zurück.

Rosalie hob die Kissen auf und drückte ihm einen nächsten Kuss auf die Lippen.

Einzig das Fahrrad schoss ihr als Bild durch den Kopf. Und dass man das Fahren damit nie verlernte.

Im Laufe dieser perfekten Vollmondnacht aßen sie Käse und Brötchen und tranken Rotwein miteinander. Sie plauderten über das Meer und den Himmel, über Politik und Natur, über Köln und Amrum, über das Fetzenpupperl und Walzermelodien. Später, nach Umarmungen und Küssen, die sie austauschten, sprach Justus das Thema Verhütung als Erster an. Ein paar Sätze, eine Klarstellung, keine Peinlichkeit dabei.

Danach wechselten Rosalie und Justus vom Balkon ins Innere der Wohnung.

Er führte sie ins Schlafzimmer. Und als würde sie ihn schon ewig kennen, gab es keine Zweifel mehr, keine Überlegungen und keine innere Stimme, die sich meldete.

Irgendwann in dieser Nacht, in der die Zeit keine Rolle mehr spielte, das Meer sich mit dem Mond verband und der Wind jedem, der es hören wollte, von seinem Liebesspiel mit den Wellen erzählte, kuschelte sich Rosalie an den neuen Mann an ihrer Seite.

Wie selbstverständlich Liebe manchmal sein konnte.

8

Beim Aufwachen war Rosalie irritiert von den Sonnenstrahlen, die sie auf der Nase kitzelten. In der Einliegerwohnung hatte sie im Schlafzimmerfenster meist die Vorhänge zu.

Dann fiel ihr schlagartig alles ein, und sie legte die Handflächen auf ihr Gesicht. Nicht aus Scham, sondern aus einer mädchenhaften Freude. Die Nacht mit Justus war schöner gewesen, als sie es je gewagt hätte, sich vorzustellen.

Sie fühlte sich jung, sehr jung. In eine Zeit zurückversetzt, in der die vielfältigen Wege noch vor ihr lagen und sie sich noch nicht für eine Richtung entschieden hatte. Der Vergleich mit dem Fahrradfahren schoss ihr erneut durch den Kopf. Er stimmte zu hundert Prozent.

Rosalie setzte sich auf. Die Seite neben ihr war leer, Justus musste bereits aufgestanden sein. Sie sah aus dem Balkonfenster, das dem Bett gegenüberlag. War der Ausblick auf Vollmond und Meer gestern Nacht schon grandios gewesen, entfuhr ihr ein leises »Hach!«, als sich ein blauer wolkenloser Himmel präsentierte, der sich in weiter Ferne mit dem Horizont vereinte.

»Eine perfekte Linie«, sagte Justus in dem Moment hinter ihr.

Sie drehte den Kopf und musste direkt lächeln.

Justus stand im Türrahmen, in Shorts und T-Shirt, und darüber trug er eine grüne Schürze. In Bauchhöhe stand in schwarzen Buchstaben das Wort »Kitchenmaster« gedruckt.

»Ja, lach mich nur aus«, erwiderte er mit einem Zwinkern. »Wenn du wüsstest, wie oft ich schon Fettflecken nicht mehr aus meinen Shirts bekommen habe, dann würdest du höchstens verständnisvoll nicken.«

»Du siehst hinreißend aus.« Rosalie verschränkte die Finger auf der Bettdecke.

Er kam an ihre Seite und setzte sich auf die Bettkante. Als er sie auf den Mund küssen wollte, machte sie eine leichte Seitwärtsbewegung mit dem Kopf. Rosalie wollte sich unbedingt erst schnell die Zähne putzen, nichts kam ihr im Moment schlimmer vor als morgendlicher Mundgeruch.

Ach, Röschen, hab dich nicht so, meldete sich Ulla in Rosalies Kopf.

Justus' Lippen landeten auf Rosalies Wange. »Es gibt Rührei. Und Toastbrot mit Käse überbacken. Dazu Kaffee mit Sahne. Milch müsste ich bei meinem Vater im Parterre holen. Soll ich?«

»Mein Genusszentrum schlägt bei deiner Aufzählung aus, obwohl ich von gestern noch satt bin. Aber stör deinen Papa nicht meinetwegen. Sahne ist okay.«

Er sah nun ebenfalls aus dem Fenster. »Der Horizont und das Wasser, eben die perfekte Linie am Himmel. Immer wenn die Fernsicht so wie heute ist, bin ich überwältigt. Das schafft bei mir nur die Nordsee.«

»Wirklich großartig.«

Er gab ihr einen zweiten Kuss, diesmal auf den Kopf. »Im Bad habe ich ein frisches Handtuch für dich hingelegt. Und eine noch verpackte neue Zahnbürste.«

»Im Ernst?«

»Du siehst, ich bin immer auf Damenbesuch vorbereitet.«

Diesmal ließ Justus eine breite Lachsalve los, als Rosalie mit großen Augen zu ihm aufschaute. »Nein, natürlich nicht, Rosalie. Ich hatte eine in Reserve. Jetzt rufen mich meine Kochkünste zurück an den Herd.«

»Ich mach mich in der Zeit frisch.«

»Geht in Ordnung, aber Frühstück im Bett wäre auch eine Option, was meinst du? Als Extra hätte ich noch ein paar coole Küsse anzubieten.«

Wieder kam die mädchenhafte Anwandlung über Rosalie. Mit siebzehn hatte sie sich so gefühlt. Die Welt lag vor ihr, die Zukunft glänzte, alles war möglich.

Wenn du das Gefühl behalten willst, dann guck aber nicht in den Spiegel.

Kopf-Ulla kicherte über den Scherz. Rosalie stimmte mit ein, dann verbannte sie die Stimme in die hinterste Ecke ihres Denkens. An diesem Morgen und diesem Ort hatte sie nichts verloren.

»Frühstück im Bett hört sich megacool an, lieber Justus.«

Nach dem Frühstück war Justus wieder eingeschlafen. Leise stand Rosalie auf und zog sich an.

Sie füllte in der Küche ihre Kaffeetasse nach, dann schlich sie auf Zehenspitzen die Treppen nach unten. Unruhe hatte sie erfasst, und sie wollte ein paar Schritte laufen.

Ohne Vorwarnung hatte sich ihre Laune getrübt, weil sie schließlich doch an ihren Ex-Mann denken musste. Egbert hatte Rosalie in den Jahren ihrer Ehe nie betrogen, soweit sie wusste, und auch seit der Trennung und Scheidung war er mit keiner neuen Freundin an seiner Seite aufgetaucht.

Musste sie sich nun schuldig fühlen, weil sie als Erste fremdgegangen war? Sie schüttelte den Kopf, während sie durch den Vorgarten lief. Auch in diesem Haus war er übersät mit Blumen, zwischen denen Gartenzwerge in verschiedenen Größen und Farben hockten.

Nein, sie hatte Egbert nicht betrogen. Auf keinen Fall. Solche Gedanken waren Unsinn.

Ein Taxi hielt auf der Straße vor dem Haus.

Der Fahrer parkte so nah am Zaun, dass Rosalie stehen blieb. Aus dem Wagen stieg eine Frau, ungefähr in ihrem Alter oder vielleicht ein paar Jahre älter. Schickes Kostüm und dunkle Kurzhaarfrisur. Eine elegante Brille auf der Nase. Sie steckte dem Taxifahrer mit einem »Merci, Lars« einen Schein zu und nahm von ihm einen Rollkoffer entgegen. Der Fahrer dankte und fuhr los.

An der Gartentür trafen sie aufeinander.

»Moin, Moin. Wollen Sie raus?«, fragte die Frau Rosalie.

»Guten Morgen. Und Sie möchten hier rein?«

Bei der Betrachtung der Neuangekommenen musste Rosalie unwillkürlich an sich selbst denken, an ihre Ankunft in Nebel. Nur dass die Frau wesentlich frischer und fröhlicher wirkte als Rosalie damals.

»Ich wohne hier«, erklärte sie. »Was ist mit Ihnen?«

»Ich bin zu Besuch.«

»Oha!«, erwiderte die Frau, immer noch freundlich.

Doch dieses Oha ließ Rosalies Magen nach unten sacken. Plötzlich schien sich etwas anzubahnen, das für Rosalie seit der Klärung über das Verhältnis zwischen Antje und Justus längst erledigt schien. Es war, als würde ein Stein in einen tiefen Brunnen fallen und beim Aufprall auf das Wasser eine kalte Gischt nach oben spritzen.

Justus' Frau. Oder Freundin. Oder Lebensgefährtin. Also doch.

Eine Parallele tat sich auf zu Rosalies erstem Abend nach ihrer Ankunft, vor Theos Haus, als ihre Gedanken Purzelbäume geschlagen hatten, während sich die Kugelfischlampe im Wind bewegt hatte.

Zwei Stränge rannten gleichzeitig um die Wette. Einerseits war von Anfang an klar gewesen, dass ein Mann wie Justus nicht Single sein konnte. Seine Partnerin war einfach nur unterwegs gewesen, verreist für zwei Wochen, und Justus hatte sich mit Rosalie die Zeit vertrieben. Wenn das stimmte, hätte er – Rosalie hielt die Luft an – gelogen und betrogen.

Nein! Das kann nicht sein, unmöglich, rief sie sich auf der anderen Seite zu. So ist er nicht, das ist Blödsinn. So getäuscht konnte sie sich nicht haben, und auch wenn sie mit Dating und Männerbekanntschaften dreißig Jahre im Rückstand war, so naiv war sie nicht.

Frag die Frau direkt, meldete sich Mama Ulla. Dann weißt du es.

Rosalie machte den Mund auf. »Entschuldigung, aber …«

Weiter kam sie nicht, denn hinter ihr öffnete sich die Eingangstür, und ein älterer Herr mit einem Gehstock kam heraus. »Barbara, mein Schatz. Da bist du ja.«

Rosalies Gedankenrichtungen brachen schlagartig ab, und eine Welle der Erkenntnis überspülte sie. Dazu der salzige Geschmack der Peinlichkeit. Haarscharf war sie an einer Frage vorbeigeschrammt, die die Mitglieder der Familie Merten ziemlich erstaunt hätte. Die Schusseline und Fettnäpfchentreterin war wohl doch nicht ganz verschwunden.

»Bjarne, wir haben Besuch.« Barbara zeigte auf Rosalie.

Justus' Vater bemerkte sie erst jetzt. Er stutzte. »Verzeihung, alles okay, kann ich Ihnen helfen? Haben Sie sich verlaufen?«

Auf der Terrasse über ihnen beugte sich Justus über das Geländer. »Wie ich sehe, habt ihr euch schon kennengelernt. Das ist Rosalie, Papa. Rosalie, das sind Bjarne und Barbara, mein Vater und meine böse Stiefmutter.«

Barbara schickte ihm eine Kusshand nach oben. »Dafür schuldest du mir einen Kaffee.«

»Heute nicht, Babs. Heute haben Rosalie und ich noch einiges vor.«

»Freut mich, Rosalie.« Bjarne streckte ihr seine Hand entgegen.

Ebenso Barbara. »Mich auch. Lange her, dass wir Justus in Begleitung gesehen haben.«

Ein Satz, der Rosalie wie beruhigendes Öl herunterging.

Sie schüttelten sich reihum die Hände, während Rosalie innerlich nachglühte.

9

Ein Glitzern lag über den Wellen. Ein Teppich, der in Tausenden kleinen Sonnen zu strahlen schien. Es war, als wollte das Wetter mit Rosalies guten Gefühlen mithalten, sie sogar noch übertreffen. Das Schaukeln auf dem Wasser war wie ein sachtes Wiegen, was Rosalie als sehr angenehm empfand, keine Spur von Seekrankheit.

Nach zwanzig Minuten Tuckern hatte Justus seinen Kutter gestoppt, den Anker ausgeworfen und sich auf einen der zwei Klappstühle gesetzt, die am vorderen Deck platziert waren. Er hatte sich zurückgelehnt, hielt das Gesicht in die Sonne und hatte die Augen geschlossen.

Rosalie umrundete noch einmal das Führerhaus und sah in alle Richtungen. Links zeigten sich in einiger Entfernung drei Segelboote. Rosalie dachte sofort an Theo und seinen Zaubertrick. Ganz kurz überlegte sie, ob sie ihn nicht anrufen und nach der Anzahl der Boote fragen sollte. Ob er es ihr auch über diese Distanz telefonisch mitteilen konnte? Wenn ja, würde sie beginnen, an telepathische Fähigkeiten zu glauben. Bis zu ihrer Abreise würde sie es schaffen, ihm die Auflösung zu entlocken.

Am Horizont tauchte ein wesentlich größeres Passagierschiff auf, Rosalie meinte, in der Ferne ein Tuten zu vernehmen. Obwohl sie wusste, dass es vollkommen sinnlos war, nahm sie die Kappe vom Kopf und winkte damit. Sie fragte sich, wohin die Kreuzfahrt die Reisenden wohl führen mochte. Auch sie war auf eine Reise gegangen, die sie zu diesem Moment einer zufriedenen Idylle geführt hatte.

Auf der anderen Seite gab es nur die glitzernden Wellen bis zu einem Horizont, der den Rand der bekannten Welt zu markieren schien. Es war ein Moment der absoluten Zufriedenheit, ein Augenblick, den sie sprachlos genoss.

Eine Welle schlug gegen die Außenseite. Schwankend beendete Rosalie ihren Rundgang und setze sich neben Justus auf den zweiten Klappstuhl.

»Hast du die Kappe auf und dich gut eingecremt?«, fragte er, ohne die Augen zu öffnen. »Auf dem Wasser merkt man kaum, wenn man sich einen Sonnenstich einfängt.«

»Aye, aye, Käpt'n.« Sie grinste. »Du bist süß, wenn du dir Gedanken um mich machst.«

»Ich will nicht, dass du heute Abend mit roter Nase und Stirn samt Kopfschmerzen nach Hause kommst. Es soll nicht das letzte Mal sein, dass ich dich piratenmäßig entführe.«

»Oh, ich bin ein williges Opfer, Blaubart.«

Justus streckte Arme und Beine aus und gähnte. »Blaubart war der, der seine Frauen gemeuchelt und in einer Kammer versteckt hat, Rosalie. Du verwechselst mich. Der berüchtigte Pirat war Blackbeard. Einer von vielen Freibeutern der Weltmeere. Da gab es einige.«

»Hast du auch einen Schatz vergraben?«

»Sicher. Wenn ich bloß wüsste, wo. Mein Gedächtnis ist ein Sieb.«

Sie flachsten noch eine Weile, schließlich setzte er sich auf und griff nach Rosalies Hand. »Wenn ich dir gestehe, dass du die erste Frau bist, die hier an Bord ist, würdest du es mir glauben?«

»Auch Antje nicht?«

»Antje findet die Seelöwin mickrig. Wenn ich mir eine Segeljacht geleistet hätte, würde ich sie wohl nicht mehr loswerden. Der Holzkutter hat seine Vorteile.«

»Also ein Männerboot?«

»Was das Werkeln und Rumschrauben angeht – ja. Das habe ich allein oder mit einem Freund gemacht. Wenn ich diese Zeit abziehe, steche ich mit der Seelöwin seit dem Frühjahr in See. Im kommenden Winter geht die Arbeit weiter. Ich will sie neu streichen und einen stärkeren Motor einbauen.«

»Wie lange ist es her?« Mit ihrer freien Hand strich Rosalie ihm über den Kopf und zupfte zärtlich an einer seiner Koteletten. Die Frage hatte sie nicht stellen wollen, aber auf einmal lag sie ihr auf der Zunge.

»Baujahr 1956. 16,7 Meter lang und 5 Meter breit ist mein Goldstück, wenn du es genau wissen möchtest. Eine Lizenz zum Krabbenfischen besitzt das Bötchen schon lange nicht mehr. Ich habe sie zu einem Schnäppchenpreis ersteigert.«

Sie war sich nicht sicher, ob Justus sie mit Absicht falsch verstanden hatte. Es wäre leicht gewesen, das Gespräch bei der Seelöwin zu belassen, aber Rosalie hatte das Bedürfnis, wieder ein Stück mehr zu erfahren. Nicht über den Kutter, sondern über den Mann und seine Beziehungen. Ein nächstes Puzzleteil aus seinem Leben, das Rosalie in das Gesamtbild einfügen wollte.

Außerdem wollte sie nach der Liebesnacht und dem bereits zweiten Trugschluss, was seinen Beziehungsstatus anging, jedes weitere Missverständnis aus dem Weg räumen. »Ich meine nicht das Boot, Justus.«

Statt eines nächsten Lachens nickte er. »Ich bin seit über zwei Jahren alleinstehend, wie es so schön heißt. Meine letzte Beziehung ging in dem Monat zu Ende, indem ich mir den Kutter zugelegt habe. Ihn seetüchtig zu machen hat mir über die Trennung hinweggeholfen. Petra hat mich verlassen, wenn du es genau wissen möchtest.«

»Du wurdest verlassen?«

»Passiert irgendwann wahrscheinlich jedem.«

Dass eine Frau Justus mit seiner liebenswerten, hilfsbereiten und geradlinigen Art von sich aus den Laufpass gab, erschien Rosalie schwer nachvollziehbar. Allerdings würde es mehr Zeit und vor allem des Lebens im Alltag bedürfen, um seine tieferen Charakterschichten zu ergründen. »Warst du, wie dein Vater, schon verheiratet?«

»Nein. Drei Langzeitbeziehungen, keine Ehe und leider keine Kinder. Petra hat eine Tochter, die wie sie auf Föhr lebt und deren Aufwachsen ich ein Stück weit miterleben durfte. Wir haben immer noch Kontakt. Cornelia und Laura waren übrigens die Namen meiner anderen Lebensabschnittsgefährtinnen, wie man so sagt. Jetzt lebe ich in meiner Bude bei Papa und seiner zweiten Frau und meiner Halbschwester. Die du alle bereits kennengelernt hast.«

Ihren Irrtum bei der Ankunft seiner Stiefmutter hatte Rosalie für sich behalten. Warum hast du nie geheiratet?, wäre ihre nächste Frage gewesen.

Er schien ihren Gedankengang erraten zu haben. »Ich kann aber auch schwierig sein, weißt du. Und stur. Du hast mich bis jetzt von meiner Zuckerseite kennengelernt.«

»Du meinst Schokoladenseite.«

»Das ist die andere.« Mit dem Scherz beendete er Rosalies eingeläutete Fragestunde und stand auf. »Los, ich lichte den Anker, und wir tuckern retour. Bevor wir in den Hafen zurückkehren, habe ich mit etwas Glück eine Überraschung für dich.«

»Eine echte Meerjungfrau? Einen Riesenkraken? Oder doch die Schatztruhe?«

»Nicht ganz. Warte es ab.«

Er kehrte ins Führerhaus zurück und setzte den Kutter wieder in Bewegung. Rosalie leerte ihre Wasserflasche und lehnte sich zurück. Über ihrem Kopf hörte sie ein Krächzen. Eine Handvoll Möwen segelte im Blau des Himmels. Das Tuckern des Motors lullte sie ein. Sie döste weg.

»Rosalie, komm.« Justus' Rufe weckten sie. »Geh an die Reling, guck nach vorne. Dort auf die Sandbank hin.«

Als sie aufstand, war Justus mit einem Fernglas an ihrer Seite. »Sie sind da. Wie bestellt. Aber wir halten Abstand.«

Auch ohne Fernglas konnte Rosalie die Tiere erkennen. Es waren rund ein halbes Dutzend Robben.

»Das ist ja toll.« Es war ein hinreißender Anblick. »So große Tiere.«

»Die kleineren Seehunde gibt es auf Amrum und den Inseln überall. Sie kommen das ganze Jahr auf den Kniep, um sich auszuruhen. Die Kegelrobben vor uns waren hingegen wegen der Jagd so gut wie ausgestorben. Immer noch gelten sie als gefährdet und sind geschützt. Leider erholen sich die Bestände nur langsam. Zweimal im Jahr gibt es Erfassungsflüge, bei denen gezählt wird. Einige Male durfte ich mitfliegen, ein Erlebnis, das jedes Mal unbeschreiblich ist.«

»Das glaube ich.« Mit dem Fernglas waren die Tiere gestochen scharf zu erkennen. Sie rekelten sich auf der Sandbank und schienen ein Nickerchen zu halten, wie Rosalie vorhin. »Ganz schöne Schwergewichte.«

Justus nickte. »Näher fahren auch wir nicht hin. Gebührender Abstand ist wichtig. Abgesehen vom Schutz der Tiere, wiegt so eine ausgewachsene Kegelrobbe um die zweihundert Kilo. Die Bullen sogar hundert Kilo mehr.«

»Jetzt fühle ich mich leicht.«

»Wir sind Federn gegen die Bullen.«

»Danke, Justus. Dieser Tag ist ein Traum.«

»So soll es sein, Rosalie. Damit hab ich mir, ehrlich gestanden, auch selbst eine Freude gemacht.«

Nach einer Weile fuhr er den Kutter in Richtung Amrum zurück. Rosalie blieb so lange stehen, bis sie die Sandbank auch mit dem Fernglas nicht mehr erkennen konnte. Dann gesellte sie sich zu Justus ins Führerhaus.

»Du kannst mich gern auch was fragen, was dich interessiert. Ich war heute noch nicht mit einer Eröffnung oder einem Geheimnis dran.«

»Soll ich dich über Köln und den Dom ausfragen?«

»Nein, du Scherzkeks. Zu meiner Person. Oder denkst du, du wüsstest schon alles über mich?«

Statt einer Erwiderung ließ Justus das Steuer los und gab ihr einen innigen Kuss, der Rosalies Knie wie auf Knopfdruck wieder weich werden ließ. Küssen war eindeutig besser als Reden. Zumindest in dem Moment.

Erneut erfasste sie das Wohlgefühl von vorhin. Alles schien so weit weg zu sein, es gab keinen Alltag, keine Probleme, nur Licht und Luft und, ja, Liebe.

10

Die Nähmaschine surrte. Ein lila »Krokus« war dabei, das Licht der Inselwelt zu erblicken.

Am Tag nach der Ausfahrt mit dem Kutter war Justus zurück auf Föhr. »Ich werde versuchen, so rasch wie möglich meine nächsten Überstunden in freie Zeit zu verwandeln. Jede Sekunde mit dir zählt«, hatte er ihr beim Abschied ins Ohr geflüstert.

Rosalie, mit Badesachen samt Skizzenblock und Stiften und unterwegs zum Strand, hatte an diesem Morgen zuerst einen Abstecher ins Fetzenpupperl gemacht.

Freudestrahlend hatte ihr Irma berichtet, dass die Kundin mit den angefügten muschelähnlichen Aufsätzen nach etwas Neuem gefragt hatte.

»Die Frau Westerland hat eine langweilige weiße Bluse und hat gemeint, ob man ihr nicht da auch etwas draufstecken oder annähen könnt? Hast du vielleicht eine Idee?«

Rosalie hatte den Block aus ihrem Rucksack geholt und ihren ersten Entwurf gezeigt.

»Das is ja wieder super. Und so lila. Wenn du es nicht eilig hast, schneidere ich das Teil sofort«, war Irmas Reaktion darauf gewesen. Sie hatte Rosalie in die Nähstube geführt, eine Kiste mit Stoffresten geöffnet und nach und nach welche in verschiedenen Lila-Schattierungen hervorgezaubert.

Anfangs hatte Rosalie neben ihr gesessen und war skeptisch gewesen. Auf dem Papier hatte der Krokus eleganter gewirkt als während seiner Entstehung. Erst als Irma ein Stück Glitzerstoff dazwischenlegte und mit den anderen Teilstücken verband, spürte Rosalie wieder diese Begeisterung in ihrem Herzen.

»Der Glitzer macht es.« Jetzt nahm sie den fertigen Krokus und legte ihn sich auf die Handfläche.

Irma tippte mit der Spitze ihres Zeigefingers auf die Kreation. »Die Kundin wird sich freuen. Auf einer weißen Bluse wird das Stück top ausschauen.«

Der Perlenvorhang raschelte. Lorenz steckte den Kopf herein. »Ah, die Damen bei der Arbeit.« Er schob sich ganz in den Raum. Zu dritt in der Stube wurde es eng. »Was is denn das?«

Rosalie hielt ihm den Krokus unter die Nase. »Mein neues Baby. Dank deines Skizzenblocks hatte ich eine nächste Idee. Mit deinen Buntstiften habe ich sie zu Papier gebracht.«

»Und ich hab sie genäht. Grade eben.« Auch Irma erhob sich. »So, jetzt aber raus, Lorenz. Mit deinem dicken Bauch hier drinnen bleibt uns zu wenig Platz zum Luftholen.«

Er gehorchte sofort und verschwand wieder in den Verkaufsraum.

Rosalie folgte ihm. Sie überlegte, ob sie nicht Irma bitten sollte, einen zweiten Krokus zu nähen, um das erste Stück für sich behalten zu können. Sie würde Lorenz' Frau die doppelte Arbeit bezahlen. Vorausgesetzt, es gab noch genug lila Stoffstreifen. Rosalie hätte Justus zu gern ihr Werk gezeigt.

Kaum dachte sie an ihn, kam die inzwischen schon bekannte Zuneigung hoch. Einfach alles, was in dieser kurzen Zeit mit ihm und ihr geschehen war, fühlte sich unwirklich und glasklar zugleich an.

»So.« Lorenz hantierte an der Theke, auf der die Kasse stand.

»Jetzt wird's aber doch Zeit, dass du mehr kriegst als einen Rabatt oder einen Block mit Buntstiften. Wir verkaufen das Dingsda ja und verdienen damit.«

»Das Dingsda ist, wie gesagt, ein Krokus.«

»Echt?« Er betrachtete die Kreation mit einem etwas argwöhnischen Blick. »Darauf wär ich nicht gekommen. Aber du weißt es am besten.«

»Auf keinen Fall will ich Geld dafür.«

»Ich werd gleich noch einen schneidern. Für Rosalie ganz persönlich.« Irma gesellte sich zu ihnen und demonstrierte erneut ihre telepathischen Fähigkeiten. »Lila Stoffe haben wir jede Menge. Ich bin mir sicher, dass die im Depot lagern. Flieder und Dunkellila auf jeden Fall. Auch was Durchsichtiges mit Strass. Vom vorvorletzten Jahr. Erinner dich, Lorenz. Wir haben gedacht, das wird der Renner für Blusen, Gilets und leichte Jacken. Deswegen hatte ich auch so viele Stoffmuster in meiner Kiste. Zum Herzeigen für die Kundschaft. Aber nix da. Dieses blöde Virus hat uns einen Strich durch die Rechnung gemacht.«

»Sprich das C-Wort nicht aus, Irmi. Das bringt Unglück. So was brauchen wir nicht noch einmal.« Hektisch fuhr Lorenz sich ein paarmal über die Glatze. »Aber Schmarrn drüber, wie ich gern sage. Zurück zu dir, Rosalie.«

Rosalie ließ das lila Accessoire durch ihre Finger gleiten. Durch die unterschiedlichen Stoffarten fühlte es sich lebendig an. »Ich würde wirklich am liebsten diesen ersten Krokus mitnehmen. Ist es dir wirklich nicht zu viel, einen zweiten zu nähen?« Sie sah Irma fragend an.

»Zu viel?« Irma stemmte die Hände in die Hüften. »Nähen, Backen und Tanzen, das sind meine Leidenschaften. Das war schon immer so und wird immer so bleiben. An der Nähmaschine machen mir selbst kaputte Reißverschlüsse eine Freude. Wenn der

Lorenz denkt, der Krokus könnt sich mehr als einmal verkaufen, dann schneidere ich dir Hunderte zusammen. Du hast ja gesehen, wie schnell einer fertig is.«

»Meine Irmi.« Lorenz umrundete die Theke und gab seiner Frau einen Klaps auf die Hüfte. »Ich würde sie heut und hier sofort wieder heiraten. Mein Zuckerschneckerl.«

»Also, soll ich mich an die Maschine setzen? Was meint ihr?« Die Lust am Nähen war Irma anzumerken.

»Ein zweiter Krokus genügt«, erwiderte Rosalie. »Gern wieder mit dem Glitzerstreifen, bitte.«

»Der macht's wohl aus. Gib mir das lila Teilchen.« Lorenz streckte Rosalie seine offene Hand entgegen und ließ sich von ihr das Accessoire darauflegen. Er ging damit ans Ladenfenster und drehte ihn im einfallenden Licht. »Ich weiß nicht, ich weiß nicht.«

»Was denn, Schatzi?« Irma schloss sich der Begutachtung an. »Findest du ihn nicht hübsch? Mir gefällt er.«

»Hübsch auf jeden Fall. Aber dass es ein Krokus sein soll, kommt mir nicht richtig vor.«

»Was sonst?«, fragte Rosalie. »Es ist eine Blume, die sich öffnet. Ein erster Frühlingsbote.«

Rosalies Bewegung von vorhin wiederholend, ließ Lorenz den Stoffkrokus über seine Finger gleiten. »Es wirkt mehr wie ein Tier, nicht wie eine Blume. Pass auf!«

Alle drei starrten wie gebannt auf Rosalies Kreation.

Als Nächstes machte Lorenz eine Faust darum und öffnete sie wieder. Die einzelnen Stoffstreifen flossen in unterschiedlichem Tempo auseinander. Am Ende gab er die Kreation an Rosalie zurück. In gewohnter Manier begann er, seinen Schnurrbart zu zwirbeln.

»Ausschauen tut es spitze, das is wahr. Aber es is nie und nimmer ein Krokus. Es erinnert mich an etwas. Hat aber nix mit einer

Pflanze zu tun, sondern mit dem Meer. Also für mich is es …« Er ließ eine Spannungspause.

»Was denn?« Rosalie und Irma fragten synchron.

»Jetzt dürft ihr euch spontan etwas wünschen, meine Damen.«

Ich wollte, Justus käme herein, war Rosalies erster Gedanke. Sie warf einen schnellen Blick zur Ladentür. Doch da war niemand.

»Hör mit der Ablenkung auf, Lorenz.« Nun war es Irma, die ihrem Mann in die Seite knuffte. »Sag schon, an was dich Rosalies wunderbares Design erinnert.«

»Na schön.« Er schluckte. »Für mich is es ein Krake.«

Erneut stießen beide Frauen gleichzeitig ein »Was?« aus.

Lorenz wurde zusehends unsicherer. »Seid's mir nicht böse, meine Damen. Ich denke bei dem lustigen Stückerl an einen Tintenfisch. Nachdem er seine Tinte verschossen hat. Wie die Stoffstreifen so quirlen, kommen sie mir wie Fangarme vor. Wir haben in der Nordsee Kraken. Ich hab schon vor Jahren einen Bericht gelesen, dass die sich ausbreiten. Im Wattenmeer, bei Hallig Hooge, is ein lebendes Exemplar gefunden worden, das war 2017, glaub ich. Erinnerst du dich nicht, Irmi? Seither gibt's die immer öfter.«

»Aber geh, das is doch kein Tintenfisch.« Irma schüttelte vehement den Kopf. »Nie und nimmer.«

»Is es. Glaub mir, bittschön.«

»Papperlapapp.«

Rosalie probierte das Schließen und Öffnen einige Male selbst. Wieder war sie vom Spiel der unterschiedlich langen und verschieden schattierten Stoffstreifen fasziniert.

»Bevor ihr euch streitet.« Sie ging bei Lorenz und Irma dazwischen. »Ich gebe Lorenz recht. Es ist ein Meeresbewohner.«

»Meinst?« Irma wirkte weiter skeptisch. »Ehrlich?«

Rosalie bejahte.

»Vom Krokus zur Krake in fünf Minuten«, stellte Lorenz trocken fest.

Das brachte die Frauen zum Losprusten.

Die Tür öffnete sich, das Glöckchen klingelte.

Rosalie drehte den Kopf. Es war nicht Justus.

II

Nach dem Besuch im Laden schaffte sie es nicht mehr an den Strand. Stattdessen folgten drei Arbeitsstunden bei Theo, die Rosalie sogar genoss. Ihn und seine manchmal ruppige Art konnte sie nun aus einem völlig neuen Blickwinkel betrachten. Sie durfte ihm sogar erstmalig eine ihrer gespeicherten Kurzgeschichten vorlesen, danach fachsimpelten sie noch darüber. Am Ende schlabberte ihr Marwin die Jeans voll, doch Rosalie verzieh ihm postwendend.

Kaum in ihrer Wohnung, meldete sich Lorenz bei ihr und bat Rosalie, sich noch einmal mit ihm zu treffen.

»Mein Feierabend hat eben begonnen, Lorenz. Ich könnte so um fünf beim Fetzenpupperl sein.«

»Fünf is bestens. Aber nicht im Laden, dort haben grad die Frauen das Sagen. Es gibt bald eine Hochzeit, und die Irmi näht dafür. Die zukünftige Braut hat sich mit ihren Brautjungfern angesagt. Bei dem Geschnatter zieh ich mich zurück. Komm bitte zum Öömrang Hüs, liebe Rosalie.«

»Wohin?«

»Das is eines der ältesten Kapitänshäuser auf der Insel. Ein Museum.«

»Willst du mich herumführen?«

»Kann ich machen.« Er hüstelte. »Dort kannst dir anschauen,

wie die Menschen auf der Insel im 18. Jahrhundert gewohnt haben. Aber ich will dich eigentlich jemandem vorstellen.«

Lorenz erwartete Rosalie vor einer grün eingefassten Tür, auf die die Jahreszahl 1751 gemalt war. Auch dieses Gebäude mit seinen roten Ziegelsteinen, dem Reetdach und den weiß gerahmten Fenstern war ein Schmuckstück. Vorne an der Mauer wuchsen üppige Rosenbüsche, deren Duft Rosalie tief einsaugte.

Bei der Begrüßung deutete Lorenz einen seiner Handküsse an. »Das Museum is schon zu, drinnen findet jetzt anderes statt. Zuerst gehen wir aber rasch einmal durch das Haus. Is sehr lehrreich.«

Sie betraten das Innere, das wirklich wie aus der Zeit gefallen wirkte. Lorenz dirigierte Rosalie erst durch ein Zimmer, das mit einem runden Tisch, unterschiedlichen Stühlen, einer Spindel und einem schmalen Schrank aus dunklem Holz eingerichtet war. Auf einem der Sessel war eine Schaufensterpuppe platziert, die ein traditionelles schwarzes Trachtenkleid mit einer passenden Kopfbedeckung trug.

An den Wänden zwischen Bildern von Schiffen und Meer nebst Stillleben entdeckte Rosalie eine alte Pfeife. Die Fenster zierten weiße Rüschenvorhänge. So auch in einem Schlafzimmer mit einer Wiege und einer Waschschüssel samt Krug. Die Verzierungen waren in Blau und Weiß gehalten. Ein Schreibtisch aus dunklem Holz und mit verschnörkelten Tischbeinen stand in einer der Ecken.

Weiter ging es durch die original eingerichtete Küche, eine Kochnische mit einem niedrigen Herd, zu dem sich Rosalie beim Kochen hätte bücken müssen.

»Die waren gescheit früher«, erläuterte Lorenz. Er öffnete am Boden eine Klappe mit einer Versenkung. »Wenn du dich da reinstellst, passt die Höhe wieder.«

»Ich gebe dir recht. Lorenz. Sehr clever und praktisch.«

Links und rechts hingen Küchenutensilien vergangener Tage. Rosalie hätte sofort ein paar der Teller mitgenommen. Dazu die alte Küchenwaage. Auch den Schürhaken oder die Suppenkelle. Vor allem aber verzückten sie die Fliesen, die zum Teil die Wände bedeckten. Motive wie Häuser, Brücken und natürlich Boote waren darauf zu sehen. Überall war die dominante Farbe ein Blau, intensiv und kräftig, das Meer widerspiegelnd.

Zum Abschluss landeten sie in einer Wohnstube. Rosalies Aufmerksamkeit wurde von einer durchgehend gefliesten Wand angezogen. In deren Mitte war wieder ein Schiff dargestellt.

»Das ist das Tableau eines Schmackschiffs. Der Commodore war zugleich der Besitzer des Hauses.« Lorenz machte sich perfekt als Fremdenführer. »Die gute Stube wird Pesel genannt. Warm gehalten und beheizt von der Küche aus durch einen Beileger- oder Bilegger Ofen von 1681. Das is der da, vor der prächtigen Fliesenwand.«

»Was du alles weißt, fast so, als wärst du hier geboren.«

»Na ja, Amrum is inzwischen auf jeden Fall meine zweite Heimat.« Er war sichtlich geschmeichelt und zeigte auf zwei kurze Schrankbetten. »Der Pesel hat auch als Schlafraum gedient, die Bewohner haben hier drinnen auch die Nächte verbracht – in den sogenannten Alkoven.«

Rosalie staunte. Sie dachte an ihre eigene Art, sich im Bett zu rekeln und zu strecken. »Da sitzt man ja eher, als dass man liegt.«

»Die Menschen haben früher geglaubt, wenn sie sich ausstrecken, könnten sie im Schlaf sterben.«

»Würde ich als Aberglauben bezeichnen.«

»Ein bisserl. Aber ich glaub zum Beispiel fest, dass man nicht unter einer Leiter durchspazieren soll. Und dass es einen Geldsegen gibt, wenn mir die rechte Hand juckt.«

»An der letzten Vorstellung würde ich auch festhalten.« Rosalie zwinkerte ihm zu und kratzte sich demonstrativ in der Handfläche.

Lorenz machte es ihr nach. »Also unterscheiden wir uns nicht so sehr von denen damals.«

Jetzt erst merkte sie, dass rund um den Tisch am Fenster drei ältere Männer saßen, die Tee tranken.

»Moin, Moin«, sagte einer von ihnen, hob seine Tasse Richtung Rosalie.

»Hallo.« Rosalie winkte ihnen zu, zugleich hatte sie das Gefühl, die Runde gestört zu haben.

Doch Lorenz ging einen Schritt auf die Männer zu. »Heut is hier unser Klönschnackabend.«

Rosalie stutzte. »Der was?«

»Eine Altherrenrunde, die sich in regelmäßigen Abständen trifft und bei Tee mit Kümmelschnaps zusammensitzt und friesisch plaudert.«

»Entschuldige bitte die Frage: Aber was machst du dabei?«

»Gute Frage.« Lorenz lachte auf. »Ich höre zu, lerne was. Im Lauf der Zusammenkunft bringe ich meinen Freunden in der Runde meinerseits ein schönes österreichisches Wörterl bei. So verbinden sich auch hier die Länder und Sprachen.«

»Ähnlich dem Walzerabend, finde ich.«

»Richtig. Miteinander reden, tanzen und lachen, Rosalie. Das is es doch, was die Welt verbindet. Dazu der kulinarische Austausch. Heute gibt's zum Tee leckere Friesenwaffeln, das nächste Mal back ich Buchteln.«

Die Tür ging in dem Moment erneut auf, und ein Mann trat ein, der noch um einiges älter als Lorenz und die anderen schien. Sein Haar war schlohweiß, ebenso sein Vollbart. Er stützte sich auf einen Stock.

»Moin, Moin und Servus, liebster Freund.« Auf Lorenz' Gesicht zeigte sich ein Strahlen. »Darf ich bekannt machen? Das is der Mats, mein bester Kumpel auf Amrum. Er war es, der uns mit offenen Armen willkommen geheißen hat, als wir vor über zwanzig Jahren hier einen Neustart versucht haben.« Er wandte sich an den Neuankömmling. »Mats, das is die, von der ich dir erzählt hab.«

»Freut mich sehr.« Rosalie streckte dem wirklich uralten Mann ihre Hand entgegen.

Sein Händedruck war kraftvoller als vermutet. «Moin, Moin«, rief er fröhlich. Für Rosalie passte er perfekt in das Friesenhaus und hätte direkt von einem der Kapitäne abstammen können.

Statt mit ihr eine Unterhaltung zu beginnen, sah sie Mats jedoch eine Weile an. »Hat paaset tu üs«, meinte er schließlich Richtung Lorenz und verschwand ins Nebenzimmer.

Rosalie war irritiert. »Hab ich was falsch gemacht?«

»Keine Sorge.« Lorenz' Strahlen blieb. »Mats verliert nie auch nur einen Satz zu viel. Er wollte dich auf jeden Fall kennenlernen, weil ich ihm schon einiges über dich und dein kreatives Talent erzählt habe.«

»Aber was hat er eben gesagt?«

»Dass er dich auf Anhieb mag. Ich hab nichts anderes erwartet.« Er zeigte Richtung Ausgang. »Lass uns wieder an die frische Luft gehen.«

Kaum vor der Tür, stieg der Rosenduft in Rosalies Nase. Lorenz zog sie ein Stück vom Eingang fort, als würde er nicht wollen, dass sie jemand belauschte. »Pass auf, Rosalie. Ich kehr gleich zurück zum Klönschnack.«

»Viel Spaß. Lieb, dass du mir das Haus gezeigt hast.«

»Wart noch. Jetzt zu der Angelegenheit, wegen der ich dich herbestellt hab. Die Irmi findet meine Idee ein bisserl übertrieben, deshalb red ich mit dir hier und nicht im Laden. Ich will dich um etwas bitten.«

»Da sag ich sofort Ja. Ich würde mit Freude etwas für dich tun.«

»Hör mir erst zu, bittschön.« Sogar sein Ton wurde leiser. »Mitte nächster Woche is ein Fernsehteam hier auf Amrum. Die drehen regelmäßig auf den Inseln. Dabei is auch ein Bericht über Nebel eingeplant. Neben dem Bäcker, dem Café, den Islandpferden und dem Vogelschutzgebiet werden auch ein paar der Läden besucht.«

»Bestens. Das klingt nach einer guten Publicity.«

»Ja, finde ich auch. Vorletztes Mal war das Fetzenpupperl schon mal mit dabei und wurde neben all den anderen Sehenswürdigkeiten vorgestellt. Die Irmi und ich als Exoten auf der Insel porträtiert.«

»Wer auch sonst, wenn nicht ihr, Lorenz.«

»Der Umsatz hinterher is richtig in die Höhe geschossen. Dieses Jahr stehen wir nicht auf der Liste derer, die das Team und die Moderatorin aufsuchen wollen. Das hat mir der Mats gesteckt. Aber ich will unbedingt, dass es wieder klappt. Er könnt da was regeln, uns vorschlagen. Deshalb kommst du ins Spiel.«

»Ich?«

»Mehr dein Krake.« Er rieb sich die Hände. »Ich hab die letzten Stunden schon drüber nachgedacht und beim Mats vorgefühlt. Als Idee: Die interviewen dich im Fetzenpupperl, der Laden, der dich inspiriert hat. Eine Journalistin von den Amrum-News wäre auch dabei, dann hätten wir zwei Fliegen mit einer Klappe.«

Plötzlich war sich Rosalie nicht mehr sicher, ob es klug gewesen war, Lorenz ihre unbedingte Unterstützung bei allem zuzusagen. »Der extrovertierte Typ, dem was einfällt, wenn ihm ein Mikrofon vor den Mund gehalten wird, bin ich leider nicht. Erst recht nicht, wenn ich vor einer Kamera etwas Kluges äußern soll. Das könnte auch in die Hose gehen.«

»Wird es nicht.« Spontan nahm er sie in den Arm und drehte mit ihr einen Walzerkreis. »Im Gegenteil. Das wird super. Machst du es?«

»Hab ich noch Bedenkzeit?«

»Klar.« Er nickte, aber sie konnte ihm ansehen, wie fest er davon ausging, dass die Sache laufen würde. »Mats wird übrigens hier im Friesenhaus interviewt. Es ist schon das vierte Mal, dass er ins Fernsehen kommt. In der Zeitung war er noch öfter. Was er kann, kannst du auch.«

12

Der neue Tag begann mit einem Frühstück bei Theo. Neben Marwin, der den Tisch nicht aus den Augen ließ, hatte sich noch Marlene dazugesellt.

»Endlich einmal Zeit, sich intensiver auszutauschen, liebe Rosalie. Was machst du sonst beruflich? Wie lebt es sich in Köln? Wie ist es beim Karneval? Wie schmeckt ein Kölsch?« Die rundliche Frau mit den auffallend meergrünen Augen hätte jeden Talkmaster ersetzen können.

Während es Rosalie bei all den Antworten kaum schaffte, ihre erste Tasse Kaffee auszutrinken, hatte sich Marlene bereits drei von vier Butterhörnchen einverleibt, die sie eigentlich für Rosalie mitgebracht hatte.

Theo hörte den Frauen mit sichtlichem Genuss zu, während er Apfelstücke in seinen Joghurt tauchte, ohne auch nur ein einziges Mal daneben zu stippen. Marwin beobachtete auch ihn mit Argusaugen. Ein Speichelfaden zog sich langsam von seiner Unterlippe Richtung Boden.

Marlene hingegen aß und fragte Rosalie immer weiter Löcher in den Bauch.

Rosalie überlegte ernsthaft, die Stunden des heutigen Morgens als Arbeitszeit aufzuschreiben. Sie wünschte sich fast, einem von

Theos Finanzvorträgen zu lauschen und dabei ein Gähnen zu unterdrücken.

»Wie hat dir das Molenfest gefallen? Ich hab dich gesehen, du mich aber nicht. Du bist mit Justus Merten davonspaziert. Habt ihr euch angefreundet? Oder vielleicht mehr?« Marlene zwinkerte Rosalie zu.

Kaum wurde der Name von Justus erwähnt, spürte Rosalie eine leichte Röte in ihre Wangen aufsteigen. Sie lenkte rasch geschickt ab. »Stell dir vor, Marlene, ich werde für die Amrum-News interviewt. Möglicherweise sogar fürs Fernsehen.«

Die Ablenkung klappte. »Was? Wie das? Und wann?«

»Nächste Woche ist es so weit. Der Grund ist, dass ich mir eine kleine Kreation für ein Kleidungsstück ausgedacht habe. Irma Vongooßen hat es genäht, nach meiner Idee.«

»Du bist Designerin?« Marlene schnappte sich auch noch das letzte Hörnchen und biss hinein. »Könntest du auch für mich etwas entwerfen, das sonst keiner hat?«

Ein paar größere Hörnchenteile fielen zu Boden, Marwin stürzte sich enthusiastisch darauf, was bewirkte, dass der Tisch wackelte und zu kippen drohte.

»Marwin.« Theo verlor für Sekunden die Fassung.

Rosalie fühlte sich an den Beginn der Woche und den Ausflug mit ihm erinnert.

Marlene, immer noch mit einem Stück Hörnchen im Mund, packte den Hund am Halsband und zog ihn an ihre Seite. »Aus, Marwin«, tadelte sie ihn. »Als ob du nicht genug Futter bekommen würdest.«

»Butterhörnchen mag eben jeder.«

»Ich hätte doppelt so viele mitbringen sollen«, seufzte Marlene.

Theo mischte sich ein. »Im Tiefkühlfach sind noch welche. Die könntest du aufbacken, Marlene.«

»Siehst du, Theo, Vorräte lohnen sich, wie ich immer sage. Soll ich, Rosalie? Damit du auch in den Genuss kommst?«

»Ja, mach das. Gute Idee.«

Rosalie war froh, dass durch Marwins Störung ihre Designkreationen ebenfalls als Thema vom Tisch waren. Wobei sie eigentlich üben sollte, von ihrem Kraken zu erzählen. Schließlich hatte sie sich bereit erklärt, bald vor einer laufenden Kamera darüber zu plaudern, obwohl sie keine Vorstellung hatte, wie ihr das gelingen sollte. Aber sie war bereit, auch hierbei Neuland zu betreten.

Neu, neu, neu, wohin sich Rosalie auch drehte.

Zuvor würde sie den Kraken Justus vorführen. Ihn wiederzusehen konnte sie kaum erwarten. Heute Abend würde er herüberschiffen, obwohl er morgen früh zurück zur Arbeit musste. Normalerweise übernachtete er während stressiger Zeiten in einem Zimmer in einem Wohnhaus nahe der Klinik, das für Ärzte, Krankenschwestern und auch Verwaltungspersonal zur Verfügung gestellt wurde.

Marlene kam mit einem enttäuschten Gesichtsausdruck aus der Küche. »Da sind keine Hörnchen.«

»Dann habe ich sie wohl gegessen. Oder Marwin hat sie geklaut, wer weiß.« Theo erhob sich mit einem Lächeln, bewegte sich zum Bücherregal. Rosalie war sich sicher, dass er nur Marlenes Fragefluss hatte unterbrechen wollen. »Kauf neue. Und bitte, geh mit dem Kleinen seine Runde, Marlene. Ich hab zu tun.«

»Soll ich bleiben?« Mit ein paar Schritten war Rosalie an seiner Seite.

Er schüttelte den Kopf. »Nein, danke, Rosalie. Raus mit euch allen. Wenn ihr zusammen die altbekannte Runde dreht, komme ich nach und beeindrucke Rosalie mit meinem Zaubertrick. Sagen wir um Punkt elf.«

»Zauberei? Habe ich etwas verpasst?« Marlene wurde anscheinend des Fragens nie müde.

Theo war schon am Lesesessel. »Meine Erstaunlichkeit, was die Segelboote angeht. Kennst du doch, Marlene.«

»Ach das.« Mit einem wissenden Seitenblick auf Rosalie stand sie auf und verschwand im Flur, immer weiter plappernd. »Rosalie nennt es Magie, nicht wahr? Ich dachte allerdings, das funktioniert nur, wenn Kojo auf der Insel ist. Ist es nicht so?«

Gern hätte nun Rosalie eine Frage an Theo gerichtet, aber Marwin trottete hinter Marlene her. Rosalie hörte die Haustür aufgehen. »Wartet auf mich.«

Noch einmal rief Theo sie zurück. »Bald bricht deine letzte Woche an.«

»Stimmt. Ich mag nicht daran denken.« Sie konnte sich tatsächlich kaum vorstellen, Amrum in absehbarer Zeit wieder zu verlassen. »Aber noch ist es nicht so weit.«

»Wenn du komplett freihaben möchtest, geht es in Ordnung.«

»Wie meinst du das?«

»Ich wollte es dir nicht in Anwesenheit von Marlene sagen, aber du kannst hier wohnen bleiben und die Stunden aufschreiben, ohne von mir gelangweilt zu werden.«

»Du langweilst mich nicht.«

»Vergiss nicht, ich kann dich gähnen hören.«

Ohne nachzudenken, fuhr Rosalie ihm durch das hellblonde Haar wie ihrem Sohn Oskar früher, wenn er sie mit einer Liebenswürdigkeit überrascht hatte. Dass sich Theo die Geste ohne Zurückzucken gefallen ließ, berührte sie. »Das ist ein großzügiges Angebot, Theo. Aber ich würde mich freuen, wenn wir statt deiner Vorträge anderes miteinander unternehmen würden. Wie unseren Spaziergang.«

»Ich denke darüber nach.«

»Ernsthaft, Theo.«

»Versprochen. Und jetzt beeil dich, Rosalie. Ein neuer Inseltag wartet auf dich.«

Draußen war Marlene mit Marwin bereits ein Stück die Straße hochgelaufen. Rosalie würde sich beeilen müssen, um die beiden einzuholen. Noch im Vorgarten drehte sie den Kopf einmal rasch in die andere Richtung und bemerkte zwei Männer, die sich auf der Rundbank unter dem Baum niedergelassen hatten.

Einer von ihnen war älter, mit einem Ansatz zum Wohlstandsbauch. Er hatte dunkle und teilweise schon ergraute Haare, während der Jüngere schlank, fast schon dünn und blond wie sie selbst war. Zwischen sich hatten sie eine Picknicktasche stehen. Der Jüngere war in sein Handy vertieft, der Ältere hatte den Blick nach oben in die Kronen des Blätterdachs gerichtet.

Vater und Sohn, dachte Rosalie. Wie Egbert und Oskar.

Es dauerte eine halbe Minute, bis Rosalie klar wurde, dass dort wirklich und wahrhaftig Egbert und Oskar saßen. Sie kniff sich in den Oberarm, es brannte, und die beiden waren immer noch dort. Demnach träumte Rosalie nicht.

»Au«, sagte sie laut.

»Rosalie!« Marlene hatte sich umgedreht und rief nach ihr.

Auch die Männer sahen jetzt in ihre Richtung. Oskar hob die Hand zum Gruß, Egbert lächelte verlegen.

Ihr Ex-Mann und ihr Sohn waren wahrhaftig auf Amrum aufgetaucht.

13

»Surprise, Mama«, posaunte Oskar.

Ihren Sohn in die Arme zu schließen fand Rosalie wundervoll, aber was sie vom Besuch ihres Ex-Manns halten sollte, das konnte sie so schnell nicht entscheiden.

»Ich war zu Besuch bei Oskar und Dilara in Berlin«, erklärte Egbert kleinlaut.

»Und Dilara hat schon länger eine Einladung in Flensburg bei Nyla geplant, einer ihrer besten Freundinnen«, ergänzte Oskar. »Ich habe Papa vorgeschlagen, uns zu begleiten, statt zurück nach Stommeln zu reisen. Nyla hat wiederum einen Cousin, der einen Wohnwagen auf Föhr stehen hat.«

»Ihr seid auf Föhr?« Rosalie ging dazwischen. Sie versuchte, ihre sich überlappenden Gedankengänge zu ordnen.

Justus war auf Föhr, wollte aber heute Abend zurückkommen, um sie zu treffen. Das musste sie absagen, so schnell wie möglich. Nicht dass er dort oder hier Egbert über den Weg lief. Andererseits brauchte sie sich für nichts zu entschuldigen oder zu schämen.

Zu aller Verwirrung und mit fast unheimlicher Präzision, was das Timing anging, starteten Rosalies Hormone eine nächste Hitzewelle. Stopp, stopp, stopp, rief sie sich zu. Nur jetzt keine grundlose Panik.

Marlene hatte kehrtgemacht. »Du hast Besuch, Rosalie? Wie schön.«

Rosalie stellte reihum vor, wobei sie bei Egbert stockte. »Das ist mein … also, mein … eben Bert, der Vater meines Sohnes.«

»Wie lange bleibt ihr? Wohnt ihr auch in der Einliegerwohnung? Seid ihr heute aus Köln angereist?«

Nach langen Minuten des Small Talks und der Beantwortung aller Marlene-Fragen war es Marwin, der mit einem flehenden Winseln Marlene zum Aufbruch bewegte.

Die Burgs waren wieder unter sich.

»Erklärt mir noch mal, wie ihr einen Stellplatz in der Hauptsaison ergattert habt?« Rosalie war inzwischen nass geschwitzt.

»Mama, du hörst nicht zu. Der Wohnwagen steht dort das ganze Jahr. Zufällig ist er gerade kurzfristig im Übergang zu den nächsten Gästen frei. Was bestens für Papa und mich ist. Wir wollen schon übermorgen wieder retour. Der Abstecher war eine spontane Idee.«

»Deine, Bert?« Die Nachfrage konnte sich Rosalie nicht verkneifen.

Oskar gab die Antwort. »Unsere, Mama. Ich hab vorgeschlagen, dass wir die Gelegenheit nutzen könnten, ebenfalls einen Ausflug an die Nordsee zu machen. Zu dritt. Dilara wollte lieber bei Nyla bleiben und auf ein Konzert gehen. Also haben wir Männer uns auf den Weg gemacht. Es ist ewig her, dass Papa und ich etwas gemeinsam unternommen haben. Auf Föhr angekommen, meinte Papa, es wäre seltsam, wenn wir nicht den Katzensprung nach Amrum und zu dir machen würden.«

»Nun sind wir hier, Rosie«, endete Egbert.

Dass Egbert der Mitinitiator der Reise gewesen war, fand Rosalie eigenartig. Er litt schwer unter Seekrankheit. »Wie war die Überfahrt mit der Fähre, Bert? Ist dir nicht übel geworden?«

»Das bisschen Schaukeln. Kein Problem. Ich hatte Tabletten von Dr. Matschulla eingepackt. Drei Stück, und schon hat sich mein Magen beruhigt.«

»Da untertreibst du aber, Papa.« Oskar klopfte seinem Vater auf die Schulter. »Leichenblass war er, kurz vorm Kotzen.«

»Oskar. Stell mich nicht vor allen bloß.«

»Vor allen? Hier ist bloß Mama.«

Rosalie meinte, laufende Schweißtropfen überall auf ihrem Körper zu spüren. Besonders auf ihrem Kopf. Sie hätte geschworen, auch beim Denken zu schwitzen.

»Ich muss etwas regeln und bin gleich wieder bei euch.« Sie zückte ihr Handy und entfernte sich.

Sie saßen zu dritt im Restaurant Seekiste, von dem Justus Rosalie erzählt hatte, was die Sache nicht besser machte. Nervös spähte sie zur Eingangstür, jeden Moment damit rechnend, dass er in das Lokal kommen könnte. Doch nachdem sie beiden ihre Wohnung gezeigt hatte und die Männer Hunger hatten, war ihr in der Aufregung nur das Lokal eingefallen.

Justus selbst hatte sie nicht erreicht, ihm aber auf die Mailbox gesprochen. Ihre Erklärung war lang und etwas verworren gewesen. Bisher kein Rückruf.

»Wie lange bleibt ihr auf Föhr?«

»Übermorgen geht's zurück, Mama. Hab ich schon zweimal gesagt.«

»Entschuldige, Oskar.«

»Aber fühl dich nicht überrumpelt, Rosie«, fügte Egbert hinzu, was lächerlich klang.

Rosalie reichte den Männern die Speisekarte. »Tu ich nicht, Bert.«

Unendlich langsam senkte sich die Hitze in ihr. Sie wischte sich mit dem Ärmel, so gut es ging, über Gesicht und Dekolleté. Ein Eisbeutel wäre jetzt das Himmlischste, überlegte sie. Viel lieber hätte sie sich mit ihrem Ex-Mann und Sohn draußen hingesetzt, aber auf dem Weg hierher hatte es zu nieseln begonnen.

Wenigstens war das Lokal richtig urig.

Die Innenausstattung spiegelte den typischen Stil der Insel wider und vermittelte die Gemütlichkeit, die Rosalie bereits in anderen Restaurants und Cafés gefallen hatte. Auch hier gestaltete sich das Dekor aus blau bemalten Fliesen, dazu weißen Vorhängen, verschnörkelten Lampen und vielen Bildern an den Wänden. Justus hatte ihr von einer langen Renovierung erzählt und dass die Seekiste endlich wieder Gäste bewirtete.

Doch trotz des angenehmen Ambientes blieb in ihr die Anspannung. Etwas zu essen erschien ihr kaum möglich.

»Hier gibt es eine Tote Tante, Mama.« Oskar blätterte lachend durch das Getränkeangebot. »Weißt du, was das ist?«

Justus' Erklärung fiel ihr ein. »Die Bezeichnung Tote Tante geht auf eine Legende zurück, nach der die Urne mit der Asche einer in Amerika verstorbenen Föhrerin in einer Kakaokiste auf die Insel zurückkehrte. Wobei das Getränk Rum enthält, also nichts für dich.«

»Haha, Mama. Sehr witzig. Ich bin dreißig.«

»Noch nicht, Oskar.« Rosalie zwinkerte ihrem Sohn zu. »Das Essen soll hier vorzüglich sein. Der Queller-Salat ist eine friesische Spezialität.«

»Und was ist das?« Oskar wirkte als Einziger locker. Schon auf dem Weg hierher hatte er Selfies gemacht und sie seiner Freundin gesendet.

»Queller ist eine Blütenpflanze, die mitten im Watt wächst. Wie Salat. Mit einem Dressing und Krabbenfleisch darüber.«

»Salat ist nicht so meins, aber die Bouillabaisse springt mich an.«

»Nehmt, was ihr wollt. Ich lade euch ein.« Rosalie überlegte, ob sie in der Eile ihr Portemonnaie eingepackt hatte. Sie begann, in der Strandtasche zu wühlen.

Egberts Gesichtsausdruck war ähnlich angespannt, wie Rosalies Bauch sich anfühlte. »Haben die hier nur Fisch?«

»Du bist doch passionierter Angler, Bert.«

»Aber kein Orca oder eine Robbe, die sich nur von Meerestieren ernähren.«

»Papa.« Oskar deutete mit dem Zeigefinger auf ein angebotenes Rumpsteak mit Beilagen. »Das ist das Richtige für dich. In Bio-Qualität. Schau.«

»Selbst beim Steak sind Krabben anbei.«

»Die kann man sicher weglassen, meinst du nicht, Bert?« Lieber hätte Rosalie ihn gefragt, wie er bloß auf die Idee mit dem überfallartigen Besuch hatte kommen können.

Nach der Bestellung redeten sie über Oskars Start-up, das im Juni den besten Monat seit der Gründung erlebt hatte, und seine Suche nach einer größeren Wohnung. Mit ihrem Sohn einmal wieder über sein Leben in Berlin plaudern zu können, beruhigte Rosalies aufgewühlte Stimmung. Die Hitze in ihrem Körper verschwand gänzlich, stattdessen kam draußen die Sonne zum Vorschein.

Nach dem Essen schlug Rosalie einen Strandspaziergang vor, der von den Männern angenommen wurde. »In die Picknicktasche haben Papa und ich Zitronenlimonade eingepackt. Mit Kühlpads, damit sie frisch bleibt.«

Limonade schien das Stichwort gewesen zu sein, Rosalies Handy sang *Chasing Cars*. »Da muss ich ran, meine Lieben. Geht einfach ein Stück vor.«

Egbert warf ihr einen verständnislosen Blick zu.

Kaum am Wasser angekommen, schälte sich Oskar aus seinen Jeans. »Herrlich, Mama. Ich springe in die See.«

»Das Wasser ist ziemlich kalt. Aber gönn dir den Spaß.«

Immerhin war die Sache mit Justus geklärt. Er würde auf Föhr bleiben. Nachfragen hatte er keine gestellt, was Rosalie erleichtert, aber auch verwundert hatte. Sie winkte ihrem Sohn nach.

Neben ihr räusperte sich Egbert. »Es gefällt Oskar, wieder mal etwas mit uns beiden zu unternehmen. Für den Jungen ist unsere Scheidung immer noch schlimm.«

Rosalie betrachtete ihren Ex-Mann von der Seite. In seinen Haaren war inzwischen mehr Grau als Dunkelbraun zu sehen, sein Gesicht zeigte eine Menge mehr Fältchen als vor ihrer Abreise. Oder sie hatte das Altern von Egbert nicht richtig wahrgenommen, weil vieles einfach im alten Trott gelaufen war.

»Der Junge ist Ende zwanzig, Bert. Wie er selbst betont, wenn ich ihn bemuttere. Was ich mir abgewöhnen möchte, nebenbei gesagt.« Sie schirmte die Augen ab. »Abgesehen davon soll er nicht denken, wir kämen wieder zusammen.«

»Deswegen bin ich nicht hier.«

»Weswegen denn, Bert? Was sollte der Überfall? Auch wenn Oskar es anders darstellt, ich denke, es war anfangs einzig deine Idee.«

»Ja, ich gebe es zu.« Er verschränkte die Arme. »Ich dachte, du freust dich.«

»Tu ich.«

Das entsprach halb der Wahrheit. Es gab vieles, das sie Oskar gern gezeigt hätte. Sie hätte ihm Theo Meisner vorgestellt und ihn ins Fetzenpupperl geführt. Hätte ihrem Sohn den Kraken präsentiert. Genauso gern hätte sie auch Pauline, Marion und Mama Ulla auf Amrum begrüßt. Gegen Egberts Auftauchen hätte sie weniger Einwände gehabt, wenn sie nicht die Absicht dahinter hätte spüren können. Wie sie sich kannte, würde sie trotzdem versuchen, die Harmonie zwischen ihnen aufrechtzuhalten.

Nur das Wiedersehen mit Justus, jetzt auf den morgigen Abend verschoben, wollte Rosalie nicht ausfallen lassen.

Sie setzte neu an. »Ich freu mich, Bert. Aber ich bin auch, sagen wir, ausgebucht.«

»Musst du arbeiten?«

»Nein.« Das kleine Wort kam ihr erstaunlich schnell über die Lippen, nachdem sie es viel zu selten benutzt hatte. »Ich habe andere Pläne.«

»Welche denn?«

»Andere eben. Tut mir leid.« Sie checkte am Handy die Zeit. »Bald geht die Fähre zurück für euch. Wir sollten los.«

»Kommst du mit?«

»Nein. Auch das nicht. Ich wohne hier, auf Amrum. Aber morgen könnten wir zusammen brunchen.«

»Mehr nicht?«

»Nein.«

Oskar kam aus dem Wasser und schüttelte sich wie ein nasser Hund. »Brrr. Nordsee.«

»Wie ich dich kenne, hast du keine trockene Hose mit dabei.«

»Das trocknet beim Gehen, Mama.« Er spritzte ein paar Tropfen in ihre Richtung, während er in seine Kleidung schlüpfte. »Zeigst du uns mehr von der Insel? Oder: Ich gehe gleich allein auf die Fähre, und Papa und du, ihr verbringt den Abend miteinander.«

»Ich hole uns ein Eis«, erklärte Egbert unvermutet. Er stand auf und entfernte sich Richtung Düne.

Rosalie blieb mit Oskar allein.

Genau jetzt war der richtige Zeitpunkt. Rosalie hatte es lange, zu lange hinausgeschoben. Ihre Tochter hatte es längst akzeptiert, aber ihr Sohn war dem Vater mit der Idee, bei Rosalie ohne Vorwarnung aufzutauchen, gefolgt.

»Komm, setz dich neben mich.« Sie holte zwei Flaschen Limonade aus dem Picknickkorb und reichte ihrem Sohn eine davon. »Dein Vater und ich haben nicht vor, die Scheidung rückgängig zu machen.«

Sein Übermut verschwand, er senkte den Kopf. »Die Eltern von Dilaras bester Freundin heiraten in vier Wochen zum zweiten Mal.«

»Das sind aber nicht Egbert und ich, Oskar.«

»Papa liebt dich. Ganz sicher.«

»Ich liebe deinen Vater auch.«

»Warum dann nicht einen neuen Anlauf wagen, Mama?«

»Darf ich dich fragen, Oskar, warum es für dich so wichtig ist? Du bist doch kaum mehr bei uns. Selbst zu Weihnachten jammerst du, weil du lieber in Berlin feiern möchtest.«

Er stieß die Luft mit einem Pfeifen aus. »Ich weiß es nicht, Mama. Ich weiß nur, dass ich immer so stolz auf eure tolle Ehe war. Meine Kumpels hatten fast alle getrennte Eltern, aber ihr zwei habt es hingekriegt.«

»Du bist nicht mehr in der Schule, keinen in deinem Umfeld interessiert es, ob Egbert und ich zusammenleben oder nicht.«

»Mich interessiert es, Mama.« Trotz lag in seiner Stimme. »Und ich bin der festen Ansicht, dass du es in der Hand hast, die Sache mit Papa zu kitten. Vielleicht ist dieses Wiedersehen die Gelegenheit dazu.«

»Es tut mir leid, Oskar. Ganz ehrlich. Die Antwort lautet Nein.« Wieder dieses kleine Wort. Je öfter sie es aussprach, desto leichter wurde es.

14

»Ich denke, dass der nächste Whisky einer zu viel ist, Rosalie.« Justus rutschte unruhig auf seinem Barhocker hin und her.

Ihre Wahrnehmung war wirklich bereits ein wenig verschwommen, wie Rosalie feststellte. Sie war es nicht gewohnt, viel Alkohol zu trinken, Whisky schon gar nicht. Nichtsdestotrotz hatte sie das Bedürfnis, sich mindestens noch einen zu gönnen.

Die Reihe der unterschiedlichsten Whiskysorten an der Wand hinter dem Tresen war lang. Die Flaschen glänzten unter einem bläulichen Licht.

An den Wänden hingen Blechtafeln mit alter Whiskywerbung zwischen Fotos und einem Rettungsring. Um sie herum drängten sich Gäste, der Lärmpegel war hoch, auch die Wärme. Dazu kam die Musik, die die Bar mit Namen Blaue Maus erfüllte: Oldies.

So wie Rosalie einer war.

Gerade intonierten The Mamas & The Papas *Monday Monday*, obwohl doch Freitagabend war.

Justus war zurück auf Amrum und hatte sie eingeladen. Egbert und Oskar verbrachten den Abend auf Föhr auf dem Campingplatz.

Leicht war es ihr nicht gefallen, vor allem Oskar nach dem Brunch eine nächste Absage zu erteilen. Sein enttäuschter Blick, als Rosalie es erneut abgelehnt hatte, auch den Abend mit ihnen zu verbringen, setzte ihr zu. Überhaupt war er nach dem Gespräch am Strand ihr gegenüber verschlossener geworden, stiller.

Ihre Freude, Justus wiederzusehen, war getrübt. Sie kam sich vor, als würde sie zwischen zwei Stühlen hindurchfallen. Es allen recht zu machen war unmöglich, obwohl Rosalie es sich insgeheim wünschte. Die Erkenntnis, dass sie sich nach einer harmonischen Lösung sehnte, war frustrierend, weswegen sie es mit einem, nein, zwei Whiskys als Trostpflaster probiert hatte. Außer einem Brennen im Magen hatte es an dem Gefühl der Zerrissenheit nichts geändert.

»Ich bin höchstens beschwipst, Justus.« Das Sprechen fiel ihr bereits schwerer. »Aber ich kann den ganzen Abend so weitertrinken.«

Der Barkeeper beugte sich zu Justus hin. »Neben all den Whiskysorten gibt es auch genug Alkoholfreies, Jus.«

»Jus?« Rosalie stierte den Barkeeper an. »Hast du den Mann neben mir eben Jus genannt?«

»Hab ich.« Er schenkte ihr ein Glas Wasser ein. »Ales woort gud.«

»Was heißt das?«

»Alles wird gut.«

»Dein Wort in Neptuns Ohr.« Rosalie merkte, dass sie Stuss redete – was sich komischerweise auf Jus reimte –, doch ihre Zunge war losgelöst von ihrem Denken. »Trinken wir noch einen, Jus? Und stoßen an auf … lass mich überlegen. Auf die Möwen.«

Justus legte ihr den Arm um die Schulter. »Weißt du was? Ich bestelle uns Fish und Chips. Die essen wir draußen. Ein Happen für den Magen und etwas Wind um die Ohren werden dir guttun. Okay?«

Statt einer Antwort rülpste Rosalie leise. Bis sie sich die Hand vor dem Mund hielt, war es zu spät. »Wie peinlich. Wieder einmal. Tut mir leid, Jus.«

»Bitte, sag nicht Jus zu mir.«

»Aber der Mann hinter dem Tresen hat dich so genannt. Jus und Rose, klingt super. J plus R. Frag bitte nicht, was das bedeutet.«

»In Ordnung.« Justus gab die Bestellung auf und führte Rosalie nach draußen. Sie setzten sich um ein noch freies Bierfass, das als Tisch diente. Auch der Gastgarten war mit Besuchern gefüllt, das Stimmengemurmel verteilte sich jedoch in alle Richtungen, die frische Luft machte Rosalies Kopf nach und nach freier.

»Ich hab keinen Hunger, Justus. Habe üppig gefrühstückt, gebruncht.«

»Warte, bis das Essen kommt. Dann wirst du zugreifen.«

»Du auch?«

»Nur bei den Chips. Ich bleibe bei meinem Wort. Veggie mit einer Ausnahme.«

»Krabben-Jus.«

»Wenn du mich unbedingt so nennen möchtest, bitte schön.«

Eine Weile hörten sie den Liedern zu, die gedämpft nach draußen drangen. *Suspicious Minds* sang Elvis. Er wurde von Bob Dylan abgelöst, der *The Times They Are a-Changin'* zum Besten gab.

»Warum wirst du in dieser Bar Jus gerufen? Bitte sag es mir.«

Er lächelte, und auf seiner rechten Wange zeigte sich das Grübchen. »Also, Rosalie. Vor inzwischen bereits einem halben Jahrhundert habe ich bei Jan ein Whiskyseminar samt Tasting mitgemacht. Das wird in der Blauen Maus regelmäßig veranstaltet. Jan hat mich aus Jux einfach Jus gerufen, und dabei ist es geblieben. Mehr steckt nicht dahinter.«

»Jan und Jus also. Danke, dass du es mir erzählt hast. Und entschuldige, dass ich mich betrunken habe.«

Er küsste sie. »Geht in Ordnung. Manchmal muss auch das sein.«

»Finde ich eigentlich nicht. Ich habe meinen Kindern stets gepredigt, dass man Alkohol in Maßen genießen soll. Soweit ich als Mutter weiß, hat nur Pauline in ihrer wilden Zeit ein paarmal über den Durst getrunken.«

»Was war mit dir in deiner wilden Jugend?«

»Herrje.« Die Frage machte sie schlagartig nüchterner. »Ich kann mich nicht erinnern. Es ist ewig her. Übrigens alles. Das Trinken, das Reisen, das Sich-frei-Fühlen.«

»Ist es denn so schlimm, dass dein Ex und dein Sohn auf die Insel gekommen sind, Rosalie?«

Sie musste sich beherrschen, um nicht loszuheulen. »Nein. Oskar zu sehen, war klasse.«

»Was ist dann der Grund, dich zu betrinken?« Justus sah sie verwundert an. »Ich dachte, deine Ehe wäre gütlich auseinandergegangen?« Eine Pause folgte. »Oder seid ihr euch nicht sicher über die Trennung?«

»Bert ist mein Ex-Mann, definitiv. Egbert, so lautet sein voller Name.«

»Wo liegt dann das Problem?«

Von drinnen ertönten jetzt die Beach Boys mit ihren *Good Vibrations*. Die hätte Rosalie gern zurückgehabt. Sie versuchte, Justus die Lage zu erklären, doch schon nach wenigen Sätzen brach sie ab.

Vielleicht hatte er recht, und es gab überhaupt keine Schwierigkeiten. Morgen noch, und dann würden die beiden wieder zurück nach Hause fahren. Sollte sich Egbert mehr vom Insel-Kurztrip erhofft haben, war es sein Problem, nicht ihres.

»Hattest du nie Konflikte mit oder bei deinen Trennungen, Justus?«

»Hatte ich. Auf jeden Fall.« Er verschränkte die Arme. »Egal, wer geht, es ist meiner Erfahrung nach immer schmerzhaft. Mir hat die Insel geholfen. Hierzubleiben, hinaus aufs Meer zu schippern, hat mich die harten Phasen überwinden lassen. Mit der Zeit wird es ohnehin leichter. Irgendwann ist man froh über den Schritt, den man gegangen ist. Man ist wieder frei für Neues.«

»Ich war fast dreißig Jahre verheiratet, Justus.«

»Hast du darüber nachgedacht, wieder zu ihm zurückzugehen?«

»Nein. Ja. Manchmal. Aber jetzt nicht mehr.« Alle vier Feststellungen stimmten.

Justus' Blick ging an ihr vorbei in die Ferne. Rosalie meinte, das erste Mal seit ihrem Zusammentreffen auf der Fähre bei ihm einen traurigen Ausdruck zu erkennen.

Nach einem Blinzeln sah er ihr wieder in die Augen, ein Grübchenlächeln folgte. »Ich habe Kontakt zu fast allen meinen Verflossenen. Petra lebt ja auf Föhr. Sie und ihre Tochter treffe ich schon mal. Eine andere wohnt sogar auf Amrum.«

»Tatsächlich?«

»Du hattest mit ihr zu tun.«

»Was? Wann denn?«

»Sie arbeitet im Sommer im Friesen-Café. Das heißt, ihr gehört es zu einem Anteil, aber in den touristenstarken Monaten hilft sie laufend aus. Sie war es, die uns die Friesentorte serviert hat. Laura.«

Rosalie strengte sich an, konnte sich aber nicht im Entferntesten an die Frau erinnern. Nicht einmal die Haarfarbe fiel ihr ein. Sie dachte an ihre Missverständnisse mit Antje und Barbara. Dabei war ihr die echte Ex von Justus überhaupt nicht aufgefallen.

»Ihr seid also befreundet geblieben.«

»Sind wir. Im Winter begegnen wir uns öfter.«

Ein Anflug von Eifersucht kam in Rosalie hoch, die sie rasch nach hinten schob. Dafür gab es keinen Grund und keinen Anlass. Sie streckte die Hände aus, und Justus ergriff sie. Das zählte.

Ein junger Mann brachte eine Wasserflasche, zwei Gläser und das Essen. Keine fünf Minuten später hatte Rosalie alle panierten Fischstücke samt ihrer frittierten Kartoffelscheiben aufgegessen.

»Darf ich dir auch noch meine Chips anbieten, Rosalie?«

»Dann hast du nichts mehr.«

»Ich könnte eine neue Portion für uns beide bestellen.«

»Beste Idee des Abends.«

»Ik haa di lef, Rosalie.«

»Übersetzen, Justus! Bitte!«

Er schüttelte den Kopf. »Hör dem Lied zu, dann verstehst du es.«

Elvis war wieder an der Reihe: *Can't Help Falling in Love with You …*

15

Was Rosalie am folgenden Tag am meisten schockierte, war das Fehlen einer Vorahnung.

Morgens erwachte sie an der Seite von Justus mit einem ziemlichen Kater. Ihre Zunge fühlte sich pelzig an. Sie versuchte, so leise wie möglich aufzustehen, um den Mann an ihrer Seite nicht zu wecken, und schlich ins Badezimmer. Nichts war schlimmer, als ihm mit den Resten einer Alkoholfahne im Atem den ersten Kuss zu geben.

Als Erstes verzückte sie der Blick auf den Zahnputzbecher. Immer noch steckte ihre neue Zahnbürste neben seiner darin. Sie griff danach, erst dann folgte die erste Begutachtung im Spiegel.

Ihre Haare standen quer nach allen Richtungen. Auch hatte sie Ringe unter den Augen und ein paar rötliche Flecken auf beiden Wangen. Zu viel Alkohol zu trinken war absolut nicht ihre Sache. Sie erinnerte sich, dass Justus bei einer einzigen Flasche Bier geblieben war.

Er war es sogar gewesen, der ihr gestern auch noch geraten hatte, ihrem Sohn unbedingt eine Nachricht zu schreiben, um vor der Abreise die Dinge zwischen ihnen wieder ins rechte Lot zu rücken.

Sie war seinem Rat gefolgt, und keine Minute später hatte Oskar einen Daumen hoch gesendet. Dazu ein paar Aufnahmen vom

Campingplatz. Das hatte Rosalies Stimmung gehoben. Und der versöhnlich klingende Text: »Morgen treffen wir uns auf Föhr, Mama, wenn du rüberschippern magst. Ich hole dich am Fähranleger ab. Wir drei, ohne Hintergedanken. Jetzt heitere ich Papa beim Grillen auf.«

Rosalie hatte sofort zugesagt.

»Du bist das, was meine Mutter immer über meinen Ziehvater gesagt hat: ein seltenes, aber echtes Goldstück, Justus«, hatte sie ihm danach ins Ohr geflüstert. »Komm, lass uns zu dir gehen. Ich will nicht allein sein.«

Passiert war in dieser Nacht nichts mehr. Justus hatte sie im Arm gehalten, bis sie eingeschlafen war.

»Rosalie? Alles okay?« Justus rief aus dem Schlafzimmer.

»Ja, ich bin gleich startklar.« Kaltes Wasser ließ ihren Teint frischer erscheinen, ihre Finger benutzte Rosalie als Kamm. Das musste genügen.

Zuerst frühstückten sie ausgiebig. Antje gesellte sich für einen Espresso zu ihnen und erzählte von einem neuen Bauprojekt auf Föhr, bei dem sie an der Ausschreibung teilnehmen würde. Justus und seine Halbschwester verabredeten sich, wie so oft, gemeinsam auf die Nachbarinsel zu fahren.

»Schließt du dich uns an?«, fragte Justus, als Antje die Wohnung verlassen hatte.

Rosalie überlegte kurz. »Ich nehme eine Fähre später.«

Über Justus' Gesicht huschte wieder dieser neue traurige Ausdruck, verschwand aber so schnell, wie er aufgetaucht war.

»Eine halbe Stunde kann ich dir noch widmen, Rosalie. Es kommt selten vor, dass ich auch am Wochenende arbeiten muss, aber die Kollegen brauchen mich. Wollen wir ein paar Schritte laufen?«

»Den Kopf auslüften, gern.«

Am Strand angekommen, watete Rosalie bis zu den Knien im Wasser.

»Zeit, ganz unterzutauchen«, feixte Justus und zog sie nach hinten.

Sie wehrte sich mit einem Lachen. »Ich will mindestens achtundzwanzig Grad Wassertemperatur.«

»Das wird an der Nordsee schwierig, wenn auch nicht ganz unmöglich.« Er bückte sich und hob eine Muschel hoch. »Hier. Für dich. Meine kleine Meerjungfrau, die das Wasser scheut.«

»Ich scheue es nicht, ich warte auf die beste Gelegenheit. Aber danke. Ich werde sie aufbewahren.« Als er seinen Arm um sie legte, versuchte sie es mit einer Erklärung. »Es ist wegen Egbert. Deshalb fahre ich nicht mit dir und Antje.«

»Dachte ich mir.«

»Mehr noch wegen Oskar.« Sie kehrten auf den trockenen Sand zurück, Rosalie legte den Kopf an seine Schulter. »Ich will nicht, dass er dich einfach so kennenlernt. Nicht, bevor ich ihm mehr von dir berichtet habe. Oder von mir und dem, was mir auf der Insel bisher passiert ist.«

»Du meinst, du wartest ab. Falls die Sache mit uns bloß eine Welle war, die verebbt.«

Rosalie stutzte. »Das nicht. Ganz und gar nicht, Justus. Mir wäre nichts lieber, als direkt reinen Tisch zu machen, wobei es nichts zu bereinigen gibt. Klipp und klar: Ich bin nicht mehr verheiratet. Ich will mit dir zusammen sein. Aber mein emotionales Karussell ist gerade nicht einfach.«

»Ich verstehe das.«

Jetzt knuffte sie ihn. »Alles verstehst du, Justus. Fängst mich auf, wenn ich falle. Hast dich im Hintergrund gehalten, als Egbert wie Kai aus der Kiste erschienen ist, als wäre es das Selbstverständlichste auf der Welt, ohne dich hinterher zu beschweren. Bist du nur ein Traum von einem Mann am Meer? Und wenn ich nicht aufpasse, bist du verschwunden?«

»Vielleicht. Vielleicht auch nicht. Lass dich überraschen.«

»Im Ernst, Justus.« Rosalie fasste ihn an den Händen. Seine Haut war kühl.

Er runzelte die Stirn. »Na schön, Rosalie. Zwei Tatsachen, die ich dir hiermit bestätige. Ich will nicht heiraten. Und ich werde Amrum nicht verlassen.«

Sie sah an ihm vorbei aufs Meer hinaus. Nach dem Ende ihrer Ehe konnte sich Rosalie genauso wenig vorstellen, ein zweites Mal jemandem das Jawort zu geben. Für immer auf der Insel zu bleiben erschien ihr hingegen sogar wünschenswert.

»Aber ich möchte, dass du stets mein Käppi trägst.« Justus setzte einen Scherz hinterher.

Rosalie grinste. »Das wartet in der Einliegerwohnung auf mich, gestern in der Bar ging keine Gefahr von der Sonne aus.«

»Aber heute.« Er hob den Zeigefinger. »Bei Wind merkt man nicht, wenn man zu viel Sonne abbekommt.«

»Jawohl, mein Kapitän«, ulkte Rosalie zurück.

Nachdem sich Justus auf den Weg gemacht hatte, blieb Rosalie eine Weile allein auf dem Sand sitzen. Sie knabberte am Cornetto, dass ihr Justus beim Eisverkäufer geholt hatte, beobachtete Segler und Kitesurfer, textete ein paar Zeilen der Ereignisse an Marion, die ihr Fotos der neuen Katze schickte.

Und genau in dem Moment, als sie noch einmal die versöhnliche Nachricht ihres Sohns durchlas, hätte sie es ahnen müssen, dachte Rosalie später. Als Mutter hätte es sie wie ein Blitz durchzucken müssen.

Hieß es nicht, dass Mütter über einen siebten Sinn verfügten, wenn es um ihre Kinder ging? Zumindest setzte sich später dieser Gedanke in ihrem Kopf fest und quälte sie.

Rosalies Handy spielte *Für Elise*.

»Hallo, Bert. Ich hab mit Oskar schon vereinbart, wann wir uns treffen.«

Keine Antwort. Nur ein seltsamer Laut, den Rosalie erst nicht einordnen konnte.

»Hallo? Bert? Ich höre dich schlecht.«

»Rosie.« Es schien, als würde er durch Watte sprechen. »Gott im Himmel, Rosie.«

Erst in dem Moment wurde ihr klar, dass ihr Ex-Mann schluchzte. »Was ist los?« Sie sprang in die Höhe. »Geht es dir nicht gut, Bert? Wo ist Oskar?«

»Ein Unfall. Rosie! Unser Sohn hatte einen Unfall.«

»Ist er verletzt?« Rosalie mochte es nicht glauben. »Hat er sich wehgetan?«

»Er ist angefahren worden, Rosie. Die Rettung ist da. Ich melde mich.«

Das Gespräch war unterbrochen, Egbert nicht mehr am anderen Ende der Leitung.

»Was? Bert? Was ist genau passiert?«

Keine Antwort.

Sie wirbelte herum, sah sie sich erschrocken um, als würde Egbert hinter ihr stehen. Das Cornetto fiel ihr aus der Hand und landete im Kniepsand.

Eine Frage schoss ihr durch den Kopf: Warum habe ich es vorhin nicht gespürt? Warum?

IV

FRIESENTORTENKUSS

I

Egbert ging nicht ans Handy. Immer noch nicht. Nach dem ersten Schreckensanruf hatte sie es bereits x-mal versucht. Rosalie hätte schreien mögen.

Ein Unfall! Wie ging es Oskar? War er schwer verletzt? Am Ende sogar …

Den Gedanken weiterzudenken hätte für Rosalie das Schlimmste auf der Welt bedeutet.

Nein, nein, nein – brüllte sie in Gedanken und tippte erneut Egberts Nummer an. Wieder nur die Mailbox.

»Ich verlange, dass du dich meldest. Sofort!«, krächzte sie nach dem Signalton. Ihre Stimme klang verändert, sie konnte sich selbst kaum mehr wiedererkennen.

Lieber Gott, ihr inneres Schreien ebbte zu einem flehenden Bitten ab. Bitte, bitte, mach, dass es Oskar gut geht. Lass diese Geschichte nicht in Chaos und Trauer untergehen. Bitte!

Die erste Schockstarre ließ nach.

Rosalie machte auf der Stelle kehrt und rannte zurück zu Justus' Haus in der Hoffnung, ihn dort noch anzutreffen. Doch niemand öffnete auf ihr Klingeln. Stattdessen kam eine erste Textnachricht ihres Ex-Manns herein.

Rosalie riss das Handy hoch. »Er ist bei Bewusstsein. Wir sind jetzt in der Inselklinik in Wyk.«

Nicht mehr, aber ein Tropfen Hoffnung. Oskar lebte, war bei Bewusstsein. Aber all die anderen Fragen blieben unbeantwortet.

In hohem Tempo marschierte sie weiter. Einen Schritt nach dem anderen setzte sie, immer schneller. Schließlich war sie völlig außer Atem und musste mit Seitenstechen innehalten. Ihr rationales Denken kam zurück. Justus! Er arbeitete in dieser Inselklinik. Seine Nummer hätte sie sofort wählen sollen.

Doch auch hier ging bloß die inzwischen verhasste Mailbox an. »Ich brauche deine Hilfe«, startete Rosalie und schilderte das wenige, das sie bisher wusste.

Während sie zur Einliegerwohnung zurückhetzte, suchte sie die Abfahrzeit der nächsten Fähre heraus. Endlich zu Hause, trank sie ein Glas Wasser, zog sich frische Kleidung über und bestellte ein Taxi. In einer letzten Aktion schnappte sie sich noch die Kappe und setzte sie sich auf. Ein Teil, das ihr Kraft geben sollte.

Auf der Fahrt nach Wittdün zum Fähranleger war sie dankbar über die Wortkargheit des Fahrers.

Rosalie trat von einem Bein aufs andere. Noch zwanzig Minuten, bis die Fähre anlegen würde. Die Fahrt übers Meer erschien ihr heute unendlich.

Weder den Wellen noch den Möwen, die das Schiff umkreisten, schenkte sie Beachtung. Einzig die Gedanken an Oskar flatterten in ihrem Kopf, und ihre Emotionen schwappten auf und nieder.

Jetzt erst, an Deck der Fähre, begann sie zu zittern.

Kein Vergleich zu dem Zittern bei ihrer ersten Meeresüberquerung. Diesmal war ihr nicht kalt, die Sonne schien, und trotz des Windes war die Temperatur wohlig warm. Der nächste Unterschied war, dass das Oberdeck voller Menschen war. Das Gedränge war enorm, alle wollten die Überfahrt im Freien und den

Ausblick genießen. Drei Kinder tollten an ihr vorbei, fröhlich und unbekümmert. Die Mutter lief rufend hinter ihnen her.

Je näher sie Föhr kamen, desto stärker wurde allerdings die steife Brise.

Für Rosalie passte der sie umgebende Urlaubsfrohsinn ganz und gar nicht zu den Ereignissen. Es hätte auch ein echter Sturm aufziehen können, Regen hätte einsetzen sollen, der die Reisenden unter Deck gescheucht hätte. Sie allein wäre wie ein begossener Pudel stehen geblieben. Stattdessen umgaben sie Kinderlachen und heiteres Gemurmel, während ihr so elend zumute war.

Meine Schuld, schoss es ihr durch den Kopf. Es ist, weil ich weg bin aus Stommeln, von Egbert. Weil ich egoistisch war.

So ein Quatsch! Wie auf Knopfdruck dröhnte Mama Ulla in Rosalies Gedanken. Die Wucht der Stimme war enorm, als müsste sie über Wind und Wellen hinwegrauschen.

Wenn du das nur eine Sekunde lang glaubst, Röschen, dann …

»Ach, Mama.«

Die Tränen ließen sich nicht mehr zurückhalten.

Rosalie begann, in ihrer Strandtasche zu kramen, aber passend zu all dem Unglück dieser Stunden fand sie keine Taschentücher. So gut es ging, versuchte sie, mit den Händen die Augen trocken zu wischen, was ihr nicht gelang. In ihrer Not nahm sie die Kappe ab und legte sie sich über die Augen. Eine Weile verharrte sie in dieser Stellung. Den Stoff der Kappe auf ihrem Gesicht zu spüren, gab ihr erneut das Gefühl einer winzigen Linderung.

Jemand tippte ihr auf die Schulter.

Rosalie wirbelte herum. Fast erwartete sie, Justus hinter sich zu sehen. Durch einen Zufall hatte er eine Fähre später genommen, um ihr hier und jetzt beizustehen.

Doch es war nur ein junger Mann mit rötlichen Haaren und einem Spitzbart, der sich nach oben kringelte. Er war es gewesen, der bei Rosalies Ankunft ein Taxi besorgt hatte.

»Halo, jong wüf«, grüßte er sie. Heute trug er nur ein T-Shirt, das im Wind flatterte. Auch seine halblangen Haare wurden ziemlich durcheinandergewirbelt. »Alles okay?«

Genau diese Frage hatte der junge Mann Rosalie damals auch im unerwartet kühlen Nebelwetter gestellt.

»Mein Sohn hatte einen Unfall.« Rosalie schluchzte auf. »Ich muss nach Föhr. Er liegt dort im Krankenhaus.«

»Ales woort gud.« Sein Gesicht drückte Mitgefühl aus.

Spontan nahm Rosalie seine Hand und schüttelte sie. »Vielen Dank. Ja, das denke ich ebenso. Oskar – so heißt mein Sohn – ist bereits in der Klinik. Dort kümmern sie sich um ihn. Er ist ungefähr in deinem Alter, er lebt in Berlin, weißt du.«

Sie zog die Nase hoch. Der junge Mann griff in die Hosentasche seiner Khakishorts und förderte eine Packung Taschentücher zum Vorschein. »Da, nimm sie alle, bitte.«

»Danke dir. Danke.«

Er lächelte ihr aufmunternd zu, bevor er sich wieder unter die Leute mischte. Rosalie atmete durch. Vielleicht war die zufällige Wiederholung der Begegnung ein gutes Zeichen, für sie, für Egbert und vor allem für Oskar.

Mit einer Hand zupfte sie ein Taschentuch aus der Packung und schnäuzte sich. Den Rest verstaute sie in der Tasche. Sie wollte sich eben die Kappe wieder auf den Kopf setzen, als ein besonders heftiger Windstoß sie ihr aus den Fingern riss.

»O nein.« Rosalie streckte den Arm aus, aber es war zu spät. Die Kopfbedeckung segelte über die Reling nach unten und verschwand aus ihrem Sichtfeld.

Justus' Geschenk war weg. Die rote Kappe mit dem Nackenschutz war wortwörtlich vom Winde verweht worden.

Vollkommen irrelevant, aber ein winziger nächster Stich in Rosalies Herz. War ihr das Auftauchen des jungen Mannes als gutes Omen erschienen, so mochte der Verlust der Kappe der Beginn des Abschieds von Amrum und Justus sein. Im Moment allerdings war einzig wichtig, dass ihr Sohn alles überstand. »Mein Junge«, hauchte Rosalie.

Sie stand inmitten der gut gelaunten Menge und fühlte sich vollkommen einsam und hilflos.

2

Als Erster kam ihr wahrhaftig Justus entgegen, als sich Rosalie dem roten Backsteingebäude und der gläsernen Schiebetür näherte.

Die Inselklinik Amrum-Föhr war kein großer Bau, aber mit allem ausgestattet, um Notfälle zu versorgen. Fast hätte sie ihn in der Aufregung übersehen.

»Rosalie!«

Nachdem Rosalie die Fähre verlassen hatte, hatte sie von Justus bereits eine Nachricht erhalten. »Ich bin vor Ort, ich kümmere mich«, hatte er in seiner liebenswerten Art versprochen. »Wir sehen uns.«

Ihre übertriebene Reaktion auf das Verlieren der Kappe war ihr da schon wieder lächerlich vorgekommen.

Jetzt breitete er die Arme aus. »Alles gut, Rosalie.«

»Sag das nicht, wenn es nicht wahr ist.« Sie blieb einen halben Meter vor ihm stehen. »Abgesehen davon, wenn ich mich von dir umarmen lasse, fange ich wieder an zu weinen und kann nie wieder aufhören.«

»Großes Ehrenwort, es sieht bestens aus.« Er machte den letzten Schritt auf sie zu und nahm ihren Kopf in seine Hände. Seine Berührung erzählte von schöneren Tagen als heute. »Ich habe mich persönlich über alles erkundigt. Nach dem ersten Schrecken die Entwarnung. Der linke Arm deines Sohns ist gebrochen. Sein linkes Ohr wurde in Mitleidenschaft gezogen, als er auf den Asphalt gestürzt ist. Eine ziemliche Schramme. Dazu hat er ein Schädel-Hirn-Trauma Grad eins, heißt eine Gehirnerschütterung. Nichts Lebensbedrohliches also.«

»Ja, wirklich? Haben dir das die Ärzte gesagt?« Rosalie traute der Aussage nicht vollständig. Vielleicht hatten sich alle abgesprochen, der armen Mutter des Verunglückten sachte und tropfenweise die schlimmeren Informationen einzuflößen.

Justus strich ihr eine Haarsträhne aus den Augen. »Mit der betreuenden Ärztin arbeite ich seit über einem Jahrzehnt zusammen. Dr. Christa Zaum hat bereits ein CT veranlasst, es dient der Absicherung, weil er am Unfallort das Bewusstsein verloren hatte.«

Ein Stöhnen entfloh Rosalies Brust.

»Es war Glück im Unglück, Rosalie«, fuhr er fort. »Es hätte gravierender ausgehen können, gebe ich zu. Christa hat mir weitergegeben, was dein Ex-Mann über den Unfall berichtet hat.«

»Ich danke dir. Sehr.«

»Quatsch. Lass das. Ich habe nichts weiter getan, als deinen Sohn in ein Einzelzimmer zu verfrachten und mich bei Christa genau zu informieren. Dann hab ich eine verfrühte Pause eingelegt und hier am Eingang auf dich gewartet. Ich führe dich gleich zu ihm hoch. Oskar Burg, Zimmer 39.«

Bevor er losging, hielt ihn Rosalie am Ärmel zurück. »Ich habe deine Kappe verloren.«

Justus sah sie erstaunt an, ohne zu verstehen. »Was meinst du?«

»Dein Geschenk. Der Wind hat sie mir auf der Fähre vom Kopf gerissen, Justus. Deine Kappe. Mit Nackenschutz.« Jetzt ließen ihre Nerven weiter nach. Die riesige Erleichterung, dass Oskar den Unfall so glimpflich überstanden hatte, wich dem unheilvollen Gefühl, dass der Verlust der Kappe ein größeres Unglück ankündigte.

Es war noch nicht vorbei. Sie presste die Fäuste auf die Augen, um nicht loszuschluchzen.

»Rosalie, ich kann dir zehn neue Kappen schenken.« Wieder streichelte er ihr zärtlich über die Wangen. «In allen Farben.«

»Aber die eine …« Nun weinte sie doch wieder, ließ sich aber endlich von Justus ohne Widerstand in die Arme nehmen.

Sein Flüstern an ihrem Ohr war so innig wie seine Umarmung. »Deinem Sohn geht es gut. Er ist versorgt. Das zählt. Sonst nichts. Komm, geh zu ihm. Er wartet auf dich.«

Dieses Flüstern schien in diesen Wochen auf Amrum in den schönsten wie schlimmsten Momenten ihr Wegweiser zu sein.

»Und ich bin in meinem Büro, Rosalie. Ein Stockwerk hinauf, linker Hand in den Verwaltungstrakt. Meine Sekretärin weiß Bescheid und wird dich durchwinken, solltest du die Möglichkeit haben, noch bei mir vorbeizuschauen. Zimmer 39 findest du allein.«

»In Ordnung.« Gern hätte sie ihn gebeten, sie weiter zu begleiten, an ihrer Seite zu sein, wenn sie in das Krankenzimmer trat, doch es hätte keinen ungünstigeren Zeitpunkt gegeben, Egbert und Justus einander vorzustellen, als diesen.

»Ich weiß nicht, ob ich mich nicht den Rest des Tages um Oskar kümmern werde.«

»Nur eine Option, Rosalie. Wenn du bis morgen hierbleibst, kann ich dir eine Übernachtungsmöglichkeit arrangieren.«

»Das kriege ich schon alles hin. Du hast mir genug geholfen.«

»Rosalie, meine Liebste. Ich hoffe nur, dass …« Er kam nicht dazu, den Satz zu beenden.

»Rosie! Gott sei Dank.«

Auf halber Treppe erschien Egbert. Rosalie warf Justus einen Blick zu, doch der tippte sich an die Schläfe, als ob er eine Kappe aufhätte, und ging mit raschen Schritten Richtung Verwaltungstrakt davon.

Bei Rosalies Eintreten war die Ärztin anwesend. Der Raum ähnelte mehr einem Hotelzimmer, neben dem Bett ein Tisch mit drei dunkelblau gepolsterten Stühlen, einer Garderobe neben einem schmalen Schrank. Sogar einen Balkon gab es. Die Glastür war halb geöffnet, und die ebenfalls dunkelblauen Vorhänge bewegten sich leicht.

Oskars linker Unterarm war bereits geschient, sein linkes Ohr bandagiert. Er selbst saß im Krankenbett und trank aus einer Flasche Wasser mit einem Strohhalm. Als er seine Mutter erblickte, zuckte er mit den Schultern.

»Hey, Mama. Tut mir leid.« Auf seiner linken Wange war zusätzlich ein großer blauer Fleck erblüht.

Rosalie schluckte tapfer weitere Tränen hinunter, ging zu ihm und strich ihm über den Kopf. »Ach was.« Vor Dankbarkeit fehlten ihr die Worte.

Die Ärztin stellte sich ihr vor. »Ihr Sohn hat ziemlichen Dusel gehabt. Ein glatter Speichenbruch.« Mit einem Tablet in der Hand und einer Brille auf der Nase wirkte Dr. Christa Zaum mehr wie eine Lehrerin. »Auch das Schädel-CT hat weder einen Knochenbruch noch einen Bluterguss ergeben.«

»Wann kann ich wieder raus?« Oskar schlürfte das Wasser, als wäre er ein kleiner Junge.

»Schenken Sie uns einen weiteren Tag oder zwei.« Dr. Baum setzte sich auf der anderen Seite auf die Bettkante, die Brille rutschte auf die Nasenspitze. »Oder haben Sie es eilig?«

»Meine Verlobte ist bereits aus Flensburg hierher unterwegs.«

Rosalie zog die Augenbrauen hoch. Dass Oskar seine Freundin als seine Verlobte bezeichnete, war neu für sie.

»Hört sich schön an, Herr Burg.« Dr. Zaum lächelte und schob sich die Brille von der Nase auf den Kopf.

»Wir wohnen eigentlich in Berlin. Ich leite ein Start-up und will schnellstmöglich dahin zurück. Es gibt für mich privat und beruflich viel zu tun.«

»Ich werde Ihrer Beziehung und Ihrer Arbeit nicht im Wege stehen, Herr Burg, aber lassen Sie uns morgen bei der Visite noch mal darüber reden, ja?«

Dr. Baum verabschiedete sich von allen dreien und verließ das Zimmer.

Endlich konnte Rosalie so vorsichtig wie möglich Oskar in den Arm nehmen.

»Mama, es ist so gut wie nichts passiert.«

»Falsch, Oskar.« Egbert begann, vor dem Krankenbett auf und ab zu gehen. »Mein Herz schlägt immer noch wie rasend, weil ich dachte, du bist tot.«

»Papa, du siehst, ich rede, ich lache, entspann dich wieder.«

»Oskar, der Schreck sitzt mir in allen Gliedern.« Er stoppte und stützte die Hände auf dem Bettrahmen ab. »Und du kannst es ruhig aussprechen, Rosie.«

»Was denn?« Sie hatte keine Ahnung, worauf Egbert hinauswollte.

Er brummte. »Hätte ich Oskar nicht nach Amrum geschleppt, um dich zu besuchen, würden wir in Flensburg in einem schönen Café sitzen, und nichts wäre geschehen.«

»Ich mache dir nicht den geringsten Vorwurf, Bert.«

»Du guckst aber so.«

»Ich gucke, wie es mir gefällt.«

Oskar drückte Rosalie die Wasserflasche in die Hand. »Schluss damit. Mama. Papa. Keiner hat Schuld. In Berlin könnte mich jeden Tag ein Auto überrollen.«

»Sag das nicht.« Rosalie schüttelte den Kopf.

»Ist aber so.« Er zog sich mit der unverletzten rechten Hand am Galgen hoch. »Ach, und noch was: Ich sehe final ein, dass ihr getrennt seid. Kein Versuch mehr, eure Beziehung zu kitten, meinerseits. Ich kann damit leben, im hohen Alter ein Scheidungskind zu bleiben.«

»Oskar, kein Sarkasmus.« Egbert winkte ab. »Du kannst es ja mit Dilara besser machen.«

»Haben wir vor.« Er sah erst seinen Vater, dann Rosalie an. »Ihr könnt jetzt beide wieder gehen. Euch entspannen, was essen oder trinken. Dilara ist schon auf der Fähre vom Festland abgefahren, sie ist also bald hier bei mir. Sie kann dann im Wohnwagen mit Papa zusammen übernachten.«

Rosalies Handy meldete sich. Oma Ulla versuchte sich mit einem Videocall.

»Hallo, Mama!« Rosalie nahm ab und gab als Erstes die Ereignisse und zugleich die Entwarnung weiter. Ullas Tränen flossen trotzdem. Am Ende hielt Rosalie das Display ihrem Sohn unter die Nase.

»Schätzelein, was machst du für Sachen? Willst du, dass deine Oma vor Schreck umkippt?«

»Oma, ich bin fit. Es war halb so schlimm.«

»Das will ich dir auch geraten haben. Der Schreck wird mich mindestens ein Jahr meines ohnehin schon begrenzten Lebens kosten. Soll ich kommen?«

Rosalie gelang das erste Lachen nach dem Schockanruf vor wenigen Stunden. »Seine Verlobte ist bereits auf dem Weg, Ulla. Und ja, du hast richtig gehört, dein Enkel ist verlobt. Auch für mich eine Überraschung.«

Oskars Laune besserte sich weiter. »Oma weiß es längst.« Er versuchte, seiner Großmutter den geschienten Arm zu zeigen, was nicht so einfach war.

Ulla reckte ihren Daumen hoch. Egbert und Rosalie warfen sich einen gespielt entrüsteten Blick zu. Für einen kurzen Moment im Krankenzimmer waren sie wieder eine fröhliche Familie, die dankbar war, haarscharf an einer Katastrophe vorbeigeschrammt zu sein.

3

Der Kniepsand war abends sehr kühl, trotzdem hatte Rosalie die Sneaker ausgezogen und ging barfuß am Strand entlang. Nach all der Aufregung brauchte sie Bewegung.

Kurz hielt sie an einer der Sandburgen an, die Kinder gebaut hatten, gerade im richtigen Abstand, dass die Flut sie nicht erreicht hatte. Eine andere einen Meter davor war nun bei Ebbe wieder sichtbar, aber nur noch ein nasser Klumpen Sand. Ein Meter mehr machte manchmal einen Unterschied, ein paar Stundenkilometer weniger hatten Oskar wohl das Leben gerettet, ihn zumindest vor einer schwereren Verletzung bewahrt.

In den Stunden im Krankenhaus war auch die Polizei aufgetaucht. Der Unfallfahrer, ein Besucher vom Festland, hatte nach einer Möglichkeit gesucht abzubiegen und den Kopf nach links gedreht, die Straße aus dem Blick verloren. Zugleich hatte er aber auch abgebremst. Oskar, sich ebenfalls nach seinem Vater umschauend und nicht auf den Verkehr achtend, hatte das Elektroauto weder gesehen noch gehört. Er war einfach umgestoßen worden.

Gezeiten und Geschwindigkeit. Das Auf und Ab der Tiden, die Wasserbewegungen der Ozeane, die infolge der Gravitation des Monds und der Sonne verursacht werden, und das Schicksal, das ein Unglück mit einem großen Stück Glück verbunden hatte. Rosalie starrte auf die beiden unterschiedlichen Sandburgen, dachte ebenso an den ihr zugefallenen Teil in der Geschichte, der sie und nicht Pauline nach Amrum geführt hatte. Sie faltete die Hände und murmelte ein paar Worte des Danks Richtung Abendhimmel.

Dabei meinte sie immer noch, die Steine von ihrem Herzen fallen zu hören, dass Oskar den Unfall so glimpflich überstanden hatte. Auch empfand sie tiefes Mitgefühl für Egbert, der in seinem ersten Schreck seinen Sohn am Boden schwerstverletzt oder sogar tot vermutet hatte. Seine Erleichterung musste mindestens so groß sein wie ihre. Unwichtig, wie das Zusammenleben mit ihm sich auch entwickelt hatte, in den Momenten der Sorge waren sie trotz allem wieder als Mutter und Vater verbunden.

Rosalie hatte sich verabschiedet, bevor Oskars Freundin, nein, nun war sie ja seine Verlobte, erschienen war. Sie wusste ihn bei ihr in guten Händen.

Die Nacht auf Föhr im Wohnwagen gemeinsam mit Egbert und Dilara zu verbringen hatte Rosalie abgelehnt. Zwar hatte sie gespürt, dass ihr Ex-Mann mit ihr unter vier Augen reden wollte, aber der Zeitpunkt war nicht der richtige gewesen.

Auch Justus hatte Rosalie in seinem Büro aufgesucht. In den wenigen Minuten allein mit ihm hatte sie seine Nähe genossen. Dann hatte seine Sekretärin geklopft und ihn wegen einer dringenden Angelegenheit abberufen.

»Soll ich dir nicht mein Zimmer überlassen, in dem du übernachten kannst?«, hatte er nachgefragt. »Natürlich ganz für dich allein. Ich finde etwas anderes hier in der Klinik. Außer, du brauchst mich.«

Das erneute Angebot hatte Rosalie ebenfalls ausgeschlagen. Morgen früh war sie für alle wieder bereit und einsatzfähig, aber in dem Bewusstsein, dass Oskar aufgehoben und versorgt war, brauchte sie zum Durchatmen ein Stück Einsamkeit.

Die alte Rosalie und das Meer.

Sie machte ein paar Schritte ins Wasser. Welle um Welle umspülte ihre Zehen.

Wie um dieses Bild zu untermalen, hörte sie leise Klänge, die zu ihr drangen.

Sie sah sich um. Am Meer draußen kreuzten in der tiefen Dämmerung Schiffe, von denen Lichter ausstrahlten, die jedoch zu weit entfernt waren, um mehr als die üblichen akustischen Signale bis zur Insel zu schicken. In den Dünen rauschte der Wind. Aber ein Stück weiter die Strecke entlang meinte sie, den flackernden Schein eines Feuers zu sehen. Vor dort kam auch die Musik.

Sie setzte sich wieder in Bewegung und spazierte darauf zu. Je näher Rosalie kam, desto klangschöner und voller wurden die Töne. Jemand spielte auf einem Akkordeon, dazu erklang ein mehrstimmiger Gesang. Mit dem Feuerschein hatte sich Rosalie ebenfalls nicht getäuscht, am Strand loderte ein Lagerfeuer. Eine Schar Besucher hatte sich versammelt und lauschte einer Gruppe von Leuten, die allesamt blaue Hemden trugen und rote Halstücher. In ihrer Mitte stand der Akkordeonspieler.

Der Gesang war melodisch und beschwingt, er lud zum Schunkeln ein. Rosalie hörte genauer hin, konzentrierte sich darauf, den gesungenen Text zu verstehen. Ein Lied über das Meer, die Wellen und die Menschen, die es mit ihren Booten befuhren.

Im Zuhören ließ Rosalie für eine Weile all die vielen Gedanken los, die sie sich gemacht hatte, sie glitten von ihr ab, verschwanden im inzwischen nächtlichen Himmel. Oben zeigten sich die ersten Sterne und der inzwischen schon ein Stück geschrumpfte Mond. Das Flackern der Flammen, der rauchige Geruch, der sich mit dem salzigen Duft des Meeres mischte, hielten Rosalie zusammen mit den Liedern eine Weile wie in Trance fest.

Auf den heiteren Text und die forsche Melodie folgte eine traurig langsame Weise, die von Sehnsucht und unerfüllten Wünschen erzählte. Direkt darauf wieder ein Semmannslied, in dem es um Schiffe und Matrosen und deren Liebste in den Häfen der Welt ging.

Der Applaus der Umstehenden holte Rosalie schließlich aus ihrer Entrückung. Sie suchte nach ihrem Handy, nahm ein Stück von der nächsten Darbietung auf. Gleich darauf bemerkte sie, dass ihr Mobiltelefon noch vom Krankenhausaufenthalt auf leise eingestellt war und Justus mehrfach versucht hatte, sie zu erreichen.

Sie tippte seinen Namen an, er hob nach dem ersten Klingeln ab. »Geht es dir halbwegs, Rosalie?«

»Langsam fasse ich mich wieder.« Zu den Liedern seine Stimme zu vernehmen ergab eine Harmonie. Das eine passte zum anderen. »Noch mal danke.«

»Lass nur, ich hab nichts getan. Die Lorbeeren gebühren Dr. Zaum. Was für ein Segen, dass deinem Sohn nicht mehr zugestoßen ist.«

»Ich laufe hier rum und denke genau dasselbe. Philosophiere und sinniere vor mich hin.«

»Bist du wieder zurück auf Amrum, wie du wolltest? Ich arbeite noch. Hier hat sich auch etwas zum Nachteil verändert.«

»Herrje.«

»Nichts Schlimmes. Erinnerst du dich, wie ich bei der Tagungsvorbereitung gemeint habe, dass oft etwas Unvorhergesehenes geschieht?«

»Im Moment reicht es mir mit schicksalhaften Überraschungen.«

»Schicksalhaft ist dabei zu viel gesagt. Aber mein Stellvertreter, der die Tagung vor Ort auf Sylt leiten sollte, ist erkrankt. Ich übernehme also doch wieder, zumindest die Eröffnung und die ersten Abläufe. Aus dem Grund der ganze Stress. Und ich muss aus besagten Gründen dann doch auch persönlich nach Sylt. Tut mir total leid, Rosalie. Ist das okay für dich?«

Rosalie atmete die Meeresluft ein. Seine Ankündigung hieß, dass ihnen Stunden, ja Tage fehlen würden, die sie sonst gemeinsam verbracht hätten. »Ja, Justus, ich komme zurecht.«

»Wenn du mich aber brauchen solltest …«

»Unsinn, natürlich fährst du. Sosehr ich dich auch vermissen werde. Morgen früh schiffe ich mit der ersten Fähre wieder rüber, bin bei Oskar. Vorher husche ich in dein Büro und gebe dir einen Kuss. In Ordnung?«

»Unbedingt. Fünf Sekunden mit dir und ein Kuss bauen mich schon auf.«

»Ich wünschte, ich könnte die letzten vierundzwanzig Stunden löschen.«

»Verschüttetes Wasser aufzusammeln klappt nicht. Deshalb sei einfach nur froh. Dein Oskar kann baldigst entlassen werden, soweit mir Christa berichtet hat. Er soll sich in Berlin weiterbehandeln und noch mal durchchecken lassen.« Justus zögerte. »Rosalie, darf ich dich fragen, ob du überlegt hast, mit deiner Familie abzureisen?«

»Nur ganz kurz. Habe ich aber nicht vor.«

»Puh!« Sein lautes Ausatmen übertönte die Musik. »Darüber freue ich mich jetzt mehr als gedacht. Wenn ich zurück bin, habe ich Zeit nur für dich. Wir holen das Versäumte nach. Ich werde erneut dein galanter Fremdenführer sein. Und ich habe etwas ganz Besonderes im Auge.« Er machte eine Pause. »Wobei ich es verstanden hätte, wenn du mit deinem Ex-Mann …«

»Nicht mit meinem Ex, Justus. Nur für meinen Sohn hätte ich früher meine Zelte abgebrochen.«

»Dann würde ich auf der Stelle ins Wasser springen und zu

dir rüberschwimmen, um dich noch einmal zu sehen. Tagung hin oder her.«

»Zu kalt.«

»Nicht für mich.«

»Zu weit.«

»Aber ein abenteuerlicher Gedanke, gib es zu.«

Das Geplänkel war Balsam für ihr erschöpftes Gemüt. »Ich bin hundemüde. Außer ins Bett zu fallen, will ich nichts mehr.«

»Ist das eigentlich Musik im Hintergrund?«

»Ja. Ganz wunderbar. Zufällig singt hier eine Gruppe am Strand. Warte.« Sie streckte den Arm mit dem Handy in die Luft. Gerade begann ein neues Lied. Nach ein paar Sekunden nahm sie es wieder ans Ohr. »Ist das nicht toll?!«

»Rosalie! Das ist nicht eine Gruppe, die sich zufällig getroffen hat, das ist der berühmte Shanty-Chor, von dem ich dir erzählt habe. Den du am Molenfest verpasst hast, weil ich dich in die Dünen entführt habe.«

»Und du mich zuerst gesucht hast. Danke auch dafür.«

»Hör auf, dich zu bedanken. Das macht mich verlegen. Abgesehen davon, muss ich noch einen Berg an Anfragen abarbeiten. Komm morgen in mein Büro, wenn du da bist. Ich wollte was mit dir bereden, wenn du … ach, alles Weitere ergibt sich.«

»In Ordnung. Tschüss und süße Träume.«

»Das dauert, bis ich hier Feierabend mache. Auf jeden Fall sehe ich nach deinem Sohn und schicke dir dann eine Nachricht, okay?«

»Wenn es dich nicht gäbe, müsste ich dich erfinden, Justus.«

»Moin, Moin, liebste Rosalie.«

Der Shanty-Chor hob zu einer neuen Runde an. Akkordeonklänge und Mehrstimmigkeit hallten über den Kniepsand.

4

In der Cafeteria der Inselklinik herrschte reges Treiben. Ärzte, Pflegepersonal wie auch Patienten und ihre Besucher fanden in dem angenehm hellen Raum ihren Platz.

Mit zwei Tassen Kaffee und zwei Salzstangen auf einem Tablett kehrte Rosalie zum Tisch in der hinteren Ecke am Fenster zurück, den Egbert ausgesucht hatte.

Er sah erschöpft aus, seine Augen waren gerötet. Die Falten auf Wangen und Stirn schienen sich vertieft zu haben. Der Schock stand ihm immer noch ins Gesicht geschrieben. »Ich möchte nichts, Rosie. Hab ich doch vorhin gesagt.«

»Iss und trink, Bert. Jetzt, wo wir wissen, dass Oskar okay ist, dürfen wir auch wieder an uns denken. Wie war die Nacht mit Dilara im Wohnwagen?«

»Ich bin vor ihr los. Sie durfte etwas länger bei Oskar bleiben. Als sie zurückgekommen ist, habe ich schon geschnarcht. Ich war vollkommen erschöpft.«

»Mir ging es ganz gleich.« Die letzten Meter zu ihrer Bleibe waren Rosalie wie ein Marathon vorgekommen.

Obwohl er es abgelehnt hatte, griff Egbert sich eine der Salzstangen. »Ich dachte im ersten Moment, er wäre tot. Oskar, einfach tot.«

»Ist er aber nicht.« Rosalie riss ein Zuckerpäckchen auf und schüttete die Hälfte in Egberts Tasse. »Dafür bin ich ab sofort jeden Tag dem Schicksal dankbar.«

»Du hättest ihn sehen sollen, wie er auf der Straße lag. Bleich und die Augen geschlossen. Ohne Bewusstsein. Und ich sag noch vorher zu ihm, er soll nicht rennen. Wenn der andere schneller gefahren wäre. Nicht auszudenken. Rosie, dann hätten wir unseren Sohn verloren.«

»Haben wir aber nicht.« Rosalie biss sich auf die Lippe und kämpfte die furchtbarste aller Vorstellungen nieder. Oskar lebte, der Arm würde heilen. Das zählte. »Denk nicht an ein Was-wäre-wenn, Bert. Konzentrier dich darauf, dass der Unfall glimpflich ausgegangen ist.«

Sie rührte den Zucker in Egberts Tasse um. Bereits auf der Hochzeitsreise hatte Rosalie damit begonnen, nicht nur ihren, sondern auch den Kaffee ihres Mannes trinkfertig zu machen. Ihren stets mit Milch, seinen schwarz mit zwei Teelöffeln Zucker, was der Menge eines halben Päckchens entsprach. Nicht ganz dreißig Jahre hatten von ihrer Hand umgerechnet tausend Zuckerportionen den Weg in Tausende Tassen ihres Mannes gefunden.

Ex-Mannes, korrigierte sie sich. Lange vor der Scheidung hatte sich Egbert seinen Kaffee selbst zubereitet. Der Unfall hatte Rosalie in frühere Alltagsrituale fallen lassen, ein untrügliches Zeichen, dass sie beide durch ihre Kinder immer verbunden bleiben würden. Trotzdem hielt sie mitten im Rühren inne. Alte Muster herauszukramen wie Fotoalben von früher war das Letzte, was sie wollte.

»Es tut mir leid, Rosie.«

»Was tut dir leid?« Sie legte das noch halb volle Zuckerpäckchen beiseite, faltete die Hände. »Es war nicht deine Schuld.«

»Ich rede nicht vom Unfall.« Egbert starrte auf die Salzstange. »Ich hätte nicht herkommen dürfen. Dazu hatte ich kein Recht.«

Sie hätte ihm zustimmen können, aber seine Zerknirschung zu unterstützen war nicht fair. Wenn Rosalie mit sich ehrlich war, konnte sie sich sogar vorstellen, unter Umständen genauso gehandelt zu haben, wenn Egbert sich auf eine Insel verabschiedet hätte.

»Schwamm drüber, Bert. Ich hätte dir eine solche Aktion gar nicht zugetraut.«

Sein linker Mundwinkel ging nach oben, das angedeutete Lächeln gelang ihm nicht ganz. »Positiv überrascht?«

»Ohne Wertung. Es ist ja schon eine Weile her, dass wir kein Paar mehr sind.«

»Aber selbst nach der Scheidung hatte ich nie das Gefühl, dass du je aus meinem Leben verschwinden würdest. Für mich hat sich ja nicht wirklich viel geändert.« Er begann, das Salz von dem Gebäck abzukratzen. »Erst nachdem du abgereist warst, ist mir bewusst geworden, dass unsere Ehe wirklich vorbei ist.«

Rosalie seufzte. Ein Gefühlsausdruck, der seit ihrem Start auf der Insel eine Seltenheit geworden war. »Weil dir keiner mehr die Hemden genäht hat, Bert. Gib es zu.«

»Nein, sondern weil ich es zum ersten Mal vermieden habe, dich bei jeder Gelegenheit anzurufen.«

»Ist mir aufgefallen.«

»Deine Stimme hat mir gefehlt. Deine Fürsorge. Du warst immer da. So selbstverständlich.«

»Genau das wollte ich nicht mehr sein.«

»Weiß ich. Um mir das vor Augen zu halten, hättest du dich nicht auf eine Insel absetzen müssen.«

»Die Inselauszeit hat nichts mit uns zu tun, Bert. Einzig mit mir.«

»Ich hab's verstanden, Rosie.« Sein Handy gab eine Reihe von klopfenden Geräuschen von sich. Er tippte das Display an. »Kann ich rasch rangehen?«

»Bitte, mach.«

Zu ihrem Erstaunen stand Egbert auf und entfernte sich ein paar Schritte. An einem leeren Tisch blieb er stehen und hielt die Hand beim Sprechen vor den Mund.

Schon ertappte sich Rosalie dabei, das Gespräch mithören zu wollen, pfiff sich aber auf der Stelle zurück. Sie konnte nicht allein von Egbert verlangen, die Trennung endlich zu akzeptieren, sondern musste auch ihren Anteil daran leisten.

Egbert hatte wieder Platz genommen und trank aus seiner Tasse. Nach dem ersten Schluck setzte er sie ab. »Du hast es nicht vergessen, Rosie. Der Kaffee schmeckt genau richtig. Dieter vom Angelverein hat eben nach dir gefragt. Alle lassen dich grüßen. Ich habe erwähnt, dass du auf Amrum arbeitest.«

Rosalie schlug sich an die Stirn. »Gott, ich muss gleich Theo anrufen. Außer einer ersten Info habe ich nichts mehr von mir hören lassen. Er wartet sicher.«

»Ist er dein neuer Freund?«

Mit dieser Frage hatte Rosalie nicht im Entferntesten gerechnet. »Nein. Was soll das denn jetzt?«

»Mir ist vor Oskars Unfall aufgefallen, wie du gestrahlt hast. Da ist ein anderer im Spiel. Oder? Darf ich nicht nachhorchen?«

»Darfst du nicht.« Die Stimmung zwischen ihnen war wieder mal am Kippen. »Theo Meisner ist mein Boss. Der mit einem Mann zusammenlebt.«

»Ah ja.« Sein Ausatmen sagte mehr als tausend Worte.

»Bert, hör mir zu. Ich bin nicht Robinson Crusoe, der auf einer einsamen Insel gestrandet ist. Ich muss dir nicht jeden vorstellen, dem ich bisher begegnet bin.« Schon gar nicht Justus, setzte sie in Gedanken hinzu.

»Musst du nicht, stimmt, Rosie. Es geht mich nichts an. Aber du wirkst, als wärst du schon ewig hier und wolltest gar nicht mehr weg. Zumindest kommt es mir so vor. Das ist sogar Oskar aufgefallen. Beim Grillabend, nach unserem Zusammentreffen, hat er es angesprochen. Mama und die Insel haben sich gefunden, hat er gemeint.«

Rosalie wollte ihrem Ex-Mann widersprechen, aber ihr fehlten die Argumente. Sie war dabei, sich einzuleben. Die kurze Zeitspanne hatte genügt, um einen alten Traum wiederzubeleben, sich zu verlieben und Amrum fast schon wie ein neues Zuhause wahrzunehmen. Mit einem unerwarteten Schreck wurde ihr noch einmal bewusst, dass ihre letzte Woche auf der Insel begonnen hatte. »Es ist höchste Zeit, Bert, dass ich ein eigenständiges Leben beginne. Findest du nicht?«

Egbert biss endlich von der Salzstange ab, kaute und ließ eine Pause. »Pauline und deine Mutter wissen es schon seit Pfingsten. Dass sich Oskar und Dilara verlobt haben. Wir sind die Letzten, die man eingeweiht hat.«

Der abrupte Wechsel war typisch für ihren Ex-Mann. Das tat er immer, wenn es ihm emotional zu viel wurde. Bevor Rosalie nachhaken konnte, redete Egbert bereits weiter.

»Kein Wort hat Pauline zu mir gesagt bei ihrem letzten Besuch in Stommeln. Möglicherweise hat sie es über den Australienvorbereitungen auch vergessen. Du kennst sie doch, unsere Schusseline.«

Den Ausdruck über ihre Tochter zu hören, mit dem sie sich selbst ab und zu betitelte, war das Nächste, was Rosalie verblüffte.

Sein Redefluss dauerte an. »Beim Ausfüllen der Einreisepapiere hatte sie einen Zahlendreher und wäre fast abgelehnt worden. In letzter Sekunde hat sie es gemerkt und sitzt nun auf der anderen Seite der Weltkugel.« Er lächelte versonnen. »Rosie, Rosie. Unsere Babys sind wirklich erwachsen geworden.«

»Es gibt kein Zurück, Egbert«, kam jetzt ohne Zögern aus ihrem Mund. »Aber lieben werde ich dich immer.«

Er nickte. Mit einer schnellen Geste deckte er seine Augen ab. »Danke für den Kaffee, Rosie. Danke für all die Kaffees dieser Jahre.«

5

»Du siehst also, mein Schatz, dein Bruder wird schneller wieder vollkommen heile als gedacht. Dilara betüddelt ihn, und sie reisen morgen zurück nach Flensburg. Nyla hat arrangiert, dass sogar der Wohnwagen länger zur Verfügung steht. Alles wird, mach dir keine Sorgen mehr.«

Wieder saß Rosalie auf dem Bett, den Laptop auf einem Kissen vor ihr, und hatte Verbindung mit einem Familienmitglied aufgenommen.

Nur dass es diesmal auf Amrum kurz vor Mitternacht war, während in Queensland schon ein neuer Tag für Pauline begonnen hatte. Nach all den sich überschlagenden Ereignissen hatte sich Rosalie erst jetzt richtig Zeit für ihre Tochter nehmen können.

Die Stunden davor hatte Rosalie die Entwarnung an ihre neuen Freunde auf der Insel weitergegeben. Lorenz und Irma, Marlene, Theo, sie alle hatten mit ihr gebangt und Oskar eine schnelle Besserung gewünscht. Mit Rosalies Mutter und Marion hatte die Dreier-Konferenz stattgefunden, mit vielen Tränen der Erleichterung.

Zuletzt bei Pauline schilderte Rosalie zum wiederholten Mal den Unfall, aber auch das glückliche Ende.

Unerwähnt hatte sie das Gespräch zwischen ihr und Egbert gelassen. Ihre vielleicht finale Aussprache sollte zwischen den ehemaligen Eheleuten bleiben. Für die Kinder änderte sich ohnehin nichts.

»Und Papa?« Pauline sah ein wenig blass aus. Mit den Sorgenfalten auf der Stirn war sie das Abbild ihres Vaters.

»Papa fährt mit den beiden, wird erst in Berlin bleiben, dann weiter nach Stommeln heimkehren.«

»Du bleibst auf Amrum?«

»Ja, Pauline. Ich bleibe. Der Minijob ist ja noch nicht fertig.«

»Mams als Gesellschafterin. Wie machst du dich als mein Ersatz?« Pauline lächelte zum ersten Mal, seit sie das Gespräch über die Videoschalte begonnen hatten.

Rosalie rollte übertrieben mit den Augen. »Du hättest dich gewundert, Pauline. Theo Meisner hält mir meistens langatmige Vorträge über Geldanlagen.«

»Kann man immer brauchen.«

»Wenn man Geld hat, sicher. Oder ich kümmere mich um den Hund.«

»Oh, ein Hund! Das hätte mir auch gefallen.«

»Ehrlich gesagt könnte ich die Wochen hier leicht ohne Arbeit verbringen.«

»Du hast dir eine Rosalie-Zeit verdient, Mams.«

Rosalie spitzte die Ohren. »Wie meinst du das?«

»Mama. Seit ich denken kann, warst du für uns da. Hast uns im wahrsten Sinn des Wortes bemuttert. Jetzt bist du an der Reihe.« Pauline blinzelte. »Und seit ich hier bin, merke ich erst, wie auffallend gut ich mit allem allein zurechtkomme.«

Geht mir genauso, dachte Rosalie, sprach aber auch diesen Gedanken nicht aus. Sie freute sich, dass Pauline, wie es den Eindruck machte, in der Ferne erwachsener geworden war. »Wer wäscht dir die Wäsche, Schatz?«

»Sehr komisch, Mama. Ich mir selbst natürlich. Ein einziges

Mal hab ich etwas verwaschen. Wobei ich rosa Socken und Unterwäsche ganz okay finde.«

»Du siehst auch so aus, als würdest du dich wohlfühlen, Paulinchen.«

»Du aber genauso, Mama.«

»Na ja. Die Angst um deinen Bruder hat mir einige neue graue Haare beschert.«

»Aber die Kurzhaarfrisur steht dir.« Pauline drehte ihre eigenen braunen Locken nach oben. »Da krieg ich Lust, hier auch zu einem Hairdresser zu gehen. Was Henry wahrscheinlich nicht gefallen wird. Er mag meine wilde Mähne, sagt er.«

Rosalie versuchte, sich zu erinnern, wann und wie oft Pauline den Namen bereits erwähnt hatte. »Henry?«

»Mama! Weißt du denn, dass Oskar und Dilara heiraten wollen?« Pauline lenkte geschickt von Rosalies Nachfrage ab. Das hatte sie sich bei ihrem Vater abgeschaut.

»Seit gestern, ja. Wie lange bist du bereits eingeweiht?«

»Seit Oskar Dilara gefragt hat. Irgendwann um Pfingsten rum. Bevor ich nach Queensland bin, haben wir schon die Party geplant. Oma weiß es ebenfalls. Oskar wollte es dir erst später sagen. Nicht schmollen.«

»Das tu ich nicht. Jeder braucht seine Geheimnisse. Zumindest manchmal und für eine Weile. Ich mag Dilara und werde mir Mühe geben, kein Drachen von einer Schwiegermutter zu werden.«

»Drachen und du, Mams? Da muss ich gleich wieder lachen.« Paulines Blick ging nach unten. »Mama, ich muss dir noch was sagen.«

In Rosalies Bauch rumorte es auf der Stelle. »Ist etwas passiert?«

»Gar nicht.« Mit beiden Händen winkte Pauline ab. Dann nahm

sie über die Kamera Rosalie direkt in den Blick. »Alles ist in superbester Ordnung.«

»Super und bester? Rück heraus mit der Sprache. Was ist los?«

Die Blässe auf Paulines Wangen wechselte zu einem leichten Rot. »Es ist Henry. Ich bin verliebt. Sehr sogar.«

»Hab ich geahnt. Mütterliche Intuition.«

»Und Mams, ich werde hier länger bleiben.«

»Was?« Jetzt war Rosalie aus dem Konzept gebracht. »Aber dein Studium in Aachen. Deine Pläne.«

»Reg dich nicht auf.« Pauline deutete einen Kuss an. »Ich wollte in Deutschland erst wieder ins Wintersemester einsteigen.«

»Aber dann wirst du erst um Weihnachten zurück sein?«

»Henry wird mir das Land zeigen, Mama. Das wird das Abenteuer meines Lebens. Wenn es weiter so gut läuft zwischen uns, dann kommt er im Winter mit mir mit.«

»Paulinchen, das hört sich toll an. Ehrlich.«

»Mams?!« Pauline war noch nicht fertig. »Sagst du es Paps?« Ihr Blick wurde flehend. »Ich bin mir nicht sicher, ob er es für eine gute Idee halten wird.«

»Du bist erwachsen, Pauline.«

»Trotzdem, Mama. Bitte.«

Rosalie schüttelte den Kopf. »Nein. Mach das schön selbst. Aber warte damit ein paar Tage, bis dein Bruder wieder vollständig hergestellt ist und sich Egbert nervlich erholt hat.«

Sie plauderten noch über Oma Ulla und die neue Katze von Marion. Rosalie schwärmte von Amrum und sendete Fotos, berichtete vom Fetzenpupperl und den Österreichern, vom Walzerabend und Molenfest. Auch von ihrer überraschend erwachten Kreativität, und sie zeigte noch ein Bild vom Kraken.

»Spitzenmäßig, Mama. Schick mir einen von denen. Oder

gleich viele. Ich verticke die in Queensland und mach dich gleich auch hier berühmt.«

»Ich bin nicht berühmt, ich spinne bloß rum.«

»Spinn weiter, du wirkst dabei glücklich.«

Am Ende hatte Rosalie einzig Justus ihrer Tochter gegenüber nicht erwähnt. Der richtige Zeitpunkt würde kommen.

Nach dem Gespräch überkam Rosalie das Bedürfnis, noch einmal nach draußen zu gehen.

Das Laternenlicht ließ die Straße wie aus einer anderen Welt erscheinen. Über ihr der abgespeckte Mond, der einen Feenkranz um sich aufgebaut hatte. Ein paar Wolken, ein paar Sterne zwischen ihnen. Ein Jogger und sein Hund liefen an Rosalie vorbei. Das Tier hatte einen farbenwechselnden Reifen um den Hals und sprang immer wieder an seinem Besitzer hoch. Rosalie überlegte, ob sie Theo für Marwin so einen schenken sollte. Bei Lorenz im Laden würde sie sicherlich fündig werden.

Schließlich am Strand angekommen, war Rosalie nicht die Einzige, die spätnachts ans Meer spazierte. In einiger Entfernung feierten Jugendliche bei einem Lagerfeuer. Kein Chor heute, aber jemand spielte Gitarre. Draußen auf dem Wasser schaukelten erleuchtete Schiffe wie bunte Nachtgewächse.

Eine Weile blieb sie am Rand der Wellen stehen.

Wie gestern und doch vollkommen anders. Wie Emotionen ein und dieselbe Szenerie in unterschiedlichstem Licht erscheinen lassen konnten. War sie gestern emotional erschöpft gewesen, empfand sie im Moment tiefe Dankbarkeit.

Rosalie ging ein Stück voran und setzte sich schließlich in den Sand. Sie dachte an Justus und freute sich auf das Wiedersehen.

»Dann habe ich Zeit nur für dich«, hatte er ihr versprochen. »Und ich habe etwas ganz Besonderes im Auge.«

Es kribbelte in ihrem Herzen und Bauch.

6

Sie standen zu dritt vor dem Eingang des Krankenhauses.

Nach der Visite war Oskar erlaubt worden, das Krankenhaus zu verlassen.

Weder Rosalie noch Egbert oder Dilara hatten eine Sekunde länger im Inneren der Klinik sein wollen. Durch die Glasschiebetüren konnten sie Oskar sehen, der mit einer weißen Armschlinge und einem Ohrverband an der An- und Abmeldung wartete. Noch standen ein paar Formalitäten aus, die vor der Abreise geklärt werden sollten.

»In Berlin bleibe ich nicht zu lange bei euch, Dilara«, meinte Egbert mit einem schnellen Blick zu Rosalie. »Nach dem Schreck werde ich die Ruhe in Stommeln genießen. Obwohl das Haus für mich allein zu groß ist.«

Egbert schaffte es nicht mehr, Rosalie ein schlechtes Gewissen zu machen. Die Phase war vorbei. »Macht euch zu dritt eine gemütliche Rückreise. Passt mir auf Oskar auf.« Sie hob eine Tüte hoch. »Ich habe euch Friesenwaffeln besorgt.«

»Klasse!« Dilara verstaute den süßen Snack in ihrer Tasche. »Wenn ich mich hier so umsehe, werde ich mir hier einmal einen richtigen Urlaub gönnen. Der Morgen heute war trotz allem schön. Obwohl es um uns herum laut herging.«

»Habt ihr dort eine Zone für FKK-Fans? Ich bin auf dem Amrumer Campingplatz welchen begegnet.«

Dilara lachte. »Also ich habe keinen Nackten gesehen. Beim Weg ins Wasser ist mir eine Gruppe Männer begegnet, die ihre Bierbäuche der Sonne entgegengestreckt haben. In Badehosen.«

»Du warst schwimmen?« Rosalie konnte es kaum fassen. Es war sonnig, aber die Temperatur lag unter fünfzehn Grad. »Ich habe es gerade mal bis zu den Knien geschafft.«

»Mama Rosalie, du musst bis drei zählen und dich fallen lassen. Sobald du nass bist, ist es herrlich.«

»Ich habe es mir fest vorgenommen. Danke für den Tipp.«

Mama Rosalie, was für eine neue Anrede. Vor der Verlobung hatte Dilara Rosalie bei ihrem Vornamen gerufen. Vielleicht lag es daran, weil sie bald offiziell zur Familie Burg gehörte, auch wenn die sich in zwei Lager gesplittet hatte.

»Oskar winkt nach mir.« Dilara stellte ihre Tasche auf den Boden. »Ich laufe zu ihm.«

Rosalie blieb mit Egbert allein zurück. »Schade, dass eure kurze Vater-Sohn-Zeit so abrupt zu Ende gegangen ist, Bert.«

Er sah einer Möwe nach, die sich in die Lüfte schwang. »Ich kann verstehen, dass es dir auf den Inseln gefällt. Mit der Weite rundum fühlt man sich freier. Hat mich ein wenig daran erinnert, wie es ist, wenn man auf einem Berg steht und die Welt einem zu Füßen liegt. Hier ist es mehr der Himmel, gepaart mit der See. Während Dilara in den Fluten verschwunden ist, habe ich einfach den Blick schweifen lassen.«

»Bei mir war es am ersten Morgen so.« Rosalie berührte ihn an der Schulter. »Bevor ich diese Reise angetreten habe, war ich meist weit weg von meinen Bedürfnissen. Nicht unglücklich, aber nie ganz ich selbst. Meine kleine Wohnung in Köln vermisse ich allerdings.«

»Dass du nicht zu mir und unserem Leben zurückkommen wirst, ist mir inzwischen klar geworden.« Ein wenig Melancholie schwang in seiner Stimme mit. »Ich kann es akzeptieren. Deine Welt hat sich weitergedreht, Rosie. Amrum, das ist dein neuer Platz.«

»Mal schauen. Meine Zeit auf der Insel neigt sich dem Ende zu. Noch ein paar erholsame Tage, dann packe ich meinen Rucksack. Sobald ich wieder Kölner Boden unter meinen Füßen habe, rufe ich dich an. Versprochen, Bert.«

»Meine Rosie. Das bist und bleibst du.«

Mehrere Dinge ereigneten sich jetzt in rascher Folge beinahe zur gleichen Zeit. Beide hätte Rosalie gern verhindert, wenn ihr Ex-Mann sie nicht ein weiteres Mal überrascht und überrumpelt hätte.

Egbert zog sie mit Schwung an sich. Seine Arme umschlangen ihren Körper, sie hörte ein leises Knacken in ihrem Rücken. Dann drückte er ihr einen Kuss auf den Mund, der richtig schmatzte. Rosalie war perplex, weshalb sie erst keinen Widerstand leistete. Und schließlich war es Bert, der sie bereits Tausende Male geküsst hatte.

Die Schiebetür des Krankenhauses öffnete sich. Justus kam an der Seite einer Gruppe Kollegen heraus. Sofort bemerkte er Rosalie in den Armen ihres Ex-Manns und blieb kurz stehen.

Der Kuss war zu Ende, aber ihr Ex hielt sie weiterhin umschlungen. Rosalie hob unter Anstrengung eine Hand hinter Egberts Rücken und versuchte, Justus zuzuwinken. Was Egbert nur veranlasste, sie enger an sich zu ziehen.

Justus' Gesichtsausdruck war eine Mischung aus Amüsement und Erschrecken, soweit Rosalie aus der Entfernung feststellen konnte. Er hob zwei Finger hoch, eine Geste, die wie das Victoryzeichen aussah, und die Rosalie nicht deuten konnte. Immerhin zog er seine Lippen zu einem schwachen Lächeln nach oben.

Endlich gab Egbert Rosalie wieder frei.

Sie überlegte, ob sie nicht direkt zu Justus laufen sollte, damit kein dummes Missverständnis, diesmal von seiner Seite, aufkam. Doch er war bereits mit den anderen weitergegangen und hinter einer Reihe von geparkten Wagen verschwunden.

»Entschuldige, das war unpassend, aber nötig.« Egbert räusperte sich. »Rosie, ich wünsche dir eine tolle Zeit. Ganz von Herzen.«

»Ich dir in Berlin auch.«

»Mich zieht es nach Hause. Im Garten gibt es viel zu tun, ein Vereinstreffen steht an und einiges mehr. Bald ist mein Urlaub vorbei, und die Arbeit ruft.« Er seufzte gleich dreimal hintereinander.

Der Laut erinnerte Rosalie an ihr eigenes früheres Seufzkonzert. »Kein Grund, trübsinnig zu sein, Bert. Wir zwei sind, wie man so schön sagt, Best Ager, und so vieles liegt noch vor uns.«

»Mir reicht die Vorstellung, dass ich in weniger als einer Stunde zurück auf die Fähre muss. Allein der Gedanke lässt meinen Magen grummeln.«

»Du hast doch die Tabletten gegen Seekrankheit dabei.«

»Die konnte ich beim Zusammenpacken nicht mehr finden.«

»Soll ich dir in der hiesigen Apotheke …« Rosalie unterbrach sich. »Du kommst sicher zurecht. Der Wind ist nicht stürmischer als meistens.«

»Ich bin jetzt schon erleichtert, wenn ich wieder festen Boden unter den Füßen habe. Auch wenn ich Föhr vorhin mit einem Berg verglichen habe, kann man im Gebirge nicht ertrinken.«

»Dafür könnte man abstürzen.«

»Stimmt.« Er drückte sie ein letztes Mal rasch an sich, diesmal, ohne sich festzuklammern.

Oskar und Dilara kamen zu ihnen. Unter Oskars Augen konnte man dunkle Ringe sehen.

»Und du gehst direkt zu einem Arzt in Berlin, das musst du mir versprechen.«

»Ja, Mama.«

»Pass auf dich auf. Lass dich durchchecken, gönn dir eine Auszeit.«

»Mama, ich bin nicht mehr zehn.«

»Aber immer mein Sohn.«

Dilara hakte sich bei Rosalie unter. »Ich werde ihm jeden Wunsch von den Augen ablesen, Mama Rosalie. Das mache ich ohnehin selten, deshalb wird er es genießen und tatsächlich Ruhe geben.«

»Kommt, wir müssen los. Die See ruft nach mir.« Egbert setzte sich in Bewegung.

Mit einem fröhlichen Johlen folgten ihm Oskar und Dilara. Ihren Sohn wieder befreit lachen zu hören machte Rosalie fast vollkommen glücklich. Sie warf im Weitergehen einen Blick nach oben. Die Wolken flogen über den Himmel, und Möwen hatten sich zu einer Schar versammelt und veranstalteten ihr klassisches Konzert. Sie krächzten und ließen sich im Wind treiben.

Rosalie hatte eben zu Egbert gemeint, dass sie gern in Köln lebte. Das stimmte zwar, aber würde sie in der nächsten Zeit einen Umzug ins Auge fassen, würde sie nicht mehr nach einer anderen bezahlbaren Singlewohnung in der Domstadt Ausschau halten, sondern sich mehr nach Norden orientieren.

Gab es überhaupt bezahlbaren Wohnraum auf einer der Nordseeinseln? Sich darüber im Internet zu informieren, war eine Möglichkeit. Beim sehnsuchtsvoll erwarteten nächsten Treffen ihren Liebsten zu fragen, eine andere.

Spekulationen, Überlegungen und Träume waren nicht verboten.

7

Zuerst schenkte niemand Rosalie Beachtung, was sie mit Erleichterung aufnahm.

Wie Lorenz sie gebeten hatte, war sie im Fetzenpupperl erschienen, um ihn bei dem geplanten TV-Projekt zu unterstützen. Trotz der Ereignisse der letzten Tage fühlte sie sich bereit, sich auf das nächste unbekannte Terrain zu wagen.

Als sie den Laden des Österreichers betrat, war sie erstaunt, dass Lorenz es geschafft hatte, eine Ecke vollkommen freizuräumen, um Platz für das Fernsehteam zu machen. Rosalie fragte sich, wo Lorenz all die Püppchen und Kleidung verstaut hatte. Wahrscheinlich stapelten sich in seiner Wohnung Kisten und Kartons.

Zwischen zwei Männern, einer mit einer Kamera ausgerüstet, der andere mit Kopfhörern und Mikrofon an einer Mikrofonangel, stand die hübsche blonde Moderatorin. Das Gesicht der Urlaubssendung, die Rosalie schon einige Male im Fernsehen verfolgt hatte. Nicht in ihren kühnsten Träumen hätte sie jedoch erwartet, dass sie selbst einmal daran teilnehmen würde. Je mehr sie darüber nachdachte, gleich vor einer Kamera sprechen zu müssen, desto mehr schwand ihr erster Anflug von Mut.

Vor einer freigeräumten Wand stand Irma, die gerade interviewt wurde.

Lorenz hielt sich hinter der Gruppe auf und legte seinen Zeigefinger an die Lippen, als Rosalie sich ihm näherte. Zur Sicherheit trippelte sie auf Zehenspitzen voran.

Irma sah heute anders aus, was an der Reitkleidung lag, die sie trug.

»Aus dem Sattel und an die Nähmaschine. Kann man das so sagen, liebe Irmi?« Die Moderatorin schlug einen kameradschaftlichen Ton an, ihr Lächeln war verführerisch strahlend. »Altern kennst du nicht, oder?«

Als würde sie jeden Tag interviewt werden, strich sich Irma lässig die lila Strähne aus der Stirn. »Nach langen Stunden beim Nähen und Ausbessern is es ein Labsal, raus an die frische Luft zu kommen. Die Geschwindigkeit der Islandpferde vergleiche ich gern mit dem Rattern der Nadel, wenn ich an der Nähmaschine bin. Auf Amrum gestrandet zu sein, mit meinem Mann, is immer noch ein Stück Glück. Die Insel is ein wahrer Jungbrunnen.«

»Wobei Österreich auch schön ist. Die Berge fehlen dir nicht?«

»Ja, schon.« Irma warf einen raschen Blick zu Lorenz, der ihr aufmunternd zunickte. »Grad die Steiermark, wo ich herkomm, is das grüne Herz Österreichs. Aber Wald gibt es ja hier ebenso. Statt der Berge eben das Meer. Und zwei- oder dreimal im Jahr bin ich bei meinem Sohn in Wien. Der führt dort ein Lokal. Manchmal besuche ich noch meine Schulfreundinnen in Graz.«

»Wir haben dich, liebe Irmi, beim Reiten begleitet. Dürfen wir dir jetzt auch noch über die Schulter schauen, wenn du an der Nähmaschine sitzt?«

»Kommt's mit.«

Sie hob die Hand. In dem Moment rief jemand »Cut«.

Die Moderatorin war zufrieden. »Super, Irmi. Jetzt noch eine Sequenz an der Nähmaschine. Bevor wir nach hinten wechseln, nimmt Kurt den Laden von draußen auf. Mit Lorenz will ich ebenfalls sprechen. Diesen Sommer neu war sein Walzerabend, habe ich mir sagen lassen.«

»Da wird er viel zu berichten haben«, scherzte Irma. »Da hättet ihr uns filmen sollen.«

Lorenz meldete sich aus dem Hintergrund. »Rosalie is auch schon da!«

Zwei vom Fernsehteam drehten sich zu ihr um, Rosalie bekam ein flaues Gefühl im Magen. Ab dem Moment war es unmöglich, sich leise zurückzuziehen und den anderen den Vortritt zu lassen.

Die Moderatorin kam auf Rosalie zu. »Auch das haben mir die Amrumer Spatzen gezwitschert. Eine quasi Jungdesignerin aus Köln, die sich auf der Insel eingefunden hat.«

Sie streckte Rosalie die Hand hin, die nach dem Schütteln direkt abwehrte. »Um Gottes willen. Ich bin nicht mehr jung und weit davon entfernt, als Designerin zu gelten. Ich hatte nur eine Idee, die Irmi ausgeführt hat.«

Lorenz drängte sich zwischen sie. »Mehr als eine. Das is der Kraken, von dem ich im Vorfeld erzählt hab. Ein einzigartiger Accessoire-Einfall. Etwas Besonderes. Witzig und fesch zugleich.«

Plötzlich war es Rosalie absolut peinlich, wie Lorenz die lila Stoffkreation vorführte. Die Nervosität setzte ein. In Wahrheit waren ihre Geistesblitze doch nur irrelevante Winzigkeiten, die man sich an Bluse oder Hemd fixieren konnte, um ein wenig Freude damit zu haben.

Die Moderatorin drehte das Teil zwischen den Fingern. »Na, das ist ja mal was Originelles. Pass auf, Rosa.«

»Rosalie«, korrigierte Irma sie.

»Verzeihung, Rosalie. Wenn es dir recht ist, machen wir jetzt direkt ein kurzes Interview mit dir und Lorenz. An der Stelle stimmt gerade das Licht perfekt. Ich frage nach deinen Gründen, auf Amrum zu sein, erwähne das Zusammentreffen mit den Vongooßens, dann schwenkt Lorenz das hübsche Tintenfischchen in die Kamera. Okay?«

Hätte sich eine Spalte im Boden des Ladens aufgetan, Rosalie wäre mit Freuden hineingesprungen. Alles ging dermaßen schnell, dass sie nicht mal Gelegenheit hatte, Widerspruch einzulegen. Abgesehen davon war es sowieso zu spät. »Ja, in Ordnung.«

»Ich beginne mit meiner ersten Frage, und du plauderst einfach mit mir. Gerade so, als wären wir allein im Laden. Je spontaner, desto besser.«

Eine zweite Frau tauchte neben der Moderatorin auf, schob ihr die blonden langen Haare hinter die Ohren und betupfte mit einer Puderquaste ihr Gesicht. Danach stellten sich alle drei eng aneinander. Der Kameramann gab ein Zeichen, und der Mann vom Ton hob die Angel mit dem Mikro in die Höhe.

»Achtung. Kamera läuft.«

»Ton läuft.«

»Und bitte.«

Rosalies Gesichtsfeld schien zu schrumpfen und von einem hellen Kranz umgeben zu sein. Ihr Hirn kam ihr vollkommen blank vor, sie hatte keine Ahnung, was sie gleich der Moderatorin antworten sollte.

»Auf Amrum können auch Träume ganz anderer Art in Erfüllung gehen.« Die Moderatorin hatte wieder ihr strahlend verführerisches Lächeln aufgesetzt. »Wir sind immer noch im Fetzenpupperl, und wir haben das Glück, dass gerade Rosalie vorbeigekommen ist, um nach ihrer Kreation zu schauen.«

Rosalie nickte, während die Moderatorin bereits weiter ausführte. »Bei einem zufälligen Zusammentreffen zwischen dem Ladenbesitzer und der Urlauberin aus Nordrhein-Westfalen ist eine höchst kreative Zusammenarbeit entstanden.«

Lorenz hielt Rosalies lila Accessoire hoch. »Das is der Krake.

Ein Teilchen, das wunderbar zu jedem Outfit passt, sich anschmiegt und zugleich auffällt. Damit päppelt man stinknormale Kleider richtig auf.«

»Super, Lorenz, danke dir. Jetzt will ich aber von Rosalie erfahren, ob ihr diese wundervolle Idee auf der Insel zugeflogen ist? Oder besser vielleicht zugeschwommen?«

»Er war plötzlich da. Der Einfall.« Rosalie musste einmal schlucken, dann ging es. »Der weiße weite Strand, das Meer, überhaupt die ganze Insel hat mich inspiriert.«

»Hast du denn auch in Köln mit Design zu tun?«

»Nein, gar nicht, obwohl es mein Traum war. Als junges Mädchen. Auf Amrum hat es mich neu eingeholt, würde ich sagen.«

»Dann heißt das, dass dieser köstliche Krake, wie ihr ihn nennt, nicht das letzte originelle Stück sein wird?«

»Ich hoffe nicht. Wenn ich über die Insel spaziere, fallen mir laufend die wunderbarsten Kleinigkeiten ein, die eine Bluse, ein Kleid oder eine Jacke einzigartig machen können.«

»Plus der Spaß am Kreieren.«

»Das war immer schon meine Leidenschaft. Ich hatte es nur vergessen. Amrum hat es wieder in mir aktiviert.«

»Das klingt fantastisch, liebe Inselbesucherin Rosalie. Und der sogenannte Krake wird seinen Weg auch über Amrum hinaus finden, denke ich.«

Die Moderatorin machte eine Pause, der Kameramann hob die Hand. »Cut.«

Rosalie sah sich verwundert um. »Das war es schon?«

»Du sagst es. War nicht schlimm, oder?«

»Nicht schlimmer als ein Routinecheck beim Zahnarzt.«

»Damit hat noch niemand meine kleinen Interviews verglichen.« Die Moderatorin grinste. »Unseres eben hat sich richtig gut angehört. Danke dir.«

»Wann wird es gesendet?«

»Das kann etwas dauern. Ich gebe Lorenz Bescheid, er kann die Info an dich weiterleiten.« Nach einem nächsten Händeschütteln wandte sich die Moderatorin wieder ihrem Team zu. Zusammen mit Irma wechselten sie zum Perlenvorhang.

Lorenz rückte zu Rosalie auf. Im Schlepptau hatte er eine junge Frau, die Rosalie bisher nicht aufgefallen war. »Echt super, Rosalie. Du warst spitze. Wieder was Neues übers Fetzenpupperl. Und wer weiß, was es dir noch alles bringen wird.«

»Erst muss ich kurz vor die Tür. Lorenz.«

»Wart bitte.« Lorenz deutete auf seine Begleitung. »Du kannst direkt weiterplaudern, liebe Rosalie. Das is die Anna von den Amrum-News. Sie will ein hübsches Foto von uns beiden und dem Kraken schießen. Dazu stellt sie dir ein paar Fragen mehr.«

»Ich bin für so öffentliche Auftritte nicht gemacht.«

»Papperlapapp. Du kannst das Gleiche sagen wie eben. Brauchst nix Privates zu verraten. Es wird eh nur dein Vorname in dem Bericht genannt.«

Anna von den Amrum-News mischte sich ein. »Es ist, wie Lorenz es eben erklärt hat. Wir sind in fünf Minuten durch, weil ich ohnehin zu meinem nächsten Termin muss. Keine Angst, ich beiße nicht. Stellt euch für die Fotos nebeneinander. Tut gleich so, als ob ihr etwas aushecken würdet.«

»Die Rosalie hat eine weiße Bluse an«, stellte Lorenz fest. »Drauf passt der Kraken hervorragend. Da brauchen wir nix annähen, das hält auch so auf der Schulter.«

»Bestens. Rosalie, genau so. Und jetzt lächle Lorenz an. Mit einem verschwörerischen Blick.«

Rosalie ächzte. »Wann kann man darüber lesen?«

»Heute Abend stelle ich es online.«

»Dein lila Krake wird berühmt, Rosalie«, prophezeite Lorenz.

8

Die Formulierung »Fünfzehn Minuten Ruhm« traf schon am nächsten Morgen auf Rosalie zu. Zumindest, was Amrum anging. Vielleicht wäre sie auch auf Föhr oder Sylt wiedererkannt worden, wenn sie dort durch die Straßen oder am Strand spaziert wäre.

Auf dem Weg zum Büdchen für das Kaffee- und Krabbenbrötchen-Standardfrühstück sprach sie ein Paar an.

»Waren Sie nicht in den Amrum-News?« Die Frau trug ein grünes Haarband, eine blaue Sonnenbrille und ein Strandkleid in einer absolut schrecklichen orangen Farbe.

»Wie?« Zuerst war Rosalie verdattert.

Der Mann setzte nach. »Ein Online-Artikel über das Lädchen der Österreicher. Mit Ihnen als Aufmacher. Haben wir vorhin gelesen.«

»Ach so, Sie meinen das Interview.«

»Glückwunsch!« Er schüttelte Rosalie die Hand, ehe sie sie zurückziehen konnte. »Wir sind aus Düsseldorf.«

Rosalie verschwieg instinktiv, dass sie aus Köln stammte.

»Genau.« Die Frau zückte ihr Handy. »Die Modemetropole in NRW. Könnte es sein, dass ich schon einmal in einer der Boutiquen eine Ihrer Kreationen gesehen habe?«

»Ausgeschlossen.« Rosalie machte einen Schritt zurück. »Es ist bloß ein Hobby. Nicht einmal das. Es ist das erste Mal, dass ich überhaupt wieder etwas gebastelt habe.«

Mit einer raschen Seitwärtsbewegung kam die Frau neben Rosalie zum Stehen. »Wahrhafte Größe zeigt sich in Bescheidenheit. Darf ich ein Foto von uns machen?«

Noch bevor Rosalie überlegen konnte, hatte der Mann schon das Handy seiner Frau an sich genommen, sie sich grinsend neben Rosalie gestellt und er fotografiert. »Unsere Freunde werden neidisch sein.«

»Und ich hole mir den Kraken auf jeden Fall. Tschüsseli.« Dann liefen die beiden schnell weiter, als befürchteten sie, dass Rosalie die Rücknahme der Aufnahme fordern könnte.

Rosalies Verwunderung über die Reaktion des Paars hielt an, bis sie mit ihrer Bestellung bei Raul an der Reihe war und ihm den wiederverwendbaren Kaffeebecher reichte.

»Rosalita! Rosalita!« Er klatschte in die Hände. Auf seinem Kopf trug er wieder den Stoffhut mit den tanzenden Hummern. »Es ist mir eine Ehre.«

»Hallo, Raul. Wie geht es dir? Ich hab dich am Walzerabend vermisst.«

Statt einer direkten Antwort fasste er Rosalie fest ins Auge. »Bella Rosalita, eine Berühmtheit.«

»Was soll das denn?« Jetzt war sie fassungslos. »Berühmt?«

»Gestern Abend hat es mir meine Liebste gezeigt. So ein schönes Foto von dir. Mit dem lila Dingsda.«

Rosalie war am Vorabend sehr müde ins Bett gefallen. Davor hatte sie versucht, Justus zu erreichen, ihm jedoch nur auf seine Mailbox sprechen können. Heute nach dem Aufwachen hatte er ihr recht früh eine Sprachnachricht geschickt, dass er auf Sylt total eingespannt war. »Morgen Abend bin ich zurück auf Amrum, Rosalie.« Sie hatte ihm noch jede Menge Herzen gesendet, an die Amrum-News hingegen keine Sekunde mehr gedacht.

»Raul, das lila Dingsda ist ein Accessoire. Ich lese den Bericht später.«

»Also, ich würde ihn ausdrucken und den ganzen Tag jedem unter die Nase halten.«

»Da habe ich Besseres vor.«

Den heutigen Tag würde sie ab Mittag ohnehin Theo zur Verfügung stehen. Sie hatte ihm vorgeschlagen, die Stunden, die sie durch Oskars Unfall verpasst hatte, in einer längeren Zeitspanne nachzuholen. Rosalie würde mit Theo mittagessen, ihm vorlesen, er ihr einen nächsten Vortrag halten, und zusammen würden sie einen Spaziergang mit Marwin machen. Die Stunden bis zum Wiedersehen mit Justus würden verfliegen.

»Guarda questo, schau es dir an, Rosalita.«

Raul hielt ihr ein Tablet vor die Nase. Auf dem Display waren Rosalies Gesicht und Oberkörper in Großaufnahme zu sehen. Auf ihrer Schulter lag der Kraken. Die Schlagzeile ließ Rosalie zusammenzucken.

»Kölner Designerin lässt sich von Amrum inspirieren.«

»Das bist ja du«, stellte ein junger Mann hinter ihr in der Schlange fest, der ihr über die Schulter spähte. »Hey, groovy!«

»Wer ist sie? Was macht sie?«, horchten zwei Mädchen nach, die zu dem jungen Mann aufschlossen.

»Die Lady vor mir ist ganz groß in den Medien.«

Beide Mädchen hoben vollkommen synchron ihre Handys.

Rosalie hob abwehrend beide Hände. »Bin ich nicht.«

»Die Amrum-News!«, meldete sich Raul. »Alles, was man über die Insel wissen muss, steht dort.«

»Bist du auch auf TikTok?«, fragte eines der Mädchen.

»Weder auf Facebook noch Instagram oder dergleichen. Mir

reicht WhatsApp.« Rosalie hatte genug von ihrer neuen Bekanntheit. »Ich freue mich, muss jetzt aber wieder los. Bitte nicht knipsen.«

»Knipsen, was ist das denn?« Das TikTok-Mädchen zog die Nase kraus.

Darüber entlockte sie Rosalie ein Lachen. »Fotografieren. Abbilden. Eine Aufnahme machen.«

Wieder Raul. »Willst du nicht wenigstens lesen, was unter dem Foto steht?«

»Wann kann man hier einen Kaffee bekommen?«, beschwerte sich ein Mann hinter den Jugendlichen.

»Sofort«, rief ihm Rosalie zu.

Den ganzen Artikel würde Rosalie lieber im stillen Kämmerlein durchgehen. So viel Aufmerksamkeit war sie nicht gewohnt. Es war ihr sogar unangenehm. Sie nahm den Kaffeebecher in die Hand, winkte Raul und marschierte zurück in ihr Domizil.

Erst als sie dort ankam, fiel ihr auf, dass sie sich kein Krabbenbrötchen mitgenommen und außerdem den Kaffee nicht bezahlt hatte. Sie würde später noch einmal zu Raul laufen und sich entschuldigen.

Rosalie setzte sich an den Küchentisch und fuhr ihren Laptop hoch. Der Artikel war weder reißerisch noch überspitzt geschrieben. Sogar richtig nett wurde über sie und ihren Kraken berichtet. Die Aufmerksamkeit am Imbiss war übertrieben gewesen.

Nach kurzer Überlegung kopierte sie den Link und sendete ihn an Ulla, Marion, Oskar und Pauline. Nach all der Aufregung und Sorge konnten auch sie alle eine heitere Botschaft vertragen. Die Reaktionen konnte sich Rosalie gut vorstellen: Pauline würde es, wie der junge Mann vorhin, »groovy« finden, Oskar cool, Marion großartig, und Mama Ulla würde überlegen, wie Irma den Kraken genau genäht hatte.

Kaum abgesendet, fiel Rosalie siedend heiß ein, dass sie nach dem Zeitungsartikel in einem viel größeren Medium vorgestellt werden würde. Die Sendung über Amrum im Herbst. Die Reaktionen danach würden wohl um einiges größer ausfallen.

Zuletzt sendete sie Justus den Link. Ihre Sehnsucht und die Vorfreude wuchsen.

9

Der Abend kam, aber von Justus fehlte jede Spur. Kein Anruf, keine Textnachricht, dass er sich verspätete oder die Tagung länger gedauert hatte. Die letzte Fähre hatte bereits angelegt, er hätte also zurück auf der Insel sein müssen. Rosalie hinterließ mehrere Sprachnachrichten, die unbeantwortet blieben.

Sie überlegte, bei ihm vorbeizugehen, zu klingeln, entschloss sich aber abzuwarten. Stattdessen schickte sie ein Selfie, das sie von sich und Marwin auf der Rundbank geschossen hatte.

Schließlich hielt sie es in der Wohnung nicht mehr aus.

Gedankenverloren wanderte sie erst über die Dünen, dann wieder auf die Straße zurück, bis sie vor dem Fetzenpupperl stand. Drinnen brannte noch Licht. Auch waren die Klappstühle, die Ständer und die Außendekoration noch nicht weggeräumt worden.

Das Glöckchen klingelte beim Eintreten.

Beinahe stolperte Rosalie über einen Aufsteller mit ihrem Foto darauf. »Bei den Amrum-News und bei uns im Laden – der Amrumer Krake!«, lautete die Überschrift. Es war dasselbe Bild wie auf der Website: Rosalie in ihrer hellen Bluse, und auf ihrer Schulter das lila Stoffaccessoire.

Der Vorhang schob sich zur Seite, Lorenz spähte hervor. »Rosalie, was für eine nette Überraschung.« Wie immer deutete er einen

Handkuss an, fuhr sich danach einmal über die Glatze und zwirbelte an seinem Schnurrbart.

Rosalie umrundete den Aufsteller. »Lorenz, ich bin völlig perplex. Wann hast du das denn machen lassen?«

»Ja, gell. Gleich nach dem Interview bin ich zum Fotoladen. Expressauftrag.« Er strahlte über das ganze Gesicht. In der nächsten Sekunde schlug er sich jedoch mit der Hand auf die Glatze. »Herrje, ich Depp. Jetzt hab ich gar nicht weiter nach deinem Sohn gefragt. Wie geht's ihm?«

»Wieder bei sich zu Hause. Alles so weit gut, Glück im Unglück.«

Lorenz faltete die Hände und warf einen Blick nach oben. »Da waren der Herrgott und das Schutzengerl wirklich zur rechten Zeit am rechten Ort.«

»Du sagst es. Wenn ich daran denke, wie schlimm es hätte sein können, wird mir übel.«

»Lass alles Spekulieren, Rosalie. Das Spital auf Föhr drüben is eines der besten. Irmi hatte einmal eine schwere Lungenentzündung und is dort behandelt worden. Der Justus Merten, mit dem du am Walzerabend so innig getanzt hast, der hat sich um alles drum herum gekümmert. Das is ein Lieber, mit dem hast du's richtig getroffen.«

»Wir verstehen uns einfach nur gut.« Ihr Handy kündigte eine eingehende Nachricht an. Womöglich von Justus, Rosalies Herz schlug höher. »Entschuldige, Lorenz.«

»Schau nur nach.« Er zwinkerte und verschwand hinter dem Vorhang.

Doch der Text stammte von Theo. Darin bat er sie, ihn morgen an den Strand zu begleiten.

»Gern«, tippte sie zurück.

Direkt im Anschluss versuchte sie es erneut bei Justus. Wieder nur die Mailbox. »Justus, wieder Rosalie. Wo bist du? Noch auf Sylt? Oder hast du die letzte Fähre verpasst? Langsam beginne ich auch, mir um dich Sorgen zu machen. Bitte melde dich. Kuss.« Sie behielt das Mobiltelefon in der Hand und machte eine Aufnahme vom Aufsteller.

Lorenz war zurück. Mit zwei Tassen in der Hand in den Farben Rot-Weiß-Rot. »Das sind meine Österreich-Häferln, wie ich sie bezeichne. Du magst eh einen Tee mit Schlagobershauberl? Kaffee so spät hält einen die halbe Nacht wach.«

»Tee ist genau richtig.« Rosalie pustete und nahm einen ersten Schluck. Er schmeckte ungeheuer süß.

»Rate, Rosalie, wie viele Bestellungen wir für deine Kreation schon haben?«

»Keine Ahnung. Sieben? Oder ist das zu hoch gegriffen?«

Er brach in Gelächter aus. »Du bist eine Lustige, Rosalie. Seit es die Runde gemacht hat, haben die Lisa und die Irmi achtundfünfzig Vorbestellungen angenommen. Zum Glück hatten wir noch die unterschiedlichen lila Stoffballen im Lager. Und einigen Pupperln haben wir die Schürzen ausgezogen. Mit dem Glitzerstoff is die Irmi sparsam umgegangen.«

»Achtundfünfzig?« Ihr blieb der Mund offen stehen.

»Das Beste kommt noch. Weil sich die meisten Kundinnen noch nicht festgelegt haben, wo genau sie den Kraken hinhaben möchten –«

»Er gehört auf die Schulter.«

»Ja, das sagen wir auch immer. Aber es gibt welche, die das Teil lieber am Ausschnitt oder auch an der Badetasche befestigt haben möchten.«

»Die Variation mit der Badetasche gefällt mir.«

»Mir ebenfalls. Deshalb will ich welche mit einer Klammer versehen, sodass man den Kraken überall anklemmen und wieder abziehen kann. Wie einen Ohrclip. Lisa hat einen Internetshop gefunden, bei dem man solche Ansteckmöglichkeiten bestellen kann. Wir haben hundert Stück angefordert. Die werden express geliefert.«

»Wird der Krake dann in der Produktion nicht zu teuer?«

»Je nachdem, wie viele wir am Ende an die Frau bringen. Es sind übrigens auch zwei Herren darunter, die bestellt haben. Und ich bin mir sicher, es werden noch mehr.«

»Eine Klammer ist wirklich eine gute Idee.« Noch konnte sie es kaum glauben, dass so viele Menschen ihr Accessoire kaufen wollten. »Leider geht damit die Einzigartigkeit verloren. Das finde ich wiederum schade.«

»Ja und nein, Rosalie.« Lorenz machte einen Schritt auf sie zu. »Pass auf. Ich hab ein Attentat auf dich vor.«

»Das klingt gruselig, Lorenz.«

»Stimmt.« Er zupfte an seinem Bart. »Anders formuliert: Ich habe ein Angebot für dich.«

In dem Moment läutete das Glöckchen, und eine Frau in Rosalies Alter trat ein.

»Wart einen Moment.« Lorenz wandte sich von Rosalie ab und stellte den Tee zwischen zwei Puppen ab. »Gnädigste, herzlich willkommen. Wir haben zwar schon geschlossen, aber ich bin ja noch anwesend. Lorenz Vongooßen mein Name. Was kann ich für Sie tun, zu so später Stunde?«

Die Frau sah sich rasch um, bis ihr Blick an dem Aufsteller hängen blieb. »Genau deshalb bin ich hergekommen.«

»Der Krake hat Sie also angezogen, Gnädigste.« Lorenz deutete eine Verbeugung an. »Ich kann Sie auf die Bestellliste setzen, aber zwei Tage wird's wohl dauern.«

»Kein Problem. Wir sind zehn Tage auf der Insel. Aber ehrlich gesagt, wenn ich nicht den Bericht gelesen hätte, hätte ich nicht einmal gewusst, dass es auf Amrum solch ein Geschäft gibt. Wahrscheinlich bin ich schon mehrere Male daran vorbeigelaufen, ohne es zu bemerken. Kurios, Ihr Laden. Vielleicht nehme ich als Andenken dazu eines Ihrer Püppchen mit.«

»Selbstverständlich. Und Sie sagen es, Gnädigste, kurios. Soll ich Sie nun vormerken?«

»Ja bitte, ich komme übermorgen wieder. Kann ich einen Kraken vorneweg begutachten?«

»Sicher.« Mit einem schnellen Griff in eine dekorierte Schachtel neben der Kasse beförderte er das Accessoire zutage. Er bewegte die Finger, die Stoffteile flossen auseinander.

»Wie hübsch«. Die Frau lächelte verzückt.

Rosalie hörte den beiden zu und drehte dabei den Kopf hin und her, wie bei einem Tennisspiel. Nur dass es bei dem Dialog um ihren Entwurf, ihre Idee ging. Ihre Emotionen wechselten von Ungläubigkeit zu Erstaunen, zu Freude und am Ende zu Stolz.

»Wollen Sie eine Klammer, Gnädigste, an das Accessoire, oder haben Sie ein Kleidungsstück, an dem wir den Kraken annähen sollen?«

»Eine Klammer?«

»Ich meine, eine Möglichkeit, das Teil an verschiedenen Blusen oder Jacken zu befestigen. Am Kragen oder an der Schulter, auf einer Handtasche, Strandtasche, einem Koffer. Ganz, wie es Ihnen beliebt.«

Die Frau überlegte. »Kann man sich den Kraken auch ins Haar stecken?«

Rasch hielt sich Rosalie die Hand vor den Mund, um nicht laut aufzulachen. An einen Haarschmuck hatte sie überhaupt nicht gedacht. Selbst wenn sich diese Option im ersten Moment komisch anhörte, war es dennoch eine Variante, die Rosalie neu überdenken würde.

»Sie könnten sich eine Spange oder einen kleinen Kamm aussuchen, Gnädigste. Vielleicht etwas in Gold oder ebenfalls Lila?« Lorenz stieg sofort darauf ein, geschäftstüchtig, wie er war. »Oder Haargummis. Und den Kraken drannähen. Die hab ich im Sortiment. Wenn Sie sofort schauen wollen.«

»Sie haben mich überredet.«

»Prima. Ich zeige Ihnen gleich ein paar unterschiedliche Modelle, die ich von hinten hol.« Bevor er hinter dem Perlenvorhang verschwand, kam er ganz nah an Rosalie vorbei. »Neunundfünfzig!«

Wieder unterdrückte Rosalie ein Lachen. Es war unwirklich, was sie hier erlebte.

Während sie wartete, sah sich die Frau weiter um. Ihr Blick blieb an Rosalie hängen. »Sind Sie das?«

Rosalie, die neben dem Aufsteller mit ihrem Bild stand, hob das Häferl mit dem Tee auf Höhe ihres Gesichts. »Nein. Ich bin nur eine Kundin wie Sie.«

Der Verkauf ihres Kraken war sensationell, aber jetzt noch in ein Gespräch verwickelt, vielleicht sogar um ein nächstes Selfie gebeten zu werden, wäre ihr definitiv zu viel.

Mit mehreren Haargummis kehrte Lorenz zurück, die Kundin entschied sich für einen silbernen. Lorenz notierte sich Name und Handynummer und geleitete die Frau bis nach draußen. Rosalie folgte ihm mit Abstand. Draußen setzte sie sich auf einen der beiden Klappstühle.

Lorenz nahm auf dem anderen Platz. »Heute spür ich mein Kreuz und mein Alter. Der Tag war super, aber anstrengend.«

»Ich kann es kaum glauben.« Rosalie schüttelte den Kopf. »Mein Krake auf Kragen, auf Badetaschen und auf dem Kopf als Haarschmuck.«

»Is aber doch bemerkenswert.«

»Das ist es, Lorenz. Ich danke dir.«

»Nein, nein. Ich danke dir. Wir, die Irmi und ich, bedanken uns.« Er beugte sich vor. »Jetzt zu deiner Gewinnbeteiligung.«

»Quatsch. Fang bitte nicht mit so was an. Nein, Lorenz.«

»Rosalie! Deine Prozente am Verkauf stehen dir zu. Wenn es dir recht is, warten wir bis zum Wochenende, dann rechnen wir das erste Mal ab. Und sollte es im Lauf des Sommers weitergehen und wir vielleicht andere Accessoires von dir vermarkten können, wird sich dein Anteil erhöhen.«

Erneut war sie sprachlos. »Du meinst, du willst mehr von mir?«

»Klar.« Lorenz klopfte auf den Tisch. »Das is auch der Vorschlag, den ich dir vorhin machen wollte. Du kreierst weitere so nette Anhängsel, die Irmi näht, wir verkaufen sie. Eine gute Summe für deine Urlaubskasse wird schon zusammenkommen.«

»Ich bin hin und weg, Lorenz.« Ihr Minijob schoss ihr durch den Kopf. »Aber eigentlich darf ich nichts dazuverdienen.« Sie erklärte Lorenz ihre Lage. »Ich wäre dann direkt sozialversicherungspflichtig.«

»Mach dich, so schnell es geht, selbstständig.«

»Von einem lila schimmernden Teil, das einem abstrakten Tintenfisch ähnelt, werde ich wohl kaum leben können.«

»Von einem nicht. Aber von vielen schon. Vielleicht wirst du nicht gleich ein Vermögen machen, aber das Fetzenpupperl wird deine Kreationen weiter einkaufen, wie grad schon g'sagt. Ich gebe es an befreundete Souvenirhändler auf Amrum und den anderen Inseln weiter.«

»Ich reise bald ab.«

»Na und?« Er beugte sich vor. »Wir leben in modernen Zeiten. Völlig wurscht, wo du zauberst, wir schließen uns übers Netz zusammen.«

Eine ältere Frau blieb vor dem Laden stehen und fixierte die Auslage.

Lorenz stand sofort auf. »Gnädigste, Sie suchen sicher nach was Besonderem. Wir haben eigentlich geschlossen, aber ich mache eine Ausnahme für Sie. Und ich zeige Ihnen gleich etwas Feines. Ein Designerstück.«

Er vollführte eine einladende Geste und hielt der älteren Frau die Tür auf. Bevor er ihr in den Laden folgte, drehte er sich grinsend zu Rosalie zu. »Pass auf. Rosalie! Jetzt machen wir die sechzig voll.«

Rosalie dachte an Marions Vorschlag, ihr eine Website einzurichten. Sie dachte an neue Zeichnungen, die ihren Skizzenblock füllen würden. Und sie dachte an eine Tür, die sich auftat und sie einlud hindurchzutreten.

10

Und dann endlich. Endlich war Justus zurück.

Einen Tag später als gedacht, hatte er sie am Morgen in einer Nachricht gebeten, zu ihm zu kommen. Mit glühenden Wangen stand Rosalie vor seinem Haus.

Als er die Tür öffnete, fiel sie ihm um den Hals.

Nach der Aufregung um den Unfall und der Aussprache mit Egbert hatte Rosalie das Gefühl, ihrer Zuneigung zu Justus freien Lauf lassen zu müssen. Es ging gar nicht mehr anders. Von ihrer anfänglichen Zurückhaltung und Scheu war nichts mehr übrig, kein Fünkchen Zweifel mehr.

»Hast du heute Morgen die erste Fähre genommen?« Sie ließ ihn nicht zu Wort kommen. »Wie wundervoll, dass du wieder zurück bist, Justus. Ich war schon drauf und dran, mir auch um dich Sorgen zu machen. Es ist höchste Zeit für ein Frühstück. Wir könnten ins Friesen-Café gehen. Oder zum Büdchen am Strand. Du hast mir schrecklich gefehlt. Es gibt auch einiges an unglaublichen Neuigkeiten.« Rosalie plapperte, aber das war vollkommen in Ordnung. Am Ende küsste sie ihn.

Zu Rosalies Erstaunen erwiderte Justus weder den Kuss, noch schlang er seine Arme um sie.

Stattdessen marschierte er an ihr vorbei durch den Vorgarten und dann in flottem Tempo den Weg Richtung Meer. Rosalie musste sich beeilen, um ihn einzuholen. Sie erreichten die Dünen.

»Du wirkst total ernst, Justus. Ist die Tagung schlecht angelaufen?«

»Ich muss gleich in die Klinik. Einen Bericht verfassen. Das kann nicht warten.«

»Heute noch? Du bist eben erst angekommen.«

»Rosalie, ich bin schon seit gestern Abend auf Amrum.«

Rosalie fasste ihn am Arm. »Wie?«

»Bitte, lass uns alles zu einem anderen Zeitpunkt besprechen. Ich bin spät dran.«

»Aber du hast mich hierherbestellt.«

»Ja, weil ich dich sehen wollte.« Erst jetzt drückte er sie an sich, löste sich jedoch rasch und wollte unmittelbar wieder den Rückweg antreten.

»Bitte, bleib stehen, Justus. Sofort.« Rosalies Wiedersehensfreude wurde von einem mulmigen Bauchgefühl abgelöst. »Ich kann dich an den Hafen und zur Fähre begleiten.«

Er zögerte. »Ich nehme das Auto. Bist du mit dem Fahrrad hier?«

»Zu Fuß. In meinem Kopf wirbeln so viele Dinge durcheinander, dass mir das Marschieren gutgetan hat. Was Lorenz mir unterbreitet hat, kann ich immer noch nicht gänzlich begreifen. Er ist so glücklich über die ganze Aufmerksamkeit. Das Fernsehen, die Amrum-News. Gott, ich weiß gar nicht, wo ich anfangen soll mit Erzählen.«

»Verstehe.«

»Oskar hat angerufen. Er ist wieder in Berlin. Lässt sich dort noch einmal durchchecken.«

»Prima.«

»Egbert bleibt bis zum Ende der Woche bei den beiden, kehrt erst dann nach Stommeln zurück.«

»Schön.«

Justus' Ein-Wort-Antworten waren völlig untypisch für ihn. Normalerweise hätte er ihr Fragen über Fragen gestellt, selbst geschildert und berichtet.

Rosalie nahm einen nächsten Anlauf. »Ich hab ein paar Ideen gesammelt, wo ich noch mit dir hin möchte. Die Führung am Naturzentrum mit der Fütterung der Aquariumstiere will ich erleben. Der Leuchtturm steht aus. Bist du morgen dann wieder zurück und kannst dir, wie geplant, freinehmen?« Ein zweiter Versuch einer Umarmung folgte.

»Keine Ahnung.« Sein Körper spannte sich an. »Wir reden später.«

»Wann später?«

»Ach, Rosalie.«

Etwas stimmte ganz und gar nicht. Das zurückgezogene Verhalten, die Einsilbigkeit, die Zurückweisung, all das war vollkommen neu.

Justus wandte sich Richtung Meer. Und da war er wieder, der traurige Blick. Diesmal blieb er. »Das werden wir alles zeitlich nicht mehr schaffen, Rosalie. Mit meinen freien Tagen wird es schwierig. Du kannst es allein durchziehen. Ich melde mich bei dir.«

»Nein, Justus. Jetzt.« Dort, wo sie stand, plumpste Rosalie auf den sandigen Boden der Düne unter ihr. »Setz dich.«

Er blieb noch eine Minute unschlüssig in die Ferne blickend stehen, ließ sich aber schließlich neben Rosalie nieder. Vor ihnen ragte Strandhafer auf.

Als würden wir uns verstecken, dachte Rosalie. Oder in Deckung gehen vor dem, was kommt. Auch wenn ich keinen blassen

Schimmer habe, warum unser Miteinander sich verändert hat. »Was ist los, Justus?«

Statt einer Antwort kaute er auf seiner Unterlippe.

Langsam wurde Rosalies Irritation von Ärger abgelöst. Sie wurde ungehaltener. Das Schweigen kannte sie von Egbert. Die fehlende Kommunikation hatte den Anfang vom Ende ihrer Ehe eingeläutet. Es durfte nicht sein, dass es mit Justus im Schnelldurchlauf wieder passierte.

»Bitte, Justus. Sonst lassen wir es. Dann brauchst du dich nicht zu melden, und unser Inselabenteuer ist beendet.«

»Bin ich bloß ein Abenteuer für dich?«

»Wie bitte?«

»Ein Urlaubsflirt, eine Affäre. Nenn es, wie du magst. Für mich ist es jedenfalls mehr.«

Rosalie öffnete den Mund und schloss ihn wieder. Im Moment war sie nicht in der Lage, sich dazu zu äußern. Justus musste wissen, wie sehr sie ihn mochte, wie wunderbar sie die Zeit mit ihm erlebt hatte und dass er für sie keinesfalls nur ein Strohfeuer einer Leidenschaft war.

Als die Kappe davongeflogen war, erinnerte sie sich, hatte sie an ein schlechtes Omen gedacht.

Sie nahm seine Hand in ihre. »Justus, hör mir zu. Ich hätte mir im Traum nicht ausmalen können, dass ich binnen kürzester Zeit so tiefe Gefühle für einen Menschen empfinden würde. Für einen neuen Mann in meinem Leben.«

Der Anflug eines Lächelns huschte über seine Lippen, erreichte jedoch nicht seine Augen. »Schöne Worte, Rosalie. Aber du hast in Wahrheit keinen Platz für jemand Neuen. Das ist mir klar geworden, als ich dich mit deinem Ex-Mann erlebt habe.«

»Es geht jetzt nicht um Egbert.«

»Tut es. Ich will mich in nichts hineindrängen, was noch nicht zu Ende ist.«

»Aber du hast auch Ex-Beziehungen.«

»Bei mir sind die Schlussstriche gezogen.«

»Bei mir ebenso, Justus. In diesen Tagen endgültig.«

»Dessen bin ich mir nicht sicher, Rosalie. Ich habe überlegt, gespürt, wie es in mir gearbeitet hat, weiter nachgedacht. Das erste Mal, seit ich dich getroffen habe, zweifle ich. Davor war ich ein wenig blind vor Liebe oder besser Verliebtsein in dich. Vom ersten Moment an.« Mit einem Kuss auf ihren Handrücken zog er seine Finger aus ihrem Griff. »Während der Tagung habe ich mehrfach die Szene Revue passieren lassen. Draußen vor der Klinik.«

»Eine Verabschiedung zwischen Bert und mir, Justus. Das war es.«

»Frage: Warum ist dein Ex überhaupt auf der Insel aufgetaucht?«

»Weil es das erste Mal ist, dass ich tatsächlich mein eigenes Leben aufbaue. Das hat er gespürt.«

»Aha.«

»Was heißt denn aha, Justus?« Rosalies Unmut nahm zu. Sie konnte nichts für Egberts Aktion und hätte liebend gern die Zeit zurückgedreht, ihnen sämtliche Ereignisse erspart. »Wenn der Unfall nicht passiert wäre, hätte ich keine paar Stunden mehr mit meinem Ex verbracht. Aber dann wussten wir nicht, wie schlimm es Oskar getroffen hat. Wir sind in erster Linie Eltern, das werden wir auch immer bleiben.«

»Darum geht es nicht.«

»Doch, darum geht es, Justus. Meine Sorge galt meinem Kind. Ich gebe zu, auch Egbert. Fast dreißig Jahre prägen.«

»Also siehst du es wie ich.«

»Was sehen?«

»Dass ich und Amrum ein Zwischenspiel für dich sind.«

»Es reicht, Justus.« Rosalie kam vom Sitzen ins Stehen. »Hattest du das Gefühl, ich spiele mit dir?«

»Zu Anfang nicht, Rosalie. Erst seit …«

»Lass das, bitte. Glaubst du mir, wenn ich dir sage, dass es nie so war? Dass ich überglücklich bin, wie wunderbar es mit uns angelaufen ist?«

Justus schwieg.

»Justus! Glaubst du es mir?«

Statt einer Antwort erhob er sich ebenfalls, klopfte sich den Sand von der Hose und zückte sein Handy. »Wir reden später weiter. Wenn ich gleich losfahre, bin ich pünktlich am Ableger. Ich muss in die Klinik.«

In Rosalies Kopf blätterten sich die Bilder auf, die sie gesammelt hatte. Die Erlebnisse mit Justus. War das bereits die letzte Seite des Liebesalbums?

Ihr Handy zeigte ihr eine Nachricht an. Theo bat sie, zu ihm zu kommen, sobald es ihr möglich war. Eine Ablenkung war im Augenblick genau das Richtige.

Schweigend liefen sie retour bis zu seinem Haus. Nebeneinander, ohne sich zu berühren.

Dort angekommen, kramte er in seiner Hosentasche nach dem Autoschlüssel. »Ich fahre los.«

Rosalie konnte nur nicken. Um sie herum Sonnenschein, der Geruch nach Meer, das altbekannte Rauschen. In ihr eine seltsame Stille.

»Aber ich melde mich, versprochen.« Bevor Justus sich abwandte, drückte er ihr einen schnellen Kuss auf die Lippen. Auch der schmeckte nach Traurigkeit.

II

Rosalie hatte ihren Gretchen-Moment.

Sie wartete unter der Kugelfischlampe, dass Theo ihr öffnen würde. Auf dem Weg durch den Vorgarten hatte sie eine der blühenden Margeriten gepflückt und zupfte die Blütenblätter ab.

Er liebt mich, er liebt mich nicht – er wird sich melden, er wird sich nicht melden.

Oder ich melde mich stattdessen. Nein, ich warte ab. Oder ich schluchze und weine, dann richte ich mein Krönchen, wie es so schön heißt, und mache weiter.

Zwischen diesen Optionen sprang Rosalie hin und her. Horchte in sich hinein, ob die Mama-Ulla-Stimme eine bessere Idee hatte. Doch die schwieg, als ob sie den Schock über Justus' Umschwung selbst erst verkraften müsste.

Noch vor den letzten Blütenblättern öffnete sich die Tür. Marwin stürzte sich mit wedelndem Schwanz auf Rosalie und warf sie beinahe um. Seine Zuneigung war unerschütterlich. Immerhin einer, der sie bedingungslos mochte.

»Hallo, mein Kleiner!« Sie tätschelte seinen Rücken. »Ich freu mich auch, dich zu sehen.«

Hinter Marwin erschien Theo. In längs gestreiften Shorts mit lustigen Mäusefiguren darauf und einem Hawaiihemd. Derart bunt hatte sie ihn noch nie erlebt.

»Moin, Theo. Dein Outfit zeugt von bester Laune, richtig?«

»Ich habe Marlene gebeten, den fröhlichen Kojo-Look herauszusuchen. Das Hemd gehört ihm. Die Hose ist aber meine.«

»Steht dir. Beides.« Rosalie sah auf die Margerite zwischen ihren Fingern. Wenn sie ehrlich war, wollte sie gar nicht wissen, welche Schlussfolgerung die letzten Blütenblätter für sie bereithielten. »Was möchtest du lieber: Vortrag oder Vorlesen?«

»Heute keines von beidem. Marwin hat, wie es scheint, eine leichte Verdauungsstörung und muss öfter Gassi gehen. Ich dachte, wir schlagen zwei Fliegen mit einer Klappe. Wir nutzen gemeinsam das anhaltend herrliche Wetter für einen Spaziergang und verhindern, dass uns das süße Hundchen die Bude verpestet.«

»Das würde doch Marwin nie …« Weiter kam Rosalie nicht, denn der Hund überzeugte sie direkt in diesem Moment vom Gegenteil. Ein knallartiges Geräusch war zu hören, einem Motor mit Fehlzündung gleich, und im Anschluss umgab Rosalie nicht mehr der Rosenduft von gegenüber. »O mein Gott, Marwin!«

Wieder wedelte er und rannte mit hechelnder Zunge vor bis zur Straße.

»Er mag seinen Eigenduft, wie es scheint«, bemerkte Theo und hakte sich bei Rosalie unter.

Erst jetzt entdeckte sie an seinen Füßen weiße Socken zu offenen Sandaletten. »Hast du Marlene angewiesen, dich wie einen echten Touristen auszustatten?«

»Ah, du meinst die Socken. Das war meine Idee, da war Marlene bereits wieder fort. Ich wollte dich necken. Und ich wollte, dass es dir ein klein wenig peinlich ist, mit einem blinden Mann zu promenieren, der weiße Socken in offenen Schuhen trägt.«

Damit entlockte Theo Rosalie einen Anflug von Heiterkeit.

»Was bist du gut gelaunt, Theo. Kaum wiederzuerkennen.« Im Gegensatz zu mir, dachte sie, sprach es aber nicht aus. »Kann ich diesen Spaziergang als Arbeitsstunde aufschreiben? Damit am Ende alles seine Richtigkeit hat.«

Am Ende. Das durften sie und Justus nicht sein. Ach herrje. Rosalie seufzte.

»Auf jeden Fall kannst du das. Ich bestehe sogar darauf.«

»Bitte versteh es nicht falsch, ich bin gern mit dir unterwegs und erwarte neue Amrum-Geschichten.«

»Alles bestens. Auf geht's.« Er hob seinen Blindenstock in die Höhe wie einen zu langen Zauberstab. »Wir gehen an die Dünen, und ich zaubere wieder ein bisschen.«

Obwohl Rosalie bisher jedes Mal beeindruckt war von Theos Kunst, die genaue Anzahl der Segelboote zu erraten, wäre sie lieber an einen stilleren Ort gewandert. Vielleicht zu der blühenden Heidekrautfläche. »Es werden jede Menge Besucher am Strand sein.«

»Wie jeden Tag, Rosalie. Es herrscht bestes Wetter. Wir haben Hauptsaison.«

»Nicht, dass es wegen Marwins Unpässlichkeit Schwierigkeiten gibt.«

»Marlene hat Nachschub an Hundebeuteln besorgt. Hier, steck du sie ein. Ich müsste mich auf Knien zu dem jeweiligen Häufchen hinschnuppern. Haha.«

»Soll ich dir nicht lieber etwas vorlesen? Und ich gehe mit Marwin jedes Mal vor die Tür, wenn er …«

»Ich bezahle, ich bestimme.« Er stieß einen Pfiff aus. »Marwin, hierher. Auch du musst mir gehorchen.«

»Ach, Theo, das hört sich schrecklich an. Keine solchen verbalen Gemeinheiten, bitte.« Unvermutet wurden Rosalies Augen feucht. Sie presste die Hände auf ihr Gesicht. Marwin trabte an und stupste Rosalie an der Hüfte. »Alles gut, Kleiner, alles gut.«

Jetzt erst wurde Theo auf Rosalies Gemütszustand aufmerksam. »Weinst du, Rosalie?«

Sie verfluchte sein exzellentes Hörvermögen und schluckte mögliche Tränen hinunter. »Tu ich nicht.«

»Wieder dein Sohn?« Er berührte sie am Oberarm.

»O nein, zum Glück nicht. Oskar ist mit seiner Verlobten und meinem Ex-Mann wohlbehalten in Berlin angekommen. Er hat einen CT-Termin bekommen und wird sich noch mal durchchecken lassen. Mein Ex bleibt so lange bei ihm.«

»Was ist es dann?«

»Es ist nichts, Theo. Wirklich nichts.«

Nach dem Aufbruch fragte er nicht mehr nach. Der Verkauf des lila Kraken und Lorenz' Angebot waren die Themen unterwegs. Theo berichtete schließlich von einer neuen Kundin, die vorhatte, kräftig in seinen Fonds zu investieren. »Eine Frau, die sich vor zehn Jahren mit ihrem Start-up selbstständig gemacht hat und damit stinkreich wurde. Das könntest du auch, Rosalie.«

»Ich denke, eher nicht.« Sie mussten zum wiederholten Male wegen Marwin stehen bleiben. »Das hat mir schon meine beste Freundin geraten, Lorenz ebenfalls. Nur leider habe ich weder Startkapital noch einen Investor.«

»Aber kreative Ideen.«

»Davon kann ich mir nichts kaufen und meine Miete nicht bezahlen. Wenn ich nächste Woche wieder in Köln bin, melde ich mich als Erstes bei der Zeitarbeitsfirma.«

»Oder du bleibst.«

Beinahe ließ Rosalie den Hundebeutel fallen, bevor er im nächsten Mülleimer landete. »Das geht nicht.«

»Ich bin noch nicht fertig, Rosalie.« Der Blindenstock ging wieder in die Höhe. »Du regelst deine Sachen in Nordrhein-Westfalen, kommst zurück und verbringst vielleicht eine Zeit im Herbst in unserer Einliegerwohnung. Mit Kojo wirst du bestens klarkommen. Mir würde es gefallen. Selbstverständlich wieder als meine sogenannte Gesellschafterin.«

Wenn es nicht vorhin das eindeutig schmerzhafte Gespräch mit Justus gegeben hätte, wäre Rosalie vor Glück in die Luft gesprungen. Zwei Jobangebote in nicht einmal achtundvierzig Stunden. Obwohl sie sich überhaupt nicht sicher war, ob sie eines dieser Angebote annehmen sollte oder wollte, erfüllte sie eine große Dankbarkeit.

Sie waren bei Theos bevorzugtem Strandabschnitt angekommen.

»Hat es dir die Sprache verschlagen? Oder ist es deine Vorfreude auf meine magische Erstaunlichkeit?« Theo stellte sich in Position. Mehr als sonst schien er sich an dem Spiel mit Rosalie zu erfreuen. »Vierundzwanzig.«

»Du hast recht.«

»So schnell kannst du nicht nachgezählt haben.«

»Aber du hast immer recht, Theo.« Rosalie blinzelte. Ihre Sicht verschwamm. Die Möglichkeit, einen nächsten Aufenthalt auf der Insel zu planen, war wunderbar, die Aussicht, dabei Justus wiederzusehen, ohne ihm nah sein zu können, hingegen ziemlich deprimierend. »Ich bin beeindruckt.«

»Es reicht.« Er schob sich die dunkle Brille an die Nasenspitze, gerade so, als würde er sie prüfend ansehen. »Ich hab dir mein Herz beim Heidekraut ausgeschüttet, jetzt bist du an der Reihe.«

»Es ist eigentlich nichts«, begann Rosalie.

Doch schon zwei Sätze später war sie bei Justus angelangt und schilderte Theo in aller Kürze von der ersten Begegnung an alles, was sie erlebt hatte. Bis zu Justus' Rückzieher.

»Da habe ich ja einiges verpasst.« Theo hatte, ohne Rosalie zu unterbrechen, gelauscht. Er setzte sich die Brille wieder auf. »Holst du uns ein Eis? Ich überlege in der Zeit, was ich dir Kluges raten könnte.«

»Ich kann nur hoffen und Friesentee trinken.«

»Ähnliches wollte ich dir sagen, wenn du wiedergekommen wärst. Hör auf mich, und warte!«

»Also kein Eis?«

»Nein, warte, was den Insulaner betrifft mit dem Grübchen und den Koteletten. Nach deiner Beschreibung sieht er gut aus.«

»Das tut er. Aber warten ist schwer. Ich möchte ihn anrufen. Oder eine Nachricht schicken. Oder zu ihm hingehen und versuchen, die Sache zu klären.«

»Weder – noch, Rosalie. Hier gilt das Sprichwort mit dem Loslassen. Was zu dir zurückkommen soll, kommt und bleibt dann auch. Wenn er dich so mag, wie du eben erzählt hast, taucht er wieder auf.«

»Was, wenn nicht?«

»Bist du eine freie Frau in den besten Jahren.«

»Das hört sich schrecklich an.« Rosalie stampfte mit dem Fuß auf. »Jeder sagt das. Dabei fühle ich mich zu jung, um alt zu sein, und zu alt, um mich noch jung zu fühlen. Klingt doof, ist aber so.«

Theo kraulte Marwins Ohren. Der gab brummende Laute von sich, als wäre er eine schnurrende Katze. »Deine Stimme, Rosalie.«

»Was ist damit?«

»Sie hat mir von Anfang an gefallen, aber sie hat sich in den Wochen verändert. Als du das erste Mal vorgelesen hast, war viel Schwere im Klang. Anspannung und Druck.«

»Möglich. Ich war ziemlich gestresst von meinem Alltag.«

»Heute bist du zwar traurig, aber dennoch gelöster. Freier. Mehr du selbst.«

Jeder bemerkte diese Veränderung. Von Mama Ulla über Marion und Pauline bis zu Egbert. Auch Rosalie selbst.

Eine Schar Kinder lief an ihnen vorbei Richtung Meer. Ein kleiner Junge blieb stehen und bestaunte Marwin.

»Kann ich den anfassen, oder frisst er mich?«

»Hunde essen keine Menschen«, erklärte Theo.

Wie um seinem Herrchen zu widersprechen, gähnte Marwin und zeigte alle seine Zähne samt der rosa Zunge.

Der kleine Junge kicherte, hielt aber den Abstand ein. »Ein riesiger Riese«, betonte er mit Ehrfurcht. Dann sauste er Richtung seiner Freunde davon.

»Zurück zu dir, Rosalie.«

»Ach, Theo. Das hast du richtig bemerkt. Ähnlich, wie du heute im Hawaiihemd und den Mäuse-Hosen unterwegs bist, fühle auch ich mich eigentlich bunter. Aber Justus …«

»Vergiss alle Ratschläge, auch meinen. Folge deinem Herzen.« Er vergrub eine Hand in seiner Hosentasche. »Übrigens sind es in der Zwischenzeit 27 Segelboote geworden. Heute ist viel los am Wasser.«

Rosalie begann nun doch zu zählen. »Richtig. Wie machst du das? Ich beginne wahrhaftig, an Magie zu glauben.«

Theo drückte Rosalie den Blindenstock in die Hand und holte sein Handy heraus.

»Weißt du, Ghana mag weit weg sein, aber die Webcams, mit denen man einzelne Strandabschnitte auf Amrum beobachten kann, sind ebenso von dort aus einsehbar. Kojo liebt es, das Wetter auf der Insel zu checken, den Strand, das Meer. Das Vogelschutzgebiet. Wenn ich ihn bitte, mir zu gewissen Zeiten die Anzahl der Segelboote auf dem Wasser durchzugeben, die die Webcam hier aufnimmt, tut er das. Ich kann Nachrichten auf meinem Handy auf einer sogenannten Braillezeile ertasten, also in Blindenschrift, Rosalie. Keiner bemerkt das. Der Trick funktioniert tatsächlich immer.«

Rosalie begann, loszuprusten und zu schluchzen, alles zur gleichen Zeit.

12

Mit der Leidenschaft einer unglücklich Liebenden schlug Rosalie die Sahne.

Einzelne Flocken flogen gegen Ende aus der Schüssel und landeten auf der Arbeitsplatte der Küchenzeile wie auch auf ihrer Stirn und zwischen den Haaren. Bevor sie die fertige Schlagsahne in den Kühlschrank stellte, schleckte sie den Schneebesen ab.

Als Nächstes waren die beiden Teigarten an der Reihe. Sie wog die Zutaten ab, die sie auf dem Nachhauseweg im Supermarkt besorgt hatte. Das Rezept, das ihr Antje zugesteckt hatte, lag neben den Backutensilien, die sie in der Küche der Einliegerwohnung vorgefunden hatte.

Zuerst vermischte sie mit den Fingern Mehl, Backpulver, Vanillinzucker, Salz, saure Sahne und Butter in einer neuen Schüssel.

Das Kneten bereitete ihr, je länger sie presste, drückte und den Teig zwischen ihren Fäusten bearbeitete, mehr und mehr Freude, die Arbeit mit den Fingern hatte etwas Ursprüngliches und Beruhigendes an sich.

Den am Ende glatten Teig drittelte sie und wickelte ihn in Frischhaltefolie. Zur Kühlung fand er seinen Platz vorerst neben der Sahne.

Als Nächstes kamen noch einmal dieselben Zutaten an die Reihe, diesmal mit etwas Zimt vermischt. Daraus wurde schließlich ein krümeliger Streuselteig. Wieder zerteilte sie die Menge in drei Häufchen.

Ewig war es her, dass Rosalie gebacken hatte.

Früher, als die Kinder noch klein waren, hatte sie oft neue Rezepte ausprobiert oder an Sonn- und Feiertagen die Familie mit dem klassischen Schokoladenkuchen verköstigt. Doch nach und nach waren die Gelegenheiten seltener geworden, und zu guter Letzt hatte sie meist auf Kuchenstücke aus der nahe gelegenen Konditorei zurückgegriffen.

Warum es ihr heute ein solches Bedürfnis gewesen war, konnte sie nicht erklären. Aber kaum war die Idee aufgetaucht, als Ablenkung von ihrem Liebeskummer zu backen, hatte sich der Gedanke auch schon festgebissen.

Rosalie hatte sich an Antjes Notizen erinnert, die noch immer in der Strandtasche verstaut waren. Es schien zu passen, dass Rosalie sich selbst heute mit einer einfachen Friesentorte verwöhnen würde.

Das Rezept war für eine große Torte gedacht. Hinterher würde sie Theo etwas abgeben wie auch Irma und Lorenz beglücken. Marlene und ihrem Mann Mike, Raul, Lisa, jedem von ihnen konnte sie ein Stück zum Kosten vorbeibringen. Wenn ihr das Backvorhaben gelang.

Ein leiser Wunschgedanke schlich sich ein. Es könnte doch sein, dass sich Justus wie durch einen Zauber genau in dem Moment wieder melden würde, wenn die Torte fertig auf dem Tisch stand. Und wenn nicht, hatte Rosalie genug Süßes, mit dem sie sich trösten konnte.

Als Nächstes nahm sie den Springformboden, den sie in einem der unteren Küchenschränke gefunden hatte, und fettete ihn ein. Dann rollte sie den ersten Knetteig darauf aus, stach ihn mehrfach ein und bestreute ihn mit einem Drittel der Streuselmenge.

In den zwanzig Minuten Backzeit saß sie am Küchentisch und sah aus dem offenen Fenster. Radfahrer radelten, und Spaziergänger flanierten vorbei. Von Zeit zu Zeit Skateboarder, und sie zählte drei E-Rollerfahrer. Rosalie fand, dass sie alle einen glücklichen Gesichtsausdruck hatten.

Gerade als sie sich dabei ertappte, gezielt nach Justus Ausschau zu halten, klingelte die Eieruhr. Rosalie zuckte zusammen.

Der erste Formboden war fertig. Er landete auf dem Tortenteller, den sie extra zu den Zutaten erstanden hatte. In Blau und Weiß gehalten, passte er zu den Farben der Insel. Die beiden nächsten Kuchenböden waren an der Reihe, gebacken zu werden. Den letzten schnitt Rosalie noch heiß in zwölf Stücke. Sie öffnete eines der zwei Gläser mit Pflaumenmus, roch daran und nahm sich einen Löffel voll.

Bei zwölf Stücken Torte könnte sie zusätzlich Antje einbeziehen, als Dank für das Rezept. Nicht zuletzt Justus selbst. Allerdings gab es dabei das Problem, dass er sich nicht gemeldet hatte. Überhaupt nicht mehr.

Glück beim Backen, Pech in der Liebe? »Hör auf dein Herz«, hatte Theo gemeint.

Rosalie nahm ihr Handy.

Sie tippte. »Liebster Justus. Bevor mein letztes Wochenende auf Amrum startet, habe ich mich an eine Friesentorte gewagt. Ein beinahe echter Insulaner könnte sie testen, wenn er nicht grundlos schmollen würde.« Und drückte auf Senden.

Als Nächstes bestrich Rosalie die Böden dick mit Pflaumenmus und setzte sie aufeinander. Einen Schreck bekam sie, als sie in den Schränken keinen Spritzbeutel fand. Das gesamte Backwerk würde seltsam aussehen, wenn sie mit einem Löffel Sahnehaufen statt hübscher Tuffs kleckern würde. Etwas ratlos lehnte sie sich übers Fensterbrett.

Im Vorgarten ließ der Wind Blüten in die Luft steigen, in der Küche breitete sich langsam der Geruch nach frisch Gebackenem aus. Rosalie fiel ein Mädelsabend mit Marion ein, die zwar einen Trüffelhobel, einen Kräuterabstreifer und einen elektrischen Dosenöffner für das Katzenfutter vorweisen konnte, aber keinen einfachen Spritzbeutel besessen hatte. Damals hatte Rosalie aus Backpapier und Tesaroller einen gebastelt.

Beide Sachen fand sie in der Tischschublade. Sie schnitt einen Streifen Papier zurecht und rollte ihn so auf, dass ein spitz zulaufender Kegel entstand. Naht und Ende verband sie mit einem Klebestreifen.

Mit Vorsicht füllte sie die geschlagene Sahne ein. An den Rand der beiden Böden und in die Mitte spritzte sie dickere Sahnetuffs, auf die schräg aufgelegten Tortenstücke des dritten Teigs jeweils einen gekonnt verwirbelten Kringel.

»Jetzt noch eine Stunde kalt stellen, danach mit Puderzucker bestreuen«, waren die letzten Punkte auf Antjes Rezept.

Puderzucker hatte Rosalie keinen eingekauft. Das würde sie direkt nachholen und noch mal losziehen. Nebenbei checkte sie ihr Handy, aber auch auf ihre letzte Nachricht hin war keine Antwort eingegangen. Rosalies erste Friesentorte machte einen stattlichen Eindruck, wie sie so auf dem Küchentisch stand. Wenn sie so gut schmeckte, wie sie aussah, würde Justus selbst schuld sein, wenn er am Ende keinen Krümel abbekam.

13

Es war so weit.

Nach zwei Jobangeboten und einer Friesentorte gab es noch eine Sache, die Rosalie zu einem Abschluss bringen musste. Ohne Ausrede, ohne Zögern, ohne Rückzieher.

Theo hatte sie darauf gebracht, als sie ihm sein Tortenstück serviert hatte. »Darin könnte ich baden«, hatte er nach den ersten Bissen scherzhaft erklärt.

Die Tagestemperatur war konstant bei über vierundzwanzig Grad geblieben. Auf jeden Fall wesentlich wärmer als bei ihrer Ankunft. Die Sonne lugte seit dem Morgen stetig hinter den Wolken hervor, und der Wind war heute für Amrumer Verhältnisse ein laues Lüftchen.

Die Wellen waren nicht besonders hoch, der für Rosalie neue Strandabschnitt war mit einer rot-gelben Flagge als bewachter Badestrand gekennzeichnet. Langzeittouristen und Tagesbesucher bevölkerten den Kniepsand, saßen in ihren reservierten Strandkörben oder promenierten am Meer entlang. Kinder bauten Sandburgen, eine Schar junger Leute hatte ein Netz aufgestellt und vergnügte sich bei einem Volleyballspiel. Das Bild, das sich Rosalie bot, glich einem Postkartenmotiv.

Bekleidet war sie nur noch mit ihrem Badeanzug.

Diesmal hatte ihr Theo einen Strandkorb vermittelt. Ein Anruf von ihm beim Verleih, und es hatte geklappt. Kaum zu glauben, was Beziehungen ausmachten. Die Nummer zweiunddreißig war ihr vom Bademeister zugeteilt worden. An dem Korb gab es keine Einkerbungen, dafür stand er in der ersten Reihe.

Neben Rosalie stapelten sich auf der grün-weiß-gestreiften Sitzfläche Jeans, T-Shirt sowie ein großes Badehandtuch, das sie aus der Wohnung mitgenommen hatte. In die Strandtasche hatte sie zudem ihre rote Jacke eingepackt. Sicher war sicher. Dazu einen zweiten trockenen Badeanzug zum Wechseln.

Die Möglichkeit, sich hinterher direkt umziehen und ins Handtuch einwickeln zu können, ließ den Gedanken ans Frieren danach erträglicher erscheinen. Es gab kein Hindernis und keine Ausrede mehr, das zu schaffen, was über den Sommer Tausende von Badegästen mit Genuss durchzogen.

Genau hier und jetzt gab es auch für Rosalie kein Zurück mehr, nur noch Spaß an der Sache. Endlich würde sie sich wortwörtlich auch bis zum Kopf ins Wasser stürzen.

Wobei stürzen das falsche Wort für Rosalies Vorhaben war. Sie zog die Sandalen aus und trippelte bis an den Rand der Wellen. Eine Weile stand sie dort und sah den Schaumkronen zu, die entstanden und wieder verschwanden. Ein harmonischer, fast hypnotischer Bewegungsablauf.

Schließlich machte sie zwei Schritte nach vorn. Als ihre Zehen überspült wurden, war sie fast so weit, das Schwimmen erneut zu verschieben. Allerdings war klar, dass es bald keinen weiteren Anlauf und keine neue Chance geben würde. Zumindest für diesen Sommer.

»Los, Rosalie«, hauchte sie sich Mut zu.

Nach einem tiefen Luftholen watete Rosalie bis zu den Oberschenkeln ins tiefere Wasser voran. Ihre Zehen gruben sich in den

Sand, und sie ging in die Knie, bis ihr Unterleib und Bauch eintauchten.

Es war frisch, richtig frisch.

Wenn sie sich richtig erinnerte, hatte die Anzeige der Wassertemperatur beim Strandkorbverleih zwanzig Komma acht Grad betragen. Immerhin stand eine Zwei vor der Null. Bei jedem neuen Wellenberg versuchte Rosalie, auf die Zehenspitzen zu kommen. Mit jedem Abebben ging sie wieder in die Knie. Dabei versuchte sie, sich einzureden, dass die Wärme stetig anstieg. Es funktionierte nur bedingt.

»Arschkalt, was?«, fragte jemand neben ihr.

Rosalie drehte den Kopf. Ein sehr alter Mann war wie sie dabei, sich ins tiefere Nass vorzukämpfen.

Auf seinen Armen konnte Rosalie die gleiche Gänsehaut erkennen wie auf ihren eigenen. Am Kopf hatte er sich eine genoppte Bademütze übergestülpt, am Körper war er mit einem Männerbadeanzug in Schwarz bekleidet. Rosalie erinnerte sein Outfit an ein früheres Jahrhundert.

Sie nickte mit leicht bibbernder Unterlippe. »Sie sagen es.«

»Ich liebe das Meer, aber es ist jedes Mal eine Überwindung für meine alten Knochen«, erklärte er ihr.

»Geht mir jetzt genauso.«

»Sie sind jung. Da hat man Feuer.«

»Ich bin eine Warmduscherin. Und über fünfzig.«

»Demnach im besten Alter. Letzten Monat hab ich meinen Zweiundneunzigsten gefeiert. Das ist alt. Aber jedes Jahr ein paar Wochen Amrum mit der Familie, die sind mein Jungbrunnen. Ich bin übrigens der Peter.«

»Und ich Rosalie. Mein Ziehvater hatte denselben Vornamen wie Sie.«

Unschlüssig blieben sie beide für eine Minute stehen. Jeder von ihnen schaute zum anderen, keiner begann als Erster zu schwimmen.

»Auf drei?«, fragte Rosalie.

Peter nickte. »Gute Idee.«

»Wer zählt?«

»Gleichzeitig.« Sie warfen sich ein aufmunterndes Lächeln zu.

»Eins …«

Rosalie atmete ein.

»Zwei …«

Rosalie stieß die Luft aus.

»Drei«, brüllte der alte Mann nun doch als Erster. Mit einem »Heureka« köpfte er in die nächste Welle.

Rosalie ließ sich stattdessen nach vorne fallen. Das Wasser nahm sie auf und umschloss sie. Mit ersten Schwimmbewegungen teilte sie die Wellen vor sich. Noch behielt sie den Kopf oben.

Es fühlte sich weiterhin hundekalt an, aber prickelte auch herrlich. Nein, nicht nur herrlich, sondern wunderbar befreiend. Wie hatte sie nur so lange damit warten können?

Rosalie spürte das Meerwasser auf ihrer Haut, sie sah die unendliche Wasserfläche vor sich. Mit kräftigen Bewegungen schwamm sie Richtung Horizont. Die Kühle war besser auszuhalten als anfangs, die Leichtigkeit, mit der sie die Wellen vorantrugen, machte das Frösteln wieder wett.

Sie sah sich nach dem alten Mann um und entdeckte ihn schon ein gutes Stück weiter draußen. Er war schneller und, wie es schien, mit seinen zweiundneunzig sogar um einiges fitter als Rosalie.

Nach weiteren Schwimmstößen drehte sie sich auf den Rücken und ließ sich treiben. Über ihr der Himmel und die weißen Wolken, die wie eine Herde Schafe voraneilten. Hätte sie die Zeit zurückdrehen können, wäre sie schon am ersten Strandtag in die Fluten gesprungen. Nein, anders: Kaffee trinken und Krabbenbrötchen essen hätte sie beibehalten, sich danach aber sofort einen Strandkorb gemietet, eine halbe Stunde gewartet, um sich nach dem Verdauen ein Bad im Meer zu gönnen. Ab dem Moment hätte sie es täglich durchgezogen, egal, bei welchem Wetter.

Leider öffnete der Konjunktiv kein Portal in die Vergangenheit, das Sprichwort »Hätte, hätte, Fahrradkette« drückte die Unmöglichkeit, die Zeit zurückzudrehen, perfekt aus.

»Nächsten Sommer komme ich wieder.« Dieses Versprechen galt der Insel, dem Meer und sich selbst. Rosalie, auf dem Wasser schaukelnd, jubelte laut in den Himmel hinauf.

Und – sie war mit sich im Reinen. Ob es nun ein Wiedersehen mit Justus gab oder nicht. Loslassen. Das war es. Darum ging es. Sie würde allein zurechtkommen. Ohne Zweifel.

Eine Welle rollte über ihr Gesicht, und sie musste erst spucken, um sich dann wieder auf das Schwimmen zu konzentrieren. In einem Bogen kehrte sie um, Richtung Strand.

Innerhalb der kurzen Zeitspanne hatten sich die Besucher dort verdoppelt. Bunte Farbtupfen auf dem perfekt weißen Kniepsand. Gleich würde sie es sich im Strandkorb gemütlich machen. Auf sie warteten Handtuch, trockener zweiter Badeanzug und wärmende Kleidung.

Rosalie schwamm, bis sie wieder den sandigen Boden unter ihren Fußsohlen fühlen konnte. Schließlich kam sie zum Stehen. Außerhalb des Wassers spürte sie den Wind überall auf ihrem Körper. Ihre Zähne klapperten. Sie sprintete aus dem Wasser und unter das windgeschützte Dach des Strandkorbs. Sie rubbelte sich trocken, hüllte sich ein und wechselte diskret den Badeanzug. Danach zog sie tatsächlich alles über, was sie mitgebracht hatte. Inklusive dem Friesennerz.

Und plötzlich war Justus da.

»Rosalie!« Er wirkte außer Atem. »Ich habe bei dir geklingelt, dann bin ich zu Theo Meisner ins Haus, der mir gesagt hat, du hast vor, schwimmen zu gehen.«

»War ich gerade.«

»Ich bin den Strand auf und ab gelaufen. Es war nicht einfach, ich hab in mindestens ein Dutzend Strandkörbe geglotzt. Ein paar Kinder erschreckt.«

»Du hättest dich melden können.« Sie sah zu ihm hoch. »Ich wäre ans Handy gegangen.«

Mit hängenden Armen und Kopf stand Justus vor ihr. »Ich bin ein Idiot, Rosalie. Du warst in Not, weil dein Sohn den Unfall hatte, und ich mache dir hinterher eine Szene.«

»Stimmt.« Rosalie hatte nicht vor, ihm zu widersprechen.

»Es tut mir leid.« Begossener Pudel passte als Beschreibung für Justus hervorragend. »Ich wollte mich melden, wusste aber nicht, was ich sagen sollte. Ich habe überlegt, dass du ohne mich besser dran bist. Ich bin kein Beziehungsmensch.«

»Denkst du?«

Jetzt erst sah er ihr in die Augen. »Nein, das glaube ich nicht wirklich, aber es muss auf dich so gewirkt haben. Wenn ich Mist baue oder unsicher bin, ziehe ich mich immer zurück, musst du wissen. Das heißt nicht, dass ich weniger für dich empfinde, eher das Gegenteil.«

Rosalie stand auf. »Heißt für mich, ja, du kannst eine Beziehung führen.«

»Kann ich. Will ich. Vor allem mit jemandem, den ich so mag wie dich.«

»Aber du wirst Amrum nie verlassen.«

»Für eine gewisse Zeit könnte ich auch das tun.«

»Deine Arbeit, deine Freunde, deine Familie sind auf den Inseln.«

»Du bald nicht mehr.«

»Stimmt erneut.«

Justus zog sie an sich und küsste sie innig. Es fühlte sich wie Nachhausekommen an. Nach dem Kuss hielt er sie fest im Arm.

Rosalie begann, im Friesennerz zu schwitzen, und schob ihn ein Stück von sich weg. »Kaum bist du da, wird mir wärmer.«

»Der Friesennerz steht dir«, stellte Justus fest. »Zusammen mit einer neuen Kappe könnten wir wieder in See stechen. Planen, wann du wiederkommst. Oder wann ich dich besuchen werde. Der Dom, der Rhein, ein Kölsch und eine Falsche Henne dazu.«

»Halve Hahn, Justus. So heißt das Gericht. Wir werden viel Spaß in Köln haben. O ja.«

Er lächelte und fasste ihre beiden Hände. »Ich hätte deine tiefe Sorge bei Oskar sehen müssen«, setzte er noch einmal an. »Auch die Verbundenheit mit deinem Ex-Mann anerkennen sollen. Und verstehen müssen. Wenn einer meiner Ex-Partnerinnen etwas zustoßen würde, wäre ich auch für sie da.«

»Was ich zu schätzen wüsste.«

»Hör mir zu, bitte«, fuhr Justus weiter fort. »Nachdem ich abgehauen bin, ist mir klar geworden, dass ich mich ohne dich leer fühle. Obwohl mein Leben so voll ist. Es ist ein Widerspruch, aber es stimmt. Es tut mir leid, bitte verzeih mir.«

»Deckel auf Topf.«

»Wie bitte?«

Rosalie genoss seine Irritation, sie legte ihre Hand an sein Herz. »Kein Widerspruch, Justus, das meine ich damit. Wir ergänzen uns.«

14

»Der Leuchtturm auf Amrum ist der älteste und höchste an der deutschen Nordseeküste. Wie ihr euch vorstellen könnt, gilt er als das Wahrzeichen der Insel.« Der junge Mann, der die Führung leitete, hatte selbst etwas von einem Turm.

Er war geschätzt an die zwei Meter groß. Rosalie hatte bei der Begrüßung den Kopf in den Nacken legen müssen, um zu ihm aufzuschauen. Mit Rosalie und Justus hatten zwei Dutzend Besucherinnen und Besucher die Aussichtsplattform erklommen.

Der Wind pfiff intensiver als am Boden. Rosalie war außer Atem vom Aufstieg. Vom Fuß der Düne bis zum Balkon waren es ganze 297 Stufen, hatte der junge Mann erklärt. Im Inneren immer entlang an einer roten Ziegelsteinmauer. Einige andere aus der Gruppe schnaubten ebenfalls. Nur der Touristenführer und Justus hatten scheinbar mühelos die Höhe bewältigt.

Die Stimme des Hünen war angenehm sonor, er hätte ganz wunderbar Hörbücher aufnehmen können, fand Rosalie. »Der Leuchtturm ist 62 Meter hoch, wer von euch die Erhebung der Düne und die Spitze mitrechnen möchte, landet bei 68. Die Feuerhöhe beträgt 63 Meter.«

Justus fasste sie an den Schultern. »Gefällt es dir hier oben?«

»Atemberaubend.« Ihre Hand in seiner und dazu die Aussicht, ein perfekter Moment. »Wieder ein Highlight – nach dem Backen einer Friesentorte, dem Schwimmen im Meer und dem Kreieren eines lila Kraken.«

»Den lila Kraken werde ich mir an meinen Anzug klemmen.«

»Das will ich sehen, Justus.« Sie grinste. »Mit dem Leuchtturmbesuch kann ich wieder etwas abhaken, das ich noch unbedingt auf Amrum erleben wollte.«

»Ich bin froh, dass ich dir all das zeigen kann.«

»Auf der Insel denkt man immer, jetzt hab ich das Schönste erlebt, und wird jedes Mal von Neuem überrascht.«

»Da gebe ich dir recht.« Justus zeigte Richtung Horizont. »Dort drüben liegt Föhr, ein Stück weiter siehst du Sylt.«

Die Fernsicht war heute besonders gut.

»Wie oft warst du schon an genau dieser Stelle, Justus?« Rosalie strich ihm über das Kinn. Es kratzte, und es war das erste Mal, dass sie ihn unrasiert erlebte. Bis zu ihrer Abreise hatte er sich freigenommen.

»Tausendmal.« Er neigte den Kopf zur Seite. »Aber ich genieße es immer wieder. Ehrlich gesagt wäre mir weniger Getümmel lieber.«

»Schön, dass du dich meinetwegen trotzdem als Tourist ausgibst.«

»Deinetwegen würde ich noch viel mehr tun.«

Sie lehnte sich nach hinten. »Was denn zum Beispiel?«

»Eine Nachtführung, zum Beispiel. Oder eine Führung durch den Seezeichenhafen, damit du lernst, was Tonnen, Baken oder Pricken sind.«

»Ob wir alles zeitlich noch schaffen? Schließlich will ich auch Zweisamkeit genießen.«

Er beugte sich zu ihrem linken Ohr hin. »Dann bleib einfach. Ich könnte versuchen, dir rasch eine Teilzeitarbeit zu vermitteln. Eine Bleibe hast du bei mir.«

Es war verlockend. Rosalie spürte, wie sich in ihrem Herz der Wunsch breitmachte.

»Nein.« Das Wörtchen wurde ihr peu à peu vertrauter. Sie wandte sich Justus zu. »Ich will fürs Erste zurück. In Nettersheim wartet meine Mutter, meine Freundin Marion in Köln. Meine Wohnung will ich wieder bewohnen, die ist süß, unterm Dach und mein Zuhause. Meine Kinder brauchen mich vielleicht für gute Mama-Ratschläge, selbst Egbert will ich wiedersehen. Aber ich werde die Angebote von Theo und Lorenz weiterverfolgen. Ganz ernsthaft, Justus: Ich überlege, mich selbstständig zu machen. Mein Mut meinem Talent gegenüber ist enorm gewachsen.«

»Rosalie«, Justus redete lauter gegen den Wind an. »Hauptsache, du planst mich mit in dein Leben ein.«

»Pscht!« Eine Frau drehte sich zu ihnen um. »Wir sind doch nicht zum Schwatzen hier hochgeklettert.«

Rosalie hob entschuldigend die Hand.

»Bis 1984 hatten wir einen Leuchtturmwärter. Jetzt ist alles automatisiert.« Der Touristenführer erklärte weiter. »Das Licht leuchtet 43 Kilometer weit. Lasst uns einmal rundherum gehen. Egal, wohin ihr schaut, es wird euch flashen.«

Die Frau zeigte auf, als wäre sie auf einem Schulausflug. »Braucht man überhaupt noch so ein Licht heutzutage?«

Der Hüne hob beide Arme. Sie wirkten wie Lehrer und Schülerin, obwohl es vom Alter her umgekehrt war. »An der deutschen Nord- und Ostseeküste sind noch um die 90 Leuchtfeuer in Betrieb. Wenn es zu einem Ausfall der Satellitennavigation kommen sollte, sind Leuchtfeuer auch heute noch unverzichtbar für die Schifffahrt.«

Rosalie hatte ebenfalls eine Frage. »Wie nennt man den Raum, von dem das Licht ausgestrahlt wird?«

»Das Laternenhaus.« Der Hüne streckte seine Arme höher nach

oben. »Danach nur noch der Himmel und die Sterne«, setzte er theatralisch hinzu.

Bei der Geste und in all seiner Größe erinnerte der junge Mann Rosalie an eine Abbildung von Poseidon auf einem Mosaik, das in einer griechischen Taverne nahe bei ihrer Kölner Wohnung hing. Plötzlich hatte sie das Bedürfnis, Justus so schnell wie möglich zu sich einzuladen. Seine Insel hatte sie in den letzten Wochen intensiv erlebt, er sollte ebenso ihre Welt kennenlernen.

Rosalie beugte den Kopf nach hinten. »Der Kölner Dom ist ebenfalls ziemlich beeindruckend.«

»Ich komme. Sobald ich eine Woche am Stück die Arbeit delegieren kann«, unterbrach er sie.

Damit versetzte er Rosalie in eine spontane Vorfreude. Das Loslassen hatte mehr Veränderung bewirkt, als sie zu hoffen gewagt hatte. Sicher zusammen mit ihrem neuen Selbstbewusstsein.

»Rüm Hart, Klaar Kimming«, erklärte der junge Mann. Er bewegte sich ein Stück um die Rundung, und die Gruppe folgte ihm.

Rosalie und Justus blieben noch am Geländer stehen.

»Was heißt das, Justus?«

»Das ist eine Friesische Lebensweisheit.« Er nahm sie wieder in den Arm. »Großes Herz und weiter Horizont bedeutet es in etwa.«

»Hört und fühlt sich ganz wundervoll an.«

»Bei den Seefahrern ist die Kimme die Linie zwischen Meer und Himmel. Zeichnet sie eine klare Linie, ist beständiges Wetter in Aussicht, und eine Schiffsreise wird gut. Die Kimme ist der magische Ort, an dem sich das Meer, die Erde, und der Himmel berühren. So wie heute bei klarer Sicht bis zum Horizont. Das Irdische und das Himmlische werden zusammengefügt, und alles Trennende verblasst.«

»Gott, das haben Sie jetzt aber romantisch erklärt.« Die Frau von vorhin war ebenfalls stehen geblieben und hatte Justus fasziniert zugehört.

Rosalie strich ihm wieder über das raue Kinn. »Finde ich auch.«

Epilog

Sie saß im Sand, neben Strandkorb Nummer neun. Der mit den Einkerbungen am unteren Holz.

J + R.

Wer auch immer die beiden gewesen waren, ab sofort würde sie einfach bestimmen, dass es sich dabei um Rosalie und ihren Liebsten handelte.

Es war ihr letzter Morgen auf Amrum. Zumindest, was ihren Minijob-Urlaub betraf.

Ganz früh und noch so still.

Vier Wochen hatte sie hier verbracht, so voll, als wäre sie vier Jahre auf der Insel gewesen. Der Rollkoffer war gepackt, der Rucksack auch. Die Fähre würde in zwei Stunden ablegen.

Und Rosalies Herz lief über.

Sie musste einfach seufzen. Doch diese Gefühlsentladung hatte nichts mehr mit den Seufzern vor ihrer Abreise zu tun. Sie nannte es spontan ein Schöner-geht-nicht-mehr-Ausatmen.

Diese Sicht auf den Kniepsand und weiter bis aufs Wasser hinaus, sie konnte sich nicht daran sattsehen. Der Blick wanderte von Weiß nach Blau und höher in einen Himmel, der mehr und mehr morgendliche Farben annahm. Einen orangen Ton, gefolgt von einem zarten Gelb. Wie umwerfend würde ein Bouquet-Accessoire am Handgelenk in genau diesen Farben zu einem schlichten hellgrauen Kleid passen. Und wie lange würde es wohl dauern, bis Rosalie von ihrer Kreativität würde leben können?

Du hast nicht nur ein Jobangebot, meldete sich die innere Stimme, sondern sogar zwei. Es wäre so leicht zu bleiben.

Diese Stimme klang nicht mehr nach Mama Ulla und schon gar nicht mahnend, sondern verlockend süß. Eine neue Variante, deren Klangfarbe Rosalie davor noch nie aufgefallen war. Vielleicht, weil auch sie sich weiter entfaltet hatte, einem Fächer gleich, der sie mit seinen Bewegungen lockte.

Justus lebt hier, flötete diese Stimme weiter. Du könntest dich für den Übergang in der Einliegerwohnung einrichten, wenn du noch nicht zu ihm ziehen möchtest.

»Mal schauen«, antwortete Rosalie ihr laut und sah weiter in die Ferne. Dort am Horizont hörte die Welt nicht auf, sie führte schlicht weiter ins Unbekannte.

Ein Kinderlachen hinter ihr, ein Möwenschrei über ihrem Kopf. Die steife Brise und das Wellenrauschen vermischten sich. Ein Orchester, das seine Musik auch ohne Einstudieren in einer wundersamen Harmonie spielte.

»Ich werde …«, flüsterte sie an niemanden gerichtet. »Ich werde nach Köln fahren, meine Angelegenheiten regeln. Wieder zurückkehren, eine Zeit auf Amrum verweilen. Und dann das Ganze von vorne. Eine kreative Pendlerin zwischen Dom und Leuchtturm.«

Auch wegen Egbert konnte sie nicht alle Brücken abbrechen, setzte Rosalie in Gedanken hinterher.

Der kommt zurecht, meinte die Stimme. Er wäre ebenfalls frei, eine neue Liebe zu finden.

Liebe, das Wort hallte in ihr nach.

Justus, mein Liebster.

Warum dann nicht doch ohne Wenn und Aber bleiben?

Überraschenderweise fiel ihr genau dazu keine eindeutige Antwort ein.

Sie sah Justus vor sich, beim allerersten Zusammentreffen. Die Mütze tief ins Gesicht gezogen. Dann wechselte das Bild zu dem Morgen nach der Liebesnacht, an dem er ihr mit einer Schürze um die Hüften Kaffee ans Bett serviert hatte. Sie war verliebt, ohne Zweifel. Sie mochte ihn. Sehr. Aber liebe ich ihn genug, um ihm ohne Rückfahrkarte auf die Insel zu folgen?

Ihre Kinder. Wie selten würde sie dann ihre Kinder sehen? Jetzt kamen ihr tatsächlich die Tränen.

Nicht rührselig werden, Rosalie – die Stimme wurde bestimmter im Ton. Oskar ist dabei, sich ein Zuhause in Berlin aufzubauen, und Pauline wird möglicherweise in Queensland bleiben. Die einst so enge Familie zerstreut sich ohnehin. Aber sie wird sich nie verlieren. Keine Sorge.

Rosalies Mutter! Ulla wurde auch nicht jünger.

Doch Mama Ulla würde es strikt ablehnen, wenn Rosalie ihretwegen einen Neuanfang verschob. Ullas Freund Hermann wohnte nebenan. Marion konnte ebenfalls aushelfen, falls etwas rasch für Ulla erledigt werden musste.

Nichts hält mich absolut zurück und fest. Oder?

Du dich, lautete die Antwort. Du stehst am Rand des Zehnmeterbretts, kurz vor dem Sprung. Du hast Angst.

Nein.

Doch, Rosalie. Wie jeder. Das ist in Ordnung.

Es folgte eine Stille in ihrem Kopf.

Vor ihren Füßen landete eine Möwe. Rot der Schnabel, braun das Köpfchen und die Füße.

»Schick siehst du aus«, sprach sie den Vogel an. »Perfekt gekleidet.«

Die Möwe stieß einen gackernden Laut aus, als ob sie tatsächlich lachen würde.

Rosalie wischte die Tränen aus den Augen und stimmte in das Lachen mit ein.

Auf Amrum ging die Sonne auf.

Tote Tante

für zwei Personen

Zutaten für die Tote Tante

Für den Kakao – selbst gemacht:

- 500 ml Milch
- ca. 100 g Zartbitterschokolade

Extra:

- 1 Becher Sahne
- 8–10 cl brauner Rum

Zubereitung der Toten Tante

Kakao:

Die Milch kurz aufkochen und warm halten.

Die Schokolade in kleinere Teile zerbrechen oder grob hacken, hinzufügen und unter stetigem Rühren in der Milch auflösen.

Den fertigen Kakao in zwei große Tassen füllen, jeweils 4–5 cl braunen Rum hinzufügen und als Abschluss mit einer dicken Schicht Schlagsahne überdecken.

Wie beim österreichischen Einspänner wird die Tote Tante durch die Sahnehaube getrunken. Bitte nicht umrühren.

Mä en hartelk gröötnis!

Danksagung

Mit einem fröhlichen »Moin, Moin« bedanke ich mich bei allen, die mich stets so innig unterstützen – ihr seid die steife Brise unter meinen Schreibflügeln.

Ein extra Dankeschön an Reinhard Jannen.

Und natürlich herzlichen Dank an meine Lektorinnen Nicola Kammer und Catherine Beck.